经/典/中/国/书系

新世纪散文随笔精品文库·怀人卷

红霞一抹乘云去

古耜　主编

中国言实出版社

图书在版编目（CIP）数据

红霞一抹乘云去 / 古耜编. -- 北京：中国言实出
版社，2013.1
（新世纪散文精品文库·怀人卷）
ISBN 978-7-5171-0085-0

Ⅰ.①红… Ⅱ.①古… Ⅲ.①散文集—中国—当代
Ⅳ.①I267

中国版本图书馆 CIP 数据核字（2013）第 027369 号

责任编辑：张越　李芮

出版发行　中国言实出版社
　　　　地　址：北京市朝阳区北苑路 180 号加利大厦 5 号楼 105 室
　　　　邮　编：100101
　　　　电　话：64924716（发行部）　　64924735（邮　购）
　　　　　　　　64924853（总编室）　　64914138（编辑部）
　　　　网　址：www.zgyscbs.cn
　　　　E-mail：ysfazhan@163.com
经　销　新华书店
印　刷　北京市兆成印刷有限责任公司
版　次　2013 年 1 月第 1 版　　2013 年 1 月第 1 次印刷
规　格　787 毫米×1092 毫米　1/16　24.5 印张
字　数　328 千字
定　价　40.00 元　　　ISBN 978-7-5171-0085-0

散文与时代

——新世纪散文随笔精品文库前言

古 耜

中国文学的历史经验告诉我们：一个时代自有深植于这个时代全部社会和文化土壤的标志性的文学样式。譬如：汉代有赋，唐代有诗，宋代有词，元代有杂剧，明清两代则有白话小说。文学进入现代中国，小说特有的以故事性和再现性见长的功能优势，明显对应了这个时代相继出现的启蒙、救亡、革命和娱乐的需求，因而它一路走来，风光无限，历久不衰，成为毫无悬念和争议的"第一文学样式"。

然而，大抵从二十世纪九十年代开始，一向波澜不惊，安于边缘的散文随笔，突然爆发出强大的生机与活力：先是历史文化散文异军突起，一枝独秀，接下来思想随笔、性灵小品，书话杂谈，以及新散文、后散文、轻散文、原生态散文、在场主义散文等等，旗帜翻飞，竞相登场，且各有实绩与可观。一时间，散文随笔作家的阵容空前壮大，而一批小说家、诗人、评论家、学者、官员、画家、乃至表演艺术家，亦纷纷加盟其间，频频捧出佳作。于是，"太阳朝着散文笑"，一种昔日鲜见的"散文热"，赫然呈现于文坛。对于散文随笔的这一番时来运转，尽管有学者一再做出"消歇"、"退潮"、"强弩之末"之类的预测，然而，事实却没有为这种预测提供任何支撑与佐证，相反，在跨入新世纪之后，散文热凭借网络空间的进一步扩大和多种自媒体的迅速发展，同时也凭借散文随笔作家的不断探索、深入总结和自觉扬弃，最终形成了以精英写作为引领，以大众参与为特征的更加蓬勃向上，蔚为大观，当然也更加健康合理，前景无限的创作局面。

时至今日，散文随笔创作的风生水起，方兴未艾，已是不争的事实。在这样的事实面前，已有敏感的学界人士使用了"散文时代"或"随笔时代"的命名。窃以为，这多少有些仓促和草率。而换一种更为稳妥和准确的表述庶几是：当下中国的社会条件与精神生态比较适合散文随笔的生成与发展；或者说，这个时代有太多的特质、内涵和需求，呼唤着散文随笔的光顾与传达。关于这点，我们至少可以从四个方面加以考察和理解。

第一，深刻的时代变革与急剧的社会转型，丰富了散文随笔的素材基础和灵感来源。如果借用黄仁宇"大历史"的观点来审视当今中国，那么应当承认，它正将肇始于近现代的历史大变局推向一个前所未有的新阶段，即古老的中国社会由传统向现代的迅速蜕变与急剧转型。在这样的历史进程中，每天的太阳都是新的。呼啸前行的时代车轮不断孕育着新鲜事物、奇异场景与陌生话题，同时也不断传递出行进中的缺陷、失误与阵痛。而所有这些对于立足时代前沿，以迅速捕捉和表现生活新质与新变见长的散文随笔作家来说，既是一种召唤，更是一种机遇。为此，他们以巨大的热情和精力投入创作，力求真实、深入、立体多面地书写现实，于是，文坛不仅收获了一大批打上了时代印记，闪耀着现代意识的散文随笔作品，而且生成了"跨文体"、"非虚构"、"新写实"等新的审美理念和艺术路径。所有这些都在告诉人们：优秀的散文随笔作家同样可以成为巴尔扎克那样的一个时代的书记员，而他们笔下的文字则不啻于最为鲜活的社会长镜头与历史备忘录。

第二，碎片化的精神图谱与情绪节奏，对应着散文随笔即兴式的书写方式。真正的历史变革往往是全方位的，它不仅足以引发生活情境和社会风习的兴衰更替，而且必然带来人的观念世界的大破大立，革故鼎新。而经历着观念变革与扬弃的人们，在冲破了旧有束缚之后，由于不可能很快建立起新的精神坐标与思维图式，所以无论认知还是感情，都难免流露出每每可见的个别性、偶然性、跳跃性、爆发性、随机性，直至冲突性和断裂性，即内心世界处于一种碎片化状态。如果把这样的心态置于文学创作的语境，我们不难发现，与之构成深层对应的文体显然不是小说、戏剧乃至诗歌，而是同样具有极大开放性和自由性的散文随笔。当然，我们也可以反过来说，散文随笔所具有的自由性和开放性，在很大程度上满足和适应了现代人所需要且习惯的东鳞西爪，吉光片羽但又不乏革新性与创造性的精神表达。关于这点，近年来所谓笔记体、语录体、微博体等等，频现乃至走俏于散文随笔领域，或可作为某种印证。明白了这点，我们即可更懂得周作人当年为何要说："小品文……的兴盛必须在王纲解纽时代。"其实，对于社会和民族的进步而言，心灵的涅槃与重生较之散文随笔的兴盛，无疑更值得珍视。

第三，巨大的生存压力和内心焦虑，期待着散文随笔提供充足有效的心灵沟通与情感慰藉。现代社会物质膨胀而又竞争激烈，利益多元而又变数迭见，这使得许许多多的现代人在执着追求和忘我打拼的路上，因为缺乏超脱与节制，而无形中丧失了心灵的从容、宁静和余裕，同时深深体尝到生存的烦恼、无奈和压力。不宁唯是，与现代社会互为因果，联袂走来的，还有铺天盖地的科技文明，后者特有的声光电化、网络、媒体，有如一张看不见的大网，将现代人几乎是密不透风的裹挟其中，使其渐渐疏远了生活的淘洗、山野的哺育、以及与他人的沟通，乃至生命自我的高峰体验，从而最终陷入茫无边际的内心焦虑。毫无疑问，物质文明与科技文明的双重挤压，使得现代人由衷渴望精神交流与情感抚慰，而散文随笔所具有的心灵倾诉与对话的特征，以及它所擅长的谈话风、独白性、絮语体，恰恰可以在一定程度上满足这种需要。正因为如此，长期以来，故乡、童年、母爱、亲情、怀旧、思人等等，构成了散文随笔创作的永恒主题，许多作家围绕这样的主题源源不断地捧出新作，寄托自己的情思，亦安顿他人的心灵。毋庸讳言，如此这般的作品未必都具有丰邃厚重的社会意义，然而，它们连接在一起，却堪称现代人的精神家园，许许多多的心灵漂泊者，正是在这里体味到难得的憩息与滋润。

第四，由现代生存所引发的精神思考，很适合化为散文随笔的侃侃而谈或娓娓道来。现代社会喧嚣、纷乱、复杂，充满矛盾、龃龉和悖论，所有这些让人困惑，但这种困惑又反过来启人思索。而当思索者心有所得、神有所悟，并试图以文学形式诉诸公共空间，对话读者大众时，小说叙事显然失之曲折，诗歌意象无疑过于虚幻，真正能够得心应手，舒卷自如的"工具"应当是散文随笔。换句话说，只有散文随笔的可"入"可"出"，夹叙夹议，才便于最大限度地贴近作家的性情、理念和思辨过程，从而显示一种"我思故我在"的品格与追求。而散文随笔的这种文体优势一旦与种种时代命题或社会症候发生碰撞，自然会形成强劲而持久的审美推助力和艺术冲击波。近年来，思想文化随笔创作异常活跃，高水准的作家和高质量的作品不断涌现，整个散文随笔创作领域的理性与思辨之美空前强化，恰恰可作如是观。而精神的高蹈和思想的超越，以及其内在资源的丰沛充盈，既是散文繁荣的标志，更是历史进步的象征。在这一意义上，我们应当充分肯定散文随笔作家的积极贡献。

正是因为散文随笔在当今时代和生活中具有十分重要的意义，所以中国言实出版社的领导和同仁，决定陆续选编出版《新世纪散文随笔精品文库》，并委托我具体承担率先推出的"思考卷"、"乡土卷"和"怀人卷"的选编工作。对于出版社交付的任务，我抱以认真负责的态度，并施以精益求精的原则。为此，我在调动平日积累的基础上，抓紧有限时间，反复进行相关作品的检索、阅读、比较和遴选，力求拿出一个文学品质较高，可读性较强，且相对来说具有代表性和保存价值的选本。现在，这个选本已经摆在读者面前，至于它是否达到了预期目的，则只能听凭大家的裁决了。"奇文共欣赏，疑义相与析"，一起研究散文随笔创作的持续发展，共同建设一个时代的精神文明，岂不快哉！

2013 年元月匆匆

目录 CONTENTS

1

怀念振铎

巴　金

一

1958 年振铎在苏联遇难，当时我正在莫斯科，得到消息最早，我总疑心是在做梦。考虑半天，我才对冰心大姐讲了，她同我一起站在大会主席台上，旁边还有几位苏联作家，我们不便大声讲话，我只记得冰心说了一句："我想他最后在想什么。"她没有告诉我她的想法，我也没有多问。

第二天在回国的航机上，我一直想着振铎，我想知道，他最后在想什么？

在北京分别的情景还在眼前。我们竟会变得那样简单，那样幼稚，会相信两三个月后在共产主义社会再见。那个中午，他约我在一家小饭馆吃饭，我们头脑都有些发热，当时他谈得最多的就是这个。他忽然提起要为亿万人的幸福献身。他很少讲这一类的话，但是从他的一举一动我经常感受到他那种为国家、为人民献身的精神。不为自己，我认识他以前，读他的文章，就熟悉了他的为人。他星一样闪烁的目光注视着我，我能感觉到他那颗火热的心。机窗外大朵大朵的白云飘过，不过三个月的时间，难道我们就只能在这一片"棉花"中再见了？

我安全地回到北京，机场上看不到任何熟悉的面孔，眼前有只大手若隐若现仿佛等着和我握手，我心里一惊，伸出手去，什么也没有。真的告别了!

进了城见到曹禺,他刚说出"振铎"二字声音就变了。我本来想从他那里求得一线希望,结果是我们两人含着泪奔赴郑家。在阴暗的屋子里,面对用手绢掩了眼睛、小声哭泣的郑大嫂,我的每句话都显得很笨拙,而且刺痛自己的心。匆匆地逃出来,我拉着曹禺的手要奔往"共产主义",我不知道它在什么地方,失去的老友约我在那里相见。回旅馆我一夜没有闭眼。我发现平日讲惯了的豪言壮语全是空话。

我参加了振铎的追悼会。大厅里看见不少严肃的面容,听到不少令人尊敬又使人揪心的悼词,我的眼光却找不到一个朋友,连曹禺也没有来。我非常寂寞。永别了,我无法找到他约我见面的那个地方!

二

40 年过去了。

40 年中,我只写过一篇哀悼他的文章,是从莫斯科回来后为报社匆匆写成的,只简单地写出我心目中的郑振铎。以后有机会重读,头一两次还觉得可以应付过去,多读几遍,忽然感到内疚,好像侮辱了朋友。这种奇特感觉我也不知道是怎样来的,但有一件事我永远忘记不了,同他在一起,或者吵架或者谈过去的感情,他从不为自己。我看到敌伪时期他住过的小屋,为了"抢救"宝贵的图书,他宁愿过艰苦的生活,甚至拿生命冒险。看到他那些成就,即使像我这样一个外行,我也愿以公民的身份,向他表示感谢。他为我们民族保存了多少财富!

振铎是因公逝世的。后来听见一位朋友说,本来要批判他,文章已经印好,又给抽掉了。这句话使我很不舒服。

1958 年我们在北京分别的时候,几座大的博物馆正在那里兴建。他谈起以后开馆的计划,他是那么兴奋。他多年来的心愿就要成为现实,那样堂皇庄严的建筑将体现一个民族的过去和将来。多么光辉的未来。仿佛有一股热,一道光从他身上传过来。以后我每次上北京开会，看到耸立在眼前的博物馆，我第一个念头便是振铎满脸笑容走出来迎接我。"又来了。"我伸出手去，却什么也没有。一切梦都消失了。我还是不能忘记他。

我手边有不少他的著作，书上有他的签名。我们应当是多年的朋友了。有一天和几位友人闲谈，有一位中年朋友质问我说："你记得不记得介绍你进文艺界的是郑振铎，不是别人！"他说得对，振铎给上海《时事新报》编辑《文学旬刊》时，我用佩竿的名字寄去小诗《被虐待者底呼声》和散文《可爱的人》，都给发表了。我还给振铎写过两封短信，也得到回答。但不知怎样，我忽然写不下去，也就搁下笔了。我还记得我在成都的最后一年（1922—1923），深夜伏案写诗，隔一道门大哥坐在轿内或者打碎窗玻璃，或者低声呻吟。我的笔只能跟着他的声音动，并不听我指挥，一些似懂非懂的句子落在纸上，刺痛我的心。大哥的病又发作了。几个晚上都写不成一首诗，也就无法再给振铎寄稿。离家乡初期常常想家，又写过一些小诗投寄给一些大小刊物，在妇女杂志和成都的《孤吟》发表过。以后在上海武昌路景林堂谈道寄宿舍住下来补习功课，整天就在一张小桌和一张小床前后活动，哪里想得到"小诗"，也不用说文学作品，更不曾给振铎写过信。不但当时我忘记了它们，就是在今天我也没有承认它们是文学作品。否则我就会把《灭亡》手稿直接寄给振铎了。圣陶先生的童话《稻草人》我倒很喜欢，但我当时并没有想到圣陶先生，他是在开明书店索非那里偶然发现我的手稿的。我尊敬他为"先生"，因为他不仅把我送进了文艺界，而且他经常注意我陆续发表的作品，关心我的言行。他不教训，他只引路，树立榜样。今天他已不在人间，而我拿笔的机会也已不多，但每一执笔总觉得他在我身后看我写些什么，我不敢不认真思考。

三

我不曾参加文学研究会，圣陶和振铎都是我的前辈。有一段时期我经常同振铎一起搞文学编辑工作。起初我有些偏执，就文论稿，常常固执己见，他比我宽松，厚道，喜欢帮助年轻人，我很少见他动怒，但是对人对事他也认真。我同他合作较多，中间也有吵架的时候。其实不是吵架，是我批评他，我今天还为那几篇文章感到遗憾。在《文学季刊》停刊的话中有一段批评他的文字，当然没有写出他的姓名，我只是训斥那些翻印古书、推销古书的人，我根据传闻，误认为停刊《文学季刊》是他的主意。

我这段文字并不曾与读者见面。不久《文学季刊》停刊号在上海印刷，振铎发现那段文字就把它删去了，杂志印出来，我也没有别的办法，只是在另一本刊物上针对他发表了一篇杂感。但他并不做声，好像不曾读过。我和振铎之间往来少了些，可是友谊并未受到损伤，他仍然关心我，鼓励我。

日子久了，了解较深，他搜集古籍，"抢救"古书，完全出于爱国心，甚至是强烈的爱国心。他后来的确在这方面作出了极大的努力。我看够了日本侵略军的阴谋活动，我熟悉《四世同堂》中老少人物的各种生活。敌人的枪刺越来越近了，我认为不能抱着古书保护自己，即使是稀世瑰宝，在必要的时候也不惜让它与敌人同归于尽。当时是我想得太简单了，缺乏冷静的思考。我只讲了一些空话。他从未提及它们，他也不曾批评我。后来我感觉到没有争论的必要，过去的分歧很快地消失了。那时我们都在上海，各人做自己的工作，也有在一起的时候。我还记得 1936 年 10 月鲁迅先生的遗体在万国殡仪馆大厅大殓时，振铎站在我身边用颤抖的手指抓住我的膀子，浑身发抖。不能让先生离开我们！我们有共同的感情。

以后还有类似这样的事情。

我似乎更多地了解他了。

四

不仅是了解他，我更了解我自己。也可以说我开始了解自己。

我常常回想过去，我觉得我了解别人还是从了解自己开始的。有一种力量逼着我拿自己同他相比，他做了些什么，我做了些什么，他是怎样做的，我是怎样做的，是真是假，一眼看明。

　　我渐渐注意到我对自己的要求有了一些改变，我看一个作家更重视他的人品，我更加明确做人比为文更重要。我不知说过多少次在纸上写字是在浪费生命，我不能尽说空话，我要争取做到言行一致。写了若干年的文章，论别人，也讲自己，好像有了一点心得，最要紧的就是：写文章为了改变生活；说得到也要做得到。话是为了做才说的。了解这些，花了我不少时间，但究竟了解多少还难说。

　　我批评他"抢救"古书，批评他保存国宝，我当时并不理解他，直到后来我看见他保存下来的一本本珍贵图书，我听见关于他过着类似小商人生活，在最艰难、最黑暗的日子里，用种种办法保存善本图书的故事，我才了解他那番苦心。我承认我不会做他那种事情，但是我把他花费苦心收集起来、翻印出来的一套一套的线装书送给欧洲国家文化机构时，我又带着自豪的感情想起了振铎。

五

　　回顾自己的言行，认真分析每一句话，看每一件事情，我得了一些好处，这也就是一点进步吧。不用别人提说，自己就明白有了什么失误，动脑筋想办法改正错误。不过我并不曾作道歉或改正的表示。

　　这是内心的自省。我交朋友即使感到有负于人，即使受良心的折磨，我也不作形式上的悔过。这种痛苦超过良心的责备。但十七年中间发生了变化，自己不知从什么地方找到一种面具，戴上它用刻刀在上面刻上奇形怪状，反而以丑为美。再发展下去，便是残害人类的十年，将人作狗。我受了不少折磨和屈辱。我接触了种种不能忍受的非人生活。

　　振铎有幸，未受到这种耻辱。近年来我和朋友们经常谈起这位亡友，都说他即使活到"文革"，也过不了那一关。我反复思索，为什么我过得了关而他过不了？我终于想出来了：他比我好；他正，正直而公正。他有一身的火，要烧掉从各方来的明枪暗箭。站在批判台上，"造反派"逼我承认自己从未说过的假话。那种吃人模样的威逼严训像用油锅熬煎我的脑子，我忍受了这个活下来，我低头弯腰承认了他们编造的那一切胡话，这样我才可以顺利过关。否则我的骨灰也不知丢在哪里去了。

　　根据这几十年的经验，我能忍才能过那一个一个的难关。这并不是容易的事：忍受奇耻大辱。我一直认为，活着是重要的，活着才能保护自己，伸张正义。而不少在"运动"中，在"文革"中被人整死的人和所谓"自绝于人民"的人，就再找不到说话的机会，也不能替自己辩护了。关于他可以由人随意编造故事，写回忆，一时出现多少知己。

　　我忍受了十年的侮辱。固然我因为活下去，才积累了经验，才有机会写出它们；但我明白了一点：倘使人人都保持独立思考，不唯唯诺诺，说真话，信真理，那一切丑恶、虚假的东西一定会减少很多。活命哲学和姑息养奸不能说没有联系。以死抗争有时反能产生震撼灵魂的效果。

　　以上的话在这里也显得多余，因为振铎没有能够等到"文革"。我参加了"文革"，每一次遭受屈辱，就想到他，也想到其他许多人，拿自己同他们比较，比来比去，多少有点鼓舞的作用。努力学习别人的长处，我绝不忘记。

六

　　今天又想起了振铎，是在病房里，我已经住了四年多医院了。病上加病，对什么事都毫无兴趣，只想闭上眼睛，进入长梦。到这时候才知道自己是个无能的弱者，几十年的光阴没有能好好地利用，到了结账的时候，要撒手也办不到。悔恨就像一锅油在火上煮沸，我的心就又给放在锅里煎熬。我对自己说："这该是我的最后的机会了。"我感觉到记忆摆脱了我的控制，像骑着骏马向前奔逃，不久就将留给我一片模糊。

　　……

　　（未完稿）注：此稿于1989年春动笔，1998年12月—1999年1月修改，续写。

郑振铎（1898—1958）现代作家、文学评论家、文学史家、考古学家。

字西谛，笔名宾芬、郭源新。福建长乐人。1917 年考入北京铁路管理学校。曾参加"五四"运动。1921 年，与沈雁冰一起组织文学研究会，主编《小说月报》、《世界文库》等。新中国成立后，历任中央人民政府文化部文物事业管理局局长，兼中国科学院考古研究所和文学研究所所长。1954 年任文化部副部长。

1958 年 10 月 18 日，郑振铎率领中国文化代表团出访阿富汗王国和阿拉伯联合共和国，途中因飞机失事于苏联楚瓦什共和国卡纳什地区上空遇难殉职。

主要著作有：《插图本中国文学史》、《中国俗文学史》、《俄国文学史略》、《近百年古城古墓发掘史》、《中国历史参考图谱》等。

（选自《文汇报》2003 年 11 月 25 日）

怀念师友

季羡林

回忆陈寅恪先生

要论我同寅恪先生的关系，应该从多年前的清华大学算起。我于 1930 年考入国立清华大学，入西洋文学系（不知道从什么时候起改名为外国语文系）。西洋文学系有一套完整的教学计划，必修课规定得有条有理，完完整整，但是给选修课留下的时间却是很富裕的。除了选修课以外，还可以旁听或者偷听，教师不以为忤，学生各得其乐。

就在这个时候，我旁听了寅恪先生的"佛经翻译文学"。参考书用的是《六祖坛经》，我曾到城里一个大庙里去买过此书。寅恪师讲课，同他写文章一样，先把必要的材料写在黑板上，然后再根据材料进行解释、考证、分析、综合，对地名和人名更是特别注意。他的分析细入毫发，如剥蕉叶，愈剥愈细，愈剥愈深，然而一本实事求是的精神，不武断，不夸大，不歪曲，不断章取义。他仿佛引导我们走在山阴道上，盘旋曲折，山重水复，柳暗花明，最终豁然开朗，把我们引上阳关大道。读他的文章，听他的课，简直是一种享受，无法比拟的享受。寅恪师这种学风，影响了我的一生。

在清华时，除了上课以外，同寅恪师的接触并不太多。我没到他家去过一次。有时候，在校内林荫道上，在熙来攘往的学生人流中，有时会见到寅恪师去上课，身着长袍，朴素无华，肘下夹着一个布包，里面装满了讲课时用的书籍和资料。不认识他的人，恐怕大都把他看成是琉璃厂某一个书店到清华来送书的老板，绝不会知道，他就是名扬海内外的大学者。他同当时清华留洋归来的大多数西装革履、发光鉴人的教授迥乎不同，在这一方面，他也给我留下了毕生难忘的印象，令我受益无穷。

离开了水木清华，我同寅恪先生有一个长期的别离。我在济南教了一年国文，就到了德国哥廷根大学。到了这里，我才开始学习梵文、巴利文和吐火罗文。在我一生治学的道路上，这是一个至关重要的转折点。我从此告别了歌德和莎士比亚，同释迦牟尼和弥勒佛打起交道来。不用说，这个转变来自寅恪先生的影响。

经过了轰炸的炼狱，又经过了饥饿，到了1945年，在我来到哥廷根10年之后，我终于盼来了光明，法西斯垮台了。此时，我得知寅恪先生在美国医目疾，我连忙写了一封长信，向他汇报我10年来学习的情况，并将自己在哥廷根科学院院刊及其他刊物上发表的一些论文寄呈。出乎我意料的迅速，我得了先生的复信，也是一封长信，告诉我他的近况，并说不久将回国。信中最重要的事情是说，他想向北大校长胡适、代校长傅斯年、文学院长汤用彤几位先生介绍我到北大任教，我真是喜出望外，谁听到能到最高学府去任教而会不引以为荣呢？我于是立即回信，表示同意和感谢。

1946年的深秋，我辗转回到了阔别12年的北京（当时叫北平），到处是一片"落叶满长安"的悲凉气象。我先在沙滩红楼暂住，随即拜见汤用彤先生。按北大当时的规定，从海外得到了博士学位回国的人，只能任副教授，经过几年的时间，才能转向正教授，我当然不能例外，而且心悦诚服，没有半点非分之想。然而过了大约一周的光景，汤先生告诉我，我已被聘为正教授，兼东方语言文学系的系主任。这真是石破天惊，大大地出乎我意料。我这个当一周副教授的纪录，大概也可以进入吉尼斯世界纪录了吧。说自己不高兴，那是谎言，那是矫情。由此也可以看出老一辈学者对后辈的提携和爱护。

不记得是在什么时候，寅恪师也来到北京，仍然住在清华园。

在 3 年之内，我到清华园去过多次。我知道先生年老体弱，最喜欢当年住北京的天主教外国神甫亲手酿造的栅栏红葡萄酒，我曾到今天市委党校所在地当年神甫们的静修院的地下室中去买过几次栅栏红葡萄酒，又长途跋涉送到清华园，送到先生手中，心里颇觉安慰。

还有一件事，也给我留下了毕生难忘的回忆。在解放前夕，政府经济实已完全崩溃。到了冬天，寅恪先生连买煤取暖的钱都没有，我把这情况告诉了已经回国的北大校长胡适之先生。适之先生想赠寅恪先生一笔数目颇大的美元，但是，寅恪先生却拒不接受。最后寅恪先生决定用卖掉藏书的办法来取得适之先生的美元，于是适之先生就派他自己的汽车，让我到寅恪先生家装了一车关于佛教和中亚古代语言的极为珍贵的西文书。陈先生只收 2000 美元。这个数目在当时虽不算少，然而同书比起来，还是微不足道的。在这一批书中，仅一部《圣彼得堡梵德大词典》市价就远远超过这个数目了。这一批书实际上带有捐赠的性质。而寅恪师对于金钱的一介不取的狷介性格，由此也可见一斑了。

在我同先生来往的几年中，我们当然会谈到很多话题。谈治学时最多，政治也并非不谈，但极少。寅恪先生绝不是一个"闭门只读圣贤书"的书呆子，他继承了中国"士"的优良传统：天下兴亡，匹夫有责。从他的著作中也可以看出，他非常关心政治。他研究隋唐史，表面上似乎是满篇考证，骨子里谈的都是成败兴衰的政治问题，可惜难得解人。我们谈到当代学术，他当然会对每一个学者都有自己的看法。但是，除了对一位明史专家外，他没有对任何人说贬低的话。对青年学人，只谈优点，一片爱护青年学者的热忱，真令人肃然起敬。

沈从文先生

我认识沈先生已经 50 多年了。当我还是一个大学生的时候，我就喜欢读他的作品。我觉得，在所有的并世的作家中，文章有独立风格的人并不多见。除了鲁迅先生之外，就是从文先生。他的作品，只要读上几行，立刻就能辨认出来，决不含糊。他出身湘西的一个破落小官僚家庭，年轻时当过兵，没有受过多少正规的教育。他完全是自学成家。湘西那一片有点神秘的土地，其怪异的风土人情，通过沈先生的笔而大白于天下。湘西如果没有像沈先生这样的大作家和像黄永玉先生这样的大画家，恐怕一直到今天还是一片充满了神秘的、没有人了解的土地。

我同沈先生打交道，是通过一件不大不小的事情。丁玲的《母亲》出版以后，我读了觉得有一些意见要说，于是写了一篇书评，刊登在郑振铎、靳以主编的《文学季刊》创刊号上。刊出以后，我听说，沈先生有一些意见。我于是立即写了一封信给他，同时请求郑先生在《文学季刊》创刊号再版时，把我那一篇书评抽掉，也许就是由于这一个不能算是太愉快的因缘，我们就认识了。

我当时是一个穷学生，沈先生是著名的作家，社会地位，虽不能说如云泥之隔，毕竟差一大截子，可是他一点名作家的架子也不摆，这使我非常感动。他同张兆和女士结婚，在北京前门外大栅栏撷英番菜馆设盛大宴席，我居然也被邀请。当时出席的名流如云，证婚人好像是胡适之先生。

从那以后，有很长的时间，我们并没有多少接触。我到欧洲去住了将近 11 年，他在抗日烽火中在昆明住了很久，在西南联大任国文系教授，彼此音讯断绝，他的作品我也读不到了。但是，有时候，不知是出于什么原因，我在饥肠辘辘、机声嗡嗡中，竟会想到他。我还是非常怀念这一位可爱、可敬、淳朴、奇特的作家的。

一直到 1946 年夏天，我回到祖国。这一年的深秋，我终于又回到了别离十几年的北平。从文先生也于此时从云南复员来到北大，我们同在一个学校任职。当时我住在翠花胡同，他住在中老胡同，都离学校不远，因此我们也相距很近，见面的次数就多了起来。他曾请我吃过一顿相当别致、终生难忘的饭，云南有名的汽锅鸡。锅是他从昆明带回来的，外表看上去像宜兴紫砂，上面雕刻着花卉书法，古色古香，虽系厨房用品，然却古朴高雅，简直可以成为案头清供，与商鼎周彝斗艳争辉。

就在这一次吃饭时，有一件小事给我留下了深刻的印象。当时要解开一个用麻绳捆得紧紧的什么东西，只需用剪子或小刀轻轻地一剪一割，就能弄开。然而从文先生却抢了过去，硬是用牙把麻绳咬断，这一个小小的举动，有点粗劲，有点蛮劲，有点野劲，有点土劲，并不高雅，并不优美，然而它却完全透露了沈先生的个性。在达官贵人、高等华人眼中，这简直非常可笑，非常可鄙。可是，我欣赏的却正是这一种劲头。我自己也许就是这样一个"土包子"，虽然同那些只会吃西餐、穿西装、半句洋话也不会讲偏又自认为是"洋包子"的人比起来，我并不觉得低他们一等。不是有一些人也认为沈先生是"土包子"吗？

还有一件小事，也使我忆念难忘。有一次我们到什么地方去游逛，可能就是中山公园之类。我们要了一壶茶。我正要拿起壶来倒茶，沈先生连忙抢了过去，先斟出了一杯，又倒入壶中，说只有这样才能把茶味调得均匀。这当然是一件微不足道的小事，然而在琐细中不是更能看到沈先生的精神吗？

小事过后，来了一件大事：我们共同经历了北平的解放。在这关键的时刻，从文先生的心情也是激动的，虽然他并不故作革命状，以达到某种目的。他仍然是朴素如常，可是厄运还是降临到他头上来。沈先生从此在文坛销声匿迹，再也不写小说了。

一个惯于舞笔弄墨的人，一旦被剥夺了写作的权利，他心里是什么滋味，我说不清；他有什么苦恼，我也说不清。然而，沈先生并没有因此而消沉下去。文学作品不能写，还可以干别的事嘛。他是一个精力旺盛的人，他是一个闲不住的人，他转而研究起中国古代的文物来，什么古纸、古代刺绣、古代衣饰等等，他都研究。凭了他那一股惊人的钻研的能力，过了没有多久，他就在新开发的领域内取得了可喜的成绩。他那一本讲中国服饰史的书，出版以后，洛阳纸贵，受到国内外一致的高度赞扬。他成了这方面权威。他自己也写章草，又成了一个书法家。

他依然是那样温良、淳朴，时代的风风雨雨在他身上似乎没有留下什么痕迹，说白了就是没有留下伤痕。一谈到中国古代科技、艺术等等，他就喜形于色，眉飞色舞，娓娓而谈，如数家珍，天真

·红霞一抹乘云去·

得像一个大孩子。这更增加了我对他的敬意。他一生安贫乐道，淡泊宁静，死而无憾矣。

我记忆中的老舍先生

我从高中时代起，就读老舍先生的著作，什么《老张的哲学》、《赵子曰》、《二马》，我都读过。到了大学以后，以及离开大学以后，只要他有新作出版，我一定先睹为快，什么《离婚》、《骆驼祥子》等等，我都认真读过。最初，由于水平的限制，他的著作我不敢说全都理解。可是我总觉得，他同别的作家不一样。他的语言生动幽默，是地道的北京话，间或也夹上一点山东俗语。他没有许多作家那种忸怩作态让人读了感到浑身难受的非常别扭的文体，一种新鲜活泼的力量跳动在字里行间。他的幽默也同林语堂之流的那种着意为之的幽默不同。总之，老舍先生成了我毕生最喜爱的作家之一，我对他怀有崇高的敬意。

但是，我认识老舍先生却完全出于一个偶然的机会。20 世纪30 年代初，我离开了高中，到清华大学来念书。当时老舍先生正在济南齐鲁大学教书。济南是我的老家，每年暑假我都回去。李长之是济南人，他是我的唯一的一个小学、中学、大学"三连贯"的同学。有一年暑假，他告诉我，他要在家里请老舍先生吃饭，要我作陪。在旧社会，大学教授架子一般都非常大，他们与大学生之间宛然是两个阶级。要我陪大学教授吃饭，我真有点受宠若惊。及至见到老舍先生，他却全然不是我心目中的那种大学教授。他谈吐自然，蔼然可亲，一点架子也没有，特别是他那一口地道的京腔，铿锵有致，听他说话，简直就像是听音乐，是一种享受。从那以后，我们就算是认识了。

以后是激烈动荡的几十年。我在大学毕业以后，在济南高中教了一年国文，就到欧洲去了，一住就是 11 年。中国胜利了，我才回来，在南京住了一个暑假，夜里睡在国立编译馆长之的办公桌上。老舍先生好像同国立编译馆有什么联系。我常从长之口中听到他的名字，但是没有再见过面。

我现在已经记不清楚我们重逢时的情景。但是我却清晰地记起20世纪50年代初期召开的一次汉语规范化会议时的情景。当时语言学界的知名人士以及曲艺界的名人都被邀请参加,这是解放后语言学界的第一次盛会,大家的兴致都很高,会上的气氛也十分亲切融洽。

有一天中午,老舍先生忽然建议,要请大家吃一顿地道的北京饭。大家都知道,老舍先生是地道的北京人,他讲的地道的北京饭一定会是非常地道的,都欣然答应。老舍先生对北京人民生活之熟悉,是众所周知的。有人戏称他为"北京土地爷"。他结交的朋友,三教九流都有。他能一个人坐在大酒缸旁,同洋车夫、旧警察等旧社会的"下等人",开怀畅饮,亲密无间,宛如亲朋旧友,谁也感觉不到他是大作家、名教授、留洋的学士。能做到这一步的,并世作家中没有第二人。这样一位老北京想请大家吃北京饭,大家的兴致哪能不高涨起来呢?商议的结果是到西四砂锅居去吃白煮肉,当然是老舍先生做东。他同饭馆的经理一直到小伙计都是好朋友,因此饭菜极佳,服务周到。大家尽兴地饱餐了一顿。虽然是一顿简单的饭,然而却令人毕生难忘。

还有一件小事,忘记了是哪一年了,反正我还住在城里翠花胡同没有搬出城外。有一天,我到东安市场北门对门的一家著名的理发馆里去理发,猛然瞥见老舍先生也在那里,正躺在椅子上,下巴上白糊糊的一团肥皂泡沫,正让理发师刮脸。这不是谈话的好时机,只寒暄了几句,就什么也不说了。等我坐在椅子上时,从镜子里看到他跟我打招呼,告别,看到他的身影走出门去。我理完发要付钱时,理发师说老舍先生已经替我付过了。这样芝麻绿豆的小事殊不足以见老舍先生的精神,但是,难道也不足以见他这种细心体贴人的性情吗?

许国璋先生

我同国璋,不能算是最老的朋友,但是,屈指算来,我们相识也已有将近半个世纪了。

在解放初期那种狂热的开会的热潮中，我们常常在各种各样的会上相遇。会虽然是各种各样，但大体上离不开外国语言和文学。我们亦不是一个行当，他是搞英语的，我搞的则是印度和中亚古代语言。但因为同属于外字号，所以就有了相会的机会。

我从小学就开始学英语，以后在清华，虽云专修德语，实际上所有的课程都用英语来进行，因此我对英语也不敢说是外行，又因此对国璋的英语造诣也具有能了解的资格。英语界的同行们对他的英语造诣之高，无不钦佩。但是，他在这一方面绝无骄矜之气。他待人接物，一片纯真，朴实，诚恳，谦逊，但也并不故作谦逊状，说话实事求是，绝不扭怩作态。因此，他给我留下了非常美好的、毕生难忘的印象。

到了那一个史无前例的"十年浩劫"，他理所当然地在劫难逃，被打成了外院"洋三家村"的大老板。

拨乱反正，天日重明。"四人帮"垮台后，我同国璋先生以及南南北北的同行们，在睽离了十多年以后，又经常聚在一起开会，认真、细致地讨论一些为适应我国社会主义建设的有关外国语言文学的问题。最突出的例子是编写《中国大百科全书》"外国文学卷"和"语言卷"的工作。此时，我们真正是心情愉快，仿佛拨云雾而见青天。我同国璋每次见面，会心一笑，真如"如来拈花，迦叶微笑"，"心有灵犀一点通"了。

最难忘的是当我受命担任"语言卷"主编时的情景。这样一部能够而且必须代表有几千年语言学研究传统的世界大国语言学研究水平的巨著，编纂责任竟落到了我的肩上，我真是诚惶诚恐，如履薄冰。我考虑再三，外国语言部分必须请国璋先生出马负责。中国研究外国语言的学者不是太多，而造诣精深，中西兼通又能随时吸收当代语言新理论的学者就更少。在这样考虑之下，我就约了李鸿简同志，在一个风大天寒的日子里，从北大乘公共汽车，到魏公村下车，穿过北京外院的东校园，越过马路，走到西校园的国璋先生的家中，恳切陈词，请他负起这个重任。他二话没说，立即答应了下来。我刚才受的寒风冷气之苦和心里面忐忑不安的心情，为之一扫。我无意中瞥见了他室中摆的那一盆高大的刺儿梅，灵犀一点，觉得它也为我高兴，似向我招手祝贺。

从那以后，我们的来往就多了起来。他在自己的小花园里种了荷兰豆，几次采摘一些最肥嫩的，亲自送到我家里来。大家可以想象，这些当时还算是珍奇的荷兰豆，嚼在我嘴里是什么滋味，这里面蕴涵着醇厚的友情，用平常的词汇来形容，什么"鲜美"，什么"脆嫩"，都是很不够的。只有用神话传说中的"醍醐"，只有用梵文"不死之药"一类的词儿，才能表达于万一。

他曾几次约我充当他的硕士生和博士生答辩委员会主席，请我在他住宅附近的一个餐厅里吃饭，有一次居然吃的是涮锅子。他也到我家来过几次，我们推心置腹，无话不谈。我们谈论彼此学校的情况，谈论当前中国文坛，特别是外国语言文学界的新情况和新动向，谈论当前的社会风气。谈论最多的是青年的出国热。我俩都在外国呆过多年，绝不是什么"土包子"，但是我们都不赞成久出不归，甚至置国格与人格于不顾，厚颜无耻地赖在那个蔑视自己甚至污辱自己的国家里不走的人。我们当年在外国留学时，从来也没有久居不归的念头。国璋特别讲到，一个黄脸皮的中国人，那几个诺贝尔奖金的获得者除外，在民族歧视风气浓烈的美国，除了在唐人街鬼混或者同中国人来往外，美国社会是很难打进去的。有一些中国人可以毕生不说英文，依然能过日子，这究竟有什么意义呢？

最让我忆念难忘的是在我 80 岁诞辰庆祝会上，我同国璋兄的会面。人生 80，寿登耄耋，庆祝一下，未可厚非。但自谓并没有做出什么了不起的成绩，而校系两级竟举办了这样大规模的庆祝活动。大会在电教大厅举行。本来只能容四百多人的地方，竟到了五六百人。毕业多年不见的老同学都从四面八方来到燕园，向我表示祝贺。我家乡的书记也不远千里来了，澳门的一些朋友也来了，我心里实在感到不安。最让我感动的是接近"米"寿的冯至先生来了，我的老友，身体虚弱、疾病缠身的吴组缃兄也坐着轮椅来了。我既高兴，又忐忑不安，感动得我手忙脚乱，一时竟说不出话来。

又实在出乎我意料，国璋兄也带着一个大花篮来了。我们一见

红霞一抹乘云去

面，仿佛有什么暗中的力量在支配着我们，不禁同时伸出了双臂，拥抱在一起。大家都知道，这种方式在当时的中国还是比较陌生的。可我们为什么竟同时伸出了双臂呢？中国古人说："诚于中，形于外。"在我们两人的心中，不知道从什么时候早已埋下了超乎寻常的感情，一种"贵相知心"的感情，在当时那一种场合下，自然而然地爆发了出来，我们只能互相拥抱了。

我因此悟到：交友之道，盖亦难矣。其中有机遇，有偶合，有一见如故，有相对茫然。友谊的深厚并不与会面的时间长短成正比。往往有人相交数十年，甚至天天对坐办公，但是感情总是如油投水，绝不会融洽。天天"今天天气，哈，哈，哈！"天天像英国人所说的那样，像一对豪猪，必须保持一定的距离，天天在演"三岔口"，到了成不了真正的朋友。

反观我同国璋兄的关系，情况却完全不同。我们并不在一个学校工作，见面的次数相对说来并不是太多。我们好像真是一见如故，一见倾心，没有费多少周折。我们也都并没有清晰地意识到，我们终于成了朋友，成了知己的朋友。

了解了我在上面说的这个过程，就能够知道，国璋的逝世对我的心灵是多么大的打击。我们俩都是唯物主义者，不信有什么来生，有什么天堂。我相信我们都只有一次生命，一别便永远不能再会。在仅有的一次生命中，我们居然能够相逢，而且成了朋友，这难道不能算是最高的幸福吗？

（选自《兵团日报》2008 年 7 月 20 日）

怀念孙犁先生

铁 凝

　　上世纪 60 年代后期，因为时局的不稳定，也因为父母离家随单位去做集体性的劳动改造，我作为一个无学可上的少年，寄居在北京亲戚家。革命正在兴起，存有旧书、旧画报的人家为了安全，尽可能将这些东西烧毁或者卖掉。我的亲戚也狠卖了一些旧书，只在某些照顾不到的地方遗漏下零星的几册，比如床缝之间，或角落里的一张桌子腿儿底下……我的身高和灵活程度很适合同这些地方打交道，不久我便发现了丢落在这些旮旯儿里的旧书，计有《克雷洛夫寓言》、《静静的顿河》电影连环画等等，还有一本书脊破烂、作者不详、没头没尾的厚书，在当时的我看来应属于长篇小说吧。我胡乱翻起这本"破书"，不想却被其中的一段叙述所吸引。也没有什么特别，那只是对一个农村姑娘出场的描写。那姑娘名叫双眉，作者写她"咭咭的笑声"，写她抱着一个小孩用青秫秸打枣，细长身子，梳理得乌黑明亮的头发披在肩上，红线白线紫线合织的方格子上衣，下身是一条短裤，光脚穿着薄薄的新做的红鞋。她仰头望着树尖，脸在太阳地里是那么白，眼睛是那么流动……细看，她脸上搽着粉，两道眉毛那么弯弯的，左边的一道却只有一半，在眼睛上面，秃秃地断了……以我当时的年龄，还看不懂这小说的时代背景是土改时期，不知道这双眉因为相貌出众，因为爱说爱笑，常遭村人的议论。吸引我的是被描绘成这样的一个姑娘本身。特别是她的流动的眼和突然断掉一半的弯眉，留给我既暧昧又神秘的印象，使我本能地感觉这类描写与我周围发生的那场革命是不一致的。正因为不一致，对我更有一种"鬼祟"的美的诱惑。那年我大约十一岁。多年以后我才知道这本"破书"的作者是孙犁先生，双眉是他的中篇小说《村歌》里的女主人公。

我产生要当作家的妄想是在初中阶段。我的家庭鼓励了我这妄想。父亲为我开列了一个很长的书目，并四处奔走想办法从已经关闭的市级图书馆借出那些禁读的书。在父亲喜欢的作家中，就有孙犁先生。为了验证我成为作家的可能性，父亲还领我拜会了他的朋友——《小兵张嘎》的作者徐光耀老师。记得有一次徐光耀老师对我说，在中国作家里你应该读一读孙犁。我立即大言不惭地答曰：孙犁的书我都读过。徐光耀老师又问：你读过《铁木前传》吗？我说，我差不多可以背诵。那年我十六岁。现在想来，以那样的年龄说出这样一番话，实在有点不知深浅，但能够说明的是孙犁先生的作品在我心中的位置。

时至今日，我想说，徐光耀是我文学的启蒙老师。他在那个鄙弃文化的时代里对我的写作可能性的果断肯定和直接指导，使我敢于把写小说设计成自己的重要生活理想；而引我去探究文学的本质，去领悟小说审美层面的魅力，去琢磨语言在千锤百炼之后所呈现的润泽、力量和奇异神采的是孙犁和他的小说。

那时还没有"追星族"这种说法，况且把孙犁先生形容成"星"也十分滑稽。我只像许多文学青年一样，迷恋他的文字带给我们的所有愉悦，却没有去认识这位大作家的奢望，但是一个机会来了。1979 年，我从插队的乡村回到城市，在一家杂志做小说编辑，业余也写小说。秋天，百花文艺出版社准备为我出版第一本小说集。我被李克明、顾传菁二位编辑热情请去天津面谈出版的事。行前作家韩映山嘱我带封信给孙犁先生。这就是我的机会，而我却面露难色。可以说，这是我没有见过世面的本能反应；也因为，我听人说起过，孙犁的房间高大幽暗，人很严厉，少言寡语，连他养的鸟在笼子里都不敢乱叫。向我介绍孙犁的同志很注意细节的渲染，而细节是最能给人以印象的。我无法忘记这点：连孙犁的鸟都怕孙犁。韩映山看出了我的为难，指着他家镜框里孙犁的照片说："孙犁同志……你一见面就知道了。"

我带了信，在秋日的一个下午，由李克明同志陪同，终于走进了孙犁先生的"高墙大院"。这是一座早已失却规矩和章法的大院，孙犁先生曾在文章里多次提及，并详细描述过它的衰败经过。如今各种凹凸不平的土堆、土坑在院里自由地起伏着，稍显平整的一块地，一户人家还种了一小片黄豆。那天黄豆刚刚收过，一位老人正蹲在拔了豆秸的地里聚精会神地捡豆子。我看到他的侧面，已猜出那是谁。看见来人，他站起来，把手里的黄豆亮给我们，微笑着说："别人收了豆子，剩下几粒不要了。我捡起来，可以给花施肥。丢了怪可惜的。"

他身材很高，面容温厚，语调洪亮，夹杂着淡淡的乡音。说话时眼睛很少朝你直视，你却时时能感觉到他的关注或说观察。他穿一身普通的灰色衣裤，当他腾出手来和我握手时，我发现他戴着一副青色棉布套袖。接着他引我们进屋，高声询问我的写作、工作情况。我很快就如释重负。我相信戴套袖的作家是不会不苟言笑的，戴着套袖的作家给了我一种亲近感。这是我与孙犁先生的第一次见面。

其后不久，我写了一篇名叫《灶火的故事》的短篇小说，篇幅却不短，大约一万五千字，自己挺看重，拿给省内几位老师看，不料有看过的长者好心劝我不要这样写了，说"路子"有问题。我心中偷偷地不服，又斗胆将它寄给孙犁先生，想不到他立即在《天津日报》的《文艺》增刊上发了出来，《小说月报》也很快作了转载。当时我只是一个刚发表几篇小说的业余作者，孙犁先生和《天津日报》的慷慨使我对自己的写作"路子"更加有了信心。虽然这篇小说在技术上有着诸多不成熟，但我一向把它看做自己对文学的深意有了一点真正理解的重要开端，也使我对孙犁先生永远心存感激。

我再次见到孙犁先生是次年初冬。那天很冷，刮着大风。他刚裁出一沓沓粉连纸，正和保姆准备糊窗缝。见我进屋，孙犁先生迎过来第一句话就说："铁凝，你看我是不是很见老？我这两年老得特别快。"当时我说："您是见老。"也许是门外的风、房间的清冷和那沓糊窗缝用的粉连纸加强了我这种印象，但我说完很后悔，我不该迎合老人去证实他的衰老感。接着我便发现，孙犁先生两只袂袖上，仍旧戴着一副干净的青色套袖，看上去人就洋溢着一种干练的活力，一种不愿停下手、时刻准备工作的情绪。这样的状态，是不能被称作衰老的。

我第三次见到孙犁先生，是和几位同行一道。那天他没捡豆粒，也没糊窗缝，他坐在写字台前，桌面摊开着纸和笔，大约是在写作。看见我们，他立刻停下工作，招呼客人就座。我特别注意了一下他的袖子，又看见了那副套袖。记得那天他很高兴，随便地和大家聊着天，并没有摘去套袖的意思。这时我才意识到，戴套袖并不是孙犁先生的临时"武装"。一副棉布套袖到底联系着什么，我从来就说不清楚。联系着质朴、节俭？联系着勤劳、创造和开拓？好像都不完全。

我没有问过孙犁先生为什么总戴着套袖，若问，可能他会用最简单的话告诉我是为了爱护衣服。但我以为，孙犁先生珍爱的不仅仅是衣服。为什么一位山里老人的靛蓝衣裤，能引他写出《山地回忆》那样的名篇？尽管《山地回忆》里的一切和套袖并无瓜葛，但它联系着织布、买布。作家没有忘记，战争年代山里一个单纯、善良的女孩子为他缝过一双结实的布袜子。而作家更珍爱的，是那女孩子为缝制袜子所付出的真诚劳动和在这劳动中倾注的难以估价的感情，倾注的一个民族坚忍不拔、乐观向上的天性。滋养作家心灵的，始终是这种感情和天性。所以，当多年之后，有一次我把友人赠我的几函宣纸精印的华笺寄给孙犁先生时，会收到他这样的回信，他说："同时收到你的来信和惠赠的华笺，我十分喜欢。"但又说："我一向珍惜纸张，平日写稿写信，用纸亦极不讲究。每遇好纸，笔墨就要拘束，深恐把纸糟蹋了……"如果我不曾见过习惯戴套袖的孙犁先生，或许我会猜测这是一个名作家的"矫情"，但是我见过了戴着套袖的孙犁，见过了他写给我的所有信件，那信纸不是《天津日报》那种微黄且脆硬的稿纸就是邮局出售的明信片，信封则永远是印有红色"天津日报"字样的那种。我相信他对纸张有着和对棉布、对衣服同样的珍惜之情。他更加珍重的是劳动的尊严与德行，是人生的质朴和美丽。

我第四次与孙犁先生见面是去年 10 月 16 日。这时他已久病在床，住医院多年。我知道病弱的孙犁先生肯定不希望被频频打扰，但是去医院看望他的想法又是那么固执。感谢《天津日报》文艺部的宋曙光同志和孙犁的女儿孙晓玲女士，他们满足了我的要求，细心安排，并一同陪我去了医院。病床上的孙犁先生已是半昏迷状态，他的身材不再高大，他那双目光温厚、很少朝你直视的眼睛也几近失明。但是当我握住他微凉的瘦弱的手，孙晓玲告诉他"铁凝看您来了"，孙犁先生竟很快做出了反应。他紧握住我的手高声说："你好吧？我们很久没有见面了！"他那洪亮的声音与他的病体形成的巨大反差，让在场的人十分惊异。我想眼前这位老人是要倾尽心力才能发出这么洪亮的声音的，这真挚的问候让我这个晚辈又难过，又觉得担待不起。在四五分钟的时间里，我也大声说了一些问候的话，孙犁先生的嘴唇一直嚅动着，却没有人能知道他在说什么。在他身上，盖有一床蓝底儿小红花的薄棉被，这不是医院的寝具，一定是家人为他缝制的吧，真的棉布里絮着真的棉花。仿佛孙犁先生仍然亲近着人间的烟火，也使呆板的病房变得温暖。

这是我最后一次见到孙犁先生。

"我们很久没有见面了！"直至今年 7 月 10 日孙犁先生逝世，我经常想起孙犁先生在病床上高声对我说的话。

我想，我已经很久没读孙犁先生的小说了，当今中国文坛很久以来也少有人神闲气定地读孙犁了。春天的时候，我因为写作关于《铁木前传》插图的文章，重读了《铁木前传》。我依然深深地受着感动。原来这部诗样的小说，它所抵达的人性深度是那么刻骨；它的既节制，又酣畅的叙述所成就的气质温婉而又凛然；它那清新而又讲究的语言，以其所呈现的素朴大美使人不愿错过每一个字。当我们回顾《铁木前传》的写作年代，不能不说它的诞生是那个时代的文学奇迹，而今天它再次带给我们的陌生的惊异和真正现实主义的浑厚魅力，更加凸现出孙犁先生这样一个中国文坛的独特存在。

《铁木前传》的出版距今 45 年了，在 45 年之后，我认为当代中国文坛是少有中篇小说能够与之匹敌的。孙犁先生对当代文学语言的不凡贡献，他那高尚、清明的文学品貌对几辈作家的直接影响，从未经过"炒作"，却定会长久不衰地渗透在我的文学生活中。

以我仅仅同孙犁先生见过四面的微薄感受，要理解这位大家是困难的。他一直淡泊名利，自寻寂寞，深居简出，粗茶淡饭，或者还给人以孤傲的印象。但在我的感觉里，或许他的孤傲与谦逊是并存的，如同他文章的清新秀丽与突然的冷峻睿智并存。倘若我们读过他为《孙犁文集》所写的前言，便会真切地知道他对自己有着多少不满。因此我更愿意揣测，在他"孤傲"的背后始终埋藏着一个大家真正的谦逊。没有这份谦逊，他又怎能甘用一生的时间来苛刻地磨砺他所有的篇章呢？1981 年孙犁先生赠我手书"秦少游论文"一帧：采道德之理述性命之情发天人之奥明死生之变此论理之文如列御寇庄周之作是也别黑白阴阳要其归宿决其嫌疑此论事之文如苏秦之所作是也考同异次旧闻不虚美不隐恶人以为实录此叙事之文如司马迁班固之所作是也。我想，这是孙犁先生欣赏的古人古文，是他坚守的为文、为人的准则，他亦坦言他受着这些遗产的涵养。前不久我曾经有集中的时间阅读了一些画家和他们的作品，我看到在艺术发展史上从来就没有自天而降的才子或才女。当我们认真凝视那些好画家的历史，就会发现无一人逃脱过前人的影响。好画家的出众不在于轻蔑前人，而在于响亮继承之后适时的果断放弃。这是辛酸的，但是有欢乐；这是"绝情"的，却孕育着新生。文章之道难道不也如此吗？孙犁先生对前人的借鉴沉着而又长久，他却在同时"孤傲"地发掘出独属于自己的文学表达。他于平淡之中迸发的人生激情，他于精微之中昭示的文章骨气，尽在其中了。大师就是这样诞生的吧。在前人留给人类宝贵的文化遗产和丰富的文学遗产面前，我再次感到自己的单薄渺小，也再一次对某些文化艺术界的"狂人"那种前无古人、后无来者的莫名其妙的自大生出确凿的怀疑。

在我为之工作的河北省作家协会，有一座河北文学馆，馆内一张孙犁先生青年时代的照片使很多人过目不忘。那是一张他在抗战时期与战友们的合影，一群人散坐在冀中的山地上，孙犁是靠边且偏后的位置。他头戴一顶山民的毡帽，目光敏感而又温和，他热情却是腼腆地微笑着。对于今天的我们，对于只同他见过四面的我，这是一个遥远的孙犁先生。然而不知为什么，我越来越相信病床上那位盖着碎花棉被的枯瘦老人确已离我们远去，切近真实，就在眼前的，是这位头戴毡帽、有着腼腆神情的青年和他的那些永远也不会颓败的篇章。

（选自《人民文学》2002 年 8 月 23 日）

摇曳秋风遗念长

——记我的父亲孙犁

孙晓玲

"一落黄泉两渺茫，魂魄当念旧家乡。三沽烟水笼残梦，廿年嚣尘压素妆。秀质曾同兰菊茂，慧心常映星月光。老屋榆柳今尚在，摇曳秋风遗念长。"

父亲这首旧体诗《题亡人遗照》（即《悼内子》），写于1970年10月26日下午，距我母亲去世仅半年时间，充满赞美的怀念，寄托了父亲飞鸿失伴后的不尽哀思。

母亲叫王小立，这个名字还是进城后父亲为她起的。她是与父亲同县的一个普通而又有着传统美德的农村妇女，21岁时嫁给了正在保定读书的父亲，61岁时悲惨地逝于血雨腥风的"文革"之中。印象中的母亲，稍圆的脸盘儿、双眼皮大眼睛，宽脑门儿、白净皮肤中等个头儿，待人亲切乡音极浓。她总是穿得素素净净的，是家做的那种偏襟布衣，鞋也总是自己纳底儿做。虽然没有上过学，可她记忆力不错，语言特别丰富，民谣乡谚经她说出来，一串儿一串儿地既押韵上口又风趣生动。我到现在还能背出十来段儿，像什么"有爹有娘仙桃果，没爹没娘风落梨"、"有享不了的福，没受不了的罪"、"腰里揣着一文钱你想花十文棍，给你个老母猪也不够你胡打混"等等。可以说我的启蒙教育，很大一部分都是从这些带有"警世性"的"土语村言"中获得的。

我们几个孩子还在上学的时候，父亲就极其严肃地教育过我们："从小我对你们没尽过什么责任，你娘把你们拉扯大可不容易，你们都要记着!"

父亲语重心长的话字字千钧。我们都知道，自从大哥普不幸夭亡后，四个孩子无论哪个头疼脑热，母亲都紧紧地抱在怀里，在农屋土炕上伴着用棉花捻儿自制的小油灯，走来走去地彻夜不眠，直到捂出汗、退了烧，才会放下紧绷的心。母亲就是靠着这种执著、这种坚忍、这种无私的爱，在战乱离别中，在缺医少药的穷乡僻壤，抚育大了我们，令我们终生感恩，春晖难忘。

在父亲的《荷花淀》、《嘱咐》、《丈夫》中，我都看到了极其熟悉的举止身影。其中有些对话，仿佛"原封不动"就是母亲讲的。我甚至这样想：如果没有我母亲这么善良质朴、柔婉多情和心灵美的妻子，也许就不会有《荷花淀》；如果没有我母亲对父亲无私的爱和倾力支持，父亲就不可能在延安的土窑洞里，使着劣质的笔，蘸着自制的墨水，在粗糙的草纸上，饱含激情、行云流水般地写出那些优美文字，就不可能连草稿也不打，自然而然"就那么写出来"的诗样文章。父亲的文字中，固然有对人民战争的颂扬，固然有自身情操的内涵，固然有对冀中英雄妇女五体投地的敬佩，可一定也有对遥遥相盼千里之外妻子的思念，有对妻子绵绵的爱。

1942年中秋夜晚，父亲在山地阜平一挥而就写下了短篇小说《丈夫》，载于12月份的《晋察冀日报》。解放后，父亲曾亲口对韩映山说过，此文是以妻为"模特"的。1942年，这个短篇获晋察冀边区文联鲁迅文艺第一季的季奖，那正是抗战最残酷最困难的阶段，冀中地区血与火的"五一大扫荡"就发生在这一时期。这也是父亲的作品第一次获奖。作为一名"抗战文艺老战士"，这次获奖对父亲而言，印象很深刻。

1970年4月15日，母亲带着无尽的牵挂离开了她挚爱的亲人，这给历经屈辱劫难的父亲，带来雪上加霜的打击。"昔日戏言身后事，今朝都到眼前来。"在几位好友的帮助下，办完丧事的父亲，独自一人躺在被谪居的佟楼新闻里十四排小南屋的铁床上，呆呆地望着低矮的屋顶，望着墙上那带着铁棍儿的小窗，卧蚕眉紧锁，丹凤目念悲。他的嘴倔强地紧闭着一言不发。往事历历，在脑海中闪现，妻关切的话语又响在耳边……就在这张单人铁床上，因白日遭受当众"坐飞机"被揪斗的奇耻大辱，是夜他鼓起勇气愤然触电自杀但被灯口弹了回来。事后他告诉妻，妻哆嗦着嘴唇满眼是泪："咱不能死，咱还要活着看这世界呢！""这人啊，十年河东，十年河西，十年过来看高低！"是母亲的劝说、激励，帮助父亲活了下来。

就在这与两个年轻的疯子为邻的平房小屋，父亲与母亲见面的机会也不多，父亲偶然回家取几件衣物、吃顿饭，就又得回去接受隔离审查，做那斯文扫地的"卫生"，写那写不出一行半句的"检讨"，交代那交代不出来的"反党"罪行，看那"触及灵魂"的"革命行动"升级。但他们的两颗心无时无刻不在互相牵挂。只要父亲一进小屋，母亲马上就到对面砖搭的小厨房内，在煤球炉子上做碗挂面汤，端给满面霜侵的父亲。父亲暖暖肚肠对知冷知热的妻小声讲几句触目惊心的所见所闻，为老干部的遭遇愤愤不平："这是要把国家搞成什么？"为国家民族的命运深深担忧。别看父亲体质瘦弱，可他是非分明、疾恶如仇，铜枝铁干无媚骨，不管形势多么复杂、多么混乱，他头脑清醒不盲从，更不做违背良心、良知的事情。所以母亲常说："你这个人好拉横车。"意即不大随大流儿。在冰连地结的寒气"包围"中，在随处可见的鄙夷白眼"扫射"下，患难与共、情德交融的夫妻情，温暖着两颗沧桑多难的心。那时，我大姐、二姐都已在父母的支持下，先后支援外地建设。哥哥因家中狭窄，也只好住在厂里。我和母亲睡在一张稍大的木床上，父亲偶尔回来就睡在靠小窗的铁床上。父亲心爱的书，连柜子一块儿被抄走了，剩余的几件家具搬来前也贱价处理了。即使这样，屋里还是挤得几乎没有走道儿的地方。吃饭就在铁床上摆张小桌，切菜做饭也全在上面。

小南屋墙薄门陋，屋小炉大，里热外冷，母亲不幸又患了肺炎。我和哥哥用三轮车把她拉到医院央求了半天才住进去。记得父亲请了假，从郊区干校赶去看她。那是个白天，父亲穿得很旧，脸晒黑了，很瘦。脚上一双旧球鞋，看起来更像个农民。病房极大且嘈杂，挤着一圈儿十几个危重病人，父亲没地方坐，就一直贴着床边弯着腰和我母亲说话，宽慰着她。看得出，父亲一直强忍着酸楚，可母亲苍白憔悴的脸上漾起了笑容。

这次探视后，父亲在小南屋痛心疾首地对我说："我都不愿看到她那痛苦的样子。"他一脸的凄然。他也曾在小南屋里伤感万分地对亲戚说："她是一位多么贤惠的妻子呀！对我真是太好了！盛在碗里递在手里。这屋里的几件东西都是她操持置办的，我看见这些家具就难过，心里一阵阵翻个子……"可当着我们的面，父亲从不掉眼泪，怕我们难过。尤其令我难忘的是，我母亲去世的那个早晨，在医院里，父亲用胳膊使劲儿挡着我，不让号啕大哭的我冲向亡母，父亲知道我在病榻前服侍母亲好几年，怕我受刺激，怕我太伤心。父亲的爱护无处不在，即使细微之处也是那样感人。

1972年夏天，我跟随父亲回了一趟老家。离村口还有一段距离，父亲就让停车，轻声对我说："下来吧，走着走！"

说着，父亲已弯腰走出车门，踏上他魂牵梦萦的黄土地，脚步匆匆，神思凝重。红荆阡陌、绿树矮房、井台鸡羊，虽无苇堤渔岸淀水荷塘，却也是一派田园风光。我们住在表哥家，中午，村支书来请父亲吃便饭，父亲去了，坐在农家小院低矮的木桌前，低头默默吃完了一碟饺子，没有回碗便起身告辞。第二天清晨，顺着一溜儿钻天杨，父亲在村头沉默地散步，思绪起伏、触景生情，又见桑梓故土地，不见灶旁起炊人。他忘不了妻"青春远离毫无怨言"，送夫上前线重担自己肩，叮嘱自己远走高飞早胜早还；他忘不了公认的"贤大嫂"，拉风箱添秋秸，为过往的八路军友人灶上煮杂面；他忘不了妻担惊受怕三更半夜挥锨铲土，埋下自己托战友骑马送回家的进步书刊；他忘不了在妻的娘家柜中，被搜出一张自己在育德中学的"学生照"，让老岳母挨了日本鬼子几枪托子差点出人命；他忘不了鬼子"扫荡"，妻携幼扶老气喘吁吁丢鞋甩袜奔跑逃难；他忘不了铁蹄压境，妻推机杼，手指变形，赶集换卖操劳一家老小吃穿……

第二天，父亲特意让我去黄城看看，那里是母亲的娘家，他觉得我应当了解母亲从小生活的环境。在那儿，我受到舅舅、舅母的热情款待。与聊城不同的感觉是，那里的土更黄，枣树更绿。

荆钗布裙善解人意的我母亲，在父亲心目中的分量始终沉甸甸的，就像他宁肯喜欢在案上供奉一盆朴实无华的贞石，虽不名贵奇特，却悦目可人；宁肯欣赏窗台上一棵清静淡雅的白菜花，虽无冽郁的香气却耀眼光明。母亲的坚忍不拔、从一而终以及种种细微照顾，都刻骨铭心地令父亲终生不忘。

妻逝后 5 年，父亲数次在《书衣文录》上，记下对她的"不堪回首"之忆念。我母亲逝世后 10 年，父亲连续写了《报纸的故事》、《新年悬旧照》、《三马》、《亡人逸事》等具有自传体性质的作品，实可谓"十年生死两茫茫，不思量，自难忘"。在元旦、春节前后，在夜晚清风明月拂照下，父亲伏身南窗的写字台前，百感交加，回首往事再忆前尘，用他那炉火纯青之笔，写出了初建爱巢时少年夫妻的恩爱，写出了分别多、欢聚少、贫贱夫妻的艰辛，写出了"十年浩劫"患难夫妻的悲凉，写出了他心海中对发妻的一片永无枯竭的思念。这其中有甜蜜的回忆，幸福的对白，有悲欢离合的苦辣酸甜，有老年无情的自审自责，有难以为继的掷笔三叹。

在父亲眼里，我母亲对他的精心照顾，真称得上是"无微不至"。父亲疗养时她去看望；父亲下乡时她去相伴；父亲准备搬家，她去看房；父亲想买个书柜，她去挑选。做在前头，吃在后面，心里总是放着老人、丈夫和孩子，是名副其实的贤妻良母、贤孝儿媳。面对人生"三起三落"的波浪起伏，母亲的乐观，她的宠辱不惊，尤其令父亲叹服。

这段长达四十年之久的姻缘，被父亲称为"天作之合"。

据说，我姥爷是一个热心公益、挺能张罗事的农民。在一个闷热的雨天，他坐在西黄城自家梢门洞乘凉，恰巧遇上前来避雨的两位媒人，她们正为东聊城孙墨池的儿子孙振海（父亲在老家的名字）保媒说亲，偏偏说的那位崔姓姑娘条件不太理想，恐怕是难以说成。她们对父亲的一番介绍，倒让我姥爷动了心，两位媒人知道王家二姑娘品貌超群、心灵手巧、楚楚动人，又是"女大三抱金砖"，想来是配得上的了，便马上改换目标，竭力撮合。我姥爷打心眼儿里喜欢读书人，便拜托两位媒人再仔细打听打听。不久，我姥爷下地干活，正巧碰上我爷爷，两家的地离得挺近，彼此都心知肚明，就不约而同坐在田边聊了起来，越说越对心思，越说越投缘。后来老哥俩儿一拍即合："干脆咱们就做亲家吧！"这事就定了七八分。

不久，双方家长又给儿女创造了一次相亲的机会，很快便定了亲。说实在的，那时"两小无猜亦无爱"，没有什么感情基础，不过是父母之命、媒妁之言。两年后，一顶花轿吹吹打打地把用白线绞过脸、红纸洇了唇，穿一身新布衣，手里拿块花手绢儿，蒙着红盖头的王家二姑娘娶进了孙家门。

听母亲说，办喜事那天，两碗白面饺子上了桌，再上就全是黑面的了。婆家生活勤俭细省和一般农户一样，自家晒酱饼子就大葱，常年不炒菜，过年才吃肉菜粉条子，不比娘家生活强多少，而且日日起五更做饭，比做闺女时辛劳许多。高高瘦瘦的丈夫，整日不言不语就爱抱着本书看，干农活不太在行，却矢志苦吟志向高远。婚后，两人感情升发，恩爱日增，举案齐眉、琴瑟和谐。伴着妻晨炊的烟雾，丈夫走上奋发求学之路。父亲也曾流浪、失业，也曾订不起报纸、买不起书籍，也曾考不上邮局，捧不上铁饭碗，但妻子爱丈夫，她是那种"跟了谁，就跟谁一心一意地过日子"的女人，决不"这山望着那山高"，这是她一生坚定的信条。

抗战开始，父亲先国后家，一个在前方雁南塞北屡遭险难，一个在后方养老育幼倍显忠贞。待风尘仆仆的白洋淀游子，披着日本军呢大氅归来，妻已两鬓斑白，眉梢眼角添细纹。"生离死别，国难家难你我二人共承担！"这是父亲对妻子感慨万千的肺腑之言！

父亲进城时才36岁，风华正茂，已经成名，更兼面容俊朗、气质非凡，但他重情重义，只有感恩心，无有易妻念，糟糠之妻不下堂。

在天津这个喧嚣热闹的城市，喜欢闲云野鹤、南山东篱，生性疏放，厌烦灯红酒绿、车水马龙的父亲，有很多不适应、不习惯，他亲自坐着报社的大马车，把困顿在半路的妻和一双小儿女接到天津。妻的到来带来了乡音乡俗，令父亲耳目一新，倍感亲切如沐春风。正因如此，他从未嫌弃过妻的"土气"，那淳朴的安静的生活方式，更接近父亲的心灵。

听亲戚讲，刚解放时，父亲去北京开文联大会，还特别受到过大会主席的表扬，因为他不与农村的妻子离婚，成为作家中的模范。回家后，他把这件事淡淡地讲给妻子听，一笑了之。母亲听了很感动，她对娘家人说："他这个人心软、实在，知道疼人。那么多都离了，他没把我们娘儿几个扔一边。那么不容易把俺们全都接出来了。他要是想再找，什么样儿的找不着？"

记得上学时，八仙桌上常有家乡饭，"苦累（用玉米面和菜豆角蒸）"、"咸食（用鸡蛋和面加葱花摊）"、"蔓茎白粥"和"鸡汤豆腐脑儿"，父亲最喜欢吃，他曾经一边背着手在屋里转悠，一边笑着对我和母亲说："搞写作这行，生活太好了不行，'文章憎命达'，生活太差，整天为衣食奔波吃不上饭也不行。"父亲很知足自己的写作环境，从不为生活用品四处去买东西，都是母亲张罗。可母亲出门买菜他总是惦记着，下雨、下雪天就叮嘱别滑着，天冷刮风就叮嘱穿暖和点别感冒，看见母亲头发长了，父亲就说："来，我给你铰铰。"他小心翼翼剪得很齐。母亲要是"有个不耐烦儿（家乡话有病的意思）"，他就急着请名医诊治，亲自端水递饭并请她娘家人来照顾，一切安排得仔仔细细、妥妥当当。我母亲爱说："鱼帮水，水帮鱼，俩好换一好，有福同享，有难同当。"我想，这也是他们生活祥和宁静的原因吧。

母亲对父亲的好是一言难尽的。孩童时，我留着齐眉穗儿，梳着独角辫儿，父亲在山西路宿舍小木桌前吃饭的时候，我专门爱站在他身后给他"梳小辫儿"，父亲虽没生气，母亲总是急忙哄我到外面去玩，生怕影响父亲吃饭。最让人感动的是，有时母亲干脆歪着头在一边看着父亲吃。她知道"他爹"一天到晚用脑写作、看稿，伤神费力又经常失眠，真怕他累出病来。由于几年连续不断地艰苦创作，有一天，父亲突然晕倒摔伤，母亲心痛焦急，求医问药，焙制偏方，并体贴入微地陪父亲去做他喜欢的事情。从少年时代，父亲就喜欢买书。进城后，这个爱好有增无减。有一回，父亲与母亲到大院后面的南市北大关逛旧书摊儿，一下子买了好多旧书，厚的、薄的、完整的、残损的都有。他们雇了一辆三轮车拉书，自己跟着车走回家来。母亲深知父亲的脾气禀性，知道他"擎根儿就待见书"，知道他对书的一片痴情，总是使屋内窗明几净，温馨舒适，给他创造了一个看书、取书、拾掇书的良好环境，父亲高兴她就高兴。

父亲对妻真诚如一。他不摆一个名作家的架子，关心她、尊重她、体贴她、帮助她，从没虚的没假的，工资、稿酬都一分不剩地交给她。他们性格互补，又能相互宽容。父亲对母亲不仅从无挑剔指责，也从未因文化上的巨大差距而生轻视之心。有时，父亲像个和蔼的老师，教母亲认几个简单的字，给她讲几句有关夫妻情分的古诗，或讲一两个文学名著的典故。母亲笑吟吟地听着，有时我也跟着一块儿听。父亲视发妻如同知音，给她讲自己创作中的甘苦，讲别人对他的评价，讲他自己创作上的不足，讲古人"著作等身"的成就。

我还清楚地记得，父亲给母亲讲过鲁迅先生的两段话，一段是他像一头牛，吃的是草，挤出的是奶；一段是他受到了伤害，便像一种动物不嚎叫挣扎着到树林中舔伤养伤。只要提到鲁迅先生，父亲神情声音便立时充满了仰慕与崇敬，双眼闪现着钦敬的光彩。若是一提起我们老家，那他俩就更是有了共同语言，你一句、我一句地有来道趣。从"饶阳"到"深泽"，从"伍仁桥"到"子文集"，从"愣起叔叔"到"立增爷爷"，从"芒种"到"振国"，从"大丑姑姑"到"大嘴奶奶"，有说不完的话题和兴趣。

母亲去世后的每年清明节，父亲都是在郁郁寡欢、心情沉重中度过的。母亲的死是我们全家人心中永远的痛，大家平日都尽量避免提及，可是父亲情不自禁还是提起过几次，让我铭刻在心。父亲住到学湖里后，与我仅一路之隔。知道父亲吃饭爱凑合，不让我们多炒菜，我就常给他送些在自己家中精心炖好的营养食物，尽一点女儿的孝心。父亲问完两个孩子和我爱人后，总是让我在沙发或床边坐一会儿，说几句家常话。有一回，父亲坐在卧室的藤椅上，两手抚着椅圈儿，感伤地说："你娘把你们带大多么不容易呀，我那时不在家，你大哥哥没了，你娘她多难过啊！"说毕，他遥望窗外，斯人已去，黯然神伤，沉思良久。

半个世纪都快过去了，父亲对妻当年的痛苦记忆犹深，设身处地地替她着想，他自己的难过却埋在心灵深处，融化在文字之中。

1981年国庆期间，年近古稀的父亲，夜晚在多伦道大院的老屋，为了一张1946年在蠡县县委门前所摄的失而复得的旧照片，记下了这样情透纸背的文字："……所穿棉袄为到家后妻拆毁余在北平时所服褐色夹袍缝制而成……今日犹冬季之视红花绿叶等，非草木可贵乃时不再来旧影遂珍并隐约可见亡人之针线在小油灯下赶制冬装情景如在眼前。"

征人衣，离人泪。母亲把绵绵情意，丝丝缕缕地缝进了棉衣之内。冬日暖，情堪贵。离家八载的父亲，仅在家住了四五天，便穿着它奔向新的文化战场，写出了新的佳作。

"新三年，旧三年，缝缝补补又三年。"是父母共同的生活习惯。一直到现在，在从不装修的住处，父亲睡了多年已开裂的木板床上，铺的仍是我母亲给他缝制的两床厚厚实实的棉布褥子，中间夹着一条我送给父亲的新褥子，伴着父亲度过了自甘寂寞、冷清孤寂的衰暮之年。我母亲亲手纺织的"紫花布"、父亲在战争年代给我母亲买的日本丝头巾（后来做了包袱皮儿），父亲都一直细心保存，不忍丢弃。

1994年春节，我照例去看望父亲，一进门，父亲就递给我一张当天的《天津日报》，很激动地大声说："小玲，你看看这个！是你葛文阿姨写的，写得好啊！这些年来写我的人很多，可没有人写写她。写得好！我看了，不但没难过，还高兴呐！"有人写了妻子，父亲感到了宽慰，大病初愈，清癯瘦弱的父亲拄着拐杖，立在屋中一口气说了那么多话，这在平日并不多见。

回家后，我仔细读了副刊上的《抓髻夫妻情》，当我读到在那个人妖颠倒的年代，父亲每月仅发 15 元生活费，还时时想着"玲子和她娘得吃饭呀"时，泪水夺眶而出。父亲呀父亲，无论在什么情况下，您的心里总是惦记着我们，您是一个责任感多么强的丈夫，又是一位多么慈爱无比的父亲啊！

直到父亲安详、从容地闭上眼睛，也从未忘记过我母亲。因为这些年平平淡淡真真切切的生活经历告诉我：在我失去母亲后的 32 年里，父亲把对妻子真挚的情感，又只增不减地带给儿女，传给孙辈。

由于对老闺女的疼爱，父亲不忘妻的临终叮嘱，对我更是好上加好，倍加关怀。我也尽最大的可能，把对双亲的爱一并回报给亲爱的父亲，母亲如若地下有知，亦当感到欣慰吧。

（选自《天津日报》2003 年 5 月 15 日）

忆丁玲

张凤珠

一颗明亮的、曾经子夜高悬，几度隐现云端，多灾多难，与祖国的命运相伴相随而不失其光辉的星，陨落了。——孙犁

丁玲是一个具有巨大的文学才能，而为政治吞噬的作家，一个未及完成却因意外打击而几近碎裂的作家，一个忠实于文学事业，并为之苦苦挣扎奋斗的作家。——林贤治

丁玲的一生太不平凡，以上两段文字，我觉得比较准确地概括了她坎坷曲折的人生经历。

在中国现当代文学史上，丁玲是最具悲剧色彩的人物，她自己也为身受种种遭遇唏嘘不已。70年代末，丁玲仍谪居山西长治嶂头村时，日记里这样记述过："忆几十年大好年华悄然消失，前途茫茫而又白发苍苍，心高命薄，不觉怅然。"

但是丁玲也曾辉煌过。二十世纪的中国，大约没有哪一位作家，像丁玲这样在荣辱毁誉间，经历如此巨大的跌宕起伏。所以有人说："丁玲的人生经历，是一个内涵十分丰富而又复杂的文化现象，意义非常厚重。"正因如此，我希望我能再回忆她，试着更走近她一些。

我是1953年在中央文学讲习所学习时分配到丁玲身边做秘书的。那时她的声望正如日中天。1952年她刚刚获得斯大林文学奖，以斯大林的名字命名的奖项在50年代的中国，那影响和荣誉是今

天被多少人仰望热衷的诺贝尔奖远远无法比拟的。孙犁还说过："丁玲的名望、影响、吸引力，在文学青年中，几乎可使万人空巷，不只是因为她的小说，还因为她献身革命。"

我曾多次随同她去东总布胡同二十二号（作家协会前身）机关。这是一所中西合璧的建筑，有坚实的红漆大门，大院分三进，有宽敞的木质雕花回廊。前院是两层楼，楼上有作家卧房和小会议室，装饰考究，人字形地板，光亮照人；楼下各房间及两边厢房便是文协各部门的办公室。前院有大会议室，天花板时新又漂亮，有时就在这里接待外宾。东边还有一个侧院，一架高大藤萝洒下满院绿荫。我之所以这样介绍这个院子，因为解放初期像艾青、张天翼等许多大作家居住在这里，到了1957年和"文革"期间，又有许多作家在这里遭受惨烈的折磨，它应具有文化史的意义。

我很欣赏这个院子，也亲眼目睹丁玲每一进这院子，总是欢声笑语，被一群人簇拥着，那情景就像欢迎一个女王，就连平日面孔有些严肃的邵荃麟，也是热情洋溢的样子。丁玲很受爱戴，我绝没有夸张。

生活似乎很简单，晴空日丽的。1955年，丁玲到无锡写她的长篇去了，当时我已到《新观察》杂志去工作，但仍住她家里，有点留守的意思。那一年全国掀起清剿"胡风反革命集团"的斗争，为了深挖"胡风反革命"分子，几乎是掘地三尺。丁玲和胡风是有过联系，有过友谊的，但关于这方面我没多去想，我认为丁玲是党的领导干部，她不在被怀疑之列。有一天我遇见马烽，他好像有点隐秘似的对我说：你给丁玲写封信，告诉她，如果作协通知她回来参加运动，立刻就回，不要推托，说完转身就走了。马烽的神情让我满腹狐疑，不知发生了什么事情。后来才清楚，原来马烽已看出批判的潮头要推向丁玲去了。

不久丁玲果然回到北京，看她神情安定，我就和她谈了一些机关里反胡风情况，因为《新观察》有个被定为胡风分子的严望，所以知道一些斗争的情况。她听了这些没什么反应，却说起在无锡时的情况。她在无锡时，曾被通知去上海看有关胡风的文件，胡风在和友人通信中，称丁玲为凤姐，对她语多嘲讽和不满，似乎因此她放下心了。

1955年是运动年，开会成了生活的主题，哪怕晚饭后也得泡在单位里。这一时期我很少和丁玲见面，《新观察》杂志不在东总布胡同。想来领导层会更忙，至于他们忙什么，那时的保密工作做得好，我竟全然无所知。直到有一天，支部书记忽然找我谈话，他一脸严肃地通知我，不要再住在丁玲家里，要立刻搬出来，而且就在今天，并说已经派好一个同志帮我去搬行李。我云里雾里不知是何原因，便提出得先和丁玲打个招呼，他竟干脆一句：不必了。便转身走掉。

我知道丁玲大约出事了，但是不敢向任何人去打听，而且我的处境也开始有点不妙了。《新观察》是个时事性的刊物。有个采访任务，早定下有我，现在却借口发稿任务重，让我留在编辑部，这是我感受的第一股寒风。

这一年的冬季，接到通知，让我们去妇联的礼堂听传达，传达的内容一无所知。记得在开会之前，我正和身边同志说笑，前边座位上一个老同志忽然回过头来看着我，脸上有些惊异的表情，我连忙向他问好，这是我在东北时的老领导，现调北京做文化部副部长。他问我在哪工作？我告诉他在《新观察》杂志社，他似乎略感放心似的"噢"了一声。事后我才明白，这些老同志党内斗争经验丰富，他听说我不做秘书了，情况稍好一些，但已预感到我的前途堪忧，奇怪我怎么还有心情说笑。

这一天的会由周扬做对"丁、陈反党集团"斗争的报告。妇联礼堂可容纳四五百人，座无虚席，气氛十分严肃。中宣部长陆定一亲临大会，传达中央政治局对报告的批示，并发表讲话。他讲"丁、陈反党集团"和"胡风反革命集团"是里外呼应，互相配合的，说到这时，忽然环视会场怒不可遏地问道：杜鹏程来了没有？杜鹏程应声而起。陆定一怒斥道：你给路翎写信，说你看了他的作品后，恨不得把自己的作品都烧了，你说你这是什么意思，你烧了没有？现在烧给我看看。全场寂然无声。这位部长仍然怒气不息，又说：你要烧作品，可又拿人民付给你的优厚稿费，你怎么说？这时主席台上不知什么人说了句：都交党费了。部长才缓和下来，说了句：那就好。

就因为这件事，听说杜鹏程被留在北京受了好一顿审查。其实杜鹏程和路翎并不相识，只不过看了几篇路翎描写抗美援朝的小说，颇受感动，激情之下写了这样一封信。杜鹏程是一位在文学上有成就的作家，他曾随彭德怀转战陕北，写出《保卫延安》轰动一时，"文革"时就因为这部作品写了彭老总，受到残酷迫害，以致后来长期辗转病榻，虽然满腹文章却没力气写了。

这次大会虽然有点风声鹤唳，但是我对所传达的内容却满脑子疑惑。丁玲怎么竟会反党？而所举那些据以定为反党的事实，就更荒唐得令人无法置信。说她制造个人崇拜，宣扬"一本书主义"。这是个新名词，过去没听说过。丁玲确实常鼓励文讲所的学员要拿出好作品，写出好书，而且不止一本，现在加上个"主义"怎么就把原意全变了呢？以丁玲这样久经锤炼的老党员，她怎么可能讲出"只要有一本好书，就可以和党要价钱了"。这不是天外奇谈吗？还有个制造个人崇拜的例子，就是文讲所挂像的事，这件事从头到尾我都清楚。文学讲习所在一九五三年接待德国作家，在会议室里挂了鲁迅、郭沫若、茅盾、丁玲的照片，外宾走了以后，照片没有摘下。丁玲并不知道挂像的事。有一天文讲所的逯斐来看丁玲，和丁玲讲起此事，丁玲立刻把我叫了过去，问我看见这些挂像没有？我说看见啦，她有些责备我为什么不向她报告此事，又吩咐我立刻给田间打电话，让把她的照片拿下来。我不明白她的用意，先去把电话打了。第二天我去文讲所时，她又嘱咐我去看看照片是否已摘下？她看出我脸上有些疑惑，才说出理由：怎么能这样挂像呢？还有几个副主席嘛，为什么不挂巴金、老舍的？他们这样做事太欠考虑了。

挂像的事与丁玲无关，而且她纠正了这种做法，这怎么能算她的错误呢？

那时我实在年轻又愚蠢，毫无政治经验，不知党内斗争的厉

·红霞一抹乘云去·

038

害，在大会以后召开的支部会上，我竟把文讲所挂像的事从头至尾细说一遍，意在澄清事实。我哪里知道这场运动的领导人并不要事实呢！在支部会上并没有人反驳或批评我，但这件事一到作家协会领导那里，我就成为大逆不道了。在开作协全体党员会时，刘白羽站在前边讲话，他说：大家不要麻痹，以为听了传达，思想就都认识清楚了，不一定。说着，他忽然把手指向我，声色俱厉地训斥，说我斗胆妄为，在听了中央的批示以后，居然还敢替丁玲辩护。他问我：你知道那文件下边是谁签的字吗？他又问会场上的人：这样的人不够格做个党员吗？要查查她是怎么入党的。看来如果没有党章管着，我可能当场就被开除掉了。

我没经历过这种阵势，完全吓傻了，低着头，只盼前边的地板裂开，容我钻进去。可是我到底犯了什么错误？我说的是我亲自经历的事实。丁玲无论犯了多大的错误，但挂像的事与她无关，责任不在她，而且她处理得明智。为什么如此凶恶地不许人说出事实真相呢？其中原委，隐藏很深的内幕，是多少年后才逐渐暴露出的，多少人已经付出青春的代价。但是，从这一次我明白了，有人是以组织的名义颠倒黑白。

1956年的风向有些变化，"八大"的召开，阶级斗争的弦拧得不再那样紧，生活显得宽松，也多姿多彩起来。听说丁玲对她的问题正在上告，作协要组织班子复查，而且还让各支部组织人去看望丁玲。种种迹象都显示去年闹得甚嚣尘上的"丁、陈反党集团"可能不是那么回事。我所在的支部也让我随他们一起去看丁玲，我一口回绝。相隔不久，接到丁玲的信，约我到颐和园云松巢（作家协会别墅）去看她，我立刻去了。已经一年没见她，见她精神尚好。我问她："是不是在这里写长篇？"她说："写什么长篇，写材料告状呢。"我问："这一切到底是怎么回事？"她说："还不是周扬搞的。"我又问："作协这些人怎么一起都跟着？"丁玲哼了一声："不把我打倒他们怎么上去。"我仿佛有所悟地说："人家已经当上'八大'的代表了。"丁玲冷笑一声说："未必当得成'九大'的代表吧。"我问她："这些事能翻过来吗？"她说："我相信中央。"语气很笃定，我的心情也宽松了。她还告诉我，刘白羽已经把她正写的长篇拿去了八章交《人民文学》发表。

看来一切都恢复常态了，多福巷（丁玲居所）又恢复了人来人往。又听说复查小组调查1955年检举揭发的人，大多把以前的发言都推翻了，声明是压力下不实事求是的发言。1957年春天整风时，作家协会的重头戏是先要解决"丁、陈反党集团"的问题。开了三次党组扩大会。周扬、邵荃麟、刘白羽都先后发言，说1955年的批判过火了，"反党集团"之说不能成立，都做了检讨，并向丁、陈致歉。一切如果到此为止就好了！可是命运捉弄人，或者是政治早有安排，丁玲这一生都没有脱离开政治的挟持。形势在瞬息之间就变了，大气候的变化决定着小气候，刚刚宣布不能成立的"丁、陈反党集团"也变了，不但变了而且升了级，丁玲还是个自首变节分子。翻云覆雨不过昼夜之间，这样惊人的帽子一扣，丁玲还有活路吗？

本是名扬四海的大作家，现在又是反党又是叛徒，她将怎样挣扎出这足以使人没顶的惊涛骇浪呢？我终生难忘那一场场批斗大会，实际上"文革"在1957年就开始预演了！8月酷暑，天热，会场的温度更热，我却感到后背像背着一坨凉冰，下一步还要做什么？我已不能思想。丁玲呢，她进会场时步履还算稳当，陈明一直陪伴她，他们坐在一张小桌子后面，上百人的目光像无数钢针刺向她。要她回答问题，作交代，却不等说完，就喧闹着："不要听她编小说！""放老实点！"那真是千夫所指啊！我不由得想起过去被前呼后拥着的丁玲，两相对照，这是一个丁玲吗？

多少年后才明白了，所谓群众运动，不就是运动群众来撕碎你最后一点作为人的尊严吗？

在这一段时日，丁玲是受尽了污辱和迫害，不仅文艺界批斗，还有社会上。她也软弱过，一次在去参加妇联组织的批斗会时，她哭着和陈明说："我不想去，我害怕呀！"陈明只好安慰她、鼓励她，在受难的日子里，陈明永远是她精神上的支柱。软弱是瞬间的，她还是挺过来了。如她自己记述的："人要在寂寞中、孤独中、耻辱中熬炼，熬炼出一副钢铁的意志，和一颗对自己也要残酷无情的铁石心肠才行啊！"

在这一点上丁玲是伟大的，她历尽磨难，但她的灵魂始终坚强。

当那段唾沫四溅、辱骂横飞的乱哄哄日子过后，她被开除出党，戴上右派分子帽子，真得重新做人了！她说她还不是从零做起而是得从负数做起。

如何处置她？作家协会党组书记邵荃麟对丁玲有过这样一段谈话：考虑到丁玲的年龄，可以不必下去劳动，留在北京或者搞创作或专做点研究工作，还特别提到冯雪峰也是这样处理的，留在人民文学出版社，参加鲁迅全集的注释工作。

丁玲说，这个处理意见曾经让她心动，她未完成的长篇小说《在严寒的日子里》已经在她心里酝酿多年，书中人物常常萦绕心头呼之欲出，她实在希望这些人物能尽早与读者见面。但是再一想下去，她能留在北京吗？一堵高墙把她围在里面，她和社会不会有任何联系。孤独、愁苦、耻辱将折磨她，使心灵萎缩不堪，在这样的处境下，她哪还会有情绪去创作？她决定下到基层去，到北大荒去，她的丈夫陈明在那里。她要自己沉到生活的最底层，在普通老百姓中间胼手胝足，只希望有一天能和普通人一样，光明磊落地生活。

这一年丁玲五十四岁，入党二十五年，从她发第一篇文章算起则三十年了。

丁玲的一生真是大起大落啊！而且每次的遭遇都是死去活来的。她才华过人，有些浪漫气质，追求艺术。记得五十年代在她身边工作时，曾听她谈起年轻时想做演员的故事。她去找戏剧家洪深。洪深看着眼前这位年轻姑娘一身朴素，以为她想当演员是为了寻求生活的出路，便劝她不要轻易去干这一行，如果想找份工作，可以另想办法。看来洪深对眼前这姑娘满怀善意。可丁玲对洪深说："我想当演员是为了实现对艺术的追求，我把它看作一种事业。"洪深有些惊异，而且被她语气的热切打动了，便介绍她到上海去找田汉。丁玲还真的在明星公司的水银灯下试过一些镜头，田汉希望她留下来，但她不能适应电影圈里那种生活方式，男男女女整天演戏似的打情骂俏、搂搂抱抱，这些行为令她厌恶，无法接受。她谢绝田汉的挽留，逃离似的又回到北平。讲完这段经历，她哈哈地笑着说："当初若是留下演电影，今天很可能就是吴茵了。"

明星梦破灭以后。她转向写小说了。这时期她的心情有些彷徨、焦躁，大革命失败了，期待落空，她感到迷茫。梦想的破灭，使她愤世嫉俗。在这样的心态下，她写了《梦珂》寄给叶圣陶主编的《小说月报》。叶圣陶是在来稿中发现这篇东西的，立刻给作者写信，请她继续寄稿。丁玲又写了《莎菲女士日记》寄去。《小说月报》均以头条位置刊出。丁玲在文坛上可以说一炮走红，名声大震。她自己也不无得意地说："我一出台就挂头牌。"她非常感激叶圣陶，终生都视叶老为师，凡有叶老在时，丁玲绝对是末座相陪。

在写作上，丁玲似乎找到了灵魂的依托和归宿。不久她和胡也频去了上海，参加"左联"。丁玲说："很多人都以为我是受了胡也频的影响才革命的，实际不是。我十八岁从家乡湖南到上海，在陈独秀、李达等共产党人创办的平民女校读书，接触过瞿秋白这样的共产党领导人。"丁玲说，在北平时胡也频对革命没什么接触，他只是一个爱好文学的热血青年，和沈从文是好朋友，他写的文章，沈从文拿去在京报副刊上发表。丁玲说她自己从来没有在北平的报纸上发表过文章，她恨透了京派文人。胡也频是受了丁玲的影响接触左翼文学，进而参加革命的。丁玲说，胡也频的优秀之处，就是他一旦接受了、参加了，就奋不顾身，而自己在这方面不如胡也频。她虽然接受革命较早，但感到自己生性自由惯了，生活上喜欢随意一些，害怕不能适应党内纪律的束缚，她愿意在党外，用自己的创作为左翼文学贡献力量。

丁玲到上海的几年，创作上硕果累累，轰动文坛。这可以说是她人生的第一个高峰吧！命运的起伏外，厄运也就等在前边了。

1931 年，胡也频被捕牺牲。丁玲说，胡也频的牺牲激励了她，她感到了自己不能再在党的外边徘徊，她应该参加进去，入党。这是在丈夫牺牲以后，白色恐怖最严重的时刻作出的决定，这个行动称得上悲壮。她还说，她既然决定参加了，也就不会再回头。

从她波折迭起的一生看，证实了这一承诺的坚定。

1933 年，丁玲也被国民党逮捕，在南京软禁三年。这三年经历，严重地影响了她，构成她一生中心灵上一道挥不去的阴影。国民党是迫于国内和国际上舆论的压力，不敢公开关押审讯她，改为软禁政策。丁玲始终没有暴露自己是共产党员，也拒绝为敌人做一点事，国民党宣传方面的头子张道藩亲自邀请也不答应，只一心地千方百计找党的关系，一旦接上了头，冯雪峰让张天翼从南京把她送到上海。冯雪峰本有意让她争取个公开身份，留在上海工作，她却一心只想到陕北"苏区"去。最后由聂绀弩护送她到西安。恰好潘汉年刚刚由陕北出来，听说丁玲到了西安，马上去找她，动员她利用自己的影响，到法国去为党工作。她不为所动，无论潘汉年怎么劝说，她都拿定主意，铁了心只想去陕北，谁都知道，红军长征刚刚到陕北，革命正处在十分艰苦的阶段。

1936 年丁玲到了陕北保安中央所在地，毛泽东等中央领导人都热烈地欢迎她的到来。丁玲说她去见毛主席，毛主席见她的第一句话就是："你和杨开慧是同学噢！"丁玲到保安后住外交部招待所，毛主席常在黄昏时刻到她住的窑洞里聊天，聊天最是丁玲的所好所长，她说，毛主席一条腿支在炕沿上，背靠墙壁，海阔天空什么都谈，谈《红楼梦》时，甚至说贾宝玉可以成为革命者。周小舟是当时毛主席的秘书，也常跟随一起来聊天。毛主席问丁玲到边区后想做什么？丁玲说想当红军，到前方去，毛主席很高兴，赞赏说："好啊，杨尚昆要带个工作团去前方，你就随同一起去吧。"丁玲到前方后写了一些报告文学或速写。其中《彭德怀速写》一篇，今日读来仍是脍炙人口的好文章。丁玲在前方时，刚刚发生了"西安事变"。她正准备迎接新年时，一天聂荣臻司令员忽然交她一封电报，这就是那件流传得很广的毛泽东赠丁玲的那首词：

《临江仙·给丁玲同志》

壁上红旗飘落照，西风漫卷孤城。

保安人物一时新。洞中开宴会，

招待出牢人。

纤笔一支谁与似？三千毛瑟精兵。

阵图开向陇山东。昨天文小姐，

今日武将军。

　　读过电报后，丁玲又惊又喜的心情是可以想象的。一首词竟用电报发到前方，可见毛泽东对丁玲到来的高兴程度。

　　丁玲回延安后，去见毛主席，向毛主席道谢，并表示遗憾，没有手迹。毛主席立刻找张纸，把原词抄了下来送她。丁玲非常珍惜这一份不同寻常的礼物，她担心战乱的环境不保险，怕会丢失，于是她把这幅字仔细包好，寄到重庆，请胡风代为保存。胡风知道这份托付和信任的分量，他那时没想到四十年间，自己会过着朝不保夕的日子，几经迁徙流放，这幅字竟奇迹般保存下来了。1981年完璧归赵。这种对朋友的信义，是十分难得的。

　　丁玲对胡风一直心存感激。当年丁玲在延安，凡有作品寄胡风，胡风总设法把稿费寄给丁玲在湖南的母亲。丁玲把这份情谊看得很重。但是五十年代全国都在声讨所谓"胡风反革命集团"时，丁玲不管内心如何想，她都只能一个调子去批判了。对胡风她内心肯定有歉意，尤其在看到归还的毛泽东手迹以后。陈明在一次会上说：关于胡风的文章已列入丁玲写作计划，并且让秘书找来当年她登在《人民日报》上的批判文章。只是还未动笔人便住进了医院。假如她能早些做这件事，写一篇像回忆瞿秋白那样的美文，文坛不是又增加一道亮丽的风景吗？

　　丁玲到陕北最初几年，可以算作她人生旅程上第二个高峰，是她生命最昂扬的时期。当红军，到前方去，结识了许多领袖人物、开国元勋，像彭德怀、贺龙、聂荣臻几位元帅。抗战起后，她又任西北战地服务团团长，辗转晋察冀，博得很好声誉。1939年重回延安，渐渐地，生活似乎不像初到陕北时那样单纯了，有人嫌她傲气，说她看人时眼睛从人的头顶上望过去。丁玲也说她自己处事不周全，弄不好人际关系，而且开罪了江青。江青和毛主席结婚时，给了丁玲请柬，但是恰好保育院捎信来说她女儿病了，她已和党校借好马。如退掉再借就很麻烦。她没有出席这个宴请，被认为是对婚事的态度。事后丁玲登门，本想去祝贺，进门后毛主席看见她竟面无表情，不打一声招呼。倒是江青给点面子，出来应酬，毛主席则走到院子里去了。另外一件事，便是她那篇到 1957 年还要"再批判"的获罪文章《三八节有感》有一句："而有着保姆的女同志，每一星期可以有一天最卫生的交际舞。"这被认为是讽刺江青的。

《三八节有感》虽然在延安引起轩然大波，但在整风中毛主席保了丁玲。毛主席说《三八节有感》和《野百合花》不同，丁玲的文章有批评也有建议，而王实味是托派。有此话，两人的处境当然就有极大不同。

丁玲是十分感念毛主席的。50 年代常听她说：毛主席是真正懂文艺的。还说：毛主席了解她。当她从山西回到北京后，我曾问过她，知不知道《文艺报》的"再批判"按语是毛主席修改过的？她说：当然知道，毛主席的文笔我们很熟悉，一看就明白了。她可没有说她明白以后，是种什么样的心情。

《三八节有感》，一篇小文章，但造成她心理上的影响和压力却很深远，几十年后在她的日记中还记有："文章要写得深刻点，生活化些，就将得罪一批人，中国实在还未能有此自由。《三八节有感》使我受几十年的苦楚，旧的伤痕还在，岂能又自找麻烦，遗祸后代。"

读她这段刻骨铭心的自白，对解读她晚年的心境，是否可以增加一点了解和体谅呢？

新中国成立后，丁玲有过几年辉煌，不过很短暂。1952 年让她来领导全国文艺整风，这可能种下祸根。我曾想过，解放初期她主编《文艺报》时，气势太凶猛，得罪了一些人，尤其是合作者陈企霞，我不熟悉陈企霞，只感到他太锋芒毕露，使不尖锐的矛盾也尖锐起来。

按理说，丁玲是不该对别人构成威胁的。她没有当官的欲望，只有创作的雄心，名作家意识。抗美援朝时，她送巴金等一批作家去朝鲜前线，她因为职务在身走不开，当场就流下眼泪。五十年代我看过她写给乔木的一封信，也是希望能卸掉职务，让她搞创作去。我记得她的信里有一句话，说：五十岁对女同志是一个痛苦的年龄。那时我年轻，不懂为什么五十岁对女同志会痛苦，因此印象深刻，记住了。

丁玲在北大荒一待十二年，其中 1962 年，作家协会曾想让她回到北京，但丁玲不想离开北大荒，她在那里熟悉了，人们也逐渐了解了她，老百姓觉得老丁这个人不错。加上王震将军的关注，农场给了丁玲可以写作的条件，僵死的心开始复苏，她又可以用笔了。

没料到的是来了一场文化大革命，这样的"革命"在丁玲身上会施行什么样的专政，是不难想象的。看到她每天受的折磨，有好心的人曾说：这哪里是人过的日子？还不如死去吧，死了就不再遭罪。丁玲当然不会去死，她有自己的生死观。想不到的是厄运反而解救了她。北京来了人，带走她，把她关进秦城监狱，一关五年，最后无罪释放，发配山西长治嶂头村，说是每月给八十元生活费养起来。

她这一生两度坐牢，有人讽刺地说：30 年代坐牢，因为文章是红色的；70 年代坐牢，文章成为白色的了。

坐国民党的监狱，虽说也愁苦深重，但更难过的是解放后的冤狱，对她身心摧残更甚，自家人不认自家人的痛苦，是双重的又冤又苦。

终于等到 70 年代末，熬过二十多年的雨雪风霜，生活似乎露出曙光，她又回到北京。虽说社会上正在形成一种较宽松的文化氛围，但文化的形势对丁玲并不轻松，她将怎样应对？我感到当时在她心里最强烈的愿望，就是要找一个伸展自己和表达自己的机会。

1979 年人民文学出版社重印《太阳照在桑干河上》，七月份《人民日报》发表了丁玲的《重印前言》，当时她还没有安家，住在友谊宾馆。我去看她时，她问我读到这篇文章没有？听我回答已读过，她又问："听到什么反响吗？"我说："这是你的亮相文章，当然都十分注意。"她问："都有哪些议论？"我告诉她："有两种看法：一是不相信。"她立刻追问："不相信什么？"我说："不相信你说的是真话。还有一种就是不理解。"她问："你是哪一种啊?"我直率地说："第二种。我不能理解你蒙冤受屈，死去活来折腾二十多年以后，怎么还有红卫兵的感情，为毛主席而冲锋陷阵，为毛主席而写作。"她说："我当初写作时就是这种感情，这是历史事实无法改变。"我说："可你这篇文章是现在写的啊!"她沉默有顷，笑笑说："看来这二十几年你政治上进步不大。"

我倒是认可她的说法，但政治进步的具体含义是什么? 我不清楚。

丁玲了解吗? 她是大作家，她长期受极左政治的残酷迫害，受的苦难太深太重，社会对她有种期待，似乎她最有资格，也理应用文学去反思和控诉，这场整个民族空前地、集体性地所经历的磨难。但丁玲没有迎合这种期待。她重返文坛拿出的第一部作品是《杜晚香》(这里不评论这部具体作品)，另一部作品是《牛棚小品》。记得她刚写完《牛棚小品》后拿给我看，我为之倾倒。一个七十多岁的人，仍葆有青春少女的情怀，写她和陈明在没有生活自由，极端艰难困苦环境下的真挚情感，非常动人。但她自己却宣称：还是应该多写《杜晚香》这样作品，建设四个现代化需要更多杜晚香这样的人物。看来这更像一场政治的选择，而不是一场文学的选择。

丁玲的后半生一直受政治环境的挤压，她在给文学青年做报告时却说：作家是政治化的人等等。这些表述，因文坛上复杂微妙的人际关系，被稍加引申，于是这位文学界的头号右派丁玲，忽然之间成为舆论上的极左人物。这真是开历史的玩笑。

但是说实在的，那时我对丁玲也有许多不解之处。我曾和人说，我心目中有两个丁玲。那个作家的丁玲是最真实的存在，从写出《苏菲女士日记》到《我所认识的瞿秋白》这样文章的人，能和"僵化"、"极左"这样的座位挨边吗?

有一次旅美华裔作家於梨华来拜访丁玲，丁玲那时还住在友谊宾馆。丁玲和她谈起北大荒的生活，讲自己养了几年鸡，几乎成为饲养能手，讲了很多饲养方面的趣事，讲得很有兴头。於梨华却听得很难过，很激动。她说："丁玲是世界知名的大作家，怎么竟会让你去养鸡呢? 这不是对天才的糟蹋吗? 你又怎么忍受得了呢?"

於梨华一连串的问题，丁玲沉默有顷才回答："我爱我的文学事业，但我首先是共产党员，共产党员可以在任何处境下去做任何事情。我在延安参加过大生产运动，劳动对我不是负担，我要求自己不把这看做耻辱。我是作家，在基层生活更亲近了人民，从另一个角度看，倒是难得的收益。"

对丁玲类似这样一些话，有段时期，我总在心理琢磨、犯疑惑，在经历过这样生死大难以后，她怎么会是这样一种心态？明明是不公平，怎么还故作姿态，说她是矫情，又不像。有一次作家协会开党的生日纪念会，丁玲在会上十分动情地说："党和马克思主义，是我青年时代的追求，经过多少挫折和徘徊才找到的，在任何处境下，我对党都不会有丝毫动摇。我何必诉苦，也不必去埋怨，我受难，党不也在受难吗？党员对党只能一往情深，不能和党算账，更不能讲等价交换。"

她讲得真诚，我很受感动，从我的了解，丁玲不是虚伪的人，更不是善于做戏的人，这些话她是从心底发出的。

还必须考虑另一点，那就是缠绕在她身上的锁链并没解开，她回到北京时，虽然已是"右派"改正的高潮，但丁玲的问题迟迟得不到解决，纠缠的仍是南京那段"历史问题"。这压在心上的沉重石块不能不影响到她晚年的心境和往事。一个人几十年都处在要为自己申辩这样的状态，这就不能不使她十分谨慎，分外小心。即使如此，她那个"历史问题"仍然一波三折。丁玲晚年十分注重自己的政治气节，1984 年 8 月中央做出《关于为丁玲恢复名誉的通知》，重申 1940 年结论正确，推倒加在她身上一切不实之词，承认她是一个优秀的共产党员。丁玲是在医院里看到这个通知的，看完后，她和陈明说："现在我可以死了。"

这是一句感情至痛之言。

瞿秋白曾说："冰之是飞蛾扑火，非死不止。"丁玲的一生证实了这个辉煌的人生预言。

（选自《都市美文》2005 年第 4 期）

挖煤·小高·胡宅

刘心武

　　大约是 1964 年春节过后，毛泽东继 1963 年对文艺界作了批评性批示后，又作了更严厉的毁灭性的批示，指出文联及下属各协会已经滑到了"裴多菲俱乐部"的边缘。"裴多菲俱乐部"是 1956年"匈牙利事件"中被定性为反革命的组织。裴多菲（1823—1849）是匈牙利诗人，他有几句诗汉译为"生命诚可贵，爱情价更高，若为自由故，二者皆可抛"，在中国流传了几十年。那时中国文联不得不进行更深入的文艺整风，同时对各个文艺领域的"毒草"的批判也就如火如荼地开展起来。当时被点名批判的"毒草"电影极多，如《早春二月》、《林家铺子》、《北国江南》、《舞台姐妹》等等。电影界的问题，被认为是"夏、陈修正主义路线"的产物，"夏"指夏衍，"陈"指陈荒煤。那时中宣部负责文艺方面领导工作的是周扬，他还能到毛泽东跟前去汇报。毛泽东听到陈荒煤这个名字，先是问："他不是写小说的吗？"陈荒煤二十岁出头的时候，确实是写小说，且影响颇大。他 1934 年陆续发表了《忧郁的歌》、《长江上》等名篇，因此他后来到了延安，就在鲁迅文艺学院教授写作，连毛泽东也记住了他的这一段"名声"。但 1949 年以后陈荒煤成为文化部领导干部，长期在副部长夏衍下面从事电影的生产管理工作。毛泽东并不清楚，及至知道出来那么多"毒草"，陈荒煤罪孽深重，毛泽东就说："怎么还不让他去挖煤？"毛泽东惯于从见到的人名上即兴表达他的情绪思绪，听到陈荒煤犯错误就即兴要发配他去煤矿挖煤。张玉凤顶撞他后，他让张滚，张拂袖而去，他便即兴发议论说，玉凤是张飞的后代，一触即跳，那是同样的一种思维话语方式。

　　毛泽东在延安时和当时去延安约文艺界人士几乎都熟，许多人被他请到所住的窑洞里吃饭，比如严文井那时候就被请到过。严文井和陈荒煤一样，去延安前已经发表过作品，有一定名气，到了鲁艺不是当学员而是当教师。1966 年上半年，还有一种叫"亚非作家紧急会议"的活动在展开，那主要是针对"苏修"的一种文学政治运作。严文井有幸陪同参加"亚非作家紧急会议"的外宾到中南海接受毛泽东接见，把外宾们都介绍完了以后，毛泽东盯着严文井问："你是哪国的？"严文井很尴尬，只好说："我是中国作家协会的工作人员。"那时毛泽东已经完全不记得在他住的窑洞里被请去吃过饭的严文井了，也怪严文井自己，1966 年的时候他已完全谢顶，而他的肤色面容实在很像是北非的人士。这是严文井晚年亲口告诉我的。1980 年以后，我和严文井、陈荒煤等若干延安出来的老革命老作家有所交往。他们道及、写到的一些鳞爪，常令我产生一种历史的纵深感。

　　在我失而复得的一批旧信函里，有几封是陈荒煤写给我的。现在拣出一封，信封、信纸用的都是中国社会科学院文学研究所的，留下他命运的轨迹。据陈荒煤告诉我，当毛泽东表示他应该去挖煤的时候，他已经被先期处理了，是下放到重庆日报社。报社不敢让他当编辑，就派他到库房里去搬运历年的旧报纸。为什么要把那一摞摞的报纸合订本从这边倒腾到那边？他也不敢问，大概就是为了通过体力劳动来进行惩罚吧。比起挖煤，那苦头当然还是要轻些。倘若毛泽东责问为什么还不让他去挖煤的话出口时，他还没有被发配，那很可能就真把他弄到煤矿去了。那时候他已经年过半百，若下井挖煤怕是撑不住的。其实他原来的名字是陈光美，我对他说，他若一直用陈光美的名字，那天毛泽东是否又会即兴地说："怎么还不让他去美国呢？"他就无声地笑了笑，笑得很忧郁。陈荒煤确实是个具有忧郁气质的人，第一篇小说题目是《忧郁的歌》，殊非偶然。他最后一篇小说写在到达延安前后，题目是《在教堂里唱歌的人》，但那篇小说里既没有宗教更没有人对主的敬畏，教堂只是一个可供使用的空间，就如同延安鲁艺使用一所天主教堂来排演革命歌剧《白毛女》一样。他和严文井，包括鲁艺院长周扬一样，当年是毛泽东的座上客，在毛的晚年却都成了罪人。周扬在动了肺癌手术后仍被揪出游斗，夏衍在批斗中被打断了腿。陈荒煤从重庆被揪回北京，经过多次批斗后也关进了秦城监狱，一关就是七年，后来终获释放。进入改革开放时期，他恢复工作，第一个职务就是中国社科院文学所的副所长（我记得所长是沙汀），后来又重回文化部，再次负责中国电影的生产、管理工作，不过他一定留下了若干文学所的信封信笺，到了文化部，是为文化部节省？他仍用文学所的信笺给人写信。我保留的这封写于 1982 年 9 月 22 日的信，就是如此：

心武同志：

……我看了你和蒋孔阳的通讯、你和冯骥才、李陀的通讯，有些意见我同意，也有些不同意，如笼统地说《立体交叉桥》是你最好的小说，最深刻。从你们三人谈现代派问题的信来看，就我们文学可否借鉴现代派某些手法与技巧来说，没有什么可非议的。特别是不主张模仿、硬搬，这是对的。从内容和形式的关系来讲，也还要看到二者之间既有区别，又有联系。总之，提出问题争议一下，都是可以的。但也没有必要硬要打出"中国需要现代派"这样故作惊人的旗子。

我也收到小高的书和信，还没有仔细拜读。对现代派并无研究，所以不能表示什么意见。

随着时代的发展，现代文学、艺术可以向国外借鉴一切值得学习、参考的东西。但纯形式的搬用，不承认某些形式是和内容相适应的，也不行。例如"看不懂"的抽象派的画在社会主义文艺中要不要占有一定位置，是否值得提倡，我也怀疑。你们几位，在青年读者中有一定影响，进行探讨某些问题，甚至争论当然完全可以，容许的。我现在也还没有听到什么反映（我在文化部方面听不到什么文学界的反映），不过你们也应注意一些方式和方法，不要给有些僵化思想的人一听，这些人在中国搞现代派了，大惊小怪，何必如此？对《如意》的支持，是我分内应做的事，也是经常做的事，实在没有什么可说感谢的问题。其实我也有支持错的时候，这也难免。但不管怎样，得到许多同志称赞，我还是高兴的。文联国庆茶话会，就要给大家放《如意》。

回京后再谈。

祝好！

陈荒煤

九月廿二日晚

　　这封信里所提到的"小高"，自然是个中国人，那时候他写了一本小册子《现代小说技巧初探》，在文学界反响不俗。王蒙在《读书》杂志上发表了一篇评论，引用"小高"一个论断以后，赞曰"妙极"。这体现出王蒙天性中率真的一面。王蒙那时的政治身份正在提升。我不记得是否已经当上了中共中央候补委员，但他那时肯定是中国作家协会党组副书记、常务副主席，他竟然不先进行算计，量好尺寸拿捏好腔调说话，对一位在中国文坛上并无地位的"小高"谈"小说技巧"的小册子"怪声叫好"起来，难怪有的"同僚"对他侧目。"有些僵化思想的"一般文化人也不免大惊小怪，对他多有訾议。那时我和"小高"过从甚密，也写了篇文章给《读书》，跟王蒙的文章前后脚发表出来，题目叫《在新、奇、怪面前》，好在如今有《读书三十年光盘版（1979—2009）》，很容易查阅，这里不赘言。当时《上海文学》杂志就来跟我联系，希望找几个我们这一代的作家在他们杂志上就"小高"的小册子展开讨论，于是我约了冯骥才和李陀，他们很快将写出的文章汇集到我处，二人对"小高"的观点一致赞同，并多有发挥。我便写了一篇跟他们有所差别的文章，既是我的真实想法，也是为了让三篇文章放到一起多少有点"讨论"的意味。这组文章很快被《上海文学》刊登了出来，2009年上海文艺出版社编辑出版的《中国新文学大系》的

"文学理论卷"加以收入，也不难查到。这三篇文章，加上王蒙的文章，出现后被称为"四只小风筝"，被认为是为"小高"所倡导的"现代派"文学鼓与吹的。《上海文学》由我打总寄去的三篇文章刊发后，冯骥才见到我对我啧有烦言，他质问："咱们不是说好了一块儿声援的吗？"他嫌我那只"风筝"有点飘忽不定，我跟他解释是为了与他和李陀的文章"花插开"，为的是别显得太刺激，他还是耿耿于怀。"小高"却在我家跟我喝酒时，表示完全理解我的做法，认为不必"一个喉咙"。这就说明，当时比较年轻的一代，多与如陈荒煤那样算得开明的文化前辈，在想法上仍存在距离，当然与那些"有些僵化思想"甚至"十分僵化"的文化领导、文学前辈，就更有"难与夏虫语冰"的隔阂了。

"小高"其实绝非一个纯形式主义者，他在那以后，先是从戏剧入手，探索以新的形式表达一些新的理念。后来，他跑到神农架去，深入到最蛮荒的领域，采风中搜集到汉族最古老的口传史诗《黑暗传》。他回到北京又到我家喝酒欢谈，道出正构思一部涵括古今的，以九九八十一章，我你他三种人称构成文本的长篇小说。初稿出来以后，他让我先睹为快。

"小高"的笔迹不好认，但是跟陈荒煤的笔迹比较起来，还不那么费眼力。陈荒煤的字绝不能说是潦草，恰恰相反，就他写给我的信而言，是一个字一个字分开，绣花般写出来的，说实在的，不像是男子汉的笔迹，竟可用"娟秀"来形容。读着他的信，我不禁胡思乱想，当年他就是用这样的字迹来写检查、交代、揭发、认罪的那些材料吗？办他案的那些专案组的成员，当时能顺利地认出他写的是些什么吗？心理学家能从人的笔迹分析出人的性格，以我与陈荒煤接触的体会，觉得真是"文如其人"，这里说的"文"先不论内容，但就形式而言，就是有这样笔迹的人，会是感情丰富细腻，却又藏匿很深，并且在表达感情方面，会是优柔寡断的。前两年读到严平写的关于陈荒煤他们那一代人的寻访录，才知道他在去往延安以前，长期和张瑞芳、张欣姐妹在一起，他们在革命的剧团里同甘共苦，辗转各地，他是爱张瑞芳的，却怯于表达，终于只好放弃，最后，他和天真烂漫的张欣在延安结为连理。

陈荒煤对根据我的同名中篇小说改编拍摄的电影《如意》大力支持，那时他的同代人，同由延安出来的一些老革命、老文化人，对《如意》那样无遮拦地弘扬人道主义，是持否定态度的。但陈荒煤力排众议，使得这部电影得以"出笼"，并利用他的权限，将其安排在1982年的文联茶话会上放映。这说明那时的他，在吸收西方文明中的古典精华，如人道主义方面，已达到义无反顾的程度。但是对于西方"现代派"的东西，他还持十分慎重的态度。他是真诚的。他和"小高"也熟，"小高"把《现代小说技巧初探》寄给他，并写去请他指正的信，他实事求是地承认自己发言权有限，对"小高"却并无反感。

但是以后几年里，关于"现代派"的问题越来越敏感．以至大约是1983年，《文艺报》上刊登出一篇对"现代派"从政治上予以抨击的"读者来信"。我虽然比陈荒煤那一代文化人晚生了二三十年，究竟也经历了些风浪，深知有时候政治的运作始于所谓"读者来信"。1990年以后王蒙所遭受的关于《坚硬的稀粥》风波，就是先以"读者来信"方式发难的。表面是"一读者"就具体的文学作品表态，实际是某些人欲从此发动起一场政治声讨，1983年《文艺报》发表出那样的"读者来信"可以看出端倪。有一天我遇到当时《文艺报》的双主编之一孔罗荪，我就跟他发牢骚，说怎么又要把关于"现代派"的讨论往政治上拉扯，这不又成了"以阶级斗争为纲"吗？孔罗荪一贯笑眯眯，那天他仍饷我以招牌微笑，安慰我说："那是一个读者的看法嘛。"我却仍然悻悻。

后来，有一个机会，说胡乔木愿意跟青年作家随便谈谈，一个晚上我就和李陀应邀去了胡宅。那是中南海边上的一栋年代久远的小洋楼。胡乔木从楼上下来，在楼下客厅里接见了我们。我见了他就告《文艺报》的状，说想不通为什么要把"现代派"的问题往政治上去上纲上线？胡乔木表现得很耐心，倾听了我和李陀的意见和想法。他没有就《文艺报》刊登那样的"读者来信"表态，也许他没有时间翻阅《文艺报》。他侃侃而谈，谈到乔依斯，他用英语发音说出爱尔兰那位作家的名字和《尤利西斯》那部作品的名称。我实在听不明白他究竟想表达一个什么意思。他跟我们交谈了很久，总体印象，是他只想向我们展示他的博学多识和礼贤下士。从他家告别出来以后，街上大部分公共汽车都已开过末班，我和李陀步行良久，才遇到一辆夜班车，那车只到李陀家那边，我那晚就在李陀家凑合了一夜。

忆往事，总不禁发呆。当年那些参加"亚非作家会议"的外宾，有的是被我们养起来的，他们后来都回自己国家去了吗？又写出了一些什么作品？有又来中国的吗？后来有作品翻译成中文吗？当年主持其事的中国作家协会外联部的负责人杨朔，1966年运动一起来，就自杀了，另一他的副手韩北屏，后来也死在"五七干校"。活过来的严文井，后来成为北岛、"小高"进行文学探索的最早也最坚决的支持者。"小高"现在当然还在世，2010年春天我和王蒙还在台北与他欢聚，但是直到半年前还总有年轻的记者要求我预测"什么时候中国作家能够获得诺贝尔文学奖"。有人跟我强调"小高"现在持有别国护照，可是《建国大业》那样的"献礼片"里，不是很有一些参演的人士持有别国护照，而都并不对他们"见外"吗？

陈荒煤于1996年去世，享年83岁，他直到去世前，神志清醒时，仍在关注"中国电影事业的发展"。记得有位年轻人听了顿脚："行啦！您烦不烦人呀！"如果他如今仍在世并仍有观察思考能力，他对华谊兄弟这种私营电影机构的坐大，对冯小刚这样的导演及其作品，会生发出怎样的忧郁与感叹呢？

每个人到头来都会作古。眼下的事到头来都会成为往事。我的切身体验是，准确地表述往事，实在是十分艰难，而对往昔的自己和他人宽容，是十分必要的。

（选自《上海文学》2011年第5期）

我的父亲陈荒煤

陈好梅

我父亲的名字在上个世纪五六十年代，是跟中国电影紧密相连的，而电影又是老百姓最喜闻乐见的艺术形式之一，这样父亲的名字也就被人们所熟知了。

父亲去世后，不少人曾写下有关的回忆，我们家人却从未写过些什么。现在这篇文章的内容，只是我回忆中有关父亲的一些片段。

一、"你爸到底会什么?"

我从小就知道，父亲是"搞电影"的，但到底什么是"搞电影"，又是怎么个搞法，却并不清楚。

记忆中父亲除了上班，在家时总是在伏案工作，我很少去书房打扰他——不是因为懂事，而是因为他根本不会跟孩子玩儿。偶然进去看看，他便折一只纸青蛙给我。好像是只会折这个，没有其他花样儿。有一次我拿了个小娃娃进去，要求给它做件衣服，他就找了一根布条，把娃娃捆上，说是衣服做好了。我举着小娃娃出去，告诉别人："这是我爸给它做的衣服!"闻者无不微笑点头说："做得挺好!"

伏案累了，父亲就走出书房，背着手在院子里散步，边散步边"想问题"。好几次我跟在他身后学他：也背着手，抬着头，若有所思地迈着方步，被家人看见笑坏了。那时我也就三岁多，据说学得相当神似。

一天北影导演凌子风来我家，耍了各种花样给我们看，比如变个魔术啊，做个鬼脸啊等等。他边耍边得意地问："你爸会这个吗？""你爸会那个吗？"我摇着头说不出话来。后来他一直追问："你爸会什么？说啊，他到底会什么？"我被逼急了，突然大声回答："我爸会散步！"此话一出，引起哄堂大笑，从此在我家成了经典段子。

前些天看一个旅美女作家写的散文，说她上大学时，中国刚刚改革开放。那时她非常敬佩一位著名的启迪民智的学者——他主编了一套大型丛书，号召中国走向世界大循环。这套书在知识分子中受到高度评价，一时洛阳纸贵。

多年后那个女作家在美国结识的一位女友，正是那个学者的女儿，于是她常和她谈起她的父亲，并又一次重读他充满智慧的著作。而那位学者的五个儿女都学理工，她们从未读过父亲的著作，也一点儿都弄不清父亲这一生究竟在做什么。在她们心目中，母亲才是家中的支柱，而父亲只是一条书虫。

那个女作家感叹：人们遗传了自己的很多生理基因给后代，却无法遗传自己的思想。她说："隔行如隔山，就是至亲，也是如此！"

我觉得我们家的情况也有些类似。父亲在家什么事都不管，除了星期天偶尔带我们去公园玩玩儿，平时很少能见到他。早上我们起床看不到他，晚上睡觉时他常常还没下班。

母亲常常抱怨说，家里的有些事应该是男人做的，比如敲个钉子啊，修理个小物件啊等等。可是这些父亲都不会。有一次我病了，母亲女权思想大发作，问为什么孩子病了请假的总是她？于是父亲只好破天荒地带我去了一次医院。可是回家后，面对母亲提出的所有关于如何吃药如何将养等问题，他一句也答不上来。母亲就此认命，以后还是她带我们去医院。

因此，我小时候也一直认为父亲什么也不会，比母亲差远了。有一次我跟他去电影协会看电影，之后很多人在一起吃饭。好像是快到新年了，饭桌旁大家一起拍手说："欢迎陈局长讲话！陈局长，

我的父亲陈荒煤

057

给我们讲几句！"父亲温和地笑着推辞说："今天就不讲了！大家好好吃饭！"可是人们坚持要他讲。我不禁担心极了，觉得他一定什么也讲不出来。后来他讲了几句平平常常祝贺的话，我这才放下心来。

二、"跟我看片子去！"

小时候我家住在北京西城的宝产胡同里，是北影厂的宿舍。这儿原来是一座王爷府，被日本人占过，在内部做了些改动。我家所在地是王爷府的花园部分，原来是个大戏台及其穿堂，被日本人改造成了住人的地方。里面有大大小小好几个房间，有的房间被日本人安上了拉门。父亲的书房就在朝北的一个小屋里，里面有一桌一椅，一张可以打开的沙发床，以及一排书架。

院子里面住了十几户人家，包括崔嵬、田方、于蓝、海默等著名的演员、导演和编剧，所以我们经常听到关于"下生活"、"改本子"、"拍片子"之类的术语。我觉得别的叔叔阿姨的工作一听就能明白，唯独父亲的工作我想不出来。这就像在小学里，我知道老师是干嘛的，就是不明白校长整天忙些什么。有一次校长来我们班听课后，我忍不住问二姐这个问题，她只告诉我说校长很重要，可他到底在干什么，她也说不上来。

当然，我们对父亲的工作还不至于一点儿都不了解。那时他常常在出门前匆匆交代：今天去电影局开会；或者，今天去看片子。所以幼时的我一直认为，父亲的工作无非两类：开会和看片子。

有时赶上假期，片子的内容又适合小孩子看，父亲就会带我们一起去看。那地方离我家不远，出胡同西口坐四分钱的公共汽车就到。有一个星期天，我们院儿里的小孩儿分了两拨人马打仗玩儿，一个个跑得蓬头垢面，气喘吁吁。这时父亲出现了，叫住大家说："今天审的是儿童片，跟我看片子去！"于是所有的孩子立刻欢天喜地大呼小叫地一起出发了。上了公共汽车，父亲才开始一个个数人，再按人数买车票。

还有一次，先审中国片，然后是苏联电影《复活》。父亲觉得后者不适合孩子看，就让母亲带我们先回家。可我姐不肯，在放映厅里绕着椅子跑，母亲追不着她，只好作罢。多年后我姐告诉我，她还真看进去了，而且记得很深。有一个镜头是，男主人公在法庭上看到女主人公，觉得似曾相识，便举起单柄眼镜来辨认。镜头随之一点点推进放大，人物特写越来越清晰，然后又慢慢淡出……还有男主人公坐在灯火通明的火车头等舱里吃喝玩乐，而凄风苦雨中的女主人公在外面看见了他，想跟他说话而不得……那种非常非常美的画面和鲜明的对比都让她感到震撼。

现在想想，我们真跟父母看过不少电影。很多电影从开拍到公映，前前后后看了多次，比如《东方红》就看了五六次，"文革"前没来得及公演的《阿诗玛》也看了好几次，所以往往知道这片子原来什么样，公映时又是什么样，并且知道，这中间的修改过程就和父亲的工作有关。因为每次在放映厅，一到换片时大人们就开始议论，看完了以后大人们往往还要开会，我们就在外面边玩儿边等。从他们的只言片语中，我们就知道了父亲在忙些什么。

比如，母亲在电影学院教表演。她对表演的要求很高，常说剧本再好，表演差也无法忍受（这直接影响了我对文学作品的要求，那就是故事再好，语言差也无法忍受）。有一次她看了一部战争片，一个战士受了伤，而那个演部队首长的演员却打着官腔，拍着他受伤的肩膀……母亲对这种不合理的表演深恶痛绝，回来后一直追着父亲说："光抓创作有什么用，再不抓表演就不行了！再说为什么不能一起抓呢？"（后来父亲确实开始"抓表演"了，据说下面顿时一片歌颂声，说他抓得多么多么及时，只有母亲说，及时什么呀，早就该抓了！）

这样我们就知道父亲那时是在"抓创作"，其实就是"抓剧本"，"文革"中大肆批判的那几部电影"大毒草"《林家铺子》、《舞台姐妹》和《早春二月》就是他大力"抓创作"的成果。

父亲的工作对我们的影响还是很大的。

其一是，我们从小接触的文学作品大多是剧本，有的是纯粹的剧本，有的是电影文学剧本，还有的是分镜头剧本。就连小人书，我家也只有电影出版社出的电影小人书，我一直以为这才是正宗的呢。这样我后来看小说，出现在眼前的总是一个个场景（听说这样的人应该去学导演，不知真假）。本来以为别人都跟我一样呢，后来才发现不是那么回事。

其二是，我们都不喜欢看歌舞节目。有歌舞之类的演出，父亲从不带我们看。他的一句口头禅是：唱歌跳舞有什么好看？结果在他的影响下，我们也只喜欢有故事情节的艺术形式。（后来到了新加坡，由于缺乏艺术生活，我有两次买票去看国内来的歌舞演出，每次都看得不耐烦。我痛下决心地跟丈夫说：以后我要再作如此打算，你就用我爸的口头禅提醒我！）

其三是，我们很快学会了如何判断电影作品的优劣，那就是能否令人"入戏"。特别是长大以后，审美观鉴赏力都已形成，那么如果一部电影能令我入戏，肯定是不错的，如果入不了戏呢，那它一定有问题，或是情节不合理，或是语言不贴切，或是表演不到位……

三、"戴着镣铐跳舞"

那时家里的客人总是很多。找父亲的一般都是来谈剧本的，而且大多是谈了就走，而来找母亲的一般是她的同事或学生，在这儿又玩儿又闹又留下来吃饭，比父亲的客人有趣多了。

来谈剧本的有时也包括我们院儿的大人，经常是晚上下班以后才来。那时父亲的小书房里就变得灯火通明了，平常父亲是只开台灯的。而书房传出的声音也时大时小——有时大家七嘴八舌，乱成一片，甚至突然爆发出一阵大笑；有时忽然没声儿了，那就是父亲在说话。他的声音一向很小，所以他一开口，所有的人都会静下来，全神贯注地看着他，听他说些什么。有一天他们正准备谈《烈火中的永生》，却发现少了一套剧本。父亲立刻轻车熟路地来到我们的房间，拉开抽屉，那剧本就在里面躺着呢。看来父亲早就知道，我们是常常偷他的剧本去看的。

也有些客人是来找父母两个人的，那就是他们的老朋友了。我印象较深的是，这些客人看到我们姐妹几个，常常会问一句话："以后长大了干什么呀？也像你爸妈那样搞电影吧！"这时母亲总是立即表态说："她们不搞电影！"父亲则像平常那样温和地笑笑，不置可否。

后来我家几姐妹果然没有一个搞电影的。现在想来，可能这还真跟母亲多次坚定表态形成的潜移默化有关——在我们的心目中，我们与"搞电影"是毫不相关的！（但我大姐的两个女儿却分别进入电影学院文学系和北师大影视编导专业学习，现在都以写剧本为主业，这到底应该归功于我家的遗传基因呢，还是归功于她们的母亲没有像我们的母亲那样坚决地对此表示反对呢?）

"文革"后不少电影世家的第二代都开始拍电影，我也终于知道这是一件多么好玩儿的事情，于是这才想起问母亲她反对我们"搞电影"的初衷，但她却说不出所以然来。

最近母亲才告诉我，这工作太不好做了，自从父亲开始管电影，就麻烦不断。他说过，这辈子从来没听过那么多批评，也从来没做过那么多检讨！他那么喜欢电影的人，弄得后来看电影都得不到享受，光忙着在那儿琢磨了！

曾读到这么一句话，叫做"带着镣铐跳舞"。我觉得，父亲那一辈搞电影的人，无不是这样的舞者。他们一方面笃信文艺为政治服务，视《在延安文艺座谈会上的讲话》为最高宗旨，另一方面又追求文学即人学这样的艺术境界。偏偏这二者常常发生冲突，他们的命运也就常常随之发生变化。而且，如果只是思想上的冲突还好，偏偏还有很多政治上的风波，更是他们这些人无法避免，又永远搞不明白的。

1965 年就是这样，在文化部的所谓大整风中，父亲首当其冲地受到批判。我们虽然小，也能感受到山雨欲来风满楼的气氛。那些日子父亲整天在家写检查，倒是不那么忙了。而在广播里时时传出的点名批判文章中，虽然还是一口一个"陈荒煤同志"，口气却极为严厉。

那时我大姐在外地上大学，而我整天只顾着玩儿，对这些事儿并不关心，只从我二姐那里听到一些只言片语："咱爸犯错误了，以后不能搞电影了！"后来她又神秘地告诉我："咱家要搬到重庆去了!"

　　果然，不久后的一天，父亲把我们叫到院子里坐下，郑重地说要跟我们"谈谈"。这是他第一次跟我们长篇大套地谈话，好像是要把近来的事向我们做个交代。但我什么具体内容都不记得了，只记得他说让我们在家听妈妈的话，他要先去重庆上班了。

四、"何日君再来?"

　　父亲离开北京时院儿里的不少大人都去火车站送行。田方伯伯和崔嵬伯伯是明星，引起了很多人的注目，他们就笑眯眯地掏出墨镜戴上。火车开动时崔嵬伯伯眼眶里闪着泪花问父亲："何日君再来?"而我二姐眼圈也红了，她毕竟大我一岁多，可能心里比我更清楚一些。

　　送走父亲后崔嵬伯伯和海默叔叔带我们去东安市场吃东西，在那儿我们第一次吃到放在汽水里的冰激凌。海默叔叔对我姐为什么哭，我为什么不哭似乎很感兴趣，老想探讨其原因，估计是他的作家天性使然。但我们什么都说不出来，他只好认定：我二姐比较重感情，我比较麻木不仁。(后来海默叔叔在"文革"中被电影学院的红卫兵打死，我知道后也没有太感意外——那时这样的事太多了。)

　　父亲到重庆后常常来信，说他现在是分管工业的副市长，正在各个大厂跑，准备熟悉工作。我只记得信中一些令我感兴趣的内容，比如那里的树冬天也是绿的等等。他还照母亲的吩咐，把那儿的小学和初中课本寄来让我和二姐预习，并且告诉我们，他买了一个乒乓球台，以后我们到了重庆，就可以天天打乒乓球了。这样我们慢慢地对去重庆有了些期待。

　　在重庆，父亲离开了电影界，终于可以轻松地看电影了。但他说，还是不行，总是边看边想：这里导演处理得不错，那里本子似乎有些问题……

　　接着"文革"开始了。刚开始是批判三家村，很快战火就烧到了父亲。《重庆日报》有一天头版头条转载了《中国青年报》的文章，题目是关于夏衍和陈荒煤在北影厂推行的反党反社会主义路线。文章发表前市委跟父亲打了招呼，父亲也跟我们打了招呼。我虽然以麻木不仁著称，心里还是知道，我们的生活将要发生巨大的变故了。

果然，父亲很快被文化部召回"说清问题"，我们送他到重庆机场，看飞机起飞后才离开。那时无论如何也想不到，父亲要到八年多以后才能够回家，而且是以敌我矛盾按人民内部矛盾处理的方式，被分配到重庆图书馆，在库房整理书籍。

父亲回重庆后，图书馆的几个爱看书的年轻人常常去找他谈天，其中有后来非常著名的学者。我们知道父亲被关了这么些年，却依然不知政治斗争的险恶，对这件事就有些担心，怕他再被扣上个毒害青少年的罪名。

有一天那几个年轻人到我们家来找他，一进我们那又黑又窄、堆满了煤炭炉子的走廊就叫："荒煤呢？荒煤呢？"看到坐在屋里的父亲后，更是大声叫道："哈哈，荒煤！荒煤在这儿呢！"一下引了好几个邻居出来看。我从小就不喜欢"讨厌的男生"，又反感他们直呼其名的无礼，当即脸色就很不好看。可父亲倒是一点儿也不以为忤，跟他们谈笑甚欢。

后来似乎是为了平息我的不满，父亲用赞叹的语气告诉我："他们看了好多书啊！"我没好气地回答："那有什么了不起，我也看了好多书！"

父亲这才知道我们这些年看了不少世界名著，对此好像有些担心，也颇有些欣慰。从此，他在整理库房时看到文学名著，就会偷偷带回来给我们看，等我们看完了，再偷偷拿回去。记得有好几本狄更斯的小说我就是这样读到的。

那时"文革"已到后期。不久后，除了那些年反复上映的电影"老三战"（《地道战》、《地雷战》、《南征北战》）和几个样板戏外，终于又出了几部新电影，比如《决裂》、《春苗》等等。它们的内容当然是极"左"的，但对于多年没有新电影看的老百姓来说，这几部电影的公映还是相当轰动，以至于一票难求。

我那时刚从农村回来不久，在重庆朝天门码头当搬运工。每当搬运社里组织看电影时，我都想办法多买一张票，带父亲去看。但他看了两三部后就不肯再看了，说是听不清。我们知道在关监狱期间，父亲因病打了好多天链霉素而导致听力受损，但他平时跟我们说话并没有障碍，估计那些电影给他的感觉太不好了吧。

五、"能帮就帮一点儿嘛！"

等到终于熬到了"文革"结束，父亲在夏衍伯伯的帮助下得到平反，回到北京。那时他工作热情高涨，六十多岁了，还是整天不着家。他在文学研究所当了一阵所长，又回到文化部工作。那时我们家人各忙各的，基本上互不过问。但我还是知道，有一阵子父亲在平反文艺界的冤假错案上做了大量工作，在否定所谓十七年文艺黑线的战斗中是一名勇将。同时，他在极"左"遗风尚存时期发表的各种文章和讲话都非常大胆，常常让读者或听者为他捏一把冷汗。我的重庆同学看了他发表在报上的《阿诗玛，你在哪里》后就跟我说过："你家老爷子可真敢说啊！"

那时我二姨夫严励（张瑞芳的丈夫）在上海电影局担任艺术处的处长，也以敢说著名。有人向他打趣说：你们两个连襟一南一北，彼此呼应得够默契的呀，要是再来一次文革，看你们怎么办？我二姨夫公然在大会上回答："再来个文革，老命休矣！"

有人这样评价父亲，说他历年来的表现是：一有运动就挨整，那时就会收敛一下，可是只要风头一过，他又会大力宣传他那套人性论的文艺思想。可见在他的内心，这条所谓"修正主义文艺路线"是多么根深蒂固了！

我也知道，父亲在扶持文坛新人上付出了大量时间和精力。那时我家门铃常响，我们只要打开门，就会看到外面站着各种各样的作者，准作者、预备作者等等。他们是通过各种渠道找上门来的，带着他们的作品，准作品，甚至只是一些构想，一些框架……

有几次父亲不在，我或我姐还招待过其中的一两个人。

记得有一个不修边幅的四川老头儿，他的脸，他的衣服，他的书包都皱皱巴巴的。他在北京见了很多文化界的名人，全都跟他们合影，再把这些合影贴在一个皱皱巴巴的本子上到处展示。他的作品是《诗经今译》，已经出书了。他用浓重的四川话读他的译文给我们听，强调说："我跟别人不一样哟，我是以诗译诗，以诗译诗！"

我看着那本有些脏兮兮的书，一直怀疑地追问："这是你写的？真是你写的？"他被追问急了，大声叫道："小妹儿，你不要以貌取人！"后来他把我们姐妹三个的名字都问了一遍，在书的内页上写了长篇的半文半白的留言，称父亲为"荒煤兄"，我们姐仨儿被称为"世妹"，还专门感谢"好梅世妹"的盛情接待呢！

还有一个小伙子，雄心勃勃地想要写一部完整的中国电影史，为此带着大纲到处乱跑，无心上班，跟单位领导关系很糟。我们认为他好高骛远，所以一致劝他先把本职工作做好。他听了表示很受启发，但不久后又抱着大纲来找父亲了。后来好像他还真折腾成了，我记得我们曾经为此感叹有志者事竟成。

有一个和我们一起在四川插队的知青，把她写的回忆文章寄来给我二姐，我看后用四个字做评价：有事儿，没味儿。父亲看了之后，却先按惯例肯定一番，才说批评的话，指出作品缺乏文学性。那朋友弄不明白，还一直写信来追问，要加点儿什么具体内容（事儿）才能有文学性（味儿）？

如果父亲在家，就常常会跟上门来的客人谈上好一阵，而且跟我们不同，他在他们身上都能发现闪光点。有时客人走了之后，他还会意犹未尽地叹道："他的想法真不错！"

有时我们会劝父亲说，现在的社会很复杂，你还是爱惜一下你的名字吧，有人会利用你的名字包装自己呢。

这并不是空穴来风。听说有一位作者就把父亲写给他的信断章取义地发表了——说来可笑，父亲又是按惯例在信的前半段对他的作品说了些肯定的话，比如题材还是不错的啊之类的，其实只是客气话，后半段话锋一转，"但是"之后指出了种种不足，那才是重点内容呢，但人家就能只把前半段发出来！

父亲听了我们的劝告总是温和地笑笑，不置一词。有一次我跟他说，真正的好作家你不扶持人家也能出来，差的作家你扶持也没用。父亲听了还是温和地笑笑，但这次他说了："能帮一点就帮一点嘛，有的作者还是需要帮助的！"

六、"好人啊！"

现在想想，父亲对我们从来都是温和的。他多次提议我拿起笔来写作，我却执意不肯。有一次我从新加坡回来跟他天南海北大大地聊了一番，他还鼓励我说："你把你说的这些写下来就行！"可是每次我都振振有词地拒绝说："我不爱写东西！""你现在写什么都有人给你发，我就不行了，说不定呕心沥血也没人理呢！""你天天写也不过如此，我再怎么写也超不过你的境况，那又何必麻烦呢？"父亲听了这些强词夺理也都一笑置之，从不反驳。倒是母亲针对我的第三句话表示反对，她说："大狗要叫，小狗也可以叫嘛。"

父亲的温和还表现在为人处世上。我听闻多次，说是文化部的司机都最听他的，那时需要用车时，别的人要不出来，只有父亲因为人缘好，司机随时都愿意出车。后来他有了专用车，跟司机小陈的关系也非常好。有一天晚上小陈夫妇吵架，女方抓起电话找父亲哭诉，父亲在电话里训了小陈一顿。第二天是星期天，父亲出门散步，看见他们两口子正亲密地手挽着手在街上走呢，气得他作势要打他们说："你们倒好得快！可害得我一夜都没睡好！"

而我从小陈那儿听来的是，你爸太不会做官了！人家都知道给自己弄点儿好处，你爸什么也不会！

这些年来，我们越来越多地通过各种渠道得知，父亲在文化界（包括电影界）多年，威望很高，口碑非常好，尤其是主创人员都很喜欢他，认为他是一个懂创作的领导。我想这就是所谓"内行领导内行"吧。

父亲去世后，来家里吊唁的人纷纷叹息："好人啊！"我原来并不认为这有什么，现在想来，这应该是对一个文化界的干部的最高评价了！

（选自《红豆》2012 年第 12 期）

红霞一抹乘云去

李存葆

2005 年炎夏，我躲进济南灵岩寺旁的部队招待所里写作。一天，中国作协一朋友电话中告诉我，白羽将于国庆节前乔迁新居。他还说，为白羽老的住房之事，作协党组于 7 月 11 日向国务院写了报告，温家宝总理在 7 月 13 日就亲笔作了批示。事情解决之快，足见温总理对老一辈作家的关心。白羽老住在王府井附近红霞公寓的一单元房里，这栋楼为上个世纪三年困难时期所建。在当今高宇广厦林立的京都，早已显得老化而陈旧。红霞公寓坐东面西，白羽老又住在楼顶端七层，夏热冬冷。2000 年前后，总政领导就曾关心过白羽老的住房问题，数次动员他搬进一栋他该享受的专为大军区副职新建的宽敞的寓所里，但白羽老总是婉言谢绝。他曾私下对我说，搬进设有岗哨的住所里，会给来访的客人造成诸多不便，他已习惯了住地方上的房子。2002 年后，白羽坐进轮椅，因红霞公寓的电梯过于狭窄，轮椅放进，便很难再让服务人员容身。近年来，在朋友们的劝说下，他这才动了搬迁的念头。

然而，人世间最难求解的是命运的方程。8 月 24 日晚，我忽接白羽秘书小汪的电话，说老人起床时不慎跌了一跤，造成脑颅出血，送至医院抢救无效而逝世。白羽虽年已八秩晋九，但闻此噩耗，我还是不敢相信自己的耳朵。两个月前，我去拜望他时，他还应报刊之约，正在赶写几篇纪念抗战胜利六十周年的文章……但从小汪那悲戚沙哑的话语里，我不得不接受这样一个严酷的现实：我所敬重的白羽老走了，真的离开红霞公寓远行了。

我在青少年时代，就十分喜欢白羽的散文。1975年，刚从监狱中"解放"出来的白羽，从地方重返总政文化部工作。这时，我已是济南军区文工团的创作员了。在几次全军性的创作会议上，我从远处望着白羽，他那魁梧的身材，配上整齐的戎装，显得气宇轩昂，不怒而威。我与白羽近距离交往，始于1983年初。时年已六十有七的白羽，刚从总政文化部长的位置上退了下来。

当时，我的拙作《高山下的花环》发表不久，冯牧老邀谢晋与我赴京，商讨电影改编事宜。某日晚，总政文艺处的张澄寰同志电话告我，说白羽要找我当面谈话。老实说，我当时心情有些紧张。因为我听文学界的年轻朋友说，白羽的文艺思想有点儿"左"，怕自己的作品难以让他完全接受。次日晨，我第一次走入红霞公寓，坐进白羽家那仅有十平方米左右的会客室中。这次谈话主要是他讲我听，从上午八时许，一直谈到午饭时分。令我意想不到的是，白羽不仅从政治上充分肯定了我的作品，而且还告诉我，只有思想再解放一些，军事文学才能获得更大的突破。谈话结束时，白羽的夫人汪琦对澄寰和我说，饭已备好。餐桌上，有几样炒菜和茅台酒，烤鸭是汪琦同志从聚丰德预定后送来的。这次谈话和挽留就餐，使我觉得，望之俨然的白羽，即之也温。

前几年，两位曾在"四野"战斗过的老军人，与我谈及白羽时说，当时在东北战场上，盛传着这样的话："刘白羽出现在哪个部队，哪个部队就要打硬仗，打恶仗。"我觉得，晚年的白羽在文学创作中，仍像当年那个在战场上衔枚急进的猛士。白羽晚年的几部主要作品，大都是在山东或写出初稿或最后完成的。长篇传记文学《大海——朱德同志》、长篇小说《第二个太阳》，是他于1985和1986年先后在部队青岛第一疗养院写就的；洋洋九十万言的《心灵的历程》，是他于1992年夏秋之间，在威海、烟台两地成篇的。这期间，我在济南军区政治部创作室工作。论公谊，白羽与我是隔了好几层的上下级：论私交，我是晚辈，他是令人钦敬的长者。在白羽这三次赴鲁时，每当接到他秘书提前打来的电话，我自会郑重其事地报告给军区领导，也当会义不容辞地去打前站。白羽多次跟我说，他要写的东西很多很多，每个小时都要计算一下该怎么用。我知道，他人生的最好时光，是在战场上、文学领导岗位上和"文革"时期的监狱里度过的。虽说世界上没有任何人能制造一口钟，去把逝去的时光敲回来，但时间的大钟上，却写有这样两个字，那就是"现在"。白羽所以三度潜身山东，就是想用手中的笔，去战胜时光的蛀蚀，把那逝去的岁月挽回来。

命运之神似乎要彻底试探一下把文学作为暮年生命方式的白羽的毅力、耐力和承受力。当年在东北战场上，他从疾驰的战马上摔下，腰椎曾受过伤。那时没当回事儿，可到了晚年，腰疾常发作，有时竟使他不能伏案。1992年前后，白羽又不慎摔倒过三次，其中有两次摔伤了头部，一动脑子头就疼得厉害。然而，从1994年起，他又开始了《风风雨雨太平洋》的创作。初时拿起笔来，手就颤抖，他仍坚持每天至少写五百字，终于1998年岁尾，将这部近百万言的大作杀青。过了火焰山的人不会惧怕再走盘丝洞。2002年冬天，白羽患了带状疱疹，睡不好，吃不好，坐卧难宁。两个月病愈后，白羽扔下拐杖，坐进了轮椅。这是因为这位已进入耄耋高龄的作家，因长期伏案写作，双腿活动过少，已不堪支撑身躯所致。即使坐在轮椅上，白羽老人手中的笔，也没停下，仍不间断地写散文、随笔。他2004年出版的近二十万字的《凝思集》中，有不少篇什，就是坐上轮椅之后完成的。他的秘书小汪告诉我，白羽老在送往医院逝世之前，他的案桌上，还铺着稿纸。我粗略计算了一下，白羽从离休到逝世的这二十二年里，共写了近三百万字的作品。晚年的白羽，痴迷文学，一心皈依，可谓是杜鹃啼血，春蚕抽丝，燃薪为烬，委身成泥。

面对当今这物欲横流的一尺尺进逼，人类精神一寸寸退缩的世界，一个人能否以正大立志，以光明行事，终不为物欲的诱惑而易其所守，常常是衡量其灵魂大小的天平。晚年的白羽，就是个守志不挠，洁身自好的老人。我曾多次走进红霞公寓，发现他家的陈设几乎是二十余年一贯制：家具、桌椅仍是上个世纪五六十年代的，家用电器也未能随时代的发展而更新。除了墙上挂着的称得上大师级书画家们所赠的墨迹,以及书架上那丰厚的藏书,在证明着主人的学养和雅趣外,一切都与白羽的资历、地位和名望很不相称。他家中的摆设,甚至连富裕地区的村级干部都不如。白羽的草书写得颇见功力,以他的名望,即使信手写百余幅书法,索得几宗润笔费,营造一个阔绰、舒适的"安乐窝",当会如鹰拿燕雀般容易。在这个不少人以奢靡为荣的年代,白羽仍以俭素为美。凡能俭于己者,必不妄取于人。白羽曾当过七年的总政文化部长,手握着全军购买文化娱乐器材及书籍的巨额资金,文化部下属几个师级单位干部的升迁,也需取得他的首肯。白羽于这个岗位上,在做出那么多繁荣军事文学和加强军队文化建设的重大决策中,也许会说过几句错话,但有谁听说过他收过礼,受过贿,拿过回扣,以权谋过私!

白羽老离休后三度赴鲁写作时,接待方虽热情周到地安排他的起居,但他仍是轻车简从,在生活上处处严格要求自己。他两次去青岛时,我颇为放心。因青岛一疗毕竟是接待大军区级领导的疗养院,生活环境及医疗保证,自不待言。当他提出到威海时,我却犯了难。在威海市区,只有威海军分区属济南部队所辖,分区招待所在海边新建的六栋小别墅,环境虽好,软件却差。当我实地观察了一番后,电话上劝白羽,让他只住烟台,不去威海。白羽说威海他一定要去,只要每天能看到大海就足矣。当时的分区司令员是我的朋友,听说白羽老要来威海,喜出望外。他说天下谁人不知道刘白羽,他来写作是威海分区的光荣。这位司令当即拍板,给白羽老专配一个炊事员,并派一个保健医生。白羽与夫人汪琦及助手到了威海,白羽竟坚意拒绝给他专配医生和炊事员。因小楼距招待所的餐厅较远,在我一再劝说下,他才同意只留下炊事员,让医生走了。在威海住了一个多月后,白羽一行又来到烟台。烟台警备区在临海的烟台山下,有一招待所,内有几栋独门独院的小洋楼,可接待高级领导干部和重要客人。虽时在旅游旺季,警备区还是为白羽预留下了一栋小楼。谁知,白羽到后不顾警备区领导的劝阻,执意住进了招待师团级干部的大楼里。他说他下来是写作的,住的时间又长，留下好房子，可多给部队创点儿收……

山东沿海地区，酷爱名家字画。白羽老无论是在青岛、威海还是烟台，凡有求字者，不论是官员还是服务员，他总是有求必应，且分文不取，从不摆大作家的架子。还令我感动的是，我每次给他打好前站，他入住后即催我返回，说咱们都是作家，占用你的时间已是于心不忍。而我也怕打扰白羽的写作，总是来去匆匆。

情感是人的一切努力和创造背后的不可或缺的内驱力。对作家来说，情感的衰退会使其作品黯然失色。当我一次次走近晚年的白羽，方觉得表面上看似有些古板、不苟言笑的他，胸膛里竟翻卷着一个情感的海。

1994年春节前夕，白羽夫人汪琦在给前来贺岁的客人斟茶时，因心脏病猝发未及抢救便过世。白羽与也是记者出身的汪琦，是于1940年在延安结为伉俪的。在长达半个多世纪的岁月里，夫妻俩同甘共苦，相敬如宾；到了晚年，老夫老妻，更是相濡以沫，相呴以湿。秘书小汪在事发的第二天，便在电话中告诉我，汪琦突然倒下后，白羽老人曾口对口地为汪琦喂药，当看到再也无法将逝者呼唤回来时，白羽老抚尸大恸，哭得呼天抢地。小汪特别叮嘱我，给刘老电话拜年时，千万别提汪琦阿姨……春节过后，我在赴京参加全国政协会期间，抽暇去探望白羽。对坐相望，我不知该怎样去安慰这形单影只、面容也憔悴了许多的老人。良久，白羽老哽咽着道了声"汪琦她……"便抽抽噎噎地哭了起来。这是我第一次看到刚毅坚强的白羽在流泪。直到白羽老谢世之前，汪琦的先他而去，一直是老人心中抹不去的痛点，友人们都不忍在他面前提及汪琦的名字。

如果说施恩图报乃是一种小人情结，那么知恩必报则是君子情愫。白羽一生经历了那么多大悲大欢，冷暖苦甜，青眼白眼，红脸黑脸，他竟很少在我面前诉说，但有一桩事，他却给我讲过多次。白羽从青年时代起，就养成了写日记的习惯，对生活、战斗中的感人情节和细节，也常记录下来，什袭而藏。"文革"初始，白羽的家遭到彻底查抄，他的两大皮箱日记和笔记，也不知去向。这些日记和笔记，无疑是白羽日后创作的珍中之珍。在监狱中，蚊虫的叮咬，肉体的折磨，白羽都能苦撑苦熬，但一想起日记和笔记的丢失，便五内俱焚。他出狱时，精神近乎痴呆。在他回家的次日下午，有两位军人登门而至，将那两个大皮箱"完璧归赵"。这两位军人，在白羽入狱后期，是"刘白羽专案组"的成员。他俩都曾是三十八军的战士。在东北战场上，白羽曾跟随他们的所在连队战斗过。那时，他们就非常爱读白羽的文章。日记、笔记的失而复归，使白羽深感战火中产生的情谊，是那样弥足珍贵。他曾动情地对我说，对这两位军人的隆情厚意，他会没齿不忘。秀才人情纸半张。后来，白羽不仅给这两位老军人写下条幅相赠，且每有新书出版，也总是在扉页上写下感激之言，寄给他们。

　　乡土情结是人类通有的情感。故土如同胎记，常常深嵌在人的肌肤上。一个人如果说连故乡都不爱，遑论爱国爱民。生于北京通县的白羽，祖籍为山东青州。他曾对我说过，从他祖父算起，离开青州已达百年，在他有生之年，一定要回青州看看，去寻根问祖。一九九二年秋，白羽在威海、烟台写完《心灵的历程》后，如愿以偿地来到了他心仪已久的故乡。在有情人眼中，无物不情。青州的山，青州的水，青州的古迹，青州的建筑，青州的一草一木以及那迷人的荷花桥，在白羽老人眼中无不充满诗情画意。他不时赞叹道，这样的古城国内很少见，比西欧一些国家的古城还要精致，故乡的美比他想象的不知要好多少倍。两天游览之后，他诗兴勃发，挥毫写下七律——《七十六岁返故里抒怀》：

风雨九州拜古城，
百年难忘故乡情。
元戎笳韵飞苍野，
居士黄花送晚晴。
五里荷香千日醉，
一天岚影万山青。
峥嵘放眼从今看，
大浪雄涛万里程。

古为九州之一的青州，文化遗存甚为丰厚。在载入青州史册的众多历史名人中，尤以范仲淹和李清照，最令青州人引以为豪。范仲淹曾在青州任过知府，是当地父老口碑载道的大清官。这位"先忧后乐"的北宋名臣，在镇守西部边关时，曾写下著名的《渔家傲》一词，中有"四面边声连角起"句，白羽诗中"元戎笳韵"指的就是这首范词。号为"易安居士"的李清照，曾在青州居住过十几年，她那"人比黄花瘦"的不朽佳句，是在青州时吟出的。白羽诗中的"居士黄花"，即是借此抒怀。赏读白羽这首诗，我们会深切地感受到，作为游子的白羽，对于乡梓的挚爱与祝福的情感，是多么浓烈！

人们常说："老人是第二次的儿童。"童真，常常是作家的利器，也是作家同情心、惊异力、想象力的酵母。记得那是《心灵的历程》出版后的一个夏日，我去探望白羽，见他一反常态，眉里眼里都是笑。我忍不住问他为何这么高兴，他言道，巴老从收音机里听完《心灵的历程》，刚从杭州打来电话，说"感动得很，感动得很"！我知道，白羽对巴老一向十分敬重，两人的友谊很深。白羽于1937年出版的第一本小说集《草原上》，就是巴金主编的。白羽一向将巴老视为他走向文学道路的领路人之一。此时此刻，历来矜持而稳重的白羽，真好像一个孩童的作业让老师用红笔打了个一百分一样的天真与欢乐。白羽在青州访寻故里时，我也曾看到过他像孩童一样烂漫的笑容。那天，白羽游云门山时，青州一中的一群中学生，正在松林中排练迎接校庆的节目。一听说白羽来了，便兴趣雀跃地围了上来。这个说，我喜欢刘爷爷的《日出》，那个说，她喜欢刘爷爷的《长江三峡》（即《长江三日》）。有一位教高中语文的教师，十分钦敬地说，她是读着《长江三日》长大的，现在又在课堂上教《长江三峡》。当一个初一的女生，将自己脖子上的红领巾取下系到白羽的颈上，并郑重地向白羽行了个少先队礼时，白羽那布满皱纹的额头，仿佛一下被熨平了。那发自人的天性里的灿烂的笑，就像山泉欢快地流出大山一样自然……

白羽是当代军事文学中歌大江东去，咏金戈铁马的杰出代表人物。我在与晚年白羽的交往中，深感他知识面广，美学准备充分。他曾对我说，在未走向社会前，《红楼梦》他就读过十几遍。他还告诉我，读唐诗他从不读这样那样的选本，读的是《全唐诗》。因为再好的选本亦有选家的喜好和偏爱。早在1962年，白羽用蝇头小楷，工工整整地抄录了他喜爱的一千多首唐诗，他的这个抄本，前几年已被华艺出版社影印出版。白羽对西方文艺复兴以来的小说、音乐、绘画、雕塑等等，也曾广为涉猎，并在品赏、咀嚼中，化为他自己的学养。白羽老还告诉我，一个作家风格的形成，既离不开他的学识，更离不开他的人生阅历。他说他年轻时喜欢的是"东篱把酒黄昏后，有暗香盈袖"那种婉约派作家的作品，是血与火的战争，才使得他钟情于豪放美和悲壮美。从这些交谈中我觉得，是战争这个雕塑大师，造就了白羽的人品和文品，才使得他用自己生命的光焰，为中国当代军事文学增添了辉煌。

少犯错误是做人的准则，没有过失则是天使的梦想。现在回过头来看，在历次政治运动中，不少同志的过失，常常是在本该说"不"的时候，却说了"是"。晚年的白羽曾多次对友人和我说过，他这一生既犯过"左"的错误，也犯过"右"的错误。特别是在"反右"时，他曾伤害过一些作家。应该说，1957年那场"反右"斗争，是一批知识文化界的精英，以透明的人格，以仕者敢于向王者进谏的无畏，面对错误的发动对象，才在所谓"大鸣大放"中，扮演了悲剧性的角色的。当时，新中国各项事业蒸蒸日上，党在群众中的威望如日中天。组织观念历来很强且对党的指示一贯执行坚决的白羽，时任中国作协党组副书记。在"反右"中，白羽也曾贯彻过上级领导的意图。老一代的文艺界人士都知道，"文革"初期，江青曾破口大骂"刘白羽是叛徒"，并将白羽投进监狱，一蹲就是七年，白羽也是"极左"路线的受害者。

2000年，老作家徐光耀出版了十几万言的《昨夜西风凋碧树》一书。先我读到"昨夜"的一文友告诉我，光耀在书中，以几万字的篇幅，翔实地记述了他被打成"右派"的前因后果，对当时文学界的一些大作家、大名家在"反右"中的表现，均用史笔点名道姓地一一勾勒，其中也提到了白羽。时年白羽已八十有四，我担心老人难以承受这突如其来的刺激。我忙找来"昨夜"细读，感到光耀这部记述他人生经历和文学生涯的作品，写得真实、生动、凝练，很是感人，且具有自我剖析的精神。"反右"时，光耀是总政文化部的专业作家，他被打成"右派"与白羽并没有直接关系。光耀曾在丁玲主持的文学讲习所学习过，也曾在陈企霞任文学系主任的华北联大就读过。在所谓"丁、陈反党集团"被揭出两年后的"反右"中，中国作协党组曾给光耀发一公函，调查证实别人揭发出来的一些关于丁、陈的问题……"昨夜"中，只有三次很客观地提到白羽，比起光耀对当时就享誉全国的一些名家在"反右"中的过激言行的详细记述，反而显得有些轻描淡写。读罢"昨夜"，我觉得这之前对白羽的担心，也许是多余的。时隔不久，我在《文艺报》上，同时读到白羽给光耀的信和光耀复白羽的函。白羽信中，不仅把光耀被打成"右派"的责任完全揽到自己身上，还在信中向光耀写下了"深深谢罪"的话。光耀接到白羽信后，很快复函白羽。信中云，如果他当时处在白羽的位置上，也不可避免地犯同样的错误。读罢白羽、光耀的信，令我感慨良多：一个缺乏自省精神的人，算不上一个正直、无畏和高尚的人；同样，一个缺乏自我反思精神的民族，也称不上是一个伟大而有希望的民族。

就这样，一桩尘封已久的文坛"公案"，在一位八十四岁老人的一声"谢罪"里，竟在千禧年伊始，传为文坛上的一段佳话。

在我文学创作道路上，先过世的冯牧和今也过世的刘白羽，都是我终生难忘的恩师。冯牧老在世时，我从不讳言我去拜望过白羽；在白羽面前，我也从不隐瞒我对冯老的敬重。冯老逝世后我写的悼念文章，也曾拿给白羽看，白羽老点头称许。我知道，这两位老人在晚年时的文学观点并不尽相同。但他们各有各的人格魅力，都是老一代知识分子中的优秀代表。在同老一辈作家交往中，我给自己定下这样一个原则，决不在他们之间拨弄是是非非。我还多次跟我同辈中的文学朋友说过，在与文艺界人士的交往中，我不分什么左派、右派，我首先看这个人是否正派。

我调军艺已有十年，因家未搬，春节都是在济南度过的。每年元旦前后去拜望白羽老，对我来说已成惯例。而今元旦将至，我却不能再去红霞公寓了。白羽老生前的住所，已是床空蒙清尘，室虚夜无灯。我只能写下这篇小文，默默地做着心的祭奠。

　　在血与火的战场上，年轻的白羽，曾留下了有着号角般召唤力的佳什；在生活的浪涌里，中年的白羽，曾写下了激情四射、富有鼓舞力的华章；晚年的白羽，身负沉重的文学十字架，一步一步地艰难走完了他生命的最后旅程。作为一个老党员、老作家，他是抱着一种坚定的信念生活和写作的，也是抱着一种崇高的信仰逝去的。他的女儿刘丹，已按照老人 2001 年岁尾立下的遗嘱和写下的长长的一份捐献清单，一一将老人生前所钟爱的那些名家书画、工艺品及珍贵藏书等等，悉数交给了中国现代文学馆。至此，为了一种伟大的报效，白羽老卸掉了身外的一切负累。白羽与夫人汪琦的骨灰，也撒进了老人一生所无比喜爱的大海。我想，白羽老一生的大劳累，大疲惫，定会被大海的波涛洗尽，在没有馨香祈祝的大海深处，老人的灵魂也定会得到永久的安息。

　　白羽在红霞公寓住了整整四十个年头。在我眼中，他暮年的生命，就像不断燃烧的红霞一样绚丽。如今，晚霞聚成绮，登云乘风去。然而，一个曾在大地上留下过嘹亮声音的生命，并不会因他身影的消逝而被人们忘却……

（选自《人民文学》2006 年第 3 期）

门　孔

余秋雨

一

直到今天，谢晋的小儿子阿四，还不知道"死亡"是什么。

大家觉得，这次该让他知道了。但是，不管怎么解释，他诚实的眼神告诉你，他还是不知道。

这情景，很像一群哲学家在讨论死亡，而最后，评判者没有让他们及格。

在人类一些最本原的问题上，最低智能和最高智能，首尾相衔。

是啊，还能说话的人谁也未曾抵达过死亡，那又怎么说得清呢？既然说不清，那就与严重弱智的阿四没有太大的差别。

十几年前，同样弱智的阿三走了，阿四不知道这位小哥到哪里去了，爸爸对大家说，别给阿四解释死亡；两个月前，阿四的大哥谢衍走了，阿四不知道他到哪里去了，爸爸对大家说，别给阿四解释死亡；现在，爸爸自己走了，阿四不知道他到哪里去了，家里只剩下了他和八十三岁的妈妈，阿四已经不想听解释。谁解释，就是谁把小哥、大哥、爸爸弄走了。他就一定跟着走，去找。

二

阿三还在的时候，谢晋对我说："你看他的眉毛，稀稀落落，是整天扒在门孔上磨的。只要我出门，他就离不开门了，分分秒秒

077

等我回来。”

谢晋说的门孔，俗称"猫眼"，谁都知道是大门中央张望外面的世界的一个小装置。平日听到敲门或电铃，先在这里看一眼，认出是谁，再决定开门还是不开门。但对阿三来说，这个闪着亮光的玻璃小孔，是一种永远的等待。他不允许自己有一丝一毫的松懈，因为爸爸每时每刻都可能会在那里出现，他不能漏掉第一时间。除了睡觉、吃饭，他都在那里看。双脚麻木了，脖子酸痛了，眼睛迷糊了，眉毛脱落了，他都没有撤退。

爸爸在外面做什么？他不知道，也不想知道。

有一次，谢晋与我长谈，说起在封闭的时代要在电影中加入一点人性的光亮是多么不容易。我突然产生联想，说："谢导，你就是阿三!"

"什么?"他奇怪地看着我。

我说："你就像你家阿三，在关闭着的大门上找到一个孔，便目不转睛地盯着，看亮光，等亲情，除了睡觉、吃饭，你都没有放过。"

他听了一震，目光炯炯地看着我，不说话。

我又说："你的门孔，也成了全国观众的门孔。不管什么时节，一个玻璃亮眼，大家从那里看到了很多风景，很多人性。你的优点也与阿三一样，那就是无休无止地坚持。"

三

谢晋在六十岁的时候对我说："现在，我总算和全国人民一起成熟了!"那时，"文革"结束不久。

"成熟"了的他，拍了《牧马人》、《天云山传奇》、《芙蓉镇》、《清凉寺的钟声》、《高山下的花环》、《最后的贵族》、《鸦片战争》……那么，他的艺术历程也就大致可以分为两段，前一段为探寻期，后一段为成熟期。探寻期更多地依附于时代，成熟期更多地依附于人性。

一切依附于时代的作品，往往会以普遍流行的时代话语，笼罩艺术家自身的主体话语。谢晋的可贵在于，即使被笼罩，他的主体话语还在顽皮地扑闪腾跃。其中最顽皮之处，就是集中表现女性。不管外在题材是什么，只要抓住了女性命题，艺术也就有了刚中有柔的功能，人性也就有了悄然渗透的理由。在这方面，《舞台姐妹》就是很好的例证。尽管这部作品里也有不少时代给予的概念化痕迹，但"文革"中批判它的最大罪名，就是"人性论"。

谢晋说，当时针对这部作品，批判会开了不少，造反派怕文艺界批判"人性论"不力，就拿到"阶级立场最坚定"的工人中去放映，然后批判。没想到，在放映时，纺织厂的女工已经哭成一片，她们被深深感染了。"人性论"和"阶级论"的理论对峙，就在这一片哭声中见出了分晓。

但是，在谢晋看来，这样的作品还不成熟。让纺织女工哭成一片，很多民间戏曲也能做到。他觉得自己应该做更大的事。"文革"的炼狱，使他获得了浴火重生的机会。"文革"以后的他，不再是在时代话语的缝隙中捕捉人性，而是反过来，以人性的标准来拷问时代了。

对于一个电影艺术家来说，"成熟"在六十岁，确实是晚了一点。但是，到了六十岁还有勇气"成熟"，这正是二三十年前中国最优秀知识分子的良知闪现。当然，我们文化界也有不少人一直表白自己"成熟"得很早，不仅早过谢晋，而且几乎没有不成熟的阶段。这也可能吧，但全国民众都未曾在当时看到。谢晋是永远让大家看到的，因此大家与他相陪相伴地不成熟，然后一起成熟。

这让我想起云南丽江雪山上的一种桃子，由于气温太低，成熟期拖得特别长，因此收获时的果实也特别大，大到让人欢呼。

"成熟"后的谢晋让全国观众眼睛一亮。他成了万人瞩目的思想者，每天在大量的文学作品中寻找着既符合自己切身感受，又必然能感染民众的描写，然后思考着如何用镜头震撼全民族的心灵。没有他，那些文学描写只在一角流传；有了他，一座座通向亿万观众的桥梁搭了起来。于是，由于他，整个民族在电影院的黑暗空间里经历了一个艰难而美丽的苏醒过程，就像罗丹雕塑《青铜时代》传达的那种象征气氛。

那些年的谢晋，大作品一部接着一部，部部深入人心，真可谓手挥五弦，目送归鸿，云蒸霞蔚。

就在这时，他礼贤下士，竟然举行隆重仪式，破例第一次聘请了一个艺术顾问，那就是比他小二十多岁的我。他与我的父亲同龄，我又与他的女儿同龄。这种辈分错乱的礼聘，只能是他，也只能在上海。

那时节，连萧伯纳的嫡传弟子黄佐临先生也在与我们一起玩布莱希特、贫困戏剧、环境戏剧，他应该是我祖父一辈。而我的学生们，也已成果累累。八十年代"四世同堂"的上海文化，实在让人怀念。而在这"四世同堂"的热闹中，成果最为显赫的，还是谢晋。他让上海，维持了一段为时不短的文化骄傲。

从更广阔的视角来看，谢晋最大的成果在于用自己的生命接通了中国电影在一九四九年之后的曲折逻辑。不管是幼稚、青涩、豪情，还是深思、严峻、浩叹，他全都经历了，摸索了，梳理了。他不是散落在岸边的一片美景，而是一条完整的大河，使沿途所有的景色都可依着他而定位。

当代年轻的电影艺术家即便有再高的成就也不能轻忽"谢晋"这两个字，因为进入今天这个制高点的那条崎岖山路，是他跌跌绊绊走下来的。年轻艺术家的长辈和老师，都从他那里汲取过美，并构成遗传。在这个意义上，谢晋不朽。

四

谢晋聘请我做艺术顾问，旁人以为他会要我介绍当代世界艺术的新思潮，其实并不。他与我最谈得拢的，是具体的艺术感觉。他是文化创造者，要的是现场设计，而不是云端高论。我们也曾开过一些研讨会，有的理论家在会上高谈阔论，又明显地缺少艺术感觉。谢晋一听就知道邀请错了，他会偷偷地摘下耳机，出神地看着发言者。发言者还以为他在专心听讲，其实他很可能只是在观察发言者脸部的肌肉运动状态和可以划分的角色类型。这好像不太礼貌，但高龄的他有资格这样做。

谢晋特别想说又不愿多说的，是作为文化创造者的苦恼。

我问他："你在创作过程中遇到的最大苦恼是什么？是剧作的等级，演员的悟性，还是摄影师的能力？"他说："不，不，这些都有办法解决。我最大的苦恼，是遇到了不懂艺术的艺术审查者和评论者。而且，他们的数量又那么庞大。"

他所说的"不懂艺术"，我想很多官员和学者是不太明白其中含义的。他们总觉得自己既有名校学历又看过很多中外电影，还啃过几本艺术理论著作，怎么能说"不懂艺术"呢？其实，真正的艺术家都知道，这种"懂"，是创造意义上而不是学问意义上的。那是对每一个感性细节的小心捧持，是对每一个未明意涵的恭敬尊重，是对作品肌理不可稍有割划的万千敏感，是对转瞬即逝的一个眼神、一道光束的震颤性品咂，是对那绵长多变又快速运动的镜头语汇的感同身受、神驰心飞。用中国传统美学概念来说，这种"懂"，不"隔"。而一切审查性的目光，不管包含着多少学问，都恰恰是从"隔"开始的。

平心而论，在这一点上，谢晋的观点比我宽容得多。他不喜欢被审查却也不反对，一直希望有夏衍、田汉这样真正懂艺术的人来审查。而我则认为，即使夏衍、田汉再世，也没有权利要谢晋这样的艺术家在艺术上服从自己。

谢晋那些最重要的作品，上映前都麻烦重重。如果说，"文革"前的审查总是指责他"宣扬资产阶级人性论"，那么"文革"后的审查者主要是指责他"揭露社会的黑暗过多"。真实的灾难让他懂得了如何面对真实，并在那种真实中发现美。但是，比他年轻得多的审查者总是不想让他"成熟"。他明明已从黑暗中发现了美，表现了美，但他们还是拿着放大镜盘桓在黑暗里。甚至，把他推入概念棍棒的威胁之中。

有趣的是，有的审查者和评论者一旦投身创作，立场就会发生天翻地覆的变化。我认识两位职业的审查者和评论者，年老退休后常常被一些电视剧聘为顾问，参与构思。作品拍出来后，交给他们当年退休时物色的徒弟们审查，他们才发现，这些徒弟太不像话了。他们愤怒地说："文化领域那么多诽谤、伪造、低劣都不审查，却总是盯着一些好作品不依不饶！"后来他们扪心自问，才明白自己大半辈子也在这么做。

他们不知道，年迈谢晋眼睛深处的一半忧郁，与他们有关。

五

能成为谢晋的朋友，非常愉快。

他总是充满古意地反复怀念一个个久不见面的老友，怀念得一点儿也不像一个名人；同时，他又无限兴奋地结识一个个刚刚发现的新知，兴奋得一点儿也不像一个老者。他的工作性质和从业时间，使他的"老友"和"新知"的范围非常之大，但他一个也不会忘记，一个也不会怠慢。

因此，只要他有召唤，或者，只是以他的名义召唤，再有名的艺术家也没有拒绝的。有时，他别出心裁，要让这些艺术家都到他出生的老家去聚合，大家也都乖乖地依次抵达。就在他去世前几天，上海电视台准备拍摄一个纪念他八十五岁生日的节目，开出了一大串响亮的名单，逐一邀请。这些人中的任何一个，在一般情况下是"八抬大轿也抬不动"的，因为有的也已年老，有的非常繁忙，有的片约在身，有的身患重病。但是，一听是谢晋的事，都满口答应。当然，他们没有料到，生日之前，会有一个追悼会……

我从旁观察，发觉谢晋交友，有两个原则：一是拒绝小人，二是不求实用。这就使他身边的热闹中有一种少有的干净。相比之下，有些同样著名的老艺术家永远也摆不出谢导这样的友情阵仗，不是他们缺少魅力，而是本来要来参加的人想到同时还有几双忽闪的眼睛也会到场，借故推托了。

有时，好人也会利用小人，但谢晋不利用。

他对小人的办法，不是争吵，不是驱逐，而是在最早的时间冷落。他的冷落，是炬灭烟消，完全不予互动。听对方说了几句话，他就明白什么人了，便突然变成了一座石山，邪不可侵。转身，眼角扫到一个朋友，石山又变成了一尊活佛。

一些早已不会被他选为演员和编剧的老朋友，永远是他的座上宾。他们谁也不会因为自己已经帮不上他的忙，感到不安。西哲有言："友情的败坏，是从利用开始的。"谢晋的友情，从不败坏。

他一点儿也不势利。再高的官，在他眼中只是他的观众，与天下千万观众没有区别。但因为他们是官，他会特别严厉一点。我多次看到，他与官员讲话的声调，远远高于他平日讲话，主要是在批评。他还会把自己对于某个文化高官的批评到处讲，反复讲，希望能传到那个高官的耳朵里，一点儿不担心自己会不会遇到麻烦。有时，他也会发现，对那个高官的批评搞错了，于是又到处大声讲："那其实是个好人，我过去搞错了！"

对于受到挫折的人，他特别关心，包括官员。有一年，我认识的一位官员因事入狱。我以前与这位官员倒也没有什么交往，这时却想安慰他几句。正好上海市监狱邀请我去给几千个犯人讲课，我就向监狱长提出要与那个人谈一次话。监狱长说，与那个人谈话是不被允许的。我就问能不能写个条子，监狱长说可以。我就在一张纸上写道："平日大家都忙，没有时间把外语再推进一步，祝贺你有了这个机会。"写完，托监狱长交给那个人。

谢晋听我说了这个过程，笑眯眯地动了一会脑筋，然后兴奋地拍了一下桌子说："有了！你能送条子，那么，我可以进一步，送月饼！过几天就是中秋节，你告诉监狱长，我谢晋要为犯人讲一次课！"

就这样，他为了让那个官员在监狱里过一个像样的中秋节，居然主动去向犯人讲了一次课。提篮桥监狱的犯人，有幸一睹他们心中的艺术偶像。那个入狱的官员，其实与他也没有什么关系。

四年以后，那个人刑满释放，第一个电话打给我，说他听了我的话，在里边学外语，现在带出来一部五十万字的翻译稿。然后，他说，急于要请谢晋导演吃饭。谢导的那次中秋节行动，实在把他感动了，使他的狱中四年，不再有一日沮丧。

六

我一直有一个错误的想法，觉得拍电影是一个力气活，谢晋已经年迈，不必站在第一线上了。我提议他在拍完《芙蓉镇》后就可以收山，然后以自己的信誉、影响和经验，办一个电影公司，再建一个影视学院。简单说来，让他从一个电影导演变成一个"电影导师"。

有这个想法的，可能不止我一个人。

我过了很久才知道，他对我们的这种想法，深感痛苦。他想拍电影，他想自己天天拿着话筒指挥现场，然后猫着腰在摄影机后面调度一切。他早已不在乎名利，也不想证明自己依然还保持着艺术创造能力。他只是饥渴，没完没了地饥渴。在这一点上他像一个最单纯、最执著的孩子，一定要做一件事，骂他，损他，毁他，都可以，只要让他做这件事，他立即可以破涕为笑。

他当然知道我们的劝说有点道理，因此，也是认认真真地办电影公司，建影视学院，还叫我做"校董"。但是，这一切都不能消解他内心的强烈饥渴。

他越来越要在我们面前表现出他的精力充沛、步履轻健。他由于耳朵不好，本来说话就很大声，现在更大声了。他原来就喜欢喝酒，现在更要与别人频频比赛酒量了。

有一次，他跨着大步走在火车站的月台上，不知怎么突然趔趄了。他想摆脱趔趄，挣扎了一下，谁知更是朝前一冲，被人扶住，脸色发青。这让人们突然想起他的皮夹克、红围巾所包裹着的年龄。不久后一次吃饭，我又委婉地说起了老话题。

他知道月台上的趔趄被我们看到了，因此也知道我说这些话的原因。他朝我举起酒杯，我以为他要用干杯的方式来接受我的建议，没想到他对我说："秋雨，你知道什么样的人是真正善饮的吗？我告诉你，第一，端杯稳；第二，双眉平；第三，下口深。"

说着，他又稳又平又深地一连喝了好几杯。

是在证明自己的酒量吗？不，我觉得其中似乎又包含着某种宣示。

即使毫无宣示的意思，那么，只要他拿起酒杯，便立即显得大气磅礴，说什么都难以反驳。

后来，有一位热心的农民企业家想给他资助，开了一个会。这

红霞一抹乘云去

084

位企业家站起来讲话，意思是大家要把谢晋看作一个珍贵的品牌，进行文化产业的运作。但他不太会讲话，说成了这样一句："谢晋这两个字，不仅仅是一个人名，而且还是一种有待开发的东西。"

"东西?"在场的文化人听了都觉得不是味道。

一位喜剧演员突然有了念头，便大声地在座位上说："你说错了，谢晋不是东西!"他又重复了一句："谢晋不是东西!"

这是一个毫无恶意的喜剧花招，全场都笑了。

我连忙扭头看谢晋导演，不知他是怏怏不乐，还是蔼然而笑。没想到，我看到的他似乎完全没有听到这句话，只是像木头一样呆坐着，毫无表情。

他毫无表情的表情，把我震了一下。他不想只做品牌。他觉得，如果自己真的完全变成了一个品牌，丢失了亲自创造的权利，那谢晋真的"不是东西"了。

从那次之后，我改变了态度，开始愿意倾听他一个又一个的创作计划。

这是一种滔滔不绝的激情，变成了延绵不绝的憧憬。他要重拍《桃花扇》，他要筹拍美国华工修建西部铁路的血泪史，他要拍《拉贝日记》，他要拍《大人家》，他更想拍前辈领袖的女儿们的生死恩仇、悲欢离合……

看到我愿意倾听，他就针对我们以前的想法一吐委屈："你们都说我年事已高，应该退居二线，但是我早就给你说过，我是六十岁才成熟的，那你算算……"

一位杰出艺术家的生命之门既然已经第二度打开，翻卷的洪水再也无可抵挡。这是创造主体的本能呼喊，也是一个强大的生命要求自我完成的一种尊严。这种状态不一定能导致好作品，但好作品一定来自于此。我以前的阻拦，过于理性，已经背离艺术创造的本性诉求。

七

他在中国创建了一个独立而庞大的艺术世界，但回到家，却是一个常人无法想象的天地。

他与夫人徐大雯女士生了四个小孩，脑子正常的只有一个，那就是谢衍。谢衍的两个弟弟就是前面所说的老三和老四，都严重弱智，而姐姐的情况也不好。

这四个孩子，出生在 1946 年至 1956 年这十年间。当时的社会，还很难找到辅导弱智儿童的专业学校，一切麻烦都堆在一门之内。家境极不宽裕，工作极其繁忙，这个门内天天在发生什么？只有天知道。

我们如果把这样一个家庭背景与谢晋的那么多电影联系在一起，真会产生一种匪夷所思的感觉。每天傍晚，他那高大而疲惫的身影一步步走回家门的图像，不能不让人一次次落泪。落泪，不是出于一种同情，而是为了一种伟大。

一个错乱的精神漩涡，能够伸发出伟大的精神力量吗？谢晋作出了回答，而全国的电影观众都在点头。我觉得，这种情景，在整个人类艺术史上都难于重见。

谢晋亲手把错乱的精神漩涡，筑成了人道主义的圣殿。我曾多次在他家里吃饭，他做得一手好菜，常常围着白围单、手握着锅铲招呼客人。客人可能是好莱坞明星、法国大导演、日本制作人，但最后谢晋总会搓搓手，通过翻译介绍自己两个儿子的特殊情况，然后隆重请出。这种毫不掩饰的坦荡，曾让我百脉俱开。在客人面前，弱智儿子的每一个笑容和动作，在谢晋看来就是人类最本原的可爱造型，因此满眼是欣赏的光彩。他把这种光彩，带给了整个门庭，也带给了所有的客人。

他有时也会带着儿子出行。我听谢晋电影公司总经理张惠芳女士说，那次去浙江衢州，坐了一辆面包车，路上要好几个小时，阿四同行。坐在前排的谢晋过一会儿就要回过头来问："阿四累不累？""阿四好吗？""阿四要不要睡一会儿？"每次回头，那神情，能把雪山消融。

八

他万万没有想到，他家后代唯一的正常人，那个从国外留学回来的典雅君子，他的大儿子谢衍，竟先他而去。

谢衍太知道父母亲的生活重压，一直瞒着自己的病情，不让老人家知道。他把一切事情都料理得一清二楚，然后穿上一套干净的衣服，去了医院，再也没有出来。

他恳求周围的人，千万不要让爸爸、妈妈到医院来。他说，爸爸太出名，一来就会引动媒体，而自己现在的形象又会使爸爸、妈妈伤心。他一直念叨着："不要来，千万不要来，不要让他们来……"

直到他去世前一星期，周围的人说，现在一定要让你爸爸、妈妈来了。这次，他没有说话。

谢晋一直以为儿子是一般的病住院，完全不知道事情已经那么严重。眼前病床上，他唯一可以对话的儿子，已经不成样子。

他像一尊突然被风干了的雕像，站在病床前，很久，很久。

谢衍吃力地对他说："爸爸，我给您添麻烦了！"

他颤声地说："我们治疗，孩子，不要紧，我们治疗……"

从这天起，他天天都陪着夫人去医院。

独身的谢衍已经五十九岁，现在却每天在老人赶到前不断问："爸爸怎么还不来？妈妈怎么还不来？爸爸怎么还不来？"

那天，他实在太痛了，要求打吗啡，但医生有犹豫，幸好有慈济功德会的志工来唱佛曲，他平静了。

谢晋和夫人陪在儿子身边，那夜几乎陪了通宵。工作人员怕这两位八十多岁的老人撑不住，力劝他们暂时回家休息。但是，两位老人的车还没有到家，谢衍就去世了。

谢衍是 2008 年 9 月 23 日下葬的。第二天，9 月 24 日，杭州的朋友就邀请谢晋去散散心，住多久都可以。接待他的，是一位也刚刚丧子的杰出男子，叫叶明。

两人一见面就抱住了，号啕大哭。他们两人，前些天都为自己的儿子哭过无数次，但还要找一个机会，不刺激妻子，不为难下属，抱住一个人，一个经得起用力抱的人，痛快淋漓、回肠荡气地哭一哭。那天谢晋导演的哭声，像虎啸，像狼嚎，像龙吟，像狮吼，把他以前拍过的那么多电影里的哭，全都收纳了，又全都释放了。那天，秋风起于杭州，连西湖都在呜咽。

他并没有在杭州长住，很快又回到了上海。这几天他很少说话，眼睛直直地看着前方。有时也翻书报，却是乱翻，没有一个字入眼。

突然电话铃响了，是家乡上虞的母校春晖中学打来的，说有一个纪念活动要让他出席，有车来接。他一生，每遇危难总会想念家乡。今天，故乡故宅又有召唤，他毫不犹豫地答应了。他给驾驶员小蒋说："你别管我了，另外有车来接！"

小蒋告诉张惠芳，张惠芳急急赶来询问，门房说，接谢导的车，两分钟前开走了。

春晖中学的纪念活动第二天才开，这天晚上他在旅馆吃了点冷餐，倒头便睡。这是真正的老家，他出走已久，今天只剩下他一个人回来。他是朝左侧睡的，再也没有醒来。

这天是 2008 年 10 月 18 日，离他八十五岁生日，还有一个月零三天。

九

他老家的屋里，有我题写的四个字："东山谢氏"。

那是几年前的一天，他突然来到我家，要我写这几个字。他说，已经请几位老一代书法大家写过，希望能增加我写的一份。东山谢氏？好生了得！我看着他，抱歉地想，认识了他那么多年，也知道他是绍兴上虞人，却没有把他的姓氏与那个遥远而辉煌的门庭联系起来。

他的远祖，是公元四世纪那位打了"淝水之战"的东晋宰相谢安。这仗，是和侄子谢玄一起打的，而谢玄的孙子，便是中国山水诗的鼻祖谢灵运。谢安本来是隐居会稽东山的，经常与大书法家王羲之一起喝酒吟诗，他的侄女谢道韫也嫁给了王羲之的儿子王凝之，而才学又远超丈夫。谢安后来因形势所迫再度做官，这使中国有了一个"东山再起"的成语。

正因为这一切，我写"东山谢氏"这四个字时非常恭敬，一连

红霞一抹乘云去

写了好多幅，最后挑出一张，送去。

谢家，竟然自东晋、南朝至今，就一直定居在东山脚下？别的不说，光那股积累了 1600 年的气，已经非比寻常。谢晋对此极为在意，却又不对外说。他在意的，是这山、这村、这屋、这姓、这气。但这一切都是秘密的，只是为了要我写字才说，说过一次再也不说。

我想，就凭着这种无以言表的深层皈依，他会一个人回去，在一大批庄严的远祖面前，画上人生的句号。

十

此刻，他上海的家，只剩下了阿四。他的夫人因心脏问题，住进了医院。

阿四不像阿三那样成天在门孔里观看。他几十年如一日的任务是为爸爸拿包、拿鞋。每天早晨爸爸出门了，他把包递给爸爸，并把爸爸换下的拖鞋放好。晚上爸爸回来，他接过包，再递上拖鞋。

好几天，爸爸的包和鞋都在，人到哪里去了？他有点奇怪，却在耐心等待。突然来了很多人，在家里摆了一排排白色的花。

白色的花越来越多，家里放满了。他从门孔里往外一看，还有人送来。阿四穿行在白花间，突然发现，白花把爸爸的拖鞋遮住了。他弯下腰去，拿出爸爸的拖鞋，小心放在门边。

这个白花的世界，今天就是他一个人，还有一双鞋。

（选自《收获》2009 年第 1 期）

百年明镜季羡林

梁　衡

98岁的季羡林先生离我们而去了。

初识先生是在上世纪90年代的一次发奖会上。新闻出版署每两年评选一次全国优秀图书，季老是评委坐第一排，我干一点宣布谁谁讲话之类的"主持"之事。他大概看过我哪一篇文章，托助手李玉洁女士来对号，我赶忙上前向他致敬。会后又带上我的几本书到北大他的住处去拜访求教。先生的住处是在校园北边的一座很旧的老式楼房，他住一层，朗润园13号楼。那天我穿树林、过小桥找到楼下，一位司机正在擦车，说正是这里，刚才老人还出来看客人来了没有。房共两套，左边一套是他的会客间，卧室兼书房，不过这个只能叫书房之一，主要是用来写散文随笔的。我在心里给它一个名字叫"散文书屋"。著名的《牛棚杂忆》就产生在这里。一张睡了几十年的铁皮旧床，甚至还铺着粗布草垫，环墙满架是文学方面的书，还有朋友、学生的赠书。他很认真，凡别人送的书，都让助手仔细登记、编号、上架。到书多得放不下时，就送到学校为他准备的专门图书室去。他每天四时即起，就在床边的一张不大的书桌上写作。这是他多年的习惯，学校里都知道，号称"北大一盏灯"。等到会客室里客人多时，就先把熟一点的朋友让到这间房里。有一次春节我去看他，碰到教育部长来拜年，一会儿市委副书记又来，他就很耐心地让我到书房等一会儿，并没有一些大人物借新客来就逐旧客走的手段。学校考虑到他年高，尽量减少打扰，就在门上贴了不会客之类的小告示，助手也常出面挡驾。但先生很随和，常主动出来，请客人进屋。助手李玉洁女士说："没办法，你看我们倒成了恶人。"这时你可以尽情地仰观满架的藏书，还可低头细读他写了一半的手稿。他用钢笔，总是那样整齐的略显扁一点的小楷。

这套房子的对面还有一套东屋，我暗叫它"学术书房"。共两间房，全是季老治学时用的语言、佛教等方面的书，人要在书架夹道中侧身穿行。向南临窗也有一小书桌，是先生专著学术文章的地方。我曾带我的搞摄影的孩子，在这里为先生照过一次相。他就很慷慨地为一个孙辈小儿写了一幅勉励的字，还要写上"某某小友惠存"。他每有新书出版，送我时，还要写上"老友或兄指正"之类，弄得我很紧张。他却总是慈祥地笑一笑问："还有一本什么新书送过你没有？"有许多书我是没有的，但这份情太重，我不敢多受，受之一二本已很满足，就连忙说有了，有了。

先生年事已高，一般我是不带人，或带任务去看他。只有一次，我住中央党校，离北大不远，党校办的《学习时报》大约正逢几周年，要我向季老求字。我就带了一个年轻记者去采访他。采访中记者很为他的平易近人和居家生活的简朴所感动，那天助手李玉洁女士讲了一件事。季老很为目前社会上的奢靡之风担忧，特别是水资源的浪费，我知道他是多次呼吁的，但没有办法。他就从自家做起，在马桶水箱里放了两块砖，这样来减少水箱的排水量。这位年轻的女记者，当时笑弯了腰，她不可理解，先生生活起居都有国家操心，自己何至于这样认真。以后过了几年，她每次见到我都提起那事，说季老可亲可爱就像家乡农村的一位老爷爷。后来季老住进301医院，为了整理老先生的谈话我还带过我的一位学生去他处，这位年轻人回来后也说，我总觉得先生就像是隔壁邻居的一位老大爷。

先生永远是一身中山装，每日三餐粗茶淡饭。他是在24岁那一年，人生可塑可造的年龄留洋的啊，一去十年。以后又一生都在搞外国文学、外语教学和中外文化交流的研究，怎么就没有一点儿洋味呢？近几年基因之说盛行，我就想大概是他身上农民子弟的基因使然。他在一篇回忆文章里讲到小时穷得吃不饱饭，给一个亲戚割牛草，送草后磨蹭着等到中午，只为能吃一口玉米饼子，现在仍极为节俭，害怕浪费，厌恶虚荣。每到春节，总有各级官场上的人去看他，送许多大小花篮。他对这总是暗自摇头，我知道先生是最怕虚应故事的，有一年老同学胡乔木邀他同去敦煌，他当然想去，但一想沿途的官场迎送，便婉言谢绝。他住的病房门口的走廊上总是摆着一条花篮的长龙。花又大房间又放不下。要去找他的病房这成了一个标志。

后来我去看他，知道他的所好，就专送最土的最实用的东西。一次从香山下来，见到山脚下地摊卖红薯，很干净漂亮的红薯，我就买了一些直接送到病房，他极高兴。他很喜欢我的家乡出的一种"沁州黄"的小米，只能在一片小范围的土地上长，过去是专供皇上的。现在人们有了经营头脑，就打起贡品的招牌，用一种肚大嘴小的青花瓷罐包装。先生吃过米后，却舍不得扔掉罐子，在窗台上摆着，说插花很好看。后来，聊得多了，我还发现一丝微妙，虽同是一批大学者，但他对洋派一些的人物，总是所言不多。

我到先生处聊天，一般是我说得多些，考虑先生年高，出门不便，我尽量通报一点社会上的信息。有时政、社会新闻，也有近期学术动态，或说到新出的哪一本书，哪一本杂志。有时出差回来，就说一说外地见闻。有时也汇报一下自己的创作。他都很认真地听。助手李玉洁说先生希望你们多来，他还给常来的人起个"雅号"，我的雅号是"政治散文"。他还就这个意思为我的散文集写过一篇序。如时间长了未见面，他会问，"政治散文"怎么没有来？一次我从新疆回来，正在创作《最后一位戴罪的功臣》，我谈到在伊犁采访林则徐旧事。虎门销烟之后林被清政府发配伊犁，家人和朋友要依清律出银为他赎罪，林坚持不肯，不愿认这个罪。在纪念馆里有他就此事写给夫人的信稿。还有发配入疆，过"果子沟"时，大雪拥谷，车不能走，林氏父子只好下车趟雪而行，其子跪地向天祷告："父若能早日得救召还，孩儿愿赤脚趟过此沟。"先生眼角已经饱含泪水。他对爱国和孝敬老人这两种道德观念是看得很重的。他说，爱国各国都爱，但中国人爱国观念更重些。欧洲许多小国，历史变化很大，惟有中国有自己一以继之的历史，爱国情感也就更重。他对孝道也很看重，说"孝"这个词是汉语里特有的，外语里没有相应的单词。我因在报社分管教育方面的报道，一次到病房里看他，聊天时说到儿童教育，他说："我主张小学生的德育标准是热爱祖国、孝顺父母、尊敬师长、和睦伙伴。"并当即提笔写下这四句话，后来发表在《人民日报》上。

先生原住在北大，房子虽旧，环境却好。门口有一水塘，夏天开满荷花。他有一文专记此事。是他的学生从南方带了一把莲子，他随手扬入池中，一年、两年、三年就渐渐荷叶连连，红花映日，在北大这处荷花水景也有个名字，就叫"季荷"。但2003年，就是中国大地非典流行那一年，先生病了，年初住进了301医院，开始治疗一段还回家去住一两次，后来就只好以院为家了。"留得枯荷听雨声"，季荷再也没见到它的主人。我到医院看先生时，常碰到护士换药。是腿伤，要伸到伤口里洗脓涂药，近百岁老人受此折磨，令人心中不是滋味，他说不痛。助手说，哪能不痛，但先生从不言痛，医院都说他是最好伺候的，配合最好的模范病人。他很坦然地对我说，自己已老朽，对他用药已无价值。他郑重建议医院千万不要用贵药，实在是浪费。医院就骗他说，药不贵。一次护士说漏嘴："季老，给您用的是最好的药。"这句话倒叫他心里长时间不安。不过他的腿疾却神奇般地好了。先生在医院享受国家领导人待遇，刚进来时住在聂荣臻元帅曾住过的病房里。我和家人去看他，一切条件都好，但有两条不便。一是病房没有电话（为安静，有意不装）；二是没有一个方便的可移动的小书桌。先生是因腿疾住院的，不能行走、站立，而他看书、写作的习惯却丢不掉。我即开车到玉泉营买了一个有四个小轮的可移动小桌，下可盛书，上可写字。先生笑呵呵地说，这就好了，这就好了。我再去时，小桌上总是堆满书，还有笔和放大镜。后来先生又搬到301南院，条件更好一些。许多重要的文章，如悼念巴金、臧克家的文章都是在小桌板上，如小学生那样伏案写成的。他住院四年，竟又写了一本《病榻杂记》。

　　我去看季老大部分是问病，或聊天。从不敢谈学问。在我看来他的学问高深莫测，他大学时受教于陈寅恪等这些国学大师，留德十年，回国后与胡适、傅斯年共事，朋友中有朱光潜、冯友兰、吴晗、任继愈、臧克家，还有胡乔木、乔冠华等。"文革"前他创办并主持北大东语系 20 年。他研究佛教、研究佛经翻译、研究古代印度和西域的各种方言，又和英、德、法、俄等语比较。试想我们现在读古汉语已是多么吃力费解，他却去读人家印度还有西域的古语言，还要理出规律。我们平常听和尚念经，嗡嗡然，如蜂鸣，就是看翻译过来的佛经"揭谛揭谛波罗揭谛"也不知所云，而先生却要去研究分辨对比这些经文是梵文的还是那些已经消失的西域古国文字，又研究法显、玄奘如何到西天取经，这经到汉地以后如何翻译，只一个"佛"就有：佛陀、浮陀、浮图、勃陀、母陀、步他、浮屠、香勃陀等 20 多种译法。不只是佛经、佛教，他还研究印度古代文学、翻译剧本《沙恭达罗》、史诗《罗摩衍那》。他不像专攻古诗词或古汉语、古代史的学者，是直接在自己的领地上打天下，享受成果和荣誉，他是在依稀可辨的东方古文字中研究东方古文学的痕迹，在浩渺的史料中寻找中印交流与东西方交流的轨迹，及那些思想、文化的源流。比如他从梵文的"糖"字考证中竟如茧抽丝，写出一本 80 万字的《糖史》，真让人不敢相信。这些东西在我们看来像一片茫茫的原始森林，稍一涉足就会迷路而不得返。我对这些实在心存恐惧，所以很长时间没敢问及。但是就像一个孩子觉得糖好吃就忍不住要打听与糖有关的事，以后见面多了，我还是从旁观的角度提了许多可笑的问题。

　　我说您研究佛教，信不信佛？他很干脆地说："不信。"这让我很吃一惊，中国知识分子从苏东坡到梁漱溟，都把佛学当作自己立身处世规则的一部分，先生却是这样的坚决。他说："我是无神论。假如是研究一个宗教，结果又信这个教，说明他不是真研究，或者没有研究通。"

　　我还有一个更外行的问题："季老，您研究的那些外国的古代的学问，总是让人觉得很遥远，对现在的社会有什么用？"他没有正面回答，说："学问，不能拿有用还是无用的标准来衡量，只要精深就行。当年牛顿研究万有引力有什么用？"是的，我从来没有考虑过这个问题，牛顿当时如果只想有用无用，可能早经商发财去了。事实上，所有的科学家在开始研究一个原理时都没有功利主义地问有何用，只要是未知，他就去探寻。研究结果出来后，有没有用，那是后人的事。先生在回答这个问题时的那一份平静，深深地印在我的脑子里。

有一次我带一本新出的梁漱溟的书去见他。他说崇拜梁漱溟，我就乘势问："您还崇拜谁？"他说："并世之人，还有彭德怀。"这又让我吃一惊。一个学者怎么最崇拜的是一个将军。他说："彭德怀在庐山会议上敢说真话，这一点不简单，很可贵。"我又问："接着还有可崇拜的人吗？""没有了"。他又想了一会儿："如果有的话，马寅初算一个。"我没有再问。我知道希望说真话一直是他心中隐隐的痛。为此他在"文革"结束后又写作出版了《牛棚杂忆》。当他知道巴金去世时，在病中写了《悼巴老》，特别提到巴老的《真话集》。

我看着他，老人端坐在小桌后面的沙发里，挺胸，目光投向窗户一侧的明亮处，两道长长的寿眉从眼睛上方垂下来，那样深沉慈祥，前额刻着的皱纹、嘴角处的棱线，连同身上那件特有的病袍，显出几分威严。我想起先生对自己概括的一个字"犟"，这一点他和彭总、马老是相通的。不知怎么，我脑子里又飞快地联想到先生的另一个形象。一次大会堂开一个关于古籍整理的座谈会。任继愈老先生讲了一个故事，说北京图书馆的善本只限定一定资格的学者才能借阅。季先生带的研究生要查阅，但无资格。先生就亲到北图，借出书来让学生读，他端坐一旁等着，如一幅寿者课童图。渐渐，这与他眼前端坐病室的身影叠加起来，历史就这样洗磨出一位百岁老人，一个经历了由清至民国，至中华人民共和国，其间又经历了"文革"和改革开放的中国知识分子的形象。

近几年我越来越觉得应该为先生做点事，便整理一点与先生的谈话，后来先生的眼睛又近似失明，他题字时几乎是靠惯性，笔一停就连不上了。我又想到先生不只是一个专业学者，他的思想、精神和文采应加快普及和传播。于是去年建议帮他选一本面对青少年的文集，他欣然应允，并自定题目，自题书名。在提到编辑思想时，他一再说："我这一生就是一面镜子。"我就写了一篇短跋，表达我对先生的尊敬和他的社会意义。去年这套《季羡林自选集》终于出版，想不到这竟是我为先生做的最后一件事。而谈话整理，总因各种打扰，惜未做完。

现在我翻着先生的著作，回忆着与他无数次的见面，先生确是一面镜子，一面百年的明镜。在这面镜子里可以照出百年来国家民族的命运，也可以照见我们自己的人生。

（选自《人民日报》2009 年 07 月 14 日）

世纪老人的十个瞬间

王岳川

北大未名湖后湖有一盏灯总是亮得最早。

1998 年，我将出国任客座教授两年，临行前特向季羡林先生辞行。欢言间我对季老说："您老每天闻鸡起舞。"先生正色道："不，是鸡闻我起舞。"确乎如此，先生为了写《糖史》，曾经从1993 年至 1994 年用了差不多两年时间，上下午来回四趟五六里路去北大图书馆，风雨无阻，寒暑不辍。"我面对汪洋浩瀚的《四库全书》和插架盈楼的书山书海，枯坐在那里，夏天要忍受三十五六摄氏度的酷暑，挥汗如雨，耐心地看下去。有时候偶尔碰到一条有用的资料，便欣喜如获至宝。但有时候也枯坐上半个上午，把白内障尚不严重的双眼累得个'一佛出世，二佛升天'，却找不到一条有用的材料，嗒然拖着疲惫的双腿，返回家来。经过了两年的苦练，我练就一双火眼金睛，能目下不是十行，二十行，而是目下一页，而遗漏率却小到几乎没有的程度。"近三十年来，季老撰写了近三百篇学术论文，出版了十几部学术著作。其一生撰著的总数达一千二百万言，这种以写作连接的生命本体，显示了思想自由之后空前喷发的写作状态。当九十高龄的先生每天来回于图书馆并沉浸在《糖史》的广阔世界中，我和不少学子在黄昏的北大博雅塔下，行注目礼送先生挎着厚厚的书包默默独行。他那广被万物的爱心与知识分子的胆识，大千世界平等的思想与不争而无可与之争的智慧，在不断行走的思想著述中体现得鲜明醒目。

2000 年，我回国后去朗润园问候先生，正好北京电视台在拍摄《北大魂》时采访季老，我静静地在一池春水盛开的"季荷"旁，听先生面对镜头畅谈知识分子的精神立场和价值身份，其大胆和勇毅令后学失色。他说："百年北大建校初期，校长大多是学富五车之士，而多数禀有真正的人文知识分子精神。其后的一些校长，有的在人格眼光胸襟才华上大不如从前了"；还说"创一流大学，北大文科就是一流的，如果不好好提升，则是重大失职。文科作为真正的一流，应该好好扶持啊"。

2001 年，先生身体渐弱而经常生病住院。有一次我去看望刚出院回家的季老。季老为我题写了一幅书法"极高明而道中庸"，其中深邃的含义和期许，已然成为我的座右铭。然后，老人对我说："我感到身体一天不如一天，经常住进 301 医院，也许上天给我的时间不太多了。"于是，老人决定向北大图书馆捐赠自己毕生之所有：家中所有图书近三万册，许多是海内孤本和世界孤本；所收藏四百余卷历代名人珍品字画和文物，其总价值超过一亿；还有极有学术研究价值的所有手稿和名人通信。季老认为"国宝放在国家手里是最安全的做法"，让人深深感动而高山仰止。

2002 年，季老收到北大学生会办的学生刊物《大学生》，先生用放大镜认真阅读，发现刊物中有一些错字错句，花时间给我写了长信——指出其中的错漏，委托我到学生编辑部将信转给编辑，请编辑一定认真审稿——北大无小事。面对一本薄薄的学生办刊物，却如此认真一丝不苟，其严谨的学风和诲人不倦的情怀，对学问坚持"在明明德、在亲民、在止于至善"的境界，让我闭目思来心中感佩。

2003 年，我的几届访问学者和博士毕业离校时对我说，到北大多年最人的愿望就是去看看季老，在离开前最后聆听他的教诲。我试着给病中的季老谈这个情况，并说学生有十几个人，是否因人多而身体难以承受？季老爽快地答应同大家见面。同学们济济一堂，端坐在季老的书斋中，脸上洋溢着真正的幸福笑容。大家求道解惑，季老有问必答，在问学答疑中其乐融融。一小时很快过去了，大家与老人一一合影，依依惜别。季老支撑起病体，坚持从家中送到大门外，抿紧嘴唇含着泪光默默挥手告别。当我们走到未名湖后湖杨柳丛中，远远回首，仍见老人在风中举手长依依，大家不由心中一热。先生对学生总是极为呵护，爱护有加。而对沽名钓誉、不学无术而又在客厅中滔滔不绝赖着不走者，先生就会面色木讷长久不言，意欲送客。

2004年春，季老已经因病住进301医院，已无力编自己的"学术选集"。先生决定授权由我来选编他的四卷本《季羡林学术精粹》，我感到学术重量和思想信赖的双重压力。在我研读文章选编过程中，尽量将先生的睿智和重量级的论著选出来，使人们能够通过这位世纪老人的言说，看到这一代中国知识分子的学术踪迹和价值情怀。季先生送我一套近三十卷的《季羡林文集》，我通读了两遍，每读一次感受就深一层。多少次在夜深人静中，让思绪一路远去。我的眼前浮现出一位百岁老人的形象，睿智而安详，渊博而谦和。这位精通英、德、梵语、巴利语、吐火罗文、俄语、法语的学者，焚膏继晷，已超越常人的工作热忱而"止于至善"：从考证到义理之学，从东方语言学家到东方学家，从印度历史文化到比较文学的研究，从佛教语言研究到中国文化身份思考，皆拓展出一个多元的文化研究域。"君子不器"，他命定般地不属于任何一个固定的研究领域，也不屈从于任何专业狭小的圈子，而是打通中西古今，透悟人类智慧，创新东方新思维。

2004年底，在寒风呼啸中，我同山东友谊出版社总编辑丁建元先生一起多次赴医院请教和征求选目意见。季老总是非常认真地审看我编的《季羡林学术精粹》多卷本目录，总是认真回忆有哪些重要文章在什么刊物，需要查找复印；什么版本的书有错误，需要认真校改以后才能收入本书；还有那几篇新写的文章可以补充，以让读者尽量少花钱多读到新内容；等等，还让助手李玉洁秘书寻找收集图片和新文章给以鼎力相助。其言也谆谆，其情也切切，让我们深深地感受到大学者坚毅乐观的精神人格魅力。故而张中行先生说："季羡林以一身而具有三种难能，一是学问精深，二是为人朴厚，三是有深情。三种难能之中，最难能的还是朴厚，像他这样的难以找到第二位。"这实在是终身至交的肺腑之言。

2005年，季先生提出：每位大师都是不可超越的，每个大师都是一座丰碑。"自清末以来中国学术界也由于种种原因，陆续出现了一些国学大师。我个人认为，最主要的原因是西方文化尤其是西方哲学思想和学术思想，以排山倒海之势涌入中国，中国学坛上的少数先进人物，接受了西方学术思想的影响，同时又忠诚地继承和发展了中国古代优秀的学术传统，于是就开出了与以前不同的鲜丽的花朵，产生了少数一次出现而又不可超越的大师。我想以章太炎划界，他同他的老师俞曲园代表了两个时代。章太炎是不可超越的，王国维是不可超越的，陈寅恪是不可超越的，汤用彤同样是不可超越的。"我想，这实在是东方大国崛起中的文化自信和文化自觉，深隐着人文科学独创性是不能用自然科学来规划的独特思想。可以说，敢于发表新论，决不与人雷同，不怕他人在东方复兴和重写文学史等话题后的争论攻击。这大抵是晚年季先生的一个学术思想特色。

2006年，先生为北大书法所在首都博物馆的大型书法展题词："北大书法艺术研究所，将海内外书法家和书法理论家团结起来，在深邃的北大文化土壤中培养新一代的书法博士和研究生，这实在是令人欣慰的事。书法创作必须尊重艺术文化规律，凡是违背这些规律走入旁门左道的所谓追新，即是与大学书法旨趣相悖的。大学书法不仅是艺术更是文化，也是学者们对汉文字的美化和深化。从毕业展作品集充满文化气息的作品中，可以看到北京大学书法的文化风貌和学术精神。"我去取先生题词的时候，他说："艺术界名人很多，但是一些人为什么后来的艺术就走下坡路了呢，就是因为文化底蕴欠火候。"季老推荐他的好友范曾先生到北大书法所讲课。季先生对我说："范曾首先是一个哲学家，其次才是一个书画家，范曾作为专业大书画家，其古文和中国文化底蕴非常深厚。"我想，当代中国书法和绘画如果丧失了文化，丧失了金字塔的底座（文化）而只要那个尖（技法）的话，这是非常危险的事情。

2007 年 8 月，我又要去海外任教一年，到 301 医院向先生辞行。因为堵车而晚到，老人一直坐着等我，见面后谆谆告诫我："好好到海外传播中国文化，不管有多难都要坚持文化输出。"他又悄悄地笑着告诉我，前不久刚刚回过一次北大朗润园老家。童心慧眼的先生喜欢养波斯猫，当离家三年多的先生回家时，猫猫一眼就认出了阔别的老友，纵身跳入"老伙计"怀中。当时季老感动得热泪盈眶，跟随的人面对此久别重逢的感人场景也唏嘘不已。季老擦着眼泪对我说："谁说猫猫是白眼不认人，应该平反啊！"说得我也感动莫名。先生又提笔给北大附小题词，给北大书法所刊物《文化书法》题写刊名。我关心地问先生的身体状况，他乐观地告诉我："我会活 120 岁，我的事情还没有做完呢！"但是，我分明从先生已经失聪的右耳和苍老疲惫的脸上，看到先生身体大不如从前，不由心如刀割。然而，先生支撑着已不能站立的病躯，忍受着因写作而导致反复发烧和化脓性皮炎折磨，每天以两千字的惊人毅力推进着，使自己一生学问思想与死亡之神赛跑，坚毅地写下来传之后人……

我坐在病榻旁，听着季老缓慢微弱的话音，脑海浮现出二十年前的场景：1988 年，我刚留北大任教，去拜访季先生。先生盯着我问，地基有多深就知道房子能修多高——你外语阅读能力怎么样？学位论文之后下一步准备写什么？是否能够大胆走入打通中西的学术道路？能够给我看看你发表的最新论著吗？除你专业以外的知识面宽度厚度怎么样？这种超乎寻常的严格追问，给我以深刻的学术警策和震撼。而 1993 年，我被破格晋升为教授，季老对我说，这只是说明你有做学问的基础和培养学生的底子，但要做一个真正立身于世不为稻粱谋的真正学者乃至大学问家，还有很远很难的路要走……20 年来，我终于明白了，学问乃一生之学之问！一生的前沿学术追问！一生人格修为和精神求索！

在先生用毛笔颤颤巍巍题词"文化书法"的时候，我回味先生之所论："中国知识分子是一种很奇怪的群体，是造化小儿加心加意创造出来的一种'稀有动物'。几千年的历史可以证明，中国知识分子最关心时事，最关心政治，最爱国。这最后一点，是由中国历史环境所造成的。然而，中国知识分子也是极难对付的家伙。他们的感情特别细腻、锐敏、脆弱、隐晦。他们学富五车，包罗万象。有的或有时自高自大，自以为'老子天下第一'；中国古代知识分子贫穷落魄的多。有诗为证：'文章憎命达'。文章写得好，命运就不亨通；命运亨通的人，文章就写不好。中国知识分子有源远流长的爱国主义传统，是世界上哪一个国家也不能望其项背的。尽管眼下似乎有一点背离这个传统的倾向，例证就是苦心孤诣千方百计地想出国，有的甚至归化为'老外'，永留不归。"

我意识到，知识分子只能以自己平实的工作为思想批判和问题揭示实现自己的价值，进而成为这个变革社会肌体中一种反思性微量元素，以对新世纪中国思想播撒和知识增长做点有意义的工作。凡圣在一念之间——生命应在何处安顿？思想何处是归路？是在矢量时间长河中寻找最后的归所，还是在远景先行见到中确证生命的真义？茶凉水暖，怕是还要各人自己去领会罢。然而，生命能否承受思想的重量？抑或唯有思之飓风才能鼓荡起生命之帆？两者之间是两难的吗？在一个消费主义盛行的时代中，知识分子究竟还有怎样的工作平台？清代赵翼诗："莫将三寸鸡毛笔，便做擎天柱地看"，是何等地沉痛和无奈！但是不放弃三寸笔的文化意义，同样也是知识分子在特定境遇下的生存智慧。因为，知识分子是文化身份的命名者，而不可能跻身为"沉默的大多数"。我想，痛之所以为痛，不仅在于痛本身，更多的是源于痛者的孤独。知识分子必须是对现实问题的先行见到和预先警示，这种清醒的责任意识和所怀有的德性操持，决定了知识分子必定是一个负重独行的精神行者。不愿沉默的人文知识分子，在消费主义时代怎样担当自己的思想延伸的使命，怎样在大众世俗口常生活中寻找到自己的精神基点？也许，这正是季先生对新世纪中国知识分子重获文化身份的精神拷问。

我走出医院，融进了金色的十里长街，在夕阳的余晖中，看到世纪老人巨大而高迈的身影：这位昔日的洋博士、今日的慈祥老人，性格宽厚平和有如泰山石，穿着发白的蓝中山装，提着旧书包奔走于各种国际会议的形象，胜过了那些假洋士多少虚假宣言和媒体作秀；他因宅心仁厚不忍拒绝他人邀请参会，而只能在会议缠身的间隙中，心游万仞强行远离尘嚣写成篇篇美文，使我们得以走进他"深情冷眼"的人间情怀；他对小动物的深情，常年养小猫小龟小动物小花小草，每日写作疲倦时同它们亲近游戏，甚至"经常为一些小猫小狗小花小草惹起万斛闲愁"，这种天性流露的美丽反衬出他人格高大爱心深厚；他对后生学者的奖掖提携之多难以言尽，一生培养了 6000 多名弟子，其中不少是国内知名东方学学者，还有几十人成为各国驻外大使；他对学生治学要求极严，但是一旦多年不见的弟子从海外远道归来，他总是推开所有的会议，与其在书房中尽兴畅谈……

未名湖后湖午夜亮起的灯光，是百年北大老人透过暗夜的精神之光，这一灯独荧必将迎来东方的满天朝霞。

（选自《都市美文》2009 年第 9 期）

我心中的汤用彤先生

乐黛云

　　我第一次近距离接触汤用彤先生是在 1952 年学生毕业典礼上。当时他是校务委员会主席，我是向主席献花、献礼的学生代表。由于我们是新中国成立后正规毕业的第一届学生，毕业典礼相当隆重，就在当年五四大游行的出发地——民主广场举行。当时全体毕业生作出一个决定，离校后，每人从第一次工资中，寄出五角钱，给新校址建一个旗杆。目的是希望北大迁到燕园时，学校的第一面五星红旗是从我们的旗杆上升起！毕业典礼上，我代表大家郑重地把旗杆模型送到了汤先生手上。如今，五十余年过去，旗杆已经没有了，旗杆座上的石刻题词也已漫漶，但旗杆座却还屹立在北大西门之侧。

　　就在这一年，我进入了汤用彤先生的家，嫁给了他的长子汤一介，他 1951 年刚从北大哲学系毕业。我们的婚礼很特别，即便是在 20 世纪 50 年代初期，恐怕也不多见。当时，我希望我的同学们离校前能参加我的婚礼，于是，赶在 1952 年 9 月结了婚。结婚典礼就在小石作胡同汤家。汤老先生和我未来的婆母坐在北屋的走廊上，笑眯眯地看着大家嬉闹。后来，大家起哄，让我发表结婚演说。我也没有什么"新娘的羞怯"，高高兴兴地发表了一通讲话。我至今还记得大概的意思是说，我很愿意进入这个和谐的家庭，父母都非常慈祥，但是我并不是进入一个无产阶级家庭，因此还要注意划清同资产阶级的界限。那时的人真是非常革命，简直是"左派幼稚病"！两位老人非常好脾气，丝毫不动声色，还高高兴兴地鼓掌，表示认同。

后来，两位老人进屋休息，接着是自由发言，朋友们尽情哄闹、玩笑。大家说什么我已不记得了，只记得汤一介的一个老朋友——闻一多先生的长公子闻立鹤，玩笑开得越来越过分，甚至劝告汤一介，晚上一定要好好学习毛主席的战略思想，说什么"敌退我攻"之类，调侃之意不言自明。我当即火冒三丈，自己觉得受了侮辱，严厉斥责他不该用伟大领袖毛主席的话来开这样的玩笑！大家看我认真，都觉得很尴尬……我的婚礼就此不欢而散。我和汤一介快快不乐地驱车前往我们的"新房"。为了"划清界限自食其力"，我们的"新房"不在家里，而是汤一介工作的北京市委党校宿舍的一间很简陋的小屋子。

第二天，汤老先生和老夫人在旧东单市场森隆大饭店请了两桌至亲好友，宣布我们结婚，毕竟汤一介是汤家长子啊。汤老先生和我的婆母要我们参加这个婚宴，但我认为这不是无产阶级家庭的做法，结婚后第一要抵制的就是这种旧风俗习惯。我和汤一介商量后，决定两个人都不去。这种行为现在看来确实很过分。一定很伤了两个老人的心。但汤老先生还是完全不动声色，连一句责备的话也没有。

毕业后我分配到北大工作，院系调整后，汤老先生夫妇也迁入了宽敞的燕南园58号。校方认为没有理由给我再分配其他房子，我就和老人住在一起了。婆婆是个温文尔雅的人，她很美丽，读过很多古典文学作品和新小说，《红楼梦》和《金粉世家》都看了五六遍。她特别爱国，抗美援朝的时候，她把自己保存的金子和首饰全捐献出来，听说和北大教授的其他家属一起，整整捐了一架飞机。她从来不对我提任何要求，帮我们带孩子，分担家务事，让我们安心工作。我也不是不近情理的人，逐渐也不再提什么"界限"了。她的手臂曾经摔断过，我很照顾她。他们家箱子特别多，高高地摞在一起。她要找些什么衣服，或是要晒衣服，都是我帮她一个个箱子搬下来。汤老先生和我婆婆都是很有涵养的人，我们相处这么多年，从来没见他俩红过脸。记得有一次早餐时，我婆婆将他平时夹馒头吃的黑芝麻粉错拿成茶叶末，他竟也毫不怀疑地吃了下去，只说了一句"今天的芝麻粉有些涩"！汤老先生说话总是慢慢的，从来不说什么重话。因此在旧北大，曾有"汤菩萨"的雅号。这是他去世多年后，学校汽车组一位老司机告诉我的，他们至今仍然怀念他的平易近人和对人的善意。

汤老先生确实是一个不大计较名位的人！像他这样一个被公认为很有学问，曾经在美国与陈寅恪、吴宓并称"哈佛三杰"的学者，在院系调整后竟不让他再管教学科研，而成为分管"基建"的副校长！那时，校园内很多地方都在大兴土木。在尘土飞扬的工地上，常常可以看到他缓慢的脚步和不高的身影。他自己并不觉得这有什么不好，常说事情总需要人去做，做什么都一样。

可叹这样平静的日子也并不长，阶级斗争始终连绵不断。1954年，在《人民日报》组织批判胡适的那个会上，领导要他发言。他这个人是很讲道德的，不会按照领导意图跟着别人讲胡适什么，但可能他内心很矛盾，也很不安。他和胡适的确有一段非同寻常的友谊。当年，他从南京中央大学去北大教书是胡适推荐的。胡适很看重他，临新中国成立前夕，胡适飞台湾，把学校的事务就委托给担任文学院院长的他和秘书长郑天挺。《人民日报》组织批判胡适，对他的打击很大，心理压力也很大。当晚，回到家里，他就表情木然，嘴角也有些歪了。如果有些经验，我们应该当时就送他上医院，但我们都以为他是累了，休息一夜就会好起来。没想到第二天他竟昏睡不醒，医生说这是大面积脑出血！立即送到协和医院。马寅初校长对他十分关照，请苏联专家会诊，又从学校派了特别护士。他就这样昏睡了一个多月。

这以后，他手不能写，腿也不能走路，只能坐在轮椅上。但他仍然手不释卷，总在看书和思考问题。我尽可能帮他找书，听他口述，然后笔录下来。这样写成的篇章，很多收集在他的《饾饤札记》中。

这段时间，有一件事对我影响至深。汤老先生在口述中，有一次提到《诗经》中的一句诗："谁生厉阶，至今为梗。"我没有读过，也不知道是哪几个字，更不知道是什么意思。他很惊讶，连说，你《诗经》都没通读过一遍吗？连《诗经》中这两句常被引用的话都不知道，还算是中文系毕业生吗？我惭愧万分，只好说我们上大学时，成天搞运动；而且我是搞现代文学的，老师没教过这个课。后来他还是耐心地给我解释，"厉阶"就是"祸端"的意思，"梗"是"灾害"的意思，全诗的意思是哀叹周厉王昏庸暴虐，任用非人，人民痛苦，国家将亡。这件事令我感到非常耻辱，从此我就很发奋，开始背诵《诗经》。那时，我已在中文系做秘书和教师，经常要开会，我就一边为会议做记录，一边在纸页边角上默写《诗经》。直到现在，我还保留着当时的笔记本，周边写满了《诗经》中的诗句。我认识到作为一个中国学者，做什么学问都要有中国文化的根基，就是从汤老的教训开始的。

1958年我被划为极右派，老先生非常困惑，根本不理解为什么会这样。在他眼里，我这个年轻小孩一向那么革命，勤勤恳恳工作，还要跟资产阶级家庭划清界限，怎么会是右派呢？况且我被划为右派时，反右高潮早已过去。我这个右派是1958年2月最后追加的。原因是新来的校长说反右不彻底，要抓漏网右派。由于这个"深挖细找"，我们中国文学教研室新中国成立后新留的10个青年教师，8个都成了右派。我当时是共产党教师支部书记，当然是领头的，就成了极右派。当时我正好生下第二个孩子，刚满月就上了批斗大会！几天后快速定案。在对右派的6个处理等级中，我属于第二类：开除公职，开除党籍，立即下乡接受监督劳动，每月生活费16元。

汤老先生是个儒雅之士，哪里经历过这样急风暴雨的阶级斗争，而且这斗争竟然就翻腾到自己的家里！他一向洁身自好，最不愿意求人，也很少求过什么人！这次，为了他的长房长孙——我的刚满月的儿子，他非常违心地找了当时的学校副校长江隆基，说孩子的母亲正在喂奶，为了下一代，能不能缓期去接受监督劳动。江隆基是1927年入党的，曾经留学德国，是一个很正派的人。他同意让我留下来喂奶8个月。后来他被调到兰州大学当校长，文化大革命中受迫害上吊自杀了。我喂奶刚满8个月的那一天，下乡的通知立即下达。记得离家时，汤一介还在黄村搞"四清"，未能见到一面。趁儿子熟睡，我踽踽独行，从后门离家而去。偶回头，看见汤老先生隔着玻璃门，向我挥了挥手。

我觉得汤老先生对我这个"极右媳妇"还是有感情的。他和我婆婆谈到我时，曾说，她这个人心眼直，长相也有福气！1962年回到家里，每天给汤老先生拿药送水就成了我的第一要务。这个阶段有件事，我终生难忘。那是1963年的五一节，天安门广场举办了盛大的联欢活动，集体舞跳得非常热闹。这是个复杂的年代，大跃进的负面影响逐渐成为过去，农村开始包产到户，反右斗争好像也过去了，国家比较稳定，理当要大大地庆祝一下。毛主席很高兴，请一些知识分子在五一节晚上到天安门上去观赏焰火、参加联欢。汤老先生也收到了观礼的请帖。请帖上注明，可以带夫人和子女。汤老先生就考虑，是带我们一家呢，还是带汤一介弟弟的一家？当时我们都住在一起，带谁去都是可以的。汤老先生是一个非常细心的人，他当时可能会想，如果带了弟弟一家，我一定会特别难过，因为那时候我还是个"摘帽右派"。老先生深知成为"极右派"这件事是怎样深深地伤了我的心。在日常生活中，甚至微小的细节，他也尽量避免让我感到受歧视。两位老人对此真是体贴入微。我想，正是出于同样的考虑，也许还有儒家的"长幼有序"吧。最后，他决定还是带我们一家去。于是，两位老人，加上我们夫妇和两个孩子，一起上了天安门。那天晚上，毛主席过来跟汤老先生握手，说他读过老先生的文章，希望他继续写下去。毛主席也跟我们和孩子们握了握手。我想，对于带我上天安门可能产生的后果，汤老先生不是完全没有预计，但他愿意冒这个风险，为了给我一点内心的安慰和平衡！回来后，果然有人写匿名信，指责汤老先生竟然把一个右派分子带上了天安门！带到了毛主席身边！万一她说了什么反动话，或是做了什么反动事，老先生能负得起这个责任吗？这封信，我们也知道，就是住在对面的邻居所写，其他人不可能反应如此之快！老先生沉默不语，处之泰然。好像一切早在预料之中。

不幸的是老先生的病情又开始恶化了。1964年孟春，他不得不又一次住进医院。那时，汤一介有胃癌嫌疑，正在严密检查，他的弟媳正在生第二个孩子，不能出门。医院还没有护工制度，"特别护士"又太贵。陪护的事，就只能由婆婆和我来承担。婆婆日夜都在医院，我晚上也去医院，替换我婆婆，让她能略事休息。记得那个春天，我在政治系上政论文写作，两周一次作文。我常常抱着一摞作文本到医院去陪老先生。他睡着了，我改作文，他睡不着，就和他聊一会儿天。他常感到胸闷，有时憋气，出很多冷汗。我很为他难过，但却完全无能为力！在这种时候，任何人都只能单独面对自己的命运！就这样，终于来到了 1964 年的五一劳动节。那天，阳光普照，婆婆起床后，大约 6 点多钟，我就离开了医院。临别时，老先生像往常一样，对我挥了挥手，一切仿佛都很正常。然而，我刚到家就接到婆婆打来的电话。她嚎啕大哭，依稀能听出她反复说的是："他走了！走了！我没有看好他！他喊了一句五一节万岁，就走了！"汤老先生就这样，平静地，看来并不特别痛苦地结束了他的一生。

过去早就听说汤老先生在北大开的课，有"中国佛教史"、"魏晋玄学"、"印度哲学史"，还有"欧洲大陆哲学"。大家都说像他这样，能够统观中、印、欧三大文化系统的学者恐怕还少有。和汤老先生告别 17 年后，我有幸来到了他从前求学过的哈佛大学，我把汤老先生在那里的有关资料找出来看了一遍，才发现他在哈佛研究院不仅研究梵文、佛教、西方哲学，并还对"比较文学"，特别是对西方理论和东方理论的比较有特殊的兴趣。汤老先生在美国时，原是在另一所大学念书，是吴宓写信建议他转到哈佛的。他在哈佛很受著名的比较文学家白璧德的影响，他在哈佛上的第一堂课就是比较文学课。吴宓和汤老先生原是老朋友，在清华大学时就非常要好，还在一起写过一本武侠小说。我对他这样一个貌似"古板"的先生也曾有过如此浪漫的情怀很觉惊奇！

白璧德先生是比较文学系的系主任，是这个学科和这个系的主要奠基人，对中国文化特别是儒家十分看重。在他的影响下，一批中国的青年学者，开始在世界文化的背景下，重新研究中国文化。汤老先生回国后，就和吴宓等一起组办"学衡杂志"。现在看来，在五四新文化运动中，激进派与"学衡派"的分野就在于，一方要彻底抛弃旧文化，一方认为不能割断历史。学衡派明确提出了"昌明国粹、融化新知"的主张。汤老先生那时就特别强调古今中外的文化交汇，提出要了解世界的问题在哪里，自己的问题在哪里；要了解人家的最好的东西是什么；也要了解自己最好的东西是什么；还要知道怎么才能适合各自的需要，向前发展。他专门写了一篇"评近人之文化研究"来阐明自己的主张。研究学衡派和汤老先生的学术理念，是我研究比较文学的一个起点。

正是从这一点出发，我认为中国的比较文学同西方的比较文学是不一样的。西方的比较文学在课堂中产生，属于学院派；中国的比较文学却产生于时代和社会的需要。无论是五四时期，还是八十年代，中国知识分子都是从自己的需要出发向西方学习的。中国比较文学就产生于这样的中西交流之中。事实上，五四时期向西方学习的人，都有非常深厚的中国文化底蕴，像吴宓、陈寅恪、汤老先生和后来的钱钟书、宗白华、朱光潜等，他们都懂得怎样从中国文化出发，应该向西方索取什么，而不是"跟着走"、"照着走"。

汤老先生离开我们已近半个世纪，他的儒家风范，他的宽容温厚，始终萦回于我心中，总使我想起古人所说的"即之也温"的温润的美玉。记得在医院的一个深夜，我们聊天时，他曾对我说，你知道"沉潜"二字的意思吗？沉，就是要有厚重的积淀，真正沉到最底层；潜，就是要深藏不露，安心在不为人知的底层中发展。他好像是在为我解释"沉潜"二字，但我知道他当然是针对我说的。我本来就习惯于什么都从心里涌出，没有深沉的考虑；又比较注意表面，缺乏深藏的潜质；当时我又正处于见不到底的"摘帽右派"的深渊之中，心里不免抑郁。"沉潜"二字正是汤老先生对我观察多年，经过深思熟虑之后，给我开出的一剂良方，也是他最期待于我的。汤老先生的音容笑貌和这两个字一起，深深铭刻在我心上，将永远伴随我，直到生命的终结。

（选自《散文选刊》2009 年第 2 期）

能不忆金镜

阎　纲

　　制造《红楼梦》事件，毛泽东主席"质问《文艺报》"，批胡适，抓胡风，几番风雨之后，张光年、侯金镜到《文艺报》赴任。

　　1956年底，我走进《文艺报》——鼓楼东南角下的一座小院，听命于侯金镜，受业于侯金镜。作家协会召开肃反总结大会，刘白羽刚刚讲完，陈企霞跳上讲台："一定要说有成绩的话，那么，一座宫殿烧毁之后，还能收获一堆木炭吧！"有人驳斥，他又吼了一嗓子："还是一小堆木炭！"侯金镜对丁、陈一案迷惑不解。

　　次年，《文艺报》同作家协会一起迁入王府大街六十四号。文联大楼，峥嵘岁月稠，丁玲、陈企霞、冯雪峰、艾青一个个被拿下，丁玲高举右手，同意开除自己的党籍；在《国歌》里喊出"起来，不愿做奴隶的人们"的人，跪倒在地，一掴一掌血，鲜血渗透的白衫被抓破了领袖；1969年底下干校，骂林彪"政治小丑"的侯金镜猝死，死后仍然背着"严重政治错误"的结论——中国作协的"革命"变成一场"噩梦"。

　　能不忆金镜！

　　1979年，在讨论我入党申请的支部大会上，我说了这样一句话："在从事文学编辑和学写文学评论方面，《文艺报》是我的摇篮，侯金镜是我的恩师。"

　　一踏进《文艺报》的门槛儿，侯金镜就嘱咐我说："你自己有了写作实践，方知评论的甘苦，约稿时就有了共同语言。""我要让你的专业相对地固定下来，长期不变，争取自己在这一领域有自己的发言权。"

侯金镜手把手教一个出身不好的人熟悉业务。他教我一丝不苟，更要我"有胆有识"。为了一篇评论刘树德小说的文章，他连夜修改，仍不能起死回生，第二天一大早，满眼网着血丝，竟然向我表示歉意。他奖掖后进的不遗余力，凝重严谨的学风文风，时不时拿左手捏着眉心以减轻头痛的神态，以及那双高血压患者布满血丝的高度近视但异常明亮的眼睛，让我终生难忘。

当代文学史上"三红一创"的流行，与《文艺报》——特别是侯金镜指导下的规模性的评介有着直接的联系。在他的筹划下，我们多次拜访梁斌，对《红旗谱》进行全方位的、包括它的人情人性描写的研究和评论。我们约请冯牧及时撰写《初读〈创业史〉》，并以《创业史》为例，多次举办关于革命现实主义和革命浪漫主义的大型学术讨论。深入部队座谈《红日》，由他编发闻山和我合写的《红日》的评论文章。《红岩》座谈声势浩大，影响极其广泛。其实，《文艺报》推出的重头作品岂止"三红一创"，此外还有杨沫的《青春之歌》（《文艺报》上连篇累牍的讨论，知识男女几乎尽人皆知），曲波的《林海雪原》（侯金镜亲自执笔撰写富有艺术说服力的评论），孙犁的《风云初记》（黄秋耘散文诗般的评论充分发掘其阴柔之美），以及特约冯牧重点撰写的《一部具有革命风格的作品——读〈在和平的日子里〉》、《坚实的道路，淳朴的诗篇——试谈李季的叙事诗新作》等。冯牧的《〈达吉和她的父亲〉——从小说到电影》和《略谈文学上的"反面教员"》具有反潮流的勇气。《文艺报》对于《达吉和她的父亲》历时不短的讨论，欧阳文彬和侯金镜关于茹志鹃小说的争论，侯金镜评论王愿坚小说的文章《结结实实的人物形象》和评论赵树理作品的文章《实干家潘永福》等等，对抗公式化、概念化的倾向十分明显。一时间，评论的身价提高，审美的意识增强，一种艺术多样性的、个性化的批评之风逐渐在《文艺报》上露头。

早在 1956 年，侯金镜就尖锐地指出：教条主义倾向在过去几年已经成为"有很大影响、发生了很大危害性的一种思想潮流"，其表现之一，"就是向简单化、庸俗化的极端上去发展，和武断、粗暴的批评方法相融合，形成一种专横的批评风气，在文坛上高视阔步，四处冲击"。他批评说："有的文章干脆抛开对作品的分析，直截了当地对作者的立场宣布可怕的判决。"这种风气在全国泛滥成灾，致使作家"无所措手足"，"战战兢兢"，"如履薄冰"。（《也谈〈腹地〉的主要缺点以及企霞对它的批评》）在这文学史上不寻常的岁月里，他敢于顶风，为收有萧平的《三月雪》、王愿坚的《粮食的故事》、李准的《信》、杜鹏程的《年轻的朋友》、陆文夫的《小巷深处》、王蒙的《组织部来了个年轻人》的《1956年短篇小说选集》撰写序言，序言的题目竟然是《激情和艺术特色》！他大声疾呼："不能充分保证他们的个性和想象力在宽阔而自由地发展，公式化、概念化的堡垒也不能最后地、彻底地被冲垮。"所以，到了三年困难时期，文坛依旧反右倾、一步步走进死胡同的时刻，侯金镜写成《创作个性和艺术特色——读茹志鹃小说有感》，作家们看到了希望。文章写道："高亢激昂、豪迈奔放的革命英雄主义是我们这时代的主调"，但是"茹志鹃作品的优美柔和的抒情调子，唤起了读者对于时代的温暖、幸福、喜悦的感情，这种感情既是健康的，也反映了人们多样化的感情生活的一方面"。在当时那样狂热的政治气氛中敢于这样开明地衡文论道，实则空谷足音。

1961年底，侯金镜带我到颐和园云松巢阅读全年的中篇、长篇小说。

走进云松巢，迎接我们的是《诗刊》的丁力和闻山。丁力整理《清诗稿》，案头一大堆资料，瓦片里一大摊烟头，我和侯金镜都吸烟，但是呛得不敢进他的屋。闻山是诗人兼书法家，他收集的古碑拓片十分珍贵，宝贝似的。是这些字帖拓片陪伴着闻山澡雪精神、将养身体，侯金镜和我捧之不忍释手，盛赞其富有。侯金镜对于丁力的《清史稿》工程赞不绝口，对丁力发现的绝妙诗词把玩不肯放手。闻山偏头痛，加之困难时期缺蛋白、少脂肪，身体尤其虚弱，不意遇见知心的大烟鬼。闻山极力反对吸烟，但反对无效，天寒地冻，只好整天关在屋子里叫丁力熏着。丁力对此深表遗憾，但没有办法，对他来说，不腾云驾雾，就没有灵感。

侯金镜给我们带来部队的好作风，像指挥战斗沉着冷静，像找士兵拉呱儿掏心窝子；工作时专心致志，一头埋在书本稿纸里，聊天时笑语欢声，一点架子也没有；站如松，坐如钟，行如风，名副其实的"团结，紧张，严肃，活泼"。

在阅读全年长、中篇小说的过程中，侯金镜一有发现，便到我的房间向我推荐，要么上厕所路过，在我的窗外喊上一声，《红岩》就是他首先喊出来的。他给我分析作品的思想和艺术，而且引经据典。只要论及鲁迅和苏俄文学，他的话匣子就打开了，对托尔斯泰、果戈理、别林斯基如数家珍。我发现在他的文艺思想里，有一条十分明晰的红线，就是现实主义！是直面现实的现实主义和干预生活的批判现实主义！

侯金镜喜欢散步，白天阅读，饭后散步，散步途中，变成流动的文艺沙龙。

侯金镜喜欢倚长堤而卧的各色桥涵，人迹罕至却别有风味。我们沿长堤跨桥梁，一直绕到十七孔桥。一时兴起，便鼓起勇气寻找寂然独立的玉带桥，那是宗璞在《红豆》里情人约会的地方，宗璞是我们《文艺报》的同事。但侯金镜常带我们常去的地方是颐和园的后山，说后山有味，常常被人忽略，而雪后的后山更有韵味。他走路比谁都快，小跑一样，哪像散步！我腿长，也爱快走，紧跟不舍，可是苦了闻山，他多才多病身，遇事不慌，悠然优哉，一件军大衣紧紧裹住身子，迈方步，拉在后头。距离拉大了，他就急，喊："金镜同志，你当是急行军吗！"我们停下步子，他补充地说："困难时期，保存热量！"众大笑。

散步的时候，往往是侯金镜说话最多的时候，他反复强调"有胆有识"四个字，再三提醒当前的创作和评论一定要避免"胶柱鼓瑟"。又强调说，"文似看山不喜平"，写文章和发言，要有曲直和张弛，不能"一道汤"（戏曲名词，意指平铺直叙单调乏味）。1963年，他和《文艺报》的编辑观看豫剧《朝阳沟》，赞不绝口，转过身子对我们说：你看人家一波三折，"辫子上都有戏"！他的针对性非常明显，就是流行一时的舆论和风格一律太单调。

我清楚地记得，当侯金镜发现罗广斌、杨益言合作的《红岩》以后连连称道、欢喜若狂的情景。他叮嘱我说：我们需要革命的浪漫主义，更需要革命的现实主义，要拿生活的真实作基础，绝不能拔高人物。他极其肯定地说："当前环境下，宁肯牺牲浪漫主义，也不能牺牲现实主义！"在侯金镜的鼓励下，我写出了《1961年中长篇小说印象记》，重点推出罗广斌、杨益言合作的《红岩》。一天，《人民日报》李希凡来，当他得知《红岩》如何激动人心之后，立即向我们约稿，侯金镜指派我执笔撰写。侯金镜再次叮嘱我说："现在是困难时期，人民群众的物质生活匮乏，我们要把好的精神食粮送给他们，继承传统，艰苦奋斗，渡过难关。"我当夜写出《共产党人的正气歌——〈红岩〉的思想力量和艺术特色》，认为作品将敌我冲突推向生死关头，烈士们的牺牲精神，给人的心灵以相当剧烈的撼动。文章在《人民日报》上发表后，引起反响，《红岩》大量出版。事隔一月，在中宣部一次文艺理论家纪念《讲话》发表20周年的筹备会上，侯金镜深入分析了《红岩》的思想和艺术。他观点鲜明，并不正颜厉色，讲话微有口吃，反而加重了每一句话的分量。会议期间，他亲自组织了一次讨论会，共五人：王朝闻、罗荪、王子野、李希凡、侯金镜，由我记录整理，《文艺报》发表，题为《〈红岩〉五人谈》，一时间，全国掀起"《红岩》热"，当年全国的报纸副刊被称为"《红岩》年"。

侯金镜提醒我们在分析一部作品时，一定要抓住人物的个性特征，不能概念化，正如毛主席说的，要注意矛盾的普遍性，更其重要的是注意矛盾的特殊性；也不能把个性绝对化，恩格斯曾批评过拙劣的个性描写。他说，你精细地分析一个鼻子，但要看准它长在什么人的脸上，而人，又是历史的，是社会关系的总和。侯金镜的"鼻子"说，让我久记不忘。

在侯金镜的指导下，我遍览全年的中长篇小说，继《1961年中长篇小说印象记》之后，连续三年，对当年的中长篇小说进行综述。

《李自成》第一卷出版后颇受欢迎，侯金镜认为它在当年出版的长篇小说中无疑是鹤立鸡群，经过商议，同意在我起草的以本刊记者名义发表的《1963年的中篇、长篇小说》一文中加以介绍和推荐，同时嘱我，现在大讲阶级斗争，眼睁睁地盯着右派翻案的活动，下笔要注意分寸，不可过分突出。这样，我便公开地肯定《李自成》第一卷的成功，并在文中提出："当代题材的创作还在摸索之中，《李自成》却流传开来。《李自成》的成功，原因又在哪里呢？"粉碎"四人帮"之后，姚雪垠几次见到我都要提及此事，说当时一片沉寂，唯有你们一家公开表了态，我个人非常感动。

侯金镜教我重视原作，适时对创作做出评述的那份认真，我一直继承下来。1977年底，复刊《人民文学》，我写了《粉碎"四人帮"一年来的长篇小说》，1978复刊《文艺报》，写了《谈长篇小说的创作》、《长篇小说印象》、《日趋繁荣短篇小说》和《中篇小说的兴起》。

不论是非功过，《文艺报》认真阅读作品和及时推荐新人新作的评论作风源远流长，我终生受用。80年代参加作品讨论会，亲见冯牧戴着老花镜一字一句地引用原著时，我联想起《文艺报》的日子，几乎掉下泪水；90年代以后参加研讨会，亲见一些发言离开文本分析，又想起《文艺报》，不觉悲从中来。

"大连会议"遭受批判，侯金镜不胜感叹，说："从年轻时起，邵荃麟就献身革命，一生执著地忠于党的事业，仅仅说了几句关于写作方面的话，受尽折磨和迫害。""像邵荃麟这样一个宽厚善良的人，他得罪了谁？"后来又说："我把家庭、孩子什么都不顾，忘我地工作、工作，可是你怎么去做都是错，我到底应该怎么做？《文艺报》我干不了了，喂喂鸡总该可以吧？到农场喂鸡，自食其力！"

三年困难快要过去，阶级斗争又来了，他喟然长叹："吃饱了，又瞎折腾了！"

"文革"开始，红色恐怖，侯金镜和冯牧在文联大楼地下室打扫卫生，墙上挂着林彪的像，他指着林彪的像大骂"政治小丑"！后来被红卫兵告发，五雷轰顶，差点没被红卫兵打死，当晚回家，喝了敌敌畏，幸被抢救。

1969 年 9 月，中国作协下放干校，侯金镜一家连窝端。侯金镜最爱是书，家有书橱十多架，被认作"封资修"，多次被搜查。要下干校，这些书只好送的送、卖的卖，唯有鲁迅的著作以及研究鲁迅的书籍一本没动、一页不丢，同他认为最经典的马列著作一起，全部打包装箱，运往干校。

在干校，侯金镜属罪大恶极的重犯，风里爬、雨里滚，白天当苦力，夜晚啃马列，苦不堪言。

他买了一只马灯和一个小马扎，出工之前或收工之后，坐在马扎上，深度的眼镜对着马灯，一根接一根地抽着烟。冬夜，屋外北风怒吼，床头的豆光闪动。大家疲劳不堪，已经休息，他照例把小马灯拨亮，坐在小马扎上，俯身床边细读《列宁全集》，直到深夜。

1971 年夏天，侯金镜调到蔬菜班，当年天旱，一天不浇，菜就蔫了。湖区的气温高达四十几度，侯金镜的血压居高不下，连续二十天挑水，又黑又瘦的身子快被烤成焦炭。

侯金镜挑着两个大桶，一晃一晃地，临到大坝，放下担子，大口大口地直喘气，我们同情他，说："你怎么能干这活儿！粪在桶里晃动最难挑了。"他说："锻炼锻炼嘛！平路担着还凑合，只是过大坝比较困难，有时得一桶一桶提过去。"

傍晚收工了，他坐在宿舍门口的小凳上，地上放一碗粥，放了很久，他连喝粥的力气也没了。

出事的这天，烧烤一般，其热难当，他去大田干了一天活，晚上又派往菜地挑水挖地，收工后，累到了极点，不及洗漱，便放倒干柴般已经佝偻的身躯，全身僵直。大约夜里十一点多钟，他的头从枕上滑落下来，发出急促的鼾声……侯金镜的夫人胡海珠和岳母胡姥姥，坐在对面的床上，低头不语。连长李季叫醒食堂的老宋，老宋捅开火，煮好挂面，端给胡海珠，端给胡姥姥，端给医生，面凉了，谁也没动筷子。军宣队一直没有露面，大家静静地围守在小屋的周围。

"罪大恶极的现行反革命分子"侯金镜走了，在干校一座命名

"向阳山"山顶阴气浓重的夜里走了。

第二天天不亮起床出工，全连大小人等，才知道夜里发生了什么，宋师傅说："侯金镜去武汉火葬场了。"

艳阳高照，侯金镜的小屋静悄悄、阴森森，蚊帐撩起来了，洗过的背心和短裤整整齐齐地置放在枕边，草帽挂在墙上。

1971年8月8日，卒年五十。

侯金镜要是多活35天，就能看见他指认的"政治小丑"如何被历史所粉碎。奇怪的是，侯金镜去世两个多月后，1971年10月14日，全连大会这样宣布侯金镜的结论：在"文革"中犯了"严重政治错误"。

侯金镜的遗孀胡海珠说：永远不能忘怀1971年8月7日夜晚到8月8日凌晨所发生的一切，一张苇席卷起他的躯体，再用三根草绳分段捆着三道箍，像扔一根木头一样，往卡车上一扔，汽车就开走了。那是我的亲人啊！

侯金镜的骨灰到京，安放仪式办得匆忙，简陋得连一张遗像也没有。1979年，邓小平主持中央工作，在京为侯金镜补开了追悼会（与韩北屏一起），周扬、林默涵、夏衍、刘白羽、张光年、严文井、丁玲、谢冰心、阳翰生、冯牧、周巍峙、胡可、杜烽、方杰、贺敬之都来了，隆重然而悲凉。

在个人文艺崇拜、偶语弃市的年代，在作为"文艺红旗"的《文艺报》上出现像侯金镜这样有胆有识、刚直不阿的批评家，是艺术良心的胜利。在《文艺报》的报史上，他将永存，在中国当代文学评论史上，他将永存。

能不忆金镜！

37年过去。2008年元旦，胡海珠在病中打来电话："阎纲，你和永旺编的《中国作家协会在干校》我收到了，非常动人，勾起我对那段生活的回忆。阎纲啊，你给金镜编个集子吧！我不行了，八十多了，眼睛不能看东西，肿瘤要确诊，你给金镜编一本书留个纪念吧，不然我难以瞑目。你再写篇序言。不知道你有没有时间……"

我说："海珠同志，你放心，我再忙也得帮你做这件事。你再给谢永旺说一声，我们两个一块商量着编，整个包下来，你最后通读一遍就行。"她说："我的眼睛看不了了……"我说："我们二校，我们通读，后记我写，序言最好请胡可，他们是老战友了。"她很满意，说："我这就给永旺和胡可打电话。"

侯金镜的死，文艺的损失，国家的耻辱。我们一定要纪念他。

当书稿递到我和永旺手里的那刻，我们的双眼一片模糊。

收入本书文章的作者，有侯金镜当年的老战友，有建国后特别是《文艺报》时期的同事和朋友，有诗人、作家、评论家，有他患难与共的、亲爱的夫人胡海珠等。

老战友秦兆阳写道："可惜啊，已当盛年！如果他还活着，我们必定不再是'无言的醺醺然'，必定有很多过去应该说而未说的话、后来有很多应该说而可以说的话要说啊！历史，从来是无字之处的文字比有字之处的文字要多得多。多少事，多少话，被活着的人忽略了，被复杂的矛盾抵消了，被死去的人带走了。"

亲密的同事张光年说，当时文艺界一方面要同资产阶级的文艺思想作斗争，另一方面必须努力克服教条主义的、简单化的粗暴批评，二者严重地束缚着创作的发展。正是在这种艰难的情况下，侯金镜以"热情而细致的园丁"为己任，喜形于色地推荐新人，嫉恶如仇地迎击粗暴。

侯金镜是 1954 年底调作协、1971 年 8 月 8 日凌晨逝世的，书中有的文章时间有误。孙犁说听到林彪死后侯金镜如何如何，其实，侯金镜是林彪摔死 35 天前去世的。有文章说，侯金镜指着林彪挂像说："你看他像不像个小丑?"有人说，是隔壁一个小孩听见后告密的，有的则说是红卫兵报告的，有的说是棍棒之下侯金镜一个人承担的。

专就此事，我向当时专案组的召明进行询问，召明说："这事我清楚。"她介绍了事件的来龙去脉：侯金镜在牛棚和冯牧一起打扫卫生，室内挂着林彪的挂像，冯牧一边扫地一边愤愤地说："排除异己，小人得志，斯文扫地!"正在一旁擦桌的侯金镜便直指林彪的挂像鄙夷地骂道："政治小丑!"我问：事情到底是怎么暴露出去的呢？召明说，后来，对"黑帮"的管理有些松动，冯牧被王昆、周巍峙夫妇邀去聊天。他们的孩子用自行车把冯牧驮到南城中国歌舞团家里，冯牧不谨慎，把那天如何大骂林彪的事和盘托出，抒发郁结的怒气。孩子听见了，回到学校传播开来，被学校的红卫兵告发，然后兵临作协，提审冯牧，狠狠地打他和侯金镜，差点没被打死。当晚回家，侯金镜喝了敌敌畏，后被抢救。

对于这件事，胡海珠是这样说的："金镜咒骂林彪为'小丑'那件事，原发生在'文革'初期，是对着冯牧同志说的，冯牧不小心竟说出去了。被揭发出来时已经过了一年多，这时已到了一九六八年春天，为此，他在单位挨了斗，挨了打，回来却对我说：'冯牧不是故意说出来的。''绝不是故意说出来的。'因为在他看来，这件事说出去与不说出去，反正反映的都是自己的真实思想，怨不得别人。而且，他那样嫉恶如仇的性格，迟早有一天也会爆发。""他和冯牧原是很好的朋友，后来并没有因为这件事两人之间有什么隔阂，他也没有因为这件事在我面前说过一句怨言。相反，他总是对我说：'人家不是故意说的。'两人关系一如既往。他这种博大胸怀，对朋友之间的友情看得如此深重，也深深地触动了我，我感到我的心灵也进一步净化了，升华了。"

血泪至情！人道精神！震撼着人们的心灵。

胡海珠委托我们编结侯金镜的纪念集时，还要我同时办理出版事宜。我说，现在出书难，不少老作家自费出书，你出不起。她说，出版社要价不低，我根本不考虑，我想托人找一家印刷厂，少花些钱，印百把本赠送亲友就可以了。

我心里很不是个滋味。受四人帮的迫害，戴上现行反革命分子的帽子，国将不国、家徒四壁的艰难时刻，竟把扣发的 1200 元工资一个子儿不留地上交党费，胡海珠也上缴了补发的克扣工资 800元，而《纪念侯金镜》一本小书，还得自己掏腰包！找谁去？找中国作协的作家出版社吗？我很想打个报告上去，但一想到《中国作家协会在干校》出版前后的艰难困苦，最后还是忍了。

两个月后，《纪念侯金镜》自费出版，印 200 本，胡可的《序》

也很快在《文艺报》上发表，胡海珠电话里唏嘘着说："我已经知足了！我现在可以住院了！"

胡海珠，时为《人民文学》编辑部主任，革命老干部，"文革"中备受折磨，年老多病，双目无异于失明，拖着"文革"中致残的双腿艰苦度日，至今。

（选自《都市美文》2009 年第 9 期）

伤　逝

——怀念巴金老人

黄　裳

　　10 月 17 日晚饭后，我正在电视机前观看神舟六号飞船胜利返回的新闻。电话传来了巴老逝世的消息。我没有吃惊，依旧平静地看完电视。可是上床休息却一夜无眠，六十年来与巴老往还的往事，纷至沓来，次第上心，不能自已。真是没有法子。想想只有将这些如尘的记忆片断，捉到纸面上来，作为对老人的纪念，才能获得心的平静。

　　我最早见到巴金，是 1942 年冬，在重庆。当时我只身入蜀，举目无亲，只带了他的三哥、我的老师李林的一纸便条，把我介绍给他。便条上什么都不敢写，只报告平安而已。巴金的话不多，但却热情地接待了我。记得曾介绍我去吴朗西在沙坪坝开的一家寄售商行，卖去了一件大衣，作为生活费。他还将我所写的旅行记事散文，介绍给"旅行杂志"。得到在重庆的第一笔稿费。

　　我们见面不多，不过两三次。谈话也简短。这以后，我就走到军中，当一名翻译官。在昆明、贵阳、印度都曾收到他的来信，都是商量把我发表过的散文收集起来的事。他也真不怕麻烦，为一个年轻人做这些琐碎的事。最后编辑成书，就是由他以编委身份，收入中华书局的"中华文艺丛刊"的《锦帆集》，时在 1946 年。这是我的第一本书。没有他，我不会走上文坛。

　　这以后，就是编入文化生活出版社的"文学丛刊"的《锦帆集外》，他是出版社的总编辑。取回原稿一看，着实令我吃惊而脸红。那些零乱的底稿，一一都由他用红笔改定，连标点也不放过。从此我才懂得做编辑工作的责任与辛苦。当时他已是名作家，却肯埋头做这些"小事"。想来从他身上受到的教育、影响又何止此一端。他是大作家，又是伟大的组织者，从他手中推荐了多少新人，为文坛添加了如许新生力量，这许多，都是在默默无言中完成的。

1946 年后，他定居上海卢湾区的淮海坊 59 号。这时我已成为他家的常客。因工作忙碌，我不常回家吃饭，经常在他家晚餐，几如家人。饭后聊天，往往至夜深。女主人萧珊好客，59 号简直成了一处沙龙。文艺界的朋友络绎不断，在他家可以遇到五湖四海不同流派、不同地域的作家，作为小字辈，我认识了不少前辈作家。所谓"小字辈"，是指萧珊西南联大的一群同学，如穆旦、汪曾祺、刘北汜等。巴金工作忙，总躲在三楼卧室里译作，只在饭时才由萧珊叫他下来。我们当面都称他为"李先生"或"巴先生"，背后则叫他"老巴"。"小字辈"们有时请萧珊出去看电影，靳以就说我们是萧珊的卫星。我还曾约他们全家到嘉兴、苏州去玩过，巴金高兴地参加。1956 年我重访重庆，在米亭子书摊上买得巴金祖父的木刻本诗集，回沪后送给他，他十分高兴。巴金是喜欢旅游的，不只是对杭州情有独钟。

巴金也喜欢坐咖啡馆，随意聊天。没有什么郑重的话题。他没有宣传过什么"主义"，对文学批评也并不看重，虽然他和李健吾有深挚的友谊。他也偶尔对某些作品作些评价。我问过他，最出色的译本是哪一部，他脱口而出地答道，"鲁迅译的《死魂灵》"。他还说过胡适的白话文写得好，一清如水。他对徐懋庸是有意见的，但从未听他背后的议论。

巴金也有激动的时候。一次他和吴朗西、朱洗等在家里讨论什么问题，大概是有关文化生活出版社，大声争论，我枯坐一旁，听不懂也无从插嘴。

他还关心过我的恋爱生活，出谋划策。后来先室之丧，在告别仪式上，我发现有一只署名"老友巴金"的花圈，着实令我感动，其时他住在医院已好几年了。

为李林墓碑设计，我曾提出请马夷初写墓碑，被他立即否决了。后来是请钱君匋设计的。

他喜欢买书，也喜欢赠书。我陪他走过不少西文旧书店，店员都和他熟识，有好书都留给他。他的版税收入，大半都花在买书上。他喜欢将新出的书送给朋友，不论是自著还是别人的作品。因为经常见面，所以得到他签赠的书很多，有些是新刊的小册子，后来很难搜全了。至于大部头如"全集"、"选集"，更是高兴地持赠，仿佛是夸示自己新生的孩子似的递过来。他的译文集曾有香港三联版，印得很精致。后来又出了台湾版，大本精装一叠，又欢喜地取来相赠。最后是"人文"本的译文全集。他实在又是一位出色的、成果累累的大翻译家。我最喜读的是他译的赫尔岑的《一个家庭的戏剧》，是一部难得的译品。我喜欢搜集亲近师友的著作，力求其全。不知何以不为某些人理解，加以讥嘲，真不可解。他迁居武康路宅时，我曾帮他搬过书，一束束洋书，搬上二楼他的书房，吃力得很。他真是位大藏书家，浩如烟海的卷册，生前多已捐赠各大图书馆。他还有个遗愿，想完成一座"尧林图书馆"，纪念三哥。我多次看到新华书店按时给他送来新出的图书，一次就是几百册。可见他爱书的豪情。

有人认为，巴金当了好几届政协副主席，又当了多年作家协会主席，就认为他当了官。其实我觉得他对当官毫无兴趣。虽然在医院病房门口总有几位战士在卫护，出游时有车队，浩浩荡荡，对这些他都觉得没有什么意思。平常闲谈，也从不涉及官场。在我的记忆中，只记得他曾提起周扬曾劝他入党，也就是闲谈中的一句话，没有深论。他多次去北京，也会见过高端政要，他都没有细说，只有胡耀邦请他吃饭，他说得较详，也有兴趣。

他喜欢西湖，晚年曾多次到杭州休养。1983年秋，还从杭州到鲁迅的故乡绍兴去过一次，我与内人陪同前去，黄河清（源）也同行。他的兴致好得很，虽腿脚不便，也还到了禹陵；在三味书屋坐进鲁迅当年读书桌的小凳子，顽态可掬。在百草园照了相，是他晚年最从容、最健康也照得最好的一帧。

一次单位搞个人鉴定，我请他给我提意见，他指出我"拼命要钱"是大缺点。这批评是确切的。因为买旧书，钱总是不够用。于是预支版税算稿费，编书也要编辑费（如《新时代文丛》），无所不用其极。为了买书，一次还向萧珊借过三百元，自然没几天就还了。可见他对我的批评也是说真话的。大型文学刊物《收获》一直是他主持着，八十年代我给《收获》写稿，没有一次退稿。但有两次小事可以看出他的处事风格。我有一篇"过去的足迹"，是写吴晗的。篇末有许多文字被他一刀砍掉了。还有一篇当中有对老友不敬的话，也被他删去了。两次都没有同我商量，只是由编辑转告，对第二篇的处理，说明将来编辑时可以补入。我非常佩服他这种处事风格。觉得有如在大树密荫之下安坐，是一种幸福。

他总是劝朋友多写，多留下些东西。他苦口婆心地劝曹禺完成剧本《桥》，在病房里也是如此。他对我也总是勉励，每次见面几乎都希望我多写。回思往事，至今不敢懈怠。

他晚年完成的巨作《随想录》，在香港《大公报》的副刊"大公园"连载，曾引起一些流言蜚语。我也在"大公园"上写了一篇读后感（收入《榆下说书》），他曾当面称赞我说得好。这是少见的夸奖。不是说文章写得如何好，只是可见一时舆论风气而已。《随想录》陆续发表，不同意见也层出不穷。一时风云雷雨，作者的感受就像在太空飞行的航空员一般。但我在闲谈中从未见他有任何表露，沉着得可惊。所有细节我都是从侧面了解的。

写到这里，来了一位记者，问起许多古怪的问题和小故事，关于巴金的"小故事"，我回答不出，手足无措。好容易送走了客人，拿起一本《随想录》来读，随手一翻，翻到一篇"大镜子"，读罢身心通泰，写得好，是上好的散文，也是上好的杂文。文章中有这样几句话，"我不需要悼词，我都不愿意听别人对着我的骨灰盒讲好话"。好像正像两天前他讲的话。我记起他曾对我说，《随想录》就是当作遗嘱来写的。当时着实吃了一惊，觉得刺耳，也手足无措过。现在想来，他并不曾说谎。《随想录》就是一本讲真话的书，虽然有的人读了不舒服，但它要存在下去，直到谎言绝迹那一天为止，它也就自然灭亡了。

"文革"后期我陪黄永玉到武康路访问过一次巴金，这是睽隔了十多年后第一次相见，使我出惊的是，他的头发全白了。永玉是带了沈从文的问候来的。他一家都住在楼下的客厅里，别的房间全封了。萧珊不久前过世，他的神情落寞得很，话更少了。我们坐了一会就告辞了。得以从容访问长谈则是八十年代初期前后。

巴老逝世，是中国文学界的大损失，损失了一位领军的人物。他享年一百零一岁，但依然站在时代前面。记得过去谈天时，我曾对新出现的作者文字不讲究，不够洗练、不够纯熟而不满，他立即反驳，为新生力量辩护，像老母鸡保护鸡雏似的。他是新生者的保护者，是前进道路上的领路人。他的两项遗愿，一是现代文学馆的建立，现在已初步建成，日益壮大；另一项是"文革博物馆"的实现，虽然八字还没有一撇，但倡议确已得到广泛的拥护、认同。应可无憾。匆匆急就，写此小文，以为巴老纪念。掷笔惘然。

（选自《文汇读书周报》2005 年 10 月 28 日）

铁生铁事

陈建功

  1 月 2 号清晨，我和妻子赶到八宝山二楼西厅告别室时，铁生已经安放在灵柩里了。周围只有二三十人吧，没有告别仪式，也没有人号令鞠躬。铁生的妻子陈希米说："大家不要哭，铁生不愿看大家哭……请大家撒一些花瓣给他。"我们就撒一些花瓣在他身上。陈希米说，我们跟铁生告别吧。我们就各自深深地鞠了躬。陈希米说，留下几个有力气的朋友，别的朋友就走吧。我们没有走，看着灵柩被抬上担架车，缓缓地推向焚化炉……

  后来，我们又随着铁生的遗像，把告别室里的一些鲜花和铁生的一些衣物送到户外的焚化炉去。焚烧衣物时，陈希米突然对我说："王安忆织的那件毛衣没烧，还在家里放着呢！"

  我心头一酸。

  我不知道是铁生跟她交代过的，还是她自己想到的。

  这个日子，本来是定在 1 月 3 号的，不知为何又提前了一天。想了想，觉得希米的确是最理解铁生的人。铁生说过，人之于世，应该像徐志摩《再别康桥》那样，"悄悄的我走了，正如我悄悄的来"，提前一天，或许是为了让铁生走得更为"悄悄"吧？铁生永远是这样低调、平实。他死了，这死唤醒了我们所有朋友和读者心中蛰伏已久的尊崇与爱戴，用我女儿从海外发来的邮件里的话说"网上早已悲恸一片"，然而铁生还是坚持着自己的低调和平实，由希米替他坚持着。他谢绝了灵堂，谢绝了花圈和挽联，谢绝了悲悼。他希望朋友们为他高兴，高兴他的一生终于战胜了灾难与残缺，高兴他终于有一点感悟与思考留存人世，高兴他还留下了一份肝脏，救治了天津的一个患者，留下了脊椎和大脑，供医学研究……

　　得知铁生病危的消息时，我正在广西北海，几个小时以后，知道他已经离去。本来我一家、何志云一家已经约好，元旦回京，是要和铁生夫妇做几乎每年例行的聚会的，为此我已经订下 31 日回京的机票。岂料下了飞机，赶到铁生家，只有何志云夫妇陪一脸疲惫的希米坐在屋里，另一个客人我不认识，却看着脸熟，有一种莫名的亲切。希米说，这就是《我与地坛》里那个"长跑家"呀。哦，就是那位"西西弗斯"式的"长跑家"吗？记得铁生写过他们在地坛感慨人生际遇的凄凉与悲壮——还有一个人，是我的朋友，他是个最有天赋的长跑家，但他被埋没了。他因为在"文革"中出言不慎而坐了几年牢，出来后好不容易找了个拉板车的工作，样样待遇都不能与别人平等，苦闷极了便练习长跑。那时他总来这园子里跑，我用手表为他计时。他每跑一圈向我招下手，我就记下一个时间。每次他要环绕这园子跑 20 圈，大约两万米。他盼望以他的长跑成绩来获得政治上真正的解放，他以为记者的镜头和文字可以帮他做到这一点。第一年他在春节环城赛上跑了第十五名，他看见前十名的照片都挂在了长安街的新闻橱窗里，于是有了信心。第二年他跑了第四名，可是新闻橱窗里只挂了前三名的照片，他没灰心。第三年他跑了第七名，橱窗里挂前六名的照片，他有点怨自己。第四年他跑了第三名，橱窗里却只挂了第一名的照片。第五年他跑了第一名——他几乎绝望了，橱窗里只有一幅环城赛群众场面的照片。那些年我俩常一起在这园子里呆到天黑，开怀痛骂，骂完沉默着回家，分手时再互相叮嘱：先别去死，再试着活一活看。现在他已经不跑了，年岁太大了，跑不了那么快了。最后一次参加环城赛，他以 38 岁之龄又得了第一名并破了纪录，有一位专业队的教练对他说："我要是十年前发现你就好了。"他苦笑一下什么也没说，只在傍晚又来这园中找到我，把这事平静地向我叙说一遍。不见他已有好几年了，现在他和妻子、儿子住在很远的地方。

或许因为"长跑家"在场，或许因为置身于铁生起居的地方，我总觉得铁生仍然坐在轮椅上，躲在空气中的一隅，默默地看着我们，就像他在地坛的树林里，察看着每一位过往者一样。我知道，倘若我向希米表达我的难过，铁生肯定会在轮椅上笑着看我。想着想着，我甚至为带来了一个花篮而尴尬起来——铁生和我，多次谈到死亡，他是如此的淡定和从容。他说过的，死是一件无须乎着急去做的事，是一件无论怎样耽搁也不会错过了的事，一个必然会降临的节日。而我，又何必要带来这个如此常规的花篮和挽带呢？

希米很平静地告诉我铁生辞世的经过，最后，她甚至有几分激动地告诉我，铁生去世没多久，她就接到了天津来的电话，说铁生捐赠的肝脏，移植成功了。我默然了很久，说："真没想到，他还有一副肝脏可捐，我以为他已经浑身难找一处完好的地方了……"是的，他21岁截瘫，10年前得了尿毒症，双肾坏死，临终前已经是靠一周四五次透析为生，每次我见到他，都感到他的脸色日渐发黑，疑心病魔已然侵入肝脏，谁想到，这副肝脏，还救助了一位患者。希米说，她也感到惊讶，铁生的肝脏，居然还有用。希米还告诉我，铁生还捐了他的脊椎和大脑，这是他和长期为他治疗的一位医生朋友的约定，他说他死了以后，她尽管可以拿了他的器官去做研究，因为对他的病，医学界还有很多疑问。

本来我不想如此详细地介绍铁生的捐赠，因为这不符合铁生的性格，甚至我也不知道是否会违反有关规定。之所以要说出来，是因为陈希米告诉我，铁生的捐赠所获得的礼遇令她感动——既为那些全程监控着捐赠过程的红十字会人员，也为那些抱着肃穆之心执行手术的医护人员。他们移植完了器官，仔细地恢复了铁生的身体和容颜，使这个捐赠者很有尊严地远行，这使她对中国遗体捐赠事业的进步刮目相看。我想，说出这些，铁生、希米应不会怪我，因为会有更多的人步铁生后尘，这也是他们所期待的。

其实，类似这样的、说出来有可能使铁生感到不安的事情还有几件，因为铁生的宽容，他没有责怪过我。现在铁生已逝，且这件事也已经广为人知，我想，再说一遍，或许也可以使人们理解铁生的宽厚吧。几年前，我兼任中国现代文学馆馆长不久，为了使展览有所创新，决定办一个名为"作家友情展"的展览，我到铁生家闲聊，问他有没有代表作家间友情的物件。他说："要不你把王安忆为我织的一件毛衣拿去？"我大喜过望，因为还从来不知道安忆居然有这等耐心，竟为铁生亲手编织一件毛衣寄来。以两个人的知名度，这毛衣应可视为"文人相亲"的典范。没想到铁生说出就后悔了。他说，哎呀，说不定人家王安忆不愿说出这件事呢？我当然理解铁生的担心，因为和我是朋友，才口无遮拦，同样低调的王安忆，大概也确实不会同意拿这次朋友间的馈赠说事儿。话已至此，我们就没有继续毛衣的话题。铁生对于我，历来是有求必应的，我想这次他肯定是要挖空心思找另一件事来弥补"毛衣"之憾。少顷，他说，算啦，那毛衣也不好找，要不你把刘易斯送我那双跑鞋拿去吧。

铁生是关心并热爱体育的，这有他的文字为证。他写过的一段话，我相信随着时间的推移，迟早会走进历史。他说，在奥运口号"更快、更高、更强"之后，应该再加上"更美"。如果光是强调"更快、更高、更强"，就难免会追求出兴奋剂或暴力甚至其他更不好的东西来。这"更美"，并不仅仅就是指姿态的优美，更是指精神的美丽。这就是说，在比赛中，赢并不是最重要的，重要的是人有了一个向自身极限挑战的机会。他还在散文《我的梦想》里，表达过对美国体育明星卡尔·刘易斯的崇敬：也许是因为人缺了什么就更喜欢什么吧，我的两条腿一动不能动，却是体育迷……我最喜欢并且羡慕的人就是刘易斯。他身高一米八八，肩宽腿长，像一头黑色的猎豹，随便一跑就是十秒以内，随便一跳就在八米开外，而且在最重要的比赛中他的动作也是那么舒展、轻捷、富于韵律……

应该是这篇文章，使得铁生在 2001 年 3 月间居然有了一次和飞人卡尔·刘易斯的会面。铁生告诉我，因为运动员李彤把自己的文章念给了刘易斯听，这才有了那次与刘易斯的相见。那天上午，他把自己的一些作品送给了刘易斯，刘易斯则回赠以签名的跑鞋。刘易斯拍拍铁生送给他的书，说："我相信这些书一定很棒，可惜

·红霞一抹乘云去·

130

我不懂中文，不能看懂它们，这真是个遗憾。"铁生也指指手里的签名跑鞋，说，得到您签名的跑鞋，应该也是特棒的事，可惜我没有健全的双腿，所以也深感遗憾！说完两人笑着拥在一起，留下了一张珍贵的合影。

跑鞋的故事并不比毛衣的故事逊色，因而成为了"作家友情展"中体现中国作家和海外交流的佳话。然而，"毛衣"的故事仍然使我难以忘怀，以至到了2005年6月，当史铁生以《病隙碎笔》再次获得鲁迅文学奖并坐着轮椅到深圳领奖的时候，我再也忍不住对这故事的偏爱，讲给了撰写颁奖晚会台本的巴丹。那台颁奖晚会获得极大的成功，主要是从中央电视台请来的主持人张泽群和黄薇的超常发挥。现场说出的许多感人的故事中，"王安忆赠毛衣"也是一个。然而，当张泽群讲出"毛衣的故事"并向台下轮椅上的铁生发问时，我忽然想起，因为筹备晚会而忙得晕头转向，竟然忘了跟铁生也忘了跟王安忆打个招呼。王安忆没有与会，倒可以说得过去，铁生是早早就到深圳了呀！远远看着轮椅上的铁生面对这意外的提问，有几分吞吞吐吐，我想象得出自己给这老弟带来了多大的麻烦，好在他很快就摆脱了慌乱，说："这事……人家王安忆未必愿意说，既然被您刨出来了，那我就说吧……"他说得平实、得体，最后他还说，自己得到的关爱不只来自于王安忆，也来自许许多多同行以及更广大的读者们……坦率地说，尽管和铁生有着深厚的友谊，我还是颇为自己的疏漏感到惶恐。事后我在宾馆的走廊上遇见了他，抱歉地说，不好意思，闹得你有点被动，但你回应得很精彩。我还请他放心，说，王安忆那儿，我去解释吧！铁生宽厚地笑笑，说："没事儿！还用解释吗？说了就说啦！"

我和铁生，应该说有三十几年的友情了。最早看到他的作品，并不是公开的出版物。和他一起在陕北插队的吴北玲，是和我一个班的北大同学。吴北玲拿来一个硬壳笔记本，就是上世纪70年代老师们常常用来写教案的那种，铁生的作品，被他用粗粗的钢笔，抄在那个笔记本里。我从那里读到了《午餐半小时》、《兄弟》和《没有太阳的角落》。我们文学专业的同学们都有谁看过这个笔记本，我已经记不清了。反正记得读完这几个短篇，班上一片赞叹之声，为作者情感的醇厚和文笔的老辣而击节称快。我记得曾经把《没有太阳的角落》刊载在我们主办的《未名湖》上，我也记得在那个新旧文艺思想的纠结期，这篇作品和当时许许多多好作品一样，受到了一些质疑，似乎是什么"把生活写得过于灰暗"、"缺少亮色"之类。这些质疑或许曾经使文学界凄凄惶惶，不过，对于我们，对于铁生，都算不得什么了。80年代的中国，文学已经无须看着别人的脸色行事，更何况那些批评者并没有读懂史铁生，没有看到他在"没有太阳的角落"所闪烁的浅烛幽光。此后，《我的遥远的清平湾》、《插队的故事》直到《我与地坛》，铁生在文坛声名鹊起，再以后，《我的丁一之旅》、《病隙碎笔》、《活着的事》、《写作的事》……铁生的写作更朝着生命的诘问、灵魂的追寻上飞升。

关于铁生作品的价值与意义，别人已经讲得很多。我再讲，似乎也是另一篇文章的任务。铁生一生，获奖甚多，全国性重要的奖项不仅都拿过，而且还曾连连获得。然而一个看似奇怪却并不奇怪的事实是，我在作家协会分管全国性的文学评奖工作15年间，铁生从来没有询问过、打听过和评奖有关的事情。在第六届茅盾文学奖评奖时，《我的丁一之旅》得以入围，耳畔也曾传来各种声音，但没有铁生的。评奖揭晓了，《我的丁一之旅》没有获奖，我仍然毫无顾忌地进出于铁生的家门，我没有，他也不需要我做什么解释或安慰。我记得，在《我与地坛》里还读到过铁生写作初获成功时的激动和喜悦，然而到了后来，铁生已经不以物喜不以己悲，宠辱皆忘了。我们也曾经很难得地提起世界上一个很重要的文学奖项，他说："把作品的价值交由几个老头子来评价吗？抱着这样的期待，怎么还可能听取自己心灵的真实呼唤？怎么还可能追求到真正的文学？"我笑着说，同行中能有多少人对评奖有这样的认知？有一百个，中国文学的面貌将焕然一新。记得当时铁生笑笑，说，都这模样儿了，我把握着自己就成啦！

文学之于铁生，似乎算不上"经国之大业，不朽之盛事"，他说过，"左右苍茫时，总也得有条路走，这路又不能再用腿去趟，便用笔去找。而这样的找，后来发现利于这个史铁生，利于世间一颗最为躁动的心走向宁静"。然而，他用笔蹚出的这条心灵之路，难道仅仅有着个人救赎的意义吗？

或许他就是这样秉持着自己的信念去思考，去写作，去完成自己的一生的，而他的涅槃之路，却烛照了我们，使我们自惭形秽。

至少我，愿意学他，哪怕只学到皮毛。

（选自《文艺报》2011 年 1 月 5 日）

孩子和哲人

——忆念铁生

周国平

1

2010 年 12 月 31 日凌晨，何东发来短信："史铁生于 12 月 31 日 3 时 46 分离开我们去往天国。"

我正在洗漱，郭红看到了短信，在门外惊喊：铁生走了！我把自己关在卫生间里，失声恸哭。

铁生走了？这个最坚强、最善良的人，这个永远笑对苦难的人，这个轮椅上的哲人，就这样突然走了？不可能，绝不可能！

一直相信，虽然铁生身患残疾，双肾衰竭，但是，以他强健的禀赋和达观的心性，一定能够度过一个又一个难关，活很长的时间。一直相信，只要我活着，我总能在水碓子那套住宅里看见他，一次又一次听他的爽朗的笑声和智慧的谈话。

我祈祷，我拒绝。可是，在这一瞬间，我已清楚地知道，我的世界荒凉了，我失去了人世间最好的兄弟。

2

婴儿的笑容智者的目光

周而复始的鸽群在你的天空盘翔

人生没有忌日只有节日

众神在你的生日歌唱

四天后，2011 年 1 月 4 日，铁生的六十岁生日，朋友们在 798 时态空间为他举行了一个特别的生日聚会。空旷的大厅里站满了人，有人在演讲，我站在人群的外围。铁生透过墙上的大幅照片望着人们，望着我，那笑容和目光都是我熟悉的，我在心中对他说了上面的话。

3

孩子和哲人——这是我心目中的铁生。

铁生是孩子。凡是认识他的人都一定有同感，他的笑是那么天真而纯净，只有一个孩子才会那样笑，而且必须是年龄很小的孩子，比如婴儿。他不谙世故，对人毫无戒心，像孩子一样单纯。不管你是谁，只要来到他面前，他就不由自主地对你露出了这孩子似的笑。

铁生是孩子。和他聊过天的人都知道，他对世界怀着孩子般的好奇心，总是兴致勃勃地和你谈论各种话题，包括哲学和戏剧，物理学和心灵学，足球和围棋。他感兴趣的东西可真多，不过，像孩子一样，他的兴趣是纯粹的，你不要想从他口中听到东家长西家短的议论。

铁生是哲人，这好像是谁都承认的。然而人们困惑地推测道：他残疾了，除了思考做不了别的，所以成了哲人。我当然知道，他的哲学慧根深植在他的天性之中，和残疾无关。一个保持了孩子的纯真和好奇的人，因为纯真而有极好的直觉，因为好奇而要探究世界和人生的谜底，这二者正构成了哲人的智慧。

那天生日聚会上，一位朋友悄悄对我说："最应该得诺贝尔和平奖的是铁生。"我一愣，诧异他说的是和平奖，不是文学奖，但随即会心地点头。世界之所以充满争斗和堕落，是因为人的心灵缺了纯真和智慧，变得污浊而愚昧了。孩子的纯真，哲人的智慧，正是使世界净化的伟大力量，因而是世界和平的最可靠保障。当然，斯德哥尔摩可能根本不知道有史铁生这个人，这一点儿也不重要，铁生的价值是超越于诺贝尔奖和一切奖的。

4

铁生是一个爱朋友的人，他念旧、随和，有许多几十年的老友，常来常往。我只能算他不老不新的朋友，关系似乎也不近不远，结识十六年，见面并不多，平均下来也就一年一次吧。我自己是个怯于交往的人，他又身体不好，在我结识他的第三年，他就因双肾衰竭开始做透析，每次去访他，在我都是一个隆重的决定。铁生喜欢有朋友来，每次谈兴颇健，可是我知道，我能享受与他谈话的快乐，却无法和他分担兴奋之后必然会到来的疲惫。

刚认识他时，我和郭红正恋爱，我还记得我俩第一次一起去访他的情景。郭红那天买了一本《收获》，刊有《务虚笔记》后半部分，看过几页，向铁生谈印象："真好，一个东西，你变换着角度去说它。"他说："就这两句，我听了就很高兴。话不在多，对心思就行。"他表示，书出之后，不但送我，也要送她。他的三卷本作品集，当即送了我们一人一套。我心中惭愧，如果是我，就会合送一套。我感觉到的不只是他的慷慨，更是他对个体的尊重。

和铁生结识时，我还没有孩子，后来，有了啾啾，再后来，有了叮叮。我相信，孩子对身处的气场之好坏有最灵敏的直觉。面对坐在轮椅上的铁生，孩子不但不畏怯，反而非常放松，玩得自由自在。当时三岁的啾啾，守在铁生叔叔身边，以推他的轮椅为乐。当时两岁的叮叮，合影时用小手摸铁生叔叔的头顶，告别时把额头贴在希米阿姨的额头上。他们当然不知道，这个坐在轮椅上的叔叔是当代中国最伟大的作家，但以后会知道的。

我珍惜见面的机会，要省着用，最好是和合适的人分享，因此偶尔会带我的好友去看他，但一共就两回。我带去的人，必须是我有把握和他彼此能谈得来的。第一回，是铸久和乃伟夫妇。气氛果然非常好，铁生对围棋界的情形相当熟悉，饶有兴趣地谈着这个话题，而可以看出来，他只是借着这个话题在传达他的愉快心情。第二回，是雯娟。她因为喜欢，自己配乐朗诵了铁生和我的作品，那天把刻录的《合欢树》给铁生，他听了录音很高兴，说挺受感动的。此后某一天，雯娟接铁生夫妇到我家，然后我们一同到雯丽家晚餐。在雯丽家，他心情很好，谈正在写的一个长篇，后来我知道是《我的丁一之旅》。他说，他在思考灵魂的问题，不给灵魂一个交代，意义就中断了。他的结论是，灵魂是一种牵系，肉体作为工具会损毁，但牵系永远存在。又说，上帝给你的就是一个死局，就看你能不能做活。我觉得都很精辟。

5

两年前，《知音》杂志同一期刊登两篇长文，分别是对铁生和我的"访谈"，而所谓的"访谈"根本没有进行过，完全是胡编乱造。我在博客上发表了澄清事实的声明，铁生没有开博客，他的声明也发表在我的博客上。

在此之前，铁生那篇"访谈"的编造者一再向他求情，他毫不动摇。但是，声明发表后，要不要起诉和索赔？他的态度异常明确，对我说：我们的声明搁在那里了，已经备案，到此为止，以免被媒体炒作。我同意。其实我本来是有些犹豫的，觉得不起诉便宜了侵权者。另一位也是被《知音》侵权的作家，通过起诉获赔十万元。铁生的家境不宽裕，医疗开支又大，如果能获赔，是不小的补贴，可是他压根儿没有这方面的考虑。我并非反对用法律手段追究侵权者的责任，只是想通过这个事例说明，铁生是一个多么正直又憨厚的人。

铁生待人平和宽容，然而，在这个喧嚣的传媒时代，他也有诸多的不喜欢和不适应。他未必拍案而起，但一定好恶分明。记得有一次，他送我书，对着腰封直摇头，而希米干脆生气地把腰封扯了。这夫妇俩的朴实真是骨子里的。

6

人与人之间一定是有精神上的亲缘关系的。读铁生的作品，和铁生聊天，我的感觉永远是天然默契。

去年春天，郭红想为一家杂志做铁生的访谈，打去电话，他和希米立即同意了。希米说，必须支持"下岗女工"。郭红因故辞去了原来的工作，所以希米如此说。我陪郭红前往，先后谈了两回。这次见面，距上一次已九个月，我们看到的铁生，脸色发黑，脸容消瘦，健康大不如以前。希米告诉我们，他因为真菌性肺炎住院一个月，出院才几天，受了许多罪，签了病危通知书，曾觉得这回真扛不住了。我心中既感动又内疚，夫妇俩对媒体的采访从来是基本拒绝的，却痛快地接受了这个时机非常不对的造访。

虽然病后虚弱，铁生谈兴仍很浓，谈文学，谈写作，谈人生，谈信仰，话语质朴而直入本质。采访过程中，我也常加入谈话。郭红已把访谈整理发在杂志上，我在这里仅摘取若干片断，连缀起来，以观大概。

铁生：文学是写印象，不是写记忆。记忆太清晰了，能清晰到数字上去，不好玩，印象有一种气氛。记忆是一个牢笼，印象是牢笼外无限的天空。

我：这与你说的活着和生活的区别是一回事。记忆和印象就是过去时的活着和生活。

铁生：深入生活这个理论应该彻底推翻。好多人问我同一个问题：你的生活从哪儿来？我说：你看我死了吗？这个理论特别深入人心，而且是包含在中国文化里面的，认为内心的东西不重要。

我：我们在文学上也是唯物主义者，只相信自己看得见摸得着的东西，看不见摸不着的就不是生活。其实，没有内在的生活，外在的生活就没有意义，更不是生活。

铁生：写作是要解决自己的问题。开始写作时往往带有模仿的意思，等你写到一定程度了，你就是在解决自己的问题。

我：这时候一个真正的作家才诞生了，在那以前他还是一个习作者。大多数作家是没有问题的，一辈子是一个习作者。

铁生：有个很有名的人说，一天要写一篇散文。我觉得这是每日大便一次的感觉。每日大便一次还是正常的，这简直就是跑肚。

我：关键是有没有灵魂，没有灵魂就没有问题。

铁生：那就只剩下有没有房子和车子的问题了，实在太无趣了。糟心就糟心在这里，灵魂太拘泥于社会、现实、肉体，很丰富的东西只能在这些面上游走，甚至不能跳出来看看。

我：灵魂强大的人受不了这个束缚，就会跳出来。

铁生：灵魂可能是互相联着网的，人只是一个小小的终端。现在我们的这个网是在作乱，它都是终端在各显其能，造成一个分裂状态。

我：谁也不信上帝，都自以为是服务器。

铁生：因为不关心灵魂，中国人感受出来的全是惨剧，不叫悲剧。包括现在咱们的文学，写的也都是社会矛盾，生命本身的悲哀他感受不到。要我推荐，我就推荐中国人民得诺贝尔民族主义奖。

7

谈话自然会涉及我们两人都关注的那个问题——死亡。

他告诉我们，他正在写一个比较长点的东西，第一部分叫《死，或死的不可能性》。他说："我想证明死是不可能的。"我注意倾听他的论证，很欣赏其中的一个思路。

尼采说，我们虚设了一个永恒，拿它当意义，结果落空了。铁生说，正相反，恰恰是意义使一个东西可以成为永恒。甚至瞬间也是用意义来界定的，它是一个意义所形成的最短过程。因为意义，所以你能记住，如果没有，千年也是空无。

说得非常好。那么，意义的载体应该是灵魂了。他说：对，如果是一个独特的灵魂，你能认出来，如果是一个平庸的灵魂，你可能就认不出来。于是我们讨论灵魂的转世。他说：你转世的时候，灵魂带的能量应该是你此生思考的最有意思、最有悬念的事情，那样你被下一世认出的可能性就最大。他还说：我写的那个东西可能叫《备忘来生》，我希望到死的时候我能镇静，使灵魂能够尽量扼要地带上此生的信息。我提出异议：如果记忆或者准确地说，自我意识不能延续，转世有意义吗？他回答：我说死是不可能的，但我没有说转世以后的我一定是上一世的我。我说：这里你已经退一步了。他承认：对，退一步了，这一步必须退。我也退了一步，说：有一点在今世就得到了证明，就是灵魂和灵魂之间的差别太大了，而要解释其原因，轮回好像最说得通。

这次谈话半年后，铁生溘然长逝。不是久患的肾病，而是突发的脑出血，把他带走了。和死不期而遇，他会不会惊诧，会不会委屈？一定不会。他早已无数次地与死洽谈，对死质疑，我相信，在不期而遇的那个瞬间，他的灵魂一定是镇静的，能够带着此生的主要财宝上路。当然，死是不可能的，他的高贵的灵魂就是证明。灵魂一定有去处，有传承，我们尚不知其方式，而他已经知道了。

8

那次谈话，铁生和我都感到意犹未尽，相约以后要多谈。相识这么久，这是我们第一次认真地展开讨论，我自己大有收获，铁生也很高兴。我觉得我发现了一个好的方式，以后可以经常用。我和郭红拟订了计划，想待他身体状况较好时，做一个他和我的系列对话。因为血液的污染和频繁的透析，他有精力写作的时间极其有限，但他的头脑从未停止思考，如果能用一本对话录的形式留住他头脑中的珍宝，也推进我的思考，岂不两全其美？

然而，再也不可能了。我恨自己，没有任何理由可以原谅自己。上天给了我机会，我本来可以做一件也许是我此生最有价值的文字工作，可是，我竟忙于俗务，辜负了这个机会。

（选自《散文海外版》2012年第2期）

克家先生二三事

高洪波

　　克家先生逝世时正值甲申年的元宵节，那一刻我正在人民大会堂参加首都各界人士的一个联欢会。听到老人家逝世的消息，马上奔赴协和医院。匆匆忙忙见上了最后一面，然而此时此刻他老人家已合上了双眼，手还温暖着，可人却永远地离开了。

　　虽然在我与克家先生二十五年的交往中他有过多次病危病重，可只有这一次是真切的。

　　归来我拟就了一副挽联：

　　　　诗名动天下岁岁耕耘春秋长留董狐笔，
　　　　心境总澹然九九归一从此再无老恩师。

　　与克家先生遗体告别时我出差在外，这挽联代我完成了一个后辈的哀思。事实上出差的那几日我一直在回忆克家先生，回忆着1978年1月11日他写给巴金老人的一首小诗：

　　　　四十六年见故家，
　　　　可怜人已老天涯。
　　　　闻道纷纷还原职，
　　　　为问如何复年（韶）华。

这首诗沧桑感极强，有一短短的附记："巴金同志以新版《家》见赠，距写作时已四十六年矣，不禁感慨系之!非绝非占，即兴成句以赠。"

于是，我想起克家先生曾为我写过两句诗，是他的旧诗中我十分喜爱的："狂来欲碎琉璃镜，还我青春火样红。"两诗写作年代相距不远，一赠老友二抒己怀，但都可窥见克家先生胸襟怀抱。这是他进入改革开放以来一种时不我待的精神写照，也是他晚年生活的一种追求。我有一个笔记本，上面记录了1979年到1992年间与诸多文坛前辈的交往，其中一章叫《臧克家谈诗》，时间在1979年9月17日下午。下面我摘录一二，因为这是一次十分正式兼郑重的谈话，是一个诗坛前辈对文学青年的肺腑之言，此前从未公开过，我个人从中受益至今。

我把自己编于1976年的诗集《云岭兵歌》转交小平，请她父亲看看，半个月后，克家先生约我前往谈诗，同行者李炳银同志。

克家先生诗人气质甚浓，交谈起来常兴奋不能自已，然记忆力甚强。交谈时为阐述自己的观点，不时走进内室拿出影集、诗选和宋诗选，信手翻检，朗声诵读，言谈之间不像仅差一个月就满七十五岁的老人，这是许多作家的特点。

克家先生谈读后感，说道："你的诗看过之后，可打六十五分，再高些七十分，我的标准很严的。你的诗已经比初学者前进了一大步，可以说迈进了诗的殿堂，但不客气地说，还没进入正殿。即没有风格，没有写到使人一望而知的地步。"又说："你的诗追求炼字，亦有生活情趣，有的小诗如《理发》、《夜话》等很有味，但总的说来印象不深，不强烈，而且语言平平，读来没有让人拍案叫绝之感。我举苏东坡一诗，'天外黑风吹海立。'一个'立'字，千古绝唱，非苏东坡莫属!多么形象又多么生动!你的诗一定要有古诗的根底才好。""雕琢是必要的，但不能苛求。不要太纤细，该朴素时则朴素，同时注意含蓄，这是很高的要求，每个写诗的人都应追求这种意境。"

"生活是很重要的，没有生活则无诗，一句俗语说'回忆造成诗人'，我是深有体会的。但光有生活还不够，远远不够，还应有较强的艺术感受力与相应的艺术表现力，即生活的深度与思想的深度相结合，这是成正比的，一个诗人一旦生活有深度，思想也有深度，艺术概括力就相应地高起来。现在的新诗我不愿看，太长，太拖沓，而且铺张激扬，几句话能说明和概括的，非要写个千八百行。水分过多，坏了新诗的名誉。"说到这里克家先生拿出自己的诗选，翻到一首短诗《依旧是春天》，注明是 1936 年作。我说自己读过，但以为是写风景。克家感叹道："这是很沉痛的伤国之作。当时日本帝国主义侵略，东北失陷，我写了塞草依旧绿到塞边，意思是指责秦淮河畔的达官贵人不知亡国之恨。一首诗脱离开时代背景和诗人写作的具体环境，不易读懂。"

谈到旧体诗词的含蓄和高超的艺术表现力时，克家先生兴冲冲地拿出一本《宋诗一百首》，信手翻到第 113 页，指着梅西甫的一首七绝朗诵一番，我看到书上勾勾画画，加满了评注和圈点，老诗人这种苦学精神不禁使我汗颜，这些优秀的古典诗词，自己看过一两遍就以为领略其风味，既没深解，又不背诵，腹内空空，两眼茫茫，难怪出不了什么成就！不下苦功，不解诗史，一味凭个人小聪明写作，实际是很可悲的一件事。从克家身上我感到了一种推人向前的朝气，一种好学不倦的锐气，这是此番谈诗的重大收获。

话题转到张志新烈士的事迹，克家说："有许多约稿信，我想不少人都在写，自己就不再赶潮头了。但许多诗中，大多是平泛之作，只有少数好诗。"他信手拿起一本杂志，载有田地的一首短诗，大意是"思想的有罪，不思想的有功"等，很凝练、含蓄，克家极为赞赏，他说："构思任何一首诗时，一定要别出心裁！不要贪走捷径而落入别人套中，想的路子宽些，点子多些，总要有与众不同的构思方才罢休，方才动手。"

我觉得这是切中我缺点的一种忠告，也是指路的话，回忆自己的诗歌创作，大都匆匆构思，草草动笔，不追求"语不惊人死不休"的境界。见面晤谈一小时后，严辰、邵燕祥来，5 时 20 分辞行。

以上是笔记摘录。记录时我是《文艺报》最年轻的一名编辑，分管诗歌、儿童文学和少数民族文学作品的评论，这使我有了与文坛前辈交往的机会，学习和求教自然也比较的方便。这本小小的绿皮笔记本，就记录有艾青、阮章竞、碧野、张志民、公木、黄宗英、冰心、李瑛、浩然、杨沫、草明、丁玲、公刘、唐祈、冯牧、柯岩、严文井、贺敬之、舒群、雷抒雁、张洁、谌容、曲有源、王安忆等作家的交谈内容和印象记，克家先生谈诗是其中之一。

以后与克家先生多次交往，我当办公厅副主任时还专门解决过他住房的冬季取暖和夏雨防漏。曾有十年(1988—1998)间我住小羊宜宾作家协会宿舍，与克家先生成为近邻，上下班时常见先生在胡同里散步，见他与少先队员们亲切交谈，他的外孙女晶晶与我的女儿丫丫成为儿时最亲密的一对伙伴，两个小姑娘的故事丰富了我的儿童文学创作。再以后我成为克家老人一手创办的《诗刊》社的第六任主编，一干就是七年，而克家先生则担任《诗刊》社顾问，直到生命的最后一息。

一个火样激情洋溢的老人，一个学养深厚锦心绣口的诗人，一个身体病弱却坚强地走过一个世纪的学者，一个热情关注人民充满爱国情怀的闻一多的学生，对我来说，克家先生在 1979 年 9 月 17 日下午的一席教诲，已足够受用终生。

我珍藏着克家老人的一支毛笔，这是我在一次聊天后冒昧索求的，笔锋的狼毫已近稀少。只能书写小字，很普通的一支笔，克家老人却用它写下大量书信。索笔时我尚未习字，也不懂一个书家对自己熟悉之笔的喜爱，他毫不犹疑地就送给了我，一晃快二十年了。这笔，就成为一种无尽的思念和嘱托。

（选自《高洪波全集·散文随笔卷（三）》2009 年版）

真 人

——冰心辞世十年祭

舒 乙

对人对事从不虚假掩饰

冰心老人最大的特点，用一个字概括，就是"真"。她是一个真人。真正做到"真"，其实是很难很难的。冰心老人却做到了，在生活中，在任何一件事中，不带任何虚假，不带任何掩饰，直面道来，以至每一件事，甚至每一个字，在她老人家身上都是与众不同的。

有一次，我正在她的书屋兼卧室和她聊天，来了一对中年夫妇，带着一个八九岁的小女孩。这个小女孩姓张，来自西南地区的一个省，是少数民族。据这对夫妇介绍，小女孩会画画，擅画小鸡，得过不少奖，有一份获奖清单，在报刊上有过许多报道，并说现在许多孩子都嫉妒她。冰心老人听到这儿立刻不高兴了，她指着站在书桌跟前的小女孩说："她一进门就看见了我桌旁叫人用的电按钮，问这是干什么用的。哎呀，多么天真可爱的小人儿！会画画，一定很招别人爱的，可是，却遭嫉妒，那都是父母坑的！"她提起笔来，给小女孩写了几个字"愿你像一棵小野花，在大自然里成长"。她劝这对夫妇马上停止这种展览式的周游，赶快回家去。父母到处吹捧一定会导致别人的嫉妒，这是父母的过失。她还说，其实许多人是不懂得怎样做父母的。

"民进"妇女部的干部来求她为"三八妇女节"题几个字，她爽快地提笔就写，然后轻轻地说："你们应该多下去看看，帮助下面解决一些教育方面的实际困难，尤其是儿童失学问题。"对方说："没钱呀，怎么下得去？"这样的事，遇得多了，她酝酿了很久，1987年写下那篇著名的《我请求》，请求大家都来读一读《教育忧思录》，都来关心教育。一石激起千层浪，《我请求》发表之后，读者来信像雪片一样飞来，纷纷寄到冰心先生家中，持续半年之久，反应之热远胜过当年的《寄小读者》。老人认真地读了每一封，有老师们的，有孩子们的，有家长们的。她郑重地保留了这些信，最后整整装了一大麻袋，都送给了中国现代文学馆。

冰心老人八十岁以后腿脚不便，要靠助行器才能在家里做少量自主活动，绝大多数时间则坐在书桌后面写作和阅读。她阅读的范围极广，知道几乎所有新作品的内容和作者，还常常主动写评论和介绍。

1989年8月25日，老舍忌日的第二天，冰心先生坐着轮椅到北京图书馆去看"老舍生平和创作成就展"。她一点一点地向前移动，看得很仔细，快到结束的时候，老人家突然失声大哭，毫不掩饰，双手捧面，热泪横流，吓得陪护她的人推起轮椅就跑。跑进电梯，她还在哭，扶上汽车，还在哭，回到家里，好不容易才转成低声的抽泣，半天说了一句话："要落实知识分子政策！"

她为福建大学生题词"知足知不足，有为有不为"。她解释说："有的能做：爱国、上进；有的不能做：不爱国、不上进。知足：生活上、物质上要知足；不知足：知识上、学习上要不知足。"

有一位作协领导人大年初一来拜年，冰心先生正好在吃饭，她对此公一向不感兴趣，便问他："有事吗？"对方说想求一张字，冰心老人笑一笑，说："买宣纸来！"等他走后，冰心先生悄悄地说："其实我已想好了写什么，但要等他送纸来，如他真来，我就会问：'宣纸买了吗？'"

冰心先生非常坦率地评价她的上代、同代和下代作家同行们，毫不隐讳，有说好的，有说不好的，有喜欢的，有不喜欢的，还有很反感的。她让孩子们叫伯伯的有两位：舒伯伯（老舍）、罗伯伯（罗常培），叫舅舅和叔叔的有三位，李叔叔（巴金）、饼干舅舅（萧乾）和赵叔叔（赵朴初）。

"毛主席有五不怕，我也有几不怕"

冰心先生总爱说："毛主席有五不怕，我也有，我起码也有几不怕，一不怕离婚，我老伴已经没了；二不怕撤职，我不是官……就是杀头，我也不怕，反正要死了。"她说："我最相信两条：一条，人民的眼睛是雪亮的；一条，历史是人民写的。"她还说："我很老了，以前喜欢风花雪月，现在不爱看了，已经经过了，很淡薄了。写些人间不平事吧，为别人多说点公道话。""不要看一时多么有权势，没有用，自己再吹嘘，或者再谦虚，也都没有用。真正厉害的是人民，还是那两句话。"

长城饭店美方经理曾邀请她的小女儿吴青去做中方经理人，冰心先生、吴文藻先生和吴青本人都不干，认为还是教书育人好，说："人是不能为钱而活的！"如孟子所说："匹夫不可夺志也。"

高洪波拿来《人间小品丛书》中的《冰心集》，她看了以后说其中只有两篇好，一为《到青龙桥去》，二为《观舞记》，其余都"幼稚"，现在看了脸红，不好意思。

石家庄河北人民出版社替冰心先生出了一套《冰心选集》，有六卷，她看了第六卷，是评论和序跋集，她说"无聊"。我以为是书出版得不好，她说，不是，是自己"写得无聊"，不好意思看下去，一再说"无聊、无聊"。

这是冰心先生晚年对自己早期作品的评价，这种话她说过不止一次，是极真诚的，是经过深思熟虑的，所以一再重复，而且公开地讲。她说她的作品现在有两点重大变化，一是如前所述不再写风花雪月，二是越写越短，短到甚至一篇文章只有一百多字。

冰心先生说她早年文字有的许多修辞是自己发明的，在别人看来很新颖，或许很难懂，甚至有些奥秘，句子一般比较长。她说现在写东西力求简明，越写越短，几乎不用形容词，说明白了即可，平铺直叙，直截了当，不说废话，只做减法，不做加法，清清爽爽，通俗易懂。

冰心先生眼睛很好，多小的字都能看，而且看得仔细。我替她编了一本《冰心九旬文选》，是本小书，由梁凤仪的"勤十缘"出版社出版。给冰心先生送去样书之后，第二个星期再去时，她把样书还给我，说"上面有四十个错"！我打开一看，她已一一用圆珠笔在错的地方标出，并一一改正过来，字写得很小。她由头到尾一字不落地认真读了一遍。

冰心先生的许多观念与众不同，而且直接表达出来。比如尊重妇女，夫妇两人去拜访她，男的岁数大一些，女的年轻一点，只有一张小凳可坐，男的先坐下来。冰心先生马上让男的站起来，要女的坐，叫男的在一旁站着说话，但她并不直接说明原由。客人当然明白，她是故意表示在她这儿妇女是第一位的，不管这位妇女有多年轻。又比如她永远要干净整洁，毫发不乱，自己的衣裳朴素大方，永远整整齐齐，端庄大气，颜色或白或灰或蓝或有小碎花，着布鞋。臧克家先生说冰心先生即便在湖北下放干校劳动的时候也是干干净净，将袜子套在裤脚外面，很利索，在逆境中也风度不减，一副正气凛然不卑不亢的样子，让人敬佩。这正是她的人生态度。

我于90年代初在张自忠路中剪子巷33号找到了冰心先生早年的旧居（原14号），这是她少女和年轻时居住过的地方，而且在此成名，先后住了十六年。我带了个电视小分队去把它拍下来，然后放录像给冰心先生看。冰心先生大为高兴，后来还专门写过一篇散文《我的家在哪里？》，说她一生住过许许多多地方，能在高龄时进入她的梦乡的偏偏是这座院子，可见这才是她的"家"。

内心刚毅，一点也不"淑女"

实际上，冰心先生是一个意志很坚强的人。她外表很慈祥，很温柔，从不说什么过于严厉的话，而且爱说爱笑，生性活泼，高兴起来像个"人来疯"，很容易接近，很容易让别人敞开心扉，但她内心是很刚毅的，倒像个男的，一点也不"淑女"。

冰心先生写了一篇悼念邓颖超大姐的短文，引了巴老的一句话——"她是我最后追求的一个榜样"，结果发表时被删除，她勃然大怒，当面责问报纸的总编和副总编，一定要讨个说法。

冰心先生十一岁以前在家里是被父母当男孩养的，着男装、骑马、打枪、游泳，向往着当军人，当水兵，父母不怎么管她，自由自在，是父母的"野孩子"。十一岁回到老家福州，生活在一个大家庭里，每一次穿女装，就大叫："真是难受死了。"

冰心先生从来没化过妆，只在美国当学生演《西厢记》时化过一次妆，是闻一多替她化的。她主张素面朝天，说："描眉画眼的，干什么！"她认为天下以福建女子为最美。福建女子均光脚，着茶衣，不化妆，是干活能手。

冰心先生在福建的时间很短，但她以自己是福建人为荣，心中常常惦记着福建乡亲们的安康，哪遭灾、哪发水，都马上要捐钱捐物。我有一次去看她，发现家里只有她和女婿陈恕的大姐陈玙两人。见我来了，立刻吩咐大姐快出去，问干什么，说福建发大水，恰好刚收了一笔稿费，请大姐赶快上邮局寄去救灾。

冰心先生的母亲就是一位性格刚强的女子。她出身望族，是大家闺秀，嫁到谢家之后夫妇感情很好，丈夫在海军中当差，正好遭遇中日甲午海战。中国近代海军中福建人很多，也牺牲了许多，一时福建街上隔三差五地出现了不少"白榜"，那是类似阵亡通知书的东西。他们夫妇结婚七年，曾生育过两个男孩，但都没有留住。她恐怕"白榜"早晚也会贴到自己家门口，便悄悄在怀里揣上一块大烟，随时准备服毒跟随丈夫而去。冰心平常喜欢讲甲午之战的故事，那些故事都是父亲和母亲讲给幼小的冰心听的，其中最悲壮之一就是年轻的母亲这段准备为国为亲人牺牲的故事。

想写一部"大作品"

1993 年冰心先生对我说要写一部"大作品"，她说要纪念甲午之战一百年。她估计大概只有她能写，只有她知道那么多真实细节。她桌上有大本的海军参考书，还专门请海军军官到家里来，搞调查。她爱海军，爱看海军行礼，爱看描写海的书，过去上过一切带"海"字的军舰。她还知道许多海军将领的事情，背得出他们的名字和他们所在的舰艇名字。最经常提到的是萨镇冰将军——中国近代海军统帅。她父亲谢葆璋先生当过他的副手，知道萨氏非常多的事情。她写过一篇小的《记萨镇冰先生》的文章，后来一直想写一部大的详传，由于抗日战争的原因也未如愿，这是她的另一个遗憾。她还经常提到张伯龄和黎元洪的名字，这二位都是谢葆璋先生在天津水师学堂一起学习的同班同学，后来二位在近代史上都是赫赫有名的大人物。

由1991年准备起到1993年动笔写甲午之战，前前后后写了半年的样子。多次起头，多次大哭，多次搁笔。我有两次看见她眼睛红红的，问大姐怎么回事，悄悄回答说，昨天大哭过，今天又哭过。为什么？冰心先生只回答几个字：恨死了！气死了！她是说她恨死日本军国主义，恨死日本侵略者，想起来就生气。后来冰心先生身体不适，频频住院，作品就此搁置，只留下了很少的草稿片断。

冰心先生由父亲、母亲那儿继承下来的刚毅性格，使她一生挺过了许多艰难险阻，也创造了几个"第一"。早年在"五四"运动时期，她是第一个走上文坛的女大学生，那时她刚好十八岁，正读大学一年级，接着她发表了新诗集《繁星》、《春水》。在燕京女校，周作人先生在课堂上讲解《繁星》、《超人》，他的学生，一位名叫谢婉莹的姑娘红着脸低着头在下面听讲，周先生不知道她就是冰心，她在学校也从不用冰心的名字。由美国留学回来之后，在母校燕京大学教书，当讲师，是"小字辈"，她的同事全是她的老师，她被称为"婴儿"。开教授会的时候，她总坐在门口，但学生们喜欢她，她的年龄和他们相仿。冰心先生教广东、福建来的南方学生说北京话，她小时候和保姆们学的北方绕口令此时派上了用场。1945年以后跟吴文藻先生到日本去，是日本东京大学的第一位女教授，讲授中国文学，专讲古典的反战诗歌。

笔名含意"冷若冰霜"

女孩子到了恋爱年龄也是人生一大关口，尤其像冰心这种成名很早的女孩，走到哪儿都被崇拜，被包围，她收到的情书多得不得了，她看都不看就交给母亲，但是有一条，就是绝不让对方下不来台。她弟弟的育英学校男同学曾对弟弟说，你姐姐真是颜如桃李，冷若冰霜。"冰心"这个笔名，表面看是出自"一片冰心在玉壶"的典故，含意也很不错，但冰心说，恰是那个"冷若冰霜"的意思。

冰心的恋爱、婚姻、家庭都堪称典范，一辈子没有任何绯闻。"反右"时，她一家三个男人被划为"右派"，丈夫、儿子和三弟。开人大会时，在福建团里，冰心先生遭到围攻，责问她吴文藻是怎么成为"右派"的。冰心气得不行，去找周恩来总理评理。她说："如果吴文藻是一百分的反党，我起码是五十分，我和他没法划清界限，我也帮不了他。"周总理听了哈哈大笑，说："好吧好吧，你回去吧。我知道了，我和他们说。"结果，福建团的代表们一个个跑到冰心先生家里来赔礼道歉。

到了"文革"，又是被抄家、揪斗，说她是司徒雷登的干女儿，最后被下放劳动。还是周恩来总理借口要迎接尼克松访华，要翻译尼克松的《六次危机》给毛主席看，把吴文藻和谢冰心中途由干校叫了回来，以后又集体翻译了《世界史》和英国文豪的《世界史纲》，算是熬过了"文革"。

改革开放之后，冰心先生在停笔十年之后恢复了创作，她写小说，写散文，写随笔，写评论，迎来了自己的第二个创作高潮。但在这个阶段里她碰见了针对她的"删改风"，曾有几次大的删改让她火冒三丈，也引起了不大不小的风波。比较重要的几次是前面提到过的那篇纪念邓颖超同志的文章中那句巴金的话，还有在《我请求》中要删掉一句关于战后日本每年的教育费是多少的话，还有《〈文革中的孩子〉序》中要删掉引用自孟德斯鸠的一句话等等。遇到这些砍删，冰心是要较真的，她要讨个说法。

1995年以后，冰心开始频频住院，身上不是这痛就是那痛，但是她依然很乐观，总开玩笑，说"老而不死是为贼"，说是没有牙的"无齿之徒"。总做好梦，一会梦见玉瓶，一会梦见小翠鸟，一会梦见抓小偷，用英文大叫"警察"，把这些通通写信告诉巴金先生，害得巴金先生羡慕之至。

有一天我去看她，她当着大姐的面说："我写了遗嘱，封在信封里，放在这个抽屉里，等我死了以后，你就来取。"她指着书桌正中间的抽屉很郑重很神秘地叮咛我，因为这里面有好几项是涉及文学馆的，如书、照片、钱、图章，除少量代表作留给子女作纪念之外，她都要捐给文学馆。此外，对骨灰处理、悼念活动安排，房屋遗产等等她都一一做了安排，以基本捐献出去为好。这是她的清醒、大度和明智。

冰心先生去世后，征得儿女们的同意将吴谢二人的骨灰盒，一个不锈钢的密封小罐，放入中国现代文学馆冰心雕像旁的大石块下面。文学馆的冰心雕像是钱绍武先生的作品。雕像立在院中的草坪上，雕的是冰心年轻时的形象，是一尊坐像，洁白无瑕，眼睛炯炯有神地凝视着前方。在雕像左后方的石头外面一侧刻着冰心先生一句名言："有了爱就有了一切"。石块背面镶嵌着一块铜牌，上面是赵朴老题写的墓碑。

一生的朋友

冰心老人毕竟是个世纪老人、百岁老人，见多识广，走的地方多，经历的事情多，能够处乱不惊，能够洞察入微，能够包容万变。走到她身旁，立刻会被她的精神状态和看问题的角度所感染，立刻有一种安详的异样感觉，奇妙之极。

别看她很年迈，甚至走不动路，但她一点也不老。你一进门，她会马上说："想你啦！"马上让人拿东西来吃，比如煮白薯，比如冰激凌，这都是她爱吃的东西。还有薄荷糖，一种很辣很凉很冲的进口薄荷糖，和她一起分享，然后就立刻聊天，进入她的回忆。

冰心先生和夏公是最要好的猫友，夏公曾借给她一部《猫苑》，共两册，线装，咸丰年间印制。夏公对各色猫咪的爱好次序是

红霞一抹乘云去

"黄、黑、花、白"，而冰心先生的顺序正好相反。夏公曾建议他和冰心先生两人发起一个"爱猫协会"，冰心先生说"不成，因为咱俩都属鼠"。夏公和冰心先生同岁，夏公比她小二十六天。有一回周总理说他本人和老舍、王统照、郑振铎同庚，都属狗，并问冰心你属什么，冰心答："属耗子。"总理大乐，为什么不说属鼠，答因为一想到鼠就想起了"小耗子上灯台"这句民谣。

冰心先生这只大白猫有许多故事，最爱照相，常常抢镜头，所以它和冰心先生在书桌前的合影最多，因为常带它到外面去散步，故不怕人。有一次忽然走失，急得冰心先生坐卧不宁，亲自写了一张寻猫启事贴在大门上。找回来后，冰心先生每天都撕干鱼片给大白猫吃，这是给它的"特供"，冰心先生说做这个动作对她自己有好处，可以活动手指练手劲。别的猫来做客，大白猫很不高兴，反感，躲在冰心先生腿下大叫，首先受不了的倒是冰心先生自己。吴青常常夸奖大白猫懂英文，知道"起立、坐下"这样的英文口令，冰心先生笑道："只要你手里有好吃的，它什么话都懂!"冰心先生住院时，很想念大白猫，吴青抱它来过医院几次，它总是一头扎进冰心先生的被窝里不出来。冰心先生去世后，大白猫也跟着离世了。

冰心喜欢植物，喜欢花草，这和她是福建人有关系。福建的花非常多，她的父亲喜欢养桂花、兰花和荷花，冰心过生日，父亲总是要送她桂花，所以她对桂花情有独钟。到了北方，花少了很多，但冰心先生家中从不缺花，一年四季总不断，有水仙、君子兰、康乃馨、玫瑰、月季、百合等等。冰心先生曾约邓颖超大姐一同去花圃赏花。她的君子兰一年开两次，她说谁要说自己家的君子兰不开花，她就占便宜了，因为她的君子兰开花，故为君子。到过生日时，她家就成了花的海洋，每个角落里都有花。九十大寿时，挚友巴金先生特意托人送来九十朵红玫瑰。

冰心先生是文学研究会最早的会员之一，是许地山先生和瞿世农先生把她"拉"进去的。她和许地山先生比较熟，在燕京女大，许地山先生是她的老师周作人先生的助教，曾一起编过杂志，以后又同船去美国留学。在船上她曾托许地山先生找一位同船的吴先生的弟弟，叫吴卓，结果找来的却是吴文藻先生，无意之中掀开了他们两人的交往乃至后来恋爱、婚姻的序幕。后来许地山先生和周俟松女士结为夫妻，婚姻消息是在燕京大学一位美国女教师的家里宣布的。那天全是说英文，轮到冰心先生致辞，她用中文致贺词，讲了船上那段趣闻，说那天和今天对彼此来说恰是一种"交换"和"补偿"。

冰心先生在燕京的学生里面，最喜欢焦菊隐和高兰。她那时刚二十六岁，而焦是大龄学生。她讲高年级的选修课欧洲戏剧史，照本宣科而已，故劝焦别听。有一次在教室里行脱帽礼，焦先生脱了帽子，里面还有一顶压发帽，冰心先生说："您的帽子还没脱！"引起哄堂大笑。焦先生后来办中华戏校，有四个班——德、和、金、王，出了许多名角，王金璐、李玉茹等等。冰心先生爱听京戏，焦先生专门为冰心先生在吉祥剧场留一个包厢，她可以随时去听戏。

冰心先生和梅兰芳先生有很好的交情，林纾是冰心祖父的朋友，梅先生到福州去唱戏，义演，不要钱，为的只是要林纾一首诗，这首诗冰心先生居然还背诵。到北京时，房东老太太常请冰心母亲去看梅兰芳唱戏，但母亲常犯头痛，不愿去，都由冰心代理，那时冰心十三岁，而梅兰芳十九岁，常和王瑶卿先生配戏。当时，冰心觉得梅兰芳长得真漂亮。新中国成立后，冰心、梅兰芳和周培源都是人大代表，开会时去得早了，常在一起聊天，梅先生说自己"又肥了"，冰心马上说："别再胖了，不好看了！"在燕京时，学校曾请梅先生去演戏，然后吃饭，由冰心作陪，梅先生告诉她，他小时候练功，要在水缸沿上走，老师拿着鞭子看着，走不快就打，太苦了。冰心先生的表兄刘放园到上海住在一姓沈的朋友家，冰心去看表兄，在门口按铃，正好梅兰芳坐车也到了门口，便一同进去，在院里要走很长一段草坪，她拿着一只小皮箱，梅先生便帮她拎着。后来表侄说："表姑真不简单，梅博士当过您的'红帽子'！"冰心说："梅先生很风雅，写字画画养花养鸽子，样样行，很有修养。"

还有一件事是关于丁玲先生的，丁玲先生在回忆录里从未提到过。丁玲先生在南京出狱后，被软禁在家中，很苦闷。冰心先生知道后，约她出来同游玄武湖，在船上说话方便些，有萧乾和李达同在。李达对丁玲说，不妨借机逃出来离开南京。后来，丁玲果然伺机潜入陕甘宁边区，到达延安，开始了新生活。

与吴文藻的一世情缘

冰心和吴文藻的情书曾经放在两个盒子里保存着，吴文藻印有专门的信纸。在美国留学时，吴文藻基本上一天一封信，同学们都知道冰心有一位好朋友，就是每天写信的那位。抗战时，吴家离开北平时，两盒情书寄存在燕京大学图书馆里，后来遗失了，下落成了一个谜。

吴文藻和冰心一家由日本秘密回国是由周总理亲自安排的，安全部具体实施营救和迎接的。到北京后周总理专门为他们买了一所小房，在东单洋溢胡同，并暂时对外保密。周总理亲自接见了吴先生和谢先生，详细听取他们的汇报，并一再叮嘱，今日所说一切"打死也不说"！"文革"时造反派追问她，对周总理都说了些什么，她始终保持沉默，硬顶着，不吐一字，心里就默念着周总理那句话"打死也不说"。

刘半农先生是无锡人，吴文藻先生是江阴人，为近邻，过去有"江阴强盗无锡贼"的说法，故两人被朋友们戏称为"强盗"。吴、谢婚后，刘半农先生曾送来一枚图章给冰心先生，刻上"压寨夫人"四字。赛金花是冰心先生介绍给刘半农先生认识的，并由她带刘前往赛家，为的是写《赛金花传》。见面那天，赛金花还专门打扮修饰了一番，身旁有北京吧儿狗，不止一只。

冰心先生跟刘半农的弟弟刘天华学过弹琵琶，原来想学吹笙，但刘天华说她以前吐过血，学吹笙恐怕对身体不利，以学琵琶为好，故赠冰心先生一个小号的琵琶，因为冰心先生长得小巧。可惜，仅学了几次，天华先生就英年早逝。冰心先生说，刘半农先生要比刘天华先生幽默，爱说笑话。

冰心先生和吴文藻先生的结婚典礼是在燕京大学临湖轩举行的，证婚人是司徒雷登先生。临湖轩这个名字是冰心先生起的，三个字是胡适先生书写的，刻在木匾上，用墨绿漆着色。"燕京大学"四字则是蔡元培先生所书，现今都应该是文物了。

在燕京大学，冰心先生住在燕南园 60 号，是司徒雷登先生专门为吴文藻先生和冰心先生夫妇盖的二层小洋房，设计得当，盖的质量也很好。吴谢一家由 1929 年一直住到 1938 年。1937 年由欧洲旅行回来住了不多的日子，就爆发了"七七事变"，1938 年由沦陷的北平逃出，经上海、越南等地到了云南。

结婚典礼当日，冰心脱下礼服之后，穿上普通衣服，坐上司徒雷登先生派的小汽车，被送往西郊的大觉寺。燕南园 60 号当时还未完全装修好，要等一些日子才能入住。那是个星期六，派了一名工友给二位新人做饭，星期一还要赶回来上课。汽车后面按美国习惯挂满了破鞋，取祝福之意。小汽车引来许多附近的居民在庙外观看，问是干什么的，答是送新娘子的。"在哪儿?""在那儿!"用手一指，只见一名年轻妇女坐在庙门的门槛上，正在啃黄瓜。冰心爱吃生黄瓜，庙门口有卖，便买来，坐在门槛上当场吃起来。村民大惑不解，连说："不像! 不像!"

这就是冰心先生，一位朴实无华的、相当特别的，但又完全真实的冰心先生。

（选自《上海文学》2009 年第 4 期）

为了十九岁的崇拜

——追忆尊师王汶石

陈忠实

一

第一次看见王汶石，大约是 70 年代初的事。

记不清是谁家举办的一次业余作者会议，我也参加了。那时候的时代用语为"工农兵业余作者"，会议也称为"学习班"。柳青、杜鹏程、王汶石等小说大家出席了会议，成为业余作者们最大的兴奋点。会后大家在一起聊天，话题仍然围绕着第一次看见自己崇拜仰慕已久的这几棵文学大树，说自己的印象，随后就给他们相起面来。比较一致的看法是，柳青像一只苍鹰，杜鹏程像一匹马，而王汶石则更像一只狮子。这种比拟不单是初见他们的面孔和体形做出的形象化概括，而且融入了对他们作品的阅读印象，是对人的形象气质和作品的艺术气质综合起来的归结。

第一次见到王汶石之前，我已经读过他发表和出版的全部小说。短篇小说集《风雪之夜》里的十几个短篇，作为范本不知读过多少遍了，一个个活灵活现的乡村人物至今依然储存在记忆里，一幅又一幅关中乡村生活的逼真场景和细节依然记忆犹新。现在回味起来，对我而言，柳青的《创业史》和王汶石的《风雪之夜》的最直接的启示，是把小说的艺术真实和生活真实的距离完全融合了。尤其是我生活着的关中乡村，那种读来几乎鼻息可感的真实，往往使人产生错觉，这是在读小说还是在听自己熟悉的一个人的有趣的传闻故事。我对创作的迷惘和虚幻的神秘幕纱可以撩开了，小说的故事和人物就在我的左邻右舍里生活着。渭河平原的乡村生活所诞生的《创业史》和《风雪之夜》，丝毫也不逊色于顿河草原上诞生的《静静的顿河》、《被开垦的处女地》和《顿河故事》。我读肖洛霍夫、我读契诃夫、我读莫泊桑的作品，且不说艺术感受，单就那个作品与自己的生活实际的距离感无法消弭，这里的乡村似乎永远看不到那里发生的动人的故事。《创业史》和《风雪之夜》给我的纯粹属于创作上的启示就在于，作为关中边缘地带的灞河川道，白鹿原以及北岭骊山这些我所熟悉的地域里，同样蕴藏着小说故事和小说人物，能不能寻找、捕捉、开掘出来，全得靠自己的努力了。这样，我从最初的迷惘和虚幻之中挣脱出来，眼光落到自己脚下的土地上了。

阅读《沙滩上》的情景，于今想来仍然令人心动。

读高中二年级时，我和另外两位同样喜欢文学的朋友组织起一个文学社。我们三人合资订了一本《人民文学》杂志，新杂志邮寄到来的日子，无异于我们的圣诞节，三人轮流阅读。印象最深的有两篇作品，一是话剧本《胆剑篇》，令我们激动了好久谈论了好久；一是王汶石的短篇小说《沙滩上》，三个人几乎是接力式的迫不及待地阅读了，相约着走出学校后门和后门外的操场，翻过灞河长堤和柳树林带，在灞河水边的沙滩上围坐下来，讨论起《沙滩上》来了。这样的讨论连续有三四次，都是在晚饭后的自由活动时间里进行的，每一次都持续到熄灯就寝的钟点。处于艺术创造鼎盛期的王汶石，大约不会料想得到，在星光朦胧的灞河滩上，三个读高中的农家学生正在热烈而动情地谈论着他的名字和他刚刚出台的人物——人军和囤儿的方方面面，正在把他营造的这幢瑰丽的艺术建筑拆卸开来，窥看一柱一梁以及其中的窍门……多年以后，当我每次见到他的时候，阅读和讨论《沙滩上》的这一幕就首先浮现出来。

二

1979 年 6 月，我从西安北郊参加夏收劳动归来，第二天到《西安晚报》参加一个座谈会，见到杜鹏程。老杜一见面便说他看了《陕西日报》刚刚发表出来的我的短篇小说《信任》，多所赞扬，一派喜形于色的神态，令我感动。老杜又告诉我说，汶石也看了，认为很不错。这是这篇小说见报几天来，我第一次听到的文学圈里人的反应，而且是我崇敬而又崇拜着的陕西文学两棵大树的评说。

当天晚上，我回到西安南郊的郊区文化馆，门上贴着一张纸条，是《人民文学》编辑向前留的。我找到向前的住所时，她说她已经见过王汶石了，老王一见面就谈《信任》，而且建议由《人民文学》转载。随之告诉我，她已经找到《信任》读了，已经向编辑部打了长途电话，转达了老王老杜们的意见；编辑部已经找到《陕西日报》，看过了《信任》，决定七月号转载。当时已是六月中旬，七月号的《人民文学》怎么来得及转载呢？向前说，这很简单，抽掉某一篇已排定的稿子就成了。

骑车重回南郊的路上，我的心里一直不能平静，直到推开我的那间破烂的房子的门。那时候我已 37 岁，此前已经发表过一些小说和散文，对于某篇作品的好话好评虽不敢说超脱，但也不至于得意忘形。我的难以平静的心潮，完全是被老王老杜们的关爱冲击起来的。此前三年，我在刚刚复刊的《人民文学》上发表过一篇迎合当时潮流的反"走资派"的小说，随着"四人帮"的倒台以及一切领域里的拨乱反正，我陷入一种尴尬而又羞愧的境地里。经过大约两年几乎是自虐式的反思和反省，1979 年春天我重新铺开稿纸写小说了。在这样的处境和心境里，老王老杜们的一句关爱的话和一些关爱的行动，必然会铸就我心灵里永久的记忆。我更想到另外一层，他们早已是文学大树，这样关注一个走了弯路的青年作者，在他最需要支持和处于羞愧心境的时候，做出如此热诚的举动，足够我去体味《风雪之夜》创造者的胸怀、修养和人格境界了；具有这样的人格境界的人，才能酿制出《风雪之夜》这样的蜜来。我要接受的显然不单是《风雪之夜》书的艺术，而是创造者本人的人格魅力了。许多年以后，我经历了更多的创作实践，也多多少少经历了新时期以来的文学进程，也许是增长了不少的年岁，愈来愈觉得作家自身精神境界和人格修养对于创作的关键性作用了。制约作家感受生活挖掘素材深层提炼的因素中最关紧要的一条，便是人格精神；人格精神的错位，往往会把良好的艺术天性矮化了，令人惋惜。

　　无论过去搞业余创作，无论后来调入作家协会搞专业创作的几十年时间里，我对陕西作家协会的唯一亲近的感情便是文学。我长期住在西安郊区乡村或城镇，或开会或办事得进城去，顺便走一趟作家协会，在《延河》编辑部坐一坐聊聊天，与同代的作家聊聊闲话。往往所能听到的，是编辑热烈议论诸如即将刊发的短篇小说《手杖》，京夫的这篇作品标志着一个阶段性的艺术突破；《人生》刚一面世就引起文学界和读者层的强烈反应，路遥的创作已显示出大家气象；邹志安的《兰鱼儿》正在编辑手中传阅，已经引起广泛兴趣；陕南一位谁也没听说过名字的作者在北京一家大刊上发表了一部中篇小说《沉默的玄武岩》，出手不凡起点很高，还有一股现代派味儿，等等等等。作家协会深深的庭院和几进四合院里，无论走进任何一个房子，都是这样的话题，及至国外一位作家的一部什么重要作品刚刚翻译过来，值得一读。这里的房子是 20 年代建筑的中式平房，已不再现当年置建之初的宏伟和优雅，而日渐败落荒颓，陈腐磨损的桌椅和踩踏上去"吱吱喳喳"响着的木质地板，可感历史的沉压。然而这里弥漫着崇高到几近神圣的文学气氛，终年充溢在各个堆满稿件和墨水的编辑部里，流淌在庭院及至一墙之隔的家属楼院里。这里的人关注着本省青年作家的发展，似乎是一种职业习惯，是一种本能，而又完全是无私的，只有文学这个话题才能达到共同的兴奋点的共鸣。进入这个院庭便进入了文学的圣殿，像佛教或道教信徒进入了寺庙台观，充溢耳孔和鼻孔的全是诵经布道的谐和之音和香褚焚烧的幽微之气了。这种气氛是文学发展最相宜的气氛，任何物质的优劣难以替代的。

红霞一抹乘云去

王汶石对《信任》的关注，只是这气氛中的一缕，而自50年代以来所营造而成的这种唯文学是尊的气氛，正是王汶石那一代陕西老作家们力行垂范的结果。想来其实也很简单，如果文学团体里不说文学，那说什么呢？如果作家协会里没有了文学气氛，那么还有什么呢？

中篇小说《初夏》在《当代》发表后，王汶石写了一封长信给我，评说这部篇幅较长艺术上并不圆润的小说。我那时仍住在乡下，以通信的方式回答。我在祖居的老屋写这封回信的时候，总是想到19岁时在灞河沙滩上与同学讨论《沙滩上》的情景。

我和田长山合作的报告文学《渭北高原，关于一个人的记忆》在《陕西日报》刊出以后，王汶石又以写信的方式予以论述。我读着那热情洋溢的文字，脑海里又浮现出在灞河沙滩上研读《沙滩上》的情景。

19岁时在灞河滩上在星光下所崇拜的文学之"神"，现在既是文学前辈又是兄长般的真诚，对一个后来者的脚步和舞蹈不厌其烦地评点着纠正着，影响很自然地便挣开了艺术的层面，让我一步一步感触和体味那艺术创造者的胸襟、内宇宙和人格精神了。

三

近几年来，我有选择地参加了一些有地域特征的笔会，交识了一些作家。许多时候和许多的作家交谈起来，谈到陕西文坛的时候，他们都谈到王汶石，关心他的身体和写作。他们都谈到王汶石的短篇小说，几乎通用的一句话都是"那真是写绝了"！他们动情地回忆着自己当年阅读《风雪之夜》的艺术快感，连一些人物的细节仍然能生动地复述出来，而这些阅读的记忆少说也有30年了。我在这种交谈中便会滋生出一种自豪感，便会加深和这些作家的交流和理解，毕竟我也在家乡的河滩上热烈讨论过《沙滩上》。他们没有机缘接触王汶石，却虔诚地尊敬着、祝福着王汶石；他们没有见过王汶石的面，却记着他创造的艺术形象，及至津津乐道那些生动的细节；尽管90年代的社会生活和文坛已经与《风雪之夜》创作的年代发生了巨大的变化，他们仍一致赞叹王汶石的创造才华，用他们的话说，整个一本《风雪之夜》真是才华横溢。

一次又一次的这种交谈，也给我以最切近的启示，作家凭什么活着？作家这种特殊职业的本质含义是什么？这样简单的事，往往弄出许多复杂的纷繁的文坛现象和怪事来，无一不是非文学因素搅缠的结果。作家凭作品活着，作家活着的全部意义就在于创造艺术；作家创造的艺术比作家自身的生命更恒久，无论做到了或没有做到都应该持续追求；如果游离或转移了艺术创造的兴趣和心劲，那么作家这个职业就没有任何意思了。

这种启示在我每一次见到王汶石的时候都有所验证，无论是在他的家里，抑或是在医院的病床上。退休在家的王汶石，给我的如一的感觉是沉静，沉静里折射出经历过高境界的艺术创造的气象和风范。而这种时候，看着那张慈和而又有力度的方形脸盘，我又想起头一回见面时造成的狮子的印象。即使在病床上，即使到了生命的垂危境地，我看到和感到的仍然是狮子的雄威和狮子的沉静。面对这位老人，我总是忍不住叹惋，如果他不是那样的年纪而是与我们同龄，能生活在更为开放的当今中国，凭他对文学的专注和痴情，凭他对现实和历史敏锐的感知和深刻的理解，凭他对艺术的敏感的天性和才华横溢的表达能力，当会创造出怎样瑰丽的诗篇，远远不止一部《风雪之夜》。面对极"左"的文艺政策以及发展到摧毁一切的文化大革命，天才又能如何？更多地留下的只是令他的崇拜者长久的叹惋了。

面对这位老人，我常常有一种幸运感甚至满足感，发展到今天的中国文坛的气象，可以让百花都有选择生存和发展的土壤和空间，这是在70年代以前所不曾奢望的事。在我步入中年时赶上了，虽然稍有点晚，毕竟还是赶上了。在这样的催生文学绿色的气象里，如果还不能实现自己的创造理想，只能默认自己的无能了。在这样的文学环境里，我的满足感也促成一种宽容心理，对那些已经发生或继续发生着的非文学性质的事，都可以做到不辩不怨，出于一种最基本的考虑，搁在20年以前当会如何?! 况且，文学也和国家一样，继续着改革，也必须继续去完善尚不完善的诸多体制。处在这个过程之中的我，满以为可以去做自己想做的写作之事了，而不必过多在乎那些作为发展完善过程中的非文学因素。在乎了势必耗费精力浪费生命，这恰恰是我最浪费不起的东西……我比王汶石们幸运多了。

王汶石经历的病痛折磨，是我所经见的最难忍受的。我不想叙述他的令人惨不忍睹的病痛的折磨，也不想宣扬他顽强的生命力以及痛苦折磨下的狮子般的沉雄和幽默，这一切总归是令人心酸的事。而无论作为 19 岁时便形成对他崇拜的青年，无论是作为一直受到他关注关爱的一个作者，无论是作为后来在作协管着点事的我，对于他在卧病期间为着医疗费用而受的额外的折磨，业已成为我无法化解的一块良心的死结！

（选自《凭什么活着》2007 年 1 月）

透明的生命

万　方

　　已经过去十多年了，1996 年 12 月的那个冬夜，电话铃声响得那么突兀，把我惊醒。四下里一团漆黑，我拿起话筒，听到小白的声音，他一直在医院里照顾我爸爸。他说：曹老情况不大好，医生让你到医院来。不知道为什么我没有多问，把电话放下。那时我看见床头的小钟指着四点十分。我走出家门，苍黄的路灯下大街空空荡荡，没有一个人影。我走到街中心，等到一辆出租车，汽车在黎明前的城市飞驰，冥冥中我的心有所期待，期待什么都没有发生，一切回复到正常。然而在这巨大虚空的黑夜后面，我感到了正在发生的事情，我的爸爸走了。

　　他走得很安静。当时的情况是护士半夜查房，给他量了血压，他还在睡着。十多分钟后护士长又进来看看，发现他的呼吸不对，极慢极浅了。做了病理检查之后，也没能查出明确的在这么短的时间里致死的原因。想来他很有福气，没有经受垂死的病痛折磨和死亡的恐惧。在寂静的深夜，他衰弱的身体里产生了难以觉察的奇异的波动，也许有个声音告诉他"我们要走了"。他来不及多想，甚至没有听清楚，他想问问对方，可是又没有力气。在最后的时刻，是他对一切事物的好奇心引导他跟着那声音去了，他没有见过死神，他想见一见。

　　大约在二十世纪八十年代后期，我陪我爸爸去了一趟天津。那一次的旅行使我很贴近地感受到他的童年，了解到他这个人是从哪儿来的，为什么他所以是他。我们来到意租界，他认出了旧时的街道，兴奋极了，连连说："不错，绝对不会错的，这一家姓萧，那一家姓陈，我真是像在做梦啊！"他的家"小白楼"是座两层的小楼，门前搭着一些乱七八糟的东西，里面住了好几家人，但都上班去了，只有两个老人在。我爸爸只顾往里面冲，甚至顾不得和主人打招呼，这在他是很少有的。

　　他回忆起许多往事，教他书的大方先生，也教过袁世凯的儿子，好玩古钱，有好几个姨太太。他记得客人在楼下的小客厅等着他父亲下来，他父亲摆着架子，等客人行三拜九叩礼，然后父亲就和客人对着抽鸦片烟。"那时候真是乌烟瘴气哟！"他说，"哥哥在楼下抽，父亲母亲在楼上大客厅里抽。每天我放学回家，他们抽了一夜的大烟还在睡觉，家里像坟墓一样。"他还记得胡同口逃难的农民，一头挑着锅，一头挑着孩子，晚上叫得很惨。听他的话使我感悟到，出生在旧中国的文人，他们大多从小就感到压抑。继而觉悟到有一股与他们格格不入的势力的存在，从此他们的生存就处于个人与一种势力对峙的状态。这成为他们无法逃脱的命运，他们也不想逃脱，他们从来无缘体味"为艺术而艺术"的闲情逸致，这才是他们的情结。我无法说出这种势力的名称。在我之前，在不同的时代，它以不同的面目存在了上千年，使个体的生命消失，变成一种适合于它的形式。无数中国人的生活被改变。而那些不甘于被改变、有独立意识的人，就要有所作为，我爸爸写剧本就是他的作为。一个人的能力有大小，才华更是上天给的。我爸爸有幸被赋予了才华，他的成名是在很年轻的时候，像几乎所有当代的中国文人一样，在二十几岁就迸射出创造的光辉。我体会他真正的才华，在于他全身心地活在自己独特的感觉之中，登上了自己的那块石头。他迎接命运，他愤愤不平，他痛苦，他要反抗，一股股激流从他身边汹涌而过，他的心被激荡，也许他也想化为激流，或者说把自己投身进一股强大的力量里，可在他的心灵中有一个小人儿，具有把握他的更大的力量。就由于有他的把握，他写出《雷雨》。

　　那时他在南开中学念书，他和我说过，他有一个同学叫杨善全，和他关系不错，他和杨善全说，我有一个故事想写出来。同学就说，那你讲讲吧。他说："我讲了，讲得乱七八糟，他也没听出所以然，只说，很复杂呀，你写吧。"我还听到他和来采访的人说，"你们要我讲繁漪是从哪儿来的，有什么原型？有，肯定是有，好多好多。但要我说出张家老太太、李家少奶奶、王家小姐，有什么用？讲了也是白讲，你们也不认识。《雷雨》这个名字，如果硬要我讲，雷，是轰轰隆隆的巨大声音，惊醒他们；雨，是天上而来的洪水，把大地洗刷干净。"

我和爸爸一起去过他的母校清华大学，在图书馆，他指给我看当年写《雷雨》时常坐的位子，说："当年图书馆的一个工作人员，他待我太好了，提供我许多书籍，原谅我一时想不起他的名字。他还允许我闭馆之后还待在这里写作。那些日子真叫人难忘啊! 不知废了多少稿子，都塞在床铺下边，写累了，就跑到外面，躺在草地上看悠悠白云，湛蓝的天。当时我就是想写出来，从来没有想到过发表，也没有想过演出。"

后来，抗战时期在重庆，我爸爸写出了《北京人》。当时有人对《北京人》在那个时期出来有所非议，似乎认为不合时宜。我不这样看，恰恰相反，我认为他站在自己的高度，看到那个高度所看到的世界和人。我时常想，要具有对人生多么深切的感悟，体味埋得多么深的痛苦，才能写出《北京人》来，而我爸爸那时还是个青年。我一直觉得《北京人》里每个男人身上都有他的影子，他比他们加在一起还要丰富生动。

由此我想到自己的幸运，一个有才华有灵魂的人活在我身边，我得以看着他生命的进程，从某种意义上说，如同看着众多的中国文化人，甚至是中国的知识界。当然我不能把他们之中的任何一个等同于另外一个，但他们的命运确有共同之处。长时间以来，我爸爸和许多的人，他们都被告知他们的思想是需要改造的，这种对灵魂的改造像是脑页切除术，有时是极端的粗暴行动，还有就像输液，把一种恐惧的药液输入身体里，让他感到自身的渺小卑微。这是非常严酷的。曾经我写过一个话剧《谁在敲门》，就是出于我所

处的独特的位置与切身的感受。我试图写一个充满创造力的人，创造出了不起的作品，后来创造力消失了，但奇怪的是一顶闪光的帽子始终戴在他头上。在文化大革命中，这顶帽子被揪下来，连同他的脑袋一起扔进了屎坑。文化大革命结束后，帽子和头再次被安放在他的身体上。这是一种极端反常然而曾经确实存在的现实，戴着耀眼的"桂冠"，而随时可能连脑袋一起被摘除。

文化大革命开始时，我爸爸被打倒，被揪斗。我家住的中央戏剧学院宿舍的大门上写着"打倒反动权威、反革命文人曹禺"的大标语。有一段时间，我爸爸被关在剧院里不能回家，他们这些黑帮分子到马路上扫大街，小孩子用石头砸他们。我爸爸回忆说："那时候我羡慕街道上随意路过的人，一字不识的人，没有一点文化的人，他们真幸福，他们仍然能过着人的生活，没有被辱骂，被抄家，被夺去一切做人应有的自由和权利。"

后来我记得放他回家了，他把自己关在屋里，能不出门就不出门。人民大学那时就在我家隔壁，每天从早到晚造反派都在高音喇叭里大叫大喊。我爸爸在一篇回忆中写道："酷热的夏天，方瑞和小欢子（就是我妈妈和我妹妹），她们沉沉地睡在另一间小屋里。白发的岳母瘫在木板床上，一夜一夜地咳嗽。半夜，不知从什么地方传来一阵阵粗野的声音，那鬼哭狼嚎使我的胸口隐隐作痛。我觉得不久这群发疯的黑狼将包围我，抓着我，用黑爪子抓伤我的脸、我的背，我感觉自己已缩成一团……这大约是梦，我惊醒了。我勉强安慰自己，用一颗安眠药只睡了两三小时。"再之后他被剧院的革命群众"解放"，在郊区的农场劳动。每个礼拜六，黄昏时分，我从窗子里看见他的身影出现在大门口，推着自行车跨过门槛，然后又骗腿儿骑上车。至今我仍然清晰地记得他的模样，脖子上系着一块白毛巾，头上戴一顶蓝布帽子，脸上的神情有点惶惶然，又有一种松了口气的感觉。我爸爸还在北京首都剧场看过传达室，被来中国访问的日本人发现了，说"中国的莎士比亚"在看传达室，结果就把他弄到胡同深处的北京人艺宿舍去看传达室了。他被造反派表扬，因为他在食堂里每顿都只吃四分钱的菜。我清楚地记得有一次我外婆吃白薯，把皮剥掉，他觉得是浪费，自己把白薯皮吃下去。

我了解我爸爸，他不是一个斗士，也不是思想家，恰恰相反，他是一个很容易怀疑自己、否定自己的人，他是一个真正的艺术家。他的生命是一种半感官半理智的形态，始终被美好和自由的情感所吸引鼓动，但他的情感和思想又都是充满矛盾的，而且都加倍地放大了。文化大革命把美好的东西都彻底打碎，所有的路都被堵死，绝望和恐惧把他压垮，而这种可怕的影响再也没有离开他的生活。

我爸爸给我讲过他得知粉碎"四人帮"消息的情形。那时我妈妈已经在1974年去世，他和我妹妹住在一起，他天天吃很多安眠药，和废人一样。他说："小欢子从外面回家来，走到我床前，两眼发光，对我说，爸!咱们得救啦!我不信，不敢信。怕，怕不是真的，还怕很多。我跑到大街上，那会儿已经是夜里了，我走呀走呀，看到多少家的窗口里亮着灯光，整座楼都是亮的，我忽然感到难以支持，靠在一棵树上。我觉得自己的心脏的承受力已经到了极限。老天爷啊!没有经历过的人不可能明白，那种深重的绝望把人箍得有多么紧!我想我是从大地狱里逃出来啦!"

粉碎"四人帮"后，我爸爸的社会活动渐渐多起来，头衔也越来越多，他的时间几乎被各种各样的活动填满。每次活动回来，他一阵风似的从门外进来，脚步匆匆，进屋后把衣服一脱就倒在沙发上。他总是十分疲倦，人好像被抽空了似的，有一股说不出的沮丧。他心里很清楚这是怎么回事。有一次他和我说，我是用社会活动麻醉自己，我想写，写不出，痛苦，就用社会工作来充塞时间。他感叹道：这么下去怎么得了？!

我爸爸有严重的神经官能症。多少年来睡眠必须靠安眠药维持，吃过安眠药之后，往往是他精神上最放松的时刻，他的种种潜在的意识会变成话语。他讲述他的生活经历，他所见过的事，反复地说他要写，要写真实的人。他说："我痛苦，我太不快乐了，我老觉得我现在被包围着，我要说心里话，说世界上任何人都不敢说的话。""我呀，在这个世界上白白过了一辈子，但我有一个最大的所得，我悟啊!人哪，是个丑恶的东西。可是也不，人又那么地吸引你……"他什么都讲，毫无顾虑，他总是为自己一生中所犯的各种错误，失当的行为反复思虑、后悔。有时候他拉着我的手，"小方子，你逼我吧，不逼不行啊!我要写东西，非写不可!"他的嘴用力抿紧，目光闪亮，"我要做一个新人。忘掉过去的荒诞和疑虑，我要沉默，我要往生活的深处钻，放弃这个'嘴'的生活，用脚踩出我的生活，用手写真实的人生"。他的话像文章一样，思路畅通之极。

有一天夜晚我已经要睡了，听到他大声叫我："小方子!小方子!"我跑过去推开他的屋门，看见他躺在床上，大睁着眼睛。他知道我来了，可是并不看我，直视着屋顶，说："我不成了，又来那个劲了，吃了安眠药也不成，你要不来我就跳下去了。我什么也不想，只想从窗子里跳下去。"他说得迷迷糊糊，他的身体也软绵绵的。我是说他根本不可能跳下去，他已经快要进入睡眠状态了。但我相信，他的灵魂刚才是站在窗台上的，感受着外面巨大的黑夜和冰冷的空气。他喘着粗气，说："我痛苦，我要写一个大东西才死，不然我不干!"我说："那你就写呀!"大约是我的话来得太快，说得太轻巧，他大出一口气，翻过身去。一会儿，我听见他喉咙里发出鼾声，就站起身走到门口，忽然又听见他的声音："我就是惭愧呀，你不知道我有多惭愧!真的，我真想一死了事。我越读托尔斯泰越难受……"他的枕边放着托尔斯泰的评传，是他崇拜的作家，"托尔斯泰，"他说，"他一辈子要弄清为什么，他几十年痛苦。他想像农民一样生活，一天走三四个小时，然后写作，大吃，能吃极了，82岁还要吃一大碗生菜。他每天又快乐又痛苦，真是一个伟大的人!"第二天早上他对我说："跳楼，只是那么一想，你不要说出去啊。"

有的上午他坐在沙发上看报，看着看着睡着了。电话铃一响把他闹醒，电话总是要他开会、题字、看戏、评奖之类的事儿。他一接电话就清醒了，人也精神了，什么事都应承下来。有一段时间他几乎天天有活动，有时一天有四个日程，日历本儿上记得满满的。然而千真万确，我看到一种痛苦持续不断地困扰着他。这痛苦不像

"文革"时期的恐惧那样咄咄逼人，人人不可幸免。这痛苦是只属于他自己的。我曾经反复琢磨这份痛苦的含义，我猜想：痛苦大约像是一把钥匙，唯有这把钥匙能打开他的心灵之门。他知道这一点，他感到放心，甚至感到某种欣慰。然而他并不去打开那扇门，他只是经常地抚摸着这把钥匙，感受钥匙在手中的那份沉甸甸冷冰冰的分量。真正的他则永远被锁在门的里面。

在我爸爸去世后，我整理了他给我和我妹妹写的信，一大部分的信是他1981年到1983年间从上海写给我们的。那时他准备把新中国成立前写了两幕的未完成的剧本《桥》写出来，他的信几乎都在说写作。他写道："这几年我要追回已逝的时间，再写点东西，不然我情愿不活下去。爸爸仅靠年轻时写了一点东西维持精神上的生活，实在不行。"他又写："爸爸最近才悟到，没有一定的工作方向，随遇而安，浪费青春和中年时光，这是最可怜的，想起来甚至觉得惨痛。只有在暮年猛追一阵，补上已逝的时间。但创作真是极艰苦的劳作，时常费日日夜夜的时间写的那一点东西，一遇到走不通想不通的关，又得返工重写。一部稿子不知要改多少遍，现在爸爸连一个草稿，不，一个真正的大纲都没有搞成。当然真有一个结实的大纲与思想，写下去只是费时间。倒不会气馁。"

那一阵子，他找人谈话，搜寻材料。他说："我现在为了自己最后的创作下了大决心，坚决搞下去，只有趁这股热气、这点灵气写下去。我多年没有这种感觉，没有这种创作的欲望了，难得能写，想写，这对我来说是一刻千金的时候。"在这段话之后他加了括号，括号里写着："我也许搞不出来，但这个戏的大纲必须趁这段时间弄出来，因此北京人艺三十周年、全国文联开会都不能参加。这个创作不能放下，我知道一放下就完了，而完了，我最后的机会也就完了，我的生命也就等于不存在了。"1981年11月29日的信里，他写道："最近我十分认识一切事情要办好，无论是求学与写作，都需要愉快的心情。不要以为心情本来就坏，怎么就会好起来？我的经验是愉快的心情可以由自己争取得到的。大约必须钻进工作或学问中去，万不可怕苦。要苦干，干就会从中得到兴味，对学问的爱好，对工作的感情。爱因斯坦说：热爱是最好的老师。他说自己一生的成就便从这句话得益最多。我要加一句：着迷是最好的朋友。"1983年初，他在信中写："我正在写作，每日夜二时或三时四时起来不等。干上四小时，头昏眼花，只好搁笔，但总算有点进展。写作之难，大约不亚于你在医学院攻读医学。（这封信是写给我在医科大学上学的妹妹的）时常干了一个月的工夫，写好的东西，现在一看，不成样子，又把它完全划去。去年春日、暑期的计划与大纲，今日看来绝不能用，太浅，太俗，也太无意义，只好全部作为废纸。然而这一个多月的努力像是站得住！这一点看来站得住的东西，确实由于我这一两年下的工夫得来的。虽然这一两年的稿子终成了废稿，但没有这些废稿中的思想感情，经过一再筛滤，扬弃，是不可能造成现在这点比较站得住的东西。我觉得以往用的工夫与精力并不是白用的。"1983年4月5日的信："人生只此一次，若不战胜私念，决心想为人做点有益的事，则日后心感痛苦。无论学医治学、写作都是一个道理。不悟出自己活着的使命则一事无成，势必痛悔为何早不觉悟。爸爸近来异常奋发，又万分苦恼，就因早未觉悟，早未明白，在私念中浪费大半生命。"4月的又一封信里，他说："目前我确有些气馁，但我终不认输，只能向前干，同前干。"1985年2月25日的信："最近读了《贝多芬传》。这位伟大的人激励我。我不得不写作，即便写成一堆废纸，我也是得写，不然便不是活人。工作第一，知识第一，知识中有无限幸福。到了一定年龄便知这是真理。"到了1985年晚些时候，我在他的信里看到这样的话，"心事并不颓唐。还想有所作为，只是年老体衰，何日大去是不可测的。"

在我爸爸去世之后的这些年，我的脑子里不时会浮现出过去的一些美好时光。那时我家住在铁狮子胡同三号，院子里有一棵很大的海棠树。春天花影满地。我爸的书房是一排小北房里的一间，书房的窗子上挂着白布窗帘。夏天。书房的窗子大敞四开，书桌上放着一大盆冰块，我爸爸光着膀子在桌前写作，大汗淋漓，但毫不觉察。有时候我看到他在屋子里走来走去，脸色沉沉的。我还记得他有剧烈挠头的动作，就像脑袋里憋着千头万绪，只有拼命地痛快淋漓地挠头才能把它们梳理清楚。我爸爸写作不是那类"快手"，他要翻来覆去地琢磨，常常把写出的句子读出声来，直到自己十分欣赏为止。他的朗读与众不同。打动我，使我不忘，因为他根本不知觉声音的存在，他读得有味。完全是情感的韵律。

多年来，他的手边一直有好几个本子，有活页本，有很小的笔记本，也有学生用的横格本，本子里内容纷繁，有他的断想，有日记，有一篇篇的人物对话和他自己写的诗，和他想写的戏的提纲。他去世以后我曾经仔细地翻看过他写下的东西，在字里行间，强烈地感到他对各种人怀着极大的兴趣和热情。他脑子里那部创造的机器一直在运转不停，人生的问题一个个像滚珠似的，在他的脑子里发出哒哒哒的清脆的声响；在他心灵的大厅中，他既是讲述人又是听众，思想的自由的回声在他的身体里振荡，想到此我的心里十分感动。

在我爸爸1982年6月10日给我的信里，他写道："一个作家必须有真正的思想。一个人没有思想便不成其为人，更何况一个作家。其实向往着光明的思想才能使人写出好东西来，你以为如何？希望你能真正在创作中得到平静快乐的心情。"在他1982年7月13日给我的信里，他说："天才是'牛劲'，是夜以继日的苦干精神。你要观察，体会身边的一切事物、人物，写出他们，完全无误，写出他们的神态、风趣和生动的语言。不断看见，觉察出来，那些崇高的灵魂在文字间怎样闪光的，你必须有一个高尚的灵魂！卑污的灵魂是写不出真正的人会称赞的东西的。"在他重访母校南开中学时，曾给中学生们讲话，说："我一生都有这样的感觉，人这个东西是非常复杂的，人又是非常宝贵的。人啊，还是极应当把他搞清楚的。无论做学问，做什么事情，如果把人搞不清楚，也看不明白，这终究是一个很大的遗憾。"

曾经有一天，我不记得我的情绪为什么有些不好，我爸爸看出来了，就对我说："小方子，别那么不快活。"我说："没什么快活呀！"他想了想，说："是没什么快活事儿。我给你读两句诗，

·红霞一抹乘云去·

172

你就懂了。"他找来弘一法师的书，翻到其中一页，念给我听："水月不真，惟有虚影，人亦如是，终莫之领。"他解释道："就是不能懂这个道理。'为之驱驱'，驱驱就是忙呀，忙了一辈子。'背此真净'，真净，这么干净的一个世界，你违背了，'若能悟之，超然独醒。'"他放下书，静了一会儿，"这是另外一个世界，和马克思的世界不一样，和资本主义世界也不一样。你觉得如何?"他久久地望着我，穿过我，望着他自己的内心。

在他的一个本子上，我看到他写下这样一句话："灵魂的石头就是为人摸，为时间磨而埋下去的。"我爸爸，他是一个极丰富、极复杂的人，他一生不追求享乐，他很真诚。他有很多的缺陷和弱点，但是他没有罪孽。如今，他透明的生命在一个无比自由的地方翱翔。

（选自《散文》2007 年第 8 期）

别一种送行

任芙康

我时常请安的一位耆宿谢世了，可我毫无知晓。老人追悼会的是日上午，我正流连于浙中一座古镇。同样不知道的是，这里竟是生养逝者的故乡。

整个五月中旬，我出门在外，拖着一口旅行箱，南去北来，见了不少业内的人，说了不少圈外的话。看上去信息环绕，其实极其闭塞。

二十日回到办公室，从一堆信里，翻捡出一份寄自上海的讣告。惨白的纸，印着黝黑的字，告诉我，十二天前，何满子先生的灵魂，从瑞金医院走了；三天前，何满子先生的身体，从龙华殡仪馆走了。对何老远行，本有预感，但91岁的老人一旦真的上路，我还是神思恍惚，心里特别难过。尤其不能原谅自己的是，与噩耗隔耳，竟未能灵前默哀。

我拿起电话，又放下，不晓得要打给谁，不晓得如何讲话。

大约是1992年冬天，编辑部高素凤几经曲折，终于拿到了何老的文章。那日高大姐，眉开眼笑，扬着信封走进办公室的样子，仍历历在目。何老的稿了难约，因凡与编辑生疏的报刊，他从不投稿。然而，当这篇"投石问路"（何老自述）的文稿被退还后，他不以为忤，倒有了好印象，觉得我们选稿有己见，又尊重作者，可信可交。不久，经他穿针引线，好几位与胡风案有牵连的文坛旧人，都成了《文学自由谈》的写家。难友们的稿子用得顺，作为引

·红霞一抹乘云去·

荐者，何老的喜悦写进信里。他欣赏刊物思路，很快将我们引为莫逆。

自那以后，何老赐稿，基本上以每期一文的节奏，少有间断。直到 2007 年秋天，寄来他一生的封笔之篇《杂说〈论语〉》后，渐渐淡出写作。

每次收到何老的文章，会同时读到一纸短札，先是嘱托我们"斟酌把关"，尾声多为"悉听裁决"、"静候发落"云云。他写下这些，都是真话，绝非随口客套。十多年来，亦有几回退稿，更有多稿改动。都无须废话，直言便是。有时我这边刚谈几句，电话那头已完全意会。"没得来头，没得来头。"浙籍何老，常用川语，安慰我一颗不安的心。

其实，随和的何老，自有原则不肯将就。他钢笔书写的稿子（孤本也），你可以不用，但不可以不退；他字斟句酌的文章（心血也），你可以删改，但不可以擅改。凡不投脾气的媒体，对不起，道不同，就再无交道可打。有一回他寄来一文，并附言诉冤。说这命苦的稿子，已先在一家报纸用过，却遇人不淑，被改得前言不搭后语，好像我何某人满嘴昏话，发高烧三十九度以上，令人沮丧之至。我们很快重登此稿，以去老人一块心病。何老撰文，知人论世，纵横古今，多有仗义行侠的风骨，多有微言大义的蕴藉，多有人情练达的慈悲，多有卓尔不群的尊严。作为编辑，拿到何老的文章，如果大而化之，又不愿用心体会，再自作聪明，盲动朱笔，肯定变金为石，弄巧成拙，那还不叫老爷子来气吗？

何老从旧社会一路走来，三四十年代的文坛，五六十年代的文坛，七八十年代的文坛，世纪交替的文坛，若讲体验和洞察，表面看无异一般过来人，其实另有真货在。因他的正义感，他的表现力，他的战斗性，在舞文弄墨的队伍中，尊为魅力四射的骁将，是毫不过誉的。我个人更钦敬、偏爱何老的，恰是他滚烫的文字中，随处可见的冷幽默。其机锋所向，多为大大小小、真真假假的文坛闻人。试读这样的句子：掩盖愚蠢，欲盖弥彰；脸皮不薄，得天独厚；利欲攻心，别有一功；三角四角，要死要活……不动声色的何老，总会引发你的会心之笑。七八年前，何老还出版过一部《K长官轶事》漫画集。何老写脚本，方成推荐的画家张静构图。何老编排官场风月、妖精打架，配上画家流利机灵、内涵深曲的线条，机趣扑面，令人捧腹。读惯了何老谈道理的文章，以为他只是逻辑思维的高手。孰料弄起形象思维来，他丝毫不输叙事的行家。其实，着急谁不会，愤怒谁不会，义正词严谁不会；而举重若轻地摇笔杆，则一定不是谁都会。何老会，且深谙其径。所以何老可爱。

随着时光推移，何老的可爱令人应接不暇。他说他与我们刊物情投意合，是因为他喜欢文字抬杠。我们数次刊文质疑何老的见解，他不以为忤，反而兴奋，并多有回敬。其好整以暇、腾挪有致的拳路，很对刊物的胃口。有来有往的交锋，也让何老快慰无比。曾有陕西、上海、北京等多地作者，借助我刊版面，挑逗他人在前，一俟"反弹"刊出，便即刻掉脸儿，来电来函厉言抗议，就好像我们早有"放蛇出洞"的预谋。更有甚者，联手讼棍，将我们拖上法庭。相形之下，何老的胸襟，比他们强过百倍。

而今文学艺术繁荣昌盛，几乎每县每市每省皆成风水宝地，春笋般长出装神弄鬼的泰斗、大师。稍繁华些的码头，甚至"百科全书"式的人物也已挂果。一次电话聊天，世事洞明的何老笑言：老实跟你讲，文化大师不论型号，都是"大师"本人谋划、利益团伙吹打出来的。古往今来，概莫能外。他还故作忧虑：大师满天飞，我只担心未来文艺史，装不下这么多大块头。

亦有人尊何老为大师，何老哑然失笑，说这些人是拜把子，看错了脑壳。年迈的何老，既不刻意将自己做旧，更不聊发少年之狂，总而言之，他德高望重，又不屑德高望重。与我们晚辈来往，随和坦诚，让我们很自在，想必何老也是很舒心的吧。每期新刊寄上，十之八九何老都有点评，心直口快，当赞则赞，该讥则讥。我们的一位男作者，被他喻为无靶放弹的骑士；我们的一位女作者，被他比作一锅乱烩的炊女；他引用一位贾姓教授的抱怨，批评我刊的发行"实在差劲"。当然，还是鼓励居多。何老曾用分量不轻的话表扬过编者的《答友人》，激赏过作者陈冲、杨牧、李梦、田晓菲、李建军……

这些年来，由何老引起的话题，编辑部津津乐道的，总有几则风雅往事。有一天，得到消息，同我们交往不久的何老，将"偕同主妇，登门拜访"。我骑车跑了几条街，把接风宴选在重庆道一家菜馆。就为那里前后左右的地面上，铺满了一九四九年前建成的各式各样小洋楼。挑这样的环境，款待沪上洋场客，应算是配套之举吧。

那年何老 80 高龄，敏捷多言，似与先前想象有些距离；何夫人吴仲华 77 岁，端庄典雅，完全可见年轻时的风采。同事们同二老均为初识，包括闻讯而来的民俗专家张仲。于是一时拘束，彼此握手而无言欢。等按序坐定，我便问客杀鸡："何老，喝什么酒？"未待何老答我，张仲递上一个纸盒："我已带来。""什么酒？"何老问。"本埠特产……"那边尚未说完，何老已断然摆手："我不喝。""何老，你戒啦？"张仲大感诧异，他早已风闻老人有刘伶之雅。这时，吴老师一旁低声嗔怪："客随主便嘛。"何老根本置若罔闻，朗声说道："我不喝杂牌子，只认五粮液。"见八旬翁要酒吃，且要得如此坦然、洒脱、不见外，满座大惊大喜，一个个欢叫出声，打心眼儿里喜欢上老头子了。何老却并不放过夫人："拦什么拦！到了'自由谈'，还不讲实话？我喝五粮液，也是为了你，帮你老家酒厂搞促销嘛！"原来吴老师蜀国人，实出意外。她与我川音相认，饭桌上遂从她的蓉城到我的达州，平添不少乡亲新话题。

又两年后，何老、吴老师携女儿何列音，北游到津，受邀与我们再次欢聚。朋友华年，曾在东瀛做过餐饮，放洋归来，于津门西餐重地小白楼重操旧业。这老弟机敏过人，擅长中日融汇，故菜品经典，天天雅士盈门。此番华年受我托付，亲自推敲菜单，又备出五粮液两瓶，以免却上回的弯路。编辑部诸位与二老已属故友重逢，有"旧"可叙，一握手一拥抱，便亲近得无以复加。席上有人频频拿出相机，将众人导演出各种组合。那晚，何老谈锋依旧，加上交流又有内容，大家尽兴而散时，才发现周围酒家全打烊了。

这次见面，似乎是个转折。我对何老，更觉可亲可近；也分明看出，何老对我，亦有喜爱之心。尤其老人视我为"热爱吃饭"的同好，让我十分欣然。我去上海看他，见他同吴老师读书写字，谈天说地，日子简朴，却毫不潦草，讲究美食，又从不贪杯，令人钦羡不已。他们带我吃饭，川菜为主，浙菜为辅。瞧我食欲健旺，二老嘻嘻直乐。

何老家住人口密集的徐家汇天钥桥，我建议换换环境，搬个老来宜居的地方。何老摇头，说出一条常人不会在乎的理由：别看这里缺草缺树，我会终老于此，因全家都已习惯与邮局为邻。何老不用电脑，不会上网，又自己不肯上镜，媒体不肯上门，超然物外，贫居闹市，自会领略独特的况味。所以他感念邮局，成全他书来信往的人生乐趣。他也寄望邮局，软件硬件的进步，都还大有余地。何老身体力行，俨然邮政代言人，告诉电子化时代，龟路兔路，各有出路，相轻不得也，偏废不得也。

有几年我常去上海，但无法做到常去看望何老。有时只打个电话问候，却像咫尺天涯，何老很不满意。其实，我有心理障碍，只要见面，二老必定带我上街吃饭。看他们步履蹒跚，我实在于心不安。有一回，我先去他家，他于是晓得我还有数日逗留，就以为我会再去。最后知我已回天津，电话中揶揄我，怕吃饭而溜号，巴人豪气哪里去了？那年陈逸飞过世，我头天到上海，时间花在去浦东棕榈泉陈宅吊唁。转天上午参加追悼会，下午赶回天津。因来去匆匆，便未告诉何老。不料悼念时相遇的熟人，与他通了信息。之后何老信中提及此事，虽无责怪，并封我"忙人"，将台阶给我。但我知道，何老对我过门不入，是有意见的。

何老待我，情同挚友，爱屋及乌，对我朋友也一直关怀备至。曾有条幅赠她，有文章评她。何老与她，亦有缘分，全国鲁迅文学奖，他们都于首届斩获，所以同为"奖友"。又一年朋友创作获奖，何老看过报道，立刻来信勉励。何老并不一味叫好，只说他相信一个规律，才情结合辛苦，才能通向成功。写到最后，文字殷殷，"我多希望她是我的女儿"——何老肺腑言，涌我心头浪，忘年情义重，何老是亲人。

2001 年 10 月，何老和吴老师结婚 60 周年。二老情趣盎然地张罗纪念，并邀我同乐。何老生活中对"精气神"的张扬，人生中于"仪式感"的重视，由此可见一斑。我欣然应允。未料喜期临近，却因一件不大不小的俗务，难以脱身。只好请书法家王全聚赶书贺联，用"快件"寄上。事后何老来信，宽容我的爽约，介绍贺联送达及时，由司仪诵读，为聚会添色不少。阅信方知，外地远客，仅邀我一人，故安排在宴席首桌，并附座单为证。我获此抬举，受宠若惊。细读名单，又不免称奇，那日宾客竟有六桌之多。贾植芳、王元化、黄裳、耿庸、冯英子、赵昌平……我生生错过名流满座，欢笑满室的盛况，非常无奈，又深感自责。我理应克服困难，完成这趟志喜之旅。满堂浪漫的欢宴中，添我一张笑脸，多我几句祝辞，当然不足为道，但哪怕只是锦上添花，也算尽我一份孝敬。

大约两三年前，何老来信，开始调侃自己，为求活命，已遵医嘱改饮红酒，但此物入口，与糖水无异，只得红白全戒，过上了清教徒的日子。又说他断酒之后，常有无名苦恼，记忆和思维愈来愈糟，尽管仍有文章寄上，无非余勇可贾，四川话"提虚劲"也；终有一天，不为你们动笔，也就不再写了。似乎是最后一信，他说自己精神委顿，诸事乏善可陈，并有"不亦哀哉"之叹。

眼前讣文，给何老列出好几个名号，都对，都准，又都欠着圆满。积我多年体会，了解一位作家，就是读他的文字，如果有缘相识，就是听他的谈话。何老与我，已有"千言万语"的交往。所以我眼中的何老，活得之清醒，之真实，之从容，之讲究，在高龄文人中，实为凤毛麟角。

我重新拿起电话。此刻，我知道我该打给谁了。话筒里传来吴仲华老师的声音。

"哦……你去了富阳，那里是满子的故乡……什么？你说你到了龙门？哎呀，龙门是满子的老家呀……17 号？上午？对呀对呀，那时正开追悼会。怎么这么巧，你刚好在龙门……"

服丧期间的吴老师，88 岁年纪的吴老师，除了有些疲惫，清晰如昨，温婉不减，这使我放心和欣慰。

富阳龙门，富春江南岸气势恢宏的一座明清建筑群。我对吴老师说到龙门，是因为我在那里读到了何老的题词。"读懂中国"四个大字的石碑，就立在古镇入口处。

远远看到熟悉的字体，感觉就像何老迎面走来。何老一生念兹在兹的，就是读懂中国。他的观点非常明确，"五四"以来，就文化领域而言，整个中国"读懂中国"的，惟鲁迅一人。何老心口如一，执着地求教鲁迅，最近二十多年，每年通读一遍《鲁迅全集》。鲁迅身后，信徒辈出，但像何老这般毫无功利之心的追随者，又能数出几人？我以指为笔，在空中描摹何老古朴清雅的题词，以至于一时脱离了参观的团队。

在山乡古镇读到何老，想到何老，当时以为只是巧合，也绝想不到去探究何老与龙门的关系。现在想来，我与何老真是心心相印，缘分非凡。同一个时辰里，上海为他开着追悼会，阴差阳错，我却行走在他童年的街巷中。两地车程 3 小时，千古一别擦肩行。但吾心稍安，毕竟，在我并不预知的何老的故乡，异乎寻常地感触到了何老的气息。这，又何尝不是别一种送行呢？

（选自《文学自由谈》2009 年第 4 期）

诗在你在
——接父亲回家

刘　粹

　　我相依为命的父亲走了。这个世界上最爱我的人走了。那山脉一般绵延厚重的父爱，谁也无法替代。

　　我坎坷一生、历经磨难的父亲走了。前 20 多年的另类生涯，后 20 余年的病痛折磨（他是一个典型的"中国病人"），终致父亲未享天年，未尽其才。他带走了已然腹稿于心的系列小说《昨天的土地》（当年《收获》连载时，老诗人张志民先生称赞它们是"干馍馍，有嚼头"）；带走了上百篇有关诗歌创作的溯源思考——《诗本事》，那该是一部由文章构筑的公刘诗史；带走了他血泪一生，歌哭一生，执著追求与不屈抗争一生的回忆录，那无疑是中国当代知识分子命运的独特见证……一切的一切，已不复存。这是诗的损失，史的缺失。这损失和缺失，同样无人能够替代。

　　40 多天过去，我依旧感到笔重千钧。千言万语，万语千言，堵在胸口，凝成一句：诗在你在，回家罢，父亲！

　　父亲的生命力曾经是那么顽强。1980 年突然病倒在社科院文研所召集的当代诗歌研讨会上（中风、偏瘫、失语于广西），一两个月后，父亲重新发声学语，跌跌撞撞重新蹒跚学步，然后重新握笔写字。不仅打破了医生起初的断言，没有落下手僵脚瘸的毛病，三个月后，便在我的搀扶下，奇迹般地出了院。1984 年，右眼失明。1995 年岁尾，1999 年年初，2000 年盛夏，一次次被病魔突袭，瘫痪卧床，急诊抢救，又一次次化险为夷，都是一两个月后就能下床学步……就在1980年与死神擦肩而过之后，父亲以极坚强的意志力和极旺盛的创作力，喷发出他创作生命的第二个高峰，留下了熔铸着人格与血性的数百万字诗文。直到2001年11月，住院中的父亲，仍在点滴、针灸的间隙笔耕不辍，写下了《不是没有我不肯坐的火车——答曾卓》一诗。

2001年12月7日，星期五，在病房里刚刚向第六次作代会递交了正式请假条的父亲，针灸后独自上楼回病房，眩晕突袭，差点儿跌伤。闻讯，我从办公室匆匆赶到父亲身边，是夜始，我便坚持留在病床旁陪护父亲。第二天，父亲自觉病况有所缓解，便要我搀扶着他在病区的走廊上一趟趟缓缓地散步。我们父女俩的话题，从文学到家事，从家事到民情，散漫而温馨。犹记得，8日晚间的话题，我劝父亲静心治病，千万小心，保护自己平安度过冬天，年前（春节前）我当会力争独自把家搬好，待来年春暖花开时节，接爸爸回家。新居的条件对于一生清苦、朴素的父亲来说，可谓"鸟枪换炮"了。父亲也听从了我的劝告，说出院回家后，将恳辞各方稿约，抓紧时间，专心致志地写他苦难深重荣辱备尝的回忆录，为同侪，为后人，留下史的见证。我担心父亲写回忆录会伤及身体。我深知父亲的一生辱重荣薄，辛酸远多于欢乐。父亲说，他会尽量跳出个人情感的漩涡，作一份平静清晰旁白式的回顾。同时，穿插着，他还将齐头并进地去写——独立成篇的《诗本事》和完成腹稿多年的系列小说《昨天的土地》。父亲说，为了黄土高原上患难与共的淳朴的乡亲，为了当年那些面朝黄土背朝天的"受苦人"，他必须写完十几年前不幸中断的那个《昨天》系列。父亲说，他希望天假以年，"何况爸爸还有你呢！"哦，我生于忧患的父亲！

父亲的心胸又是那样的豁达泰然。他这一生淡泊、低调，对人事，对世人，都没有任何要求。早在九年前，父亲就以文章的形式，向社会公开了他由来已久的遗愿：丧事从简。作品在，说好说坏由人去。回海如回家（《并非多此一举》1994.03.29.）。及至2000年11月，病痛中的父亲又请了三位见证人，立下了正式遗言，"惟愿平常常地来，安安静静地去"，至亲好友相送即可，不要多惊扰众人。

记得1995年的9月7日，那是得知冯牧伯伯去世噩耗的当晚，在原本逼仄灰暗的小厅里，我们父女相对而坐，良久无言。尔后，父亲以清晰而低沉的语调，缓缓地说出了他对我，也是对人世的最后希求："爸爸走时，只希望女儿你能握着我的手。"我当时就眼含热泪，郑重点头，答应了父亲，并再一次坦言："爸爸，我一定要保你活过九十岁！你一定要有这个信心！"往事历历，父亲已远。哦，我死于忧患的父亲！

元月7日那天中午，ICU的医生没有及时通知我。父亲！我知道你在急切地等我，等我，头向我每天进门的方向斜侧着，每天与我相握的左手无力地耷拉在床沿下，未闭的双眼依旧流露着失望的空茫……我赶到是14时10分，我没能做到在你最后的时刻握着你的手送你，我至亲至爱的父亲！谁能理解，这将是我永生的痛！

人说"爱能创造奇迹"。我一直坚信爱的力量，渴盼奇迹的出现。去岁圣诞节前，在给海外友人的信中，我还在重复着这句话：我要用自己的爱去拉回父亲的生命！圣诞节后的那两天，父亲的情形曾大见起色，老人神清气爽，大大的眼睛，又恢复了往日鹰眼般的犀利明亮。那双明亮的眸子，给了我多大的鼓舞啊！我不禁俯在父亲的耳边，为老人鼓劲："爸爸，你一定能抗过严冬。等春回大地，万物复苏时，爸爸的生命力就一定会强劲起来。"然而，新年刚过，还没有来得及听到春天的脚步声，父亲却匆匆远行……日日夜夜，我切切祈盼的奇迹没有出现，是女儿的爱不够深切吗？我总在问自己，问苍天……

父亲，我为你换上了那套访德时定做的黑色条纹西服，当年你作为中国作家代表团团长，向世界展示了中华民族的睿智、幽默和血不缺铁、骨不缺钙的泱泱大家风采。我为你穿上了一双皮质的新旅游鞋，祈望迢迢路途不再坎坷。从此，你能步履稳健，跨时空逐日月，继续上下求索。

父亲，我放大了你2001年元旦摄于病房的照片，虽在病中，你的脸上却依旧是矍铄而粲然的笑容。我以 76 朵怒放的红玫瑰敬你，送你，接你，我亲爱的父亲！它们本该是 90 多朵的啊。

明求赶了回来。德平赶了回来。柯平和范泓也分别从湖州和南京赶来。年近古稀的沈泽宜老师，不顾劝阻，也执意赶来。元月 11 日下午，我们肃立在松鹤厅，肃立在你的身旁。鲜花簇拥着你，我们陪伴着你，父亲！你身上轻覆着 1984 年山西的乡亲们赠你的那面朴素的锦旗。我分明看见，满头乱发的贝多芬用《英雄交响乐》将你挽起，一同向天国走去，而伴随着德彪西《大海》的涛声，你的胸腔正与人民的旗一道起伏呼吸："战斗六载　情谊永存！"

诗在你在，我的父亲，你永远同人民在一起。

父亲，在你西服胸前的口袋里，带去了 2001 年 9 月 4 日我们父女俩最后的一帧合影，女儿的心永远守护着你。11 日上午，我特地为你赶制了一只茉莉花茶的枕头，套入一只我头天晚上还在用的枕套中带给你，让茶的清新，花的清香，还有女儿温暖的气息，一起永远陪伴着你，愿你永葆诗的灵韵，思的深邃。

父亲，我们还为你带去了六件特别的纪念物——两件你我共同珍爱的礼品，四本意蕴深远的书。

翠绿色塑料的自由女神像。那是美国当代著名诗人迈克尔·麦克劳尔先生（Mr. MICHAEL MCCLURE）于 1988 年 11 月 16 日晚，在美国纽约曼哈顿现代艺术博物馆大礼堂举行的首届中国诗歌节朗诵会现场赠送给你的礼物。当年，中美诗人的友谊，曾激起全场雷鸣般的掌声，如今，你带了它去，自由与友谊永存！"有罪的肉体在地下，／自由的灵魂在天上！"（公刘《三月》）

木雕的仙鹤。1982 年 10—11 月访南时，前南斯拉夫诗人所赠。鹤，在我们国家自古就象征着长寿和吉祥，我想，在前南斯拉夫包括塞尔维亚族、克罗地亚族等在内的各民族间，鹤，也一定意味着幸福和吉祥。带上它，愿你身无羁绊，心无压抑，清吉自在。

德平送你的宣纸精装本《西湖诗画览胜》。你一直偏爱西泠，对西子有着深深的眷恋之情。2001 年的 9 月，我到杭州接你，曾与德平兄一道，陪你踏上白堤，到平湖秋月处，访罗苑旧地，寻觅当年杭州艺专的遗迹。仁慧姑妈当年是杭州艺专的高才生啊。我知道，你和姑妈姐弟情深。你一直都在寻觅那不幸早逝的姐姐的劳踪。西子湖畔，寄托着你一生的默默温情。父亲，我亲爱的父亲，带上我们的一片心意，相信你和奶奶，和姑妈，定会在天堂相聚。

花城出版社《流亡者泽丛》中的一本：肖斯塔科维奇的回忆录《见证》。这是你 2001 年 12 月病情逆转被它误至瘫痪前，堆放在病房抽屉里的多部书籍之一。这部《见证》，头一年你已读过；是年 9 月末住院后，又被你细细地重读了一遍。书中，有你用黑色签字笔批画的痕迹，书中，还有许多小小的折页。肖氏的《见证》，一定是引起了你的许多思考，但你还没有来得及同我细说。不必妄加猜测你的联想和思考，你的愤怒与慨叹，既然，你已经不得不带走了属于你自己的那份独特的见证（那见证肯定会招致某些人的不快），那么，还是让肖斯塔科维奇的回忆录随你一道上路吧。中俄知识分子的精神和命运，原本就何其相似相通。

四川人民出版社邹绛、蔡其矫等先生译的《聂鲁达诗选》。你自青年时代起，一直就非常喜欢这位智利的大诗人。对政治的高度敏感，对祖国对人民的一腔赤诚，对和平的祈盼，对世界对人类的终极关怀，对未来的屏息聆听……诗人的心是相通的。更由于 1957 年罹难时，曾遭遇对此莫名的批判，倒教你对聂鲁达的诗越发的喜爱有加。女儿知道父亲是手不释卷，心不离诗的，带了它去，好在天国与聂翁会面。诗人相逢早相识。

1995 年人文版《公刘短诗精读》。那是女儿完全独自担纲，为你编选的第一部诗选集。父亲，是你给了女儿生命，给了女儿正直的品性，也培育了女儿的眼界、视野和独立思考的个性。《精读》只是女儿献给父亲的一枚"青杏"，拒绝红尘，拒绝陷阱，"永远清清白白"（公刘《致青杏》）。为此，我感谢宽容，感谢父亲！父亲，我知道你对自己一直非常低调，从不自恋，从不张扬。你几乎不能完整地背诵自己的任何一首诗。带上它，就带上了女儿对你永远的感激。除此而外，更深一层的意蕴，父亲你当然明白：你这一生吃的苦太多，受的罪太多，你太累了。匆匆而去，于你，也终算是一种解脱。"这一具黄皮肤黑眼睛，／是您倦游中国后回归的灵魂。"（公刘《莱辛憩园》）是的，倦游之后，请稍事休息。尔后，父亲，我坚信你那不灭的灵魂依旧会孜孜以求，去遨游大海，去搏击长空。疲惫了，劳顿了，就请归来将息，女儿的心田，永远是你小憩的港湾。

轻轻袅袅一缕青烟，轻轻袅袅飘去且轻轻袅袅与无限的空融在了一起。

惟一万页诗稿沉重。

沉重地砌在一双异常艰难的脚迹的最后一记脚印边。

不是坟墓，

不是塔，

也不是碑。

是一个中国诗人的智慧、良心及独在的个性与独有的诗的构思。

闪光的，

是灵魂。

这首诗，是今年元月 11 日，父亲的遗体在合肥火化的那天，老诗人李耕先生于南昌瓢斋扶病而作。诗题为《公刘永在》。

诗在你在。父亲，我为你骄傲！

（选自《随笔》2003 年 3 期）

谢铁骊老师

梁晓声

一

我与谢铁骊老师之间的友谊，竟是由我对他的批判开始的。批判二字不带引号，自然意味着是真正的批判，而且是咄咄逼人，火力相当猛烈的批判。

但我批判的只不过是他的一部电影——《包氏父子》，并未见诸文字，可谓"口诛"。

事实上，在那之前，我对他是心怀敬仰的。因为他所执导的《早春二月》，是我喜欢的电影之一。作为北影编导室当年最年轻的编辑，他也是认得我的。受编导室领导的指示，我还曾到他家里汇报过什么事情。当年，在电影界有"南北二谢"之说。"南谢"指谢晋。"北谢"，即指谢铁骊老师。当年，他打算拍什么电影，都会成为报刊争相报道的新闻。

话说那一年（大约 80 年代中期），谢铁骊老师完成《包氏父子》后，在北影小放映室专为编导室的同志们放映一场。用他的话说，是"艺术汇报"，"希望听到自家人开诚布公的评论，以求进步"。

灯亮后，掌声起。在回编导室的路上，耳边已然好评不绝。

《包氏父子》改编于张天翼的一篇同名小说：主人公为老包小包父子二人。老包是一大户人家的老司门人，小包是其不争气的儿子，龄在少年。小包的母亲死的早，老包对儿子寄予厚望，惟恐他将来如自己一样，成为人间一条没出息的"虫"。在他的逻辑中，别人家的儿子能成"龙"，自己的儿子何以不能？为了将儿子送入较好的学校，老包四处借债交学费，甚至抵押上了父子二人惟一可住的老屋……

影片中的结尾是令人极为同情的——小包成为那样一所为富家子弟开办的学校的学生，非但对父亲毫不体恤，毫不感恩，反而沾染恶习，要求穿名牌，要求有充裕的零花钱，还吸烟饮酒，整天一门儿心思琢磨怎样获得暗恋的女生的青睐。终于有一天，小包因偷盗被警车载走，泪流满面的老包之绝望，语言文字难以形容……

电影是特别忠实于原著的。

谢铁骊老师为什么亲自改编张天翼的那一篇小说并执导为电影呢？

乃因，当年高考恢复没几年，大学成为一切望子成龙的家长们心目中惟一的"龙门"。某些家长，并非将大学视为知识的殿堂，而是视为造就"人上人"的殿堂。在他们看来，大学能如此这般，那么当然比任何殿堂更加神圣。

于是，在80年代的中国，亦屡屡发生《包氏父子》之类的事情。谢铁骊老师不止一次从报上读到了相关报道，以电影警示现实的艺术冲动油然产生。

公平而论，那样的一部电影，即使在今天，亦具有现实意义。

讨论会气氛热烈，人人发言踊跃，无论从艺术水平还是现实意义方面，充分肯定的意见都是一边倒的。

只有我没发言了。作为编导室最年轻的剧本编辑，我的发言也往往是人们期待听到的，正如今天人们对某些80后的声音所持的态度。即使听了大不以为然，毕竟也还是想听听。况且，当时的我，同时也是三次获全国中短篇小说奖的青年作家了。

"这是一部在社会认识价值方面只能给予最低分的电影！"

我话出口，语惊四座。

责任编辑陈瑞琴大姐，坐我正对面。她和她的先生——电影学院著名的电影理论教授余倩先生，与我关系友好。

我的话令陈瑞琴大姐极度惊愕。

接着我引用鲁迅先生对张天翼小说的一种评价。鲁迅说（大约是对萧伯纳说的），张天翼一向执着于反映中国底层人们的命运，这在当时的中国文坛是难能可贵的。但是，张氏对底层人物的描写，却每每讽刺挖苦有余，缺乏体恤与同情的温度。有时其对小人物的批判，"几近于作践"。而《包氏父子》，恰恰证明鲁迅对张天翼小说的善意的批评言之有理；而电影《包氏父子》，恰恰又形象化地放大了张氏小说的缺点……

其实今天看来，窃以为，鲁迅对张天翼小说的批评，我们借以来评价他自己的某些小说，似乎也无不当之处。而且，当年的我，并不曾核实鲁迅那话的出处，只不过从某本书中偶然读到了不带引号的一段话而已。鲁迅究竟那么说过没有，在我这儿明明是存疑的。但会议中，意在拉大旗，做虎皮，当成轰向著名导演的重磅炮弹。是耶否耶，也就不管那么多了。

接着，我又从社会公平的角度进一步批判《包氏父子》的缺乏深度——贫富悬殊导致优良的教育资源被少数富人阶级占据，而这进一步导致社会人口素质的两极分化，于是富者可持续地富，贫者代代贫。电影批判的重点，应针对社会不公平现象，而非老包那么一个可怜兮兮的底层小人物。老包的悲剧，归根结底，是社会巨大影响力之下的悲剧一种，正如苔丝的悲剧、于连的悲剧折射社会问题……

如果我是心平气和地谈出我的看法，那么再正常也不过，但我几乎声色俱厉，还拍了几次桌子。

讨论会在凝重的气氛中结束。

之后我懊悔不已，因为谢铁骊老师毕竟是我所尊敬的前辈。他在"文革"中因电影《海霞》而向刚刚复出政治水面的邓小平状告江青一伙"文艺沙皇"行径的事，使他在我心目中的地位远远高于其他著名导演。

以后，我若在厂内望见谢铁骊的身影，绕道避行。心有所愧，怕迎面相遇。

某日，我又绕过他的身影，正低头走着，听到有人叫"小梁"——抬头，竟是他。不知他何时走到我跟前的。

我尴尬。

他和气，说："你对《包氏父子》的看法，别人转告给我了。"

我暗想，那是必然的呀。

嘴上却说："我年轻，乱放炮……"

他微笑。那一种多少有些狡黠意味的笑，分明在暗示我——少跟我来这套！是不是你心里话，我听得出来的。

我尴尬之甚，又违心地说："谢老师千万别拿我的话当真，我那天的发言太情绪化了，请您多多原谅。"

不料他说："年轻人发言，没点情绪色彩，那还像年轻人？你的看法有一定道理。"

我说："您真这么认为？"

他说："某些人间悲剧，肯定是社会问题导致，但绝不能说全是。人自身的思想意识，往往也成为导致悲剧结果的原因。某些文学作品揭示悲剧的社会外因，固然应予肯定。而某些文学作品揭示悲剧的主观内因，也不应大加排斥是不是？这是我对《包氏父子》这一篇小说与你不同的看法。至于《包氏父子》这一部电影，我自认为不像你说的那么糟吧？起码两位演员的表演还是到位的吧？"

我说："是啊，是啊。"

他又笑，还是笑得有些狡黠。

这时又走来北影的另一位大导演，插话与他交谈起某事来，我借机溜走。刚走几步，听到他在背后大声说："小梁，以后不许躲我啊，我是愿意和你们年轻人交朋友的嘛！"

从此，我对他不再敬而远之，我们的关系渐渐友好起来。但怎么一来，竟友好到了彼此一见就都心里高兴，喜笑颜开的程度，我却完全回忆不起来了。

两年后听说，他打算将张平的小说《天网》执导为电影，并一如既往地亲自改编剧本。

《天网》当年争议颇大，似乎还牵扯到了什么名誉权之类的官司，当然那纯粹是地方上某些做了亏心事的官员的无理取闹。而谢铁骊那时身为全国人大常委，于是厂里厂外，界内界外，有不少好心人劝他三思而行。他们的思想方法是——你谢导在北影享有拍摄特权，得心应手地拍题材保险的电影不是很好嘛，干吗也非要蹚"雷区"呢？

我给他打了一次电话，表达热烈的支持。

电话那端，他呵呵笑出了声，欣慰地说："和年轻人交朋友，就是有益无害嘛！"

我说："那也得分什么样的年轻人吧？"

他说："那是那是，得您这样的。"

他将"您"字，说出了强调的重音。

我也不由得笑出了声……

我是那一届的评奖委员会成员。先前听说，某些人士对电影《天网》极不以为然，从政治上不喜欢。我便力挺《天网》，认为《天网》理应获得华表奖。

恰巧中央电视台记者采访评奖情况，我对着镜头振振有词：华表奖是政府奖。政府奖的宗旨应是人民电影奖。人民电影奖当具有人民性。什么是电影的人民性？歌颂现实中人民所拥护的好人好事，是谓人民性。批判现实中人民所反对的人和事，也是电影人民性的另一方面。谢铁骊导演以真诚的现实主义艺术情怀，拍了一部体现另一方面人民性的电影，难能可贵。因为体现另一方面人民性的电影太少太少……

我不知后来中央电视台对我的采访播出了没有，但我关于华表奖的那些话，当年却在京城电影界很是流行了一阵子。

我再见到谢铁骊老师时，又是在北影院内的路上，当时他身旁围着些记者。我欲绕行，他又叫住了我。我只得走过去。

他说："关于电影的人民性，你对他们讲讲。"

我红了脸说："采访的明明是你，我讲什么呀？"

"版权属于你嘛。没碰到你，另当别论。既然你在这儿了，我不能不尊重版权所属人啊，是吧？你说你说，你说的是原版。"又问记者们："你们是不是想听原版的？"

我所熟悉的那一种狡黠的微笑，就又浮在他那永远给人以亲切印象的脸上。

我只得说。

当我们离开记者，并肩走着时，他说："有人觉得你是我的死党。"

我说："是吗？"

他说："咱们为了避嫌，要不你以后发现我，还是绕道走？"

我一时不知说什么好。

他又说："如果那对你是件困难的事儿，我以后绕着你走也行。"

我说："我又没犯什么错误！"

他说："现在是没有，谁知我以后怎么样啊！中国人活得都挺不容易，犯个把次错误很容易。"

我不由得驻足看他，却见他满脸灿烂的笑容，笑得孩子般的无邪，这才明白他是在一路打趣……

九十年代初，中国电影家协会组成电影代表团出访日本，成员名单上有我。我那年已调至中国儿童电影制片厂，因老父亲病故，长久难以从悲痛中自拔，决定不去。

影协方面又打电话来说："谢铁骊同志是团长，他很希望你去。"

我立刻说："那我去。"

二

我是个喜欢开玩笑的人。在我看来，谢铁骊老师基本上是个不苟言笑的人，只偶尔幽默一下罢了。那次访日，完全改变了我对他的看法，原来他竟是一个连骨头里都可能积淀着幽默的人。简直可以这样说，没领略过谢氏之风趣的人，就根本等于根本没有真正认识他。

在机场，相见后，他提醒地问："你的包呢？"

他知我记性差，怕我丢了包，足见他这位团长，当起来也像当导演一样细心的。

我左手拎一纸袋，右手拎一纸袋，答曰："就这些。"

"就……这些？"

他一脸讶然，绕我三匝，站我对面，上下打量我。

我穿一双旧皮鞋，鞋帮有皮补丁，却赤着脚；裤子洗过几遭，缩水了，露踝。

他又说："脚脖子还挺白。"

我说："男人对男人，不欣赏脚。"

他说："别自作多情，我怎么那么爱欣赏你？我是以团长的身份，对你表示不满。上身西服，不扎领带，却扣着衬衣领扣！脚穿皮鞋，还不穿袜子。明明出国嘛，竟不带包，拎两纸袋儿！你对我当团长有意见？"

我说："没有呀。"

他说："那你这么出中国电影家代表团的洋相？我们几个，知你是代表团成员；到了日本，警惕性高的日本警察，兴许觉得你是个可疑的中国人！"转身问其他成员："对不对？"

大家就都说："对！团长说得太对了！"

"日本刚发生地铁投毒事件，团长，他这样子跟咱们出国，有你操心的！"

他就叹曰："唉，我谢铁骊的命啊！"

大家皆笑。

还不到办手续的时间，周围又没地方可坐，干站着多没意思，他就指着我拎的一只纸袋儿，继续拿我开心："这只纸袋儿还印满了小红心，不够一百个，也有八九十个！原来装着某女士送给你的东西吧？"

我说："不是中国心，是日本心，一位日本女性来北京，到我家访问过我。这是一只日本礼品袋。"

他又转身对大家说："都听到了吧？他如果在日本是出什么绯闻，那是和我这团长没什么关系的！日本礼品袋儿肯定不仅这一种带这么多小红心的，人家偏偏选择这一种袋子，意味深长嘛！"

我装无邪，成心诱他调侃，清白无辜地说："人家年龄比我大。"

他说："那更复杂了！都作证啊，我没登机就开始操心了，我可是有责任感的团长！"

大家就又笑。

每听北影人说——别看谢铁骊表面庄庄重重，其实性格上有极可爱的一面。闻言，一向半信半疑。那日，始信也。终于明白我们以前接触时，常浮现在他脸上的那一种狡黠的笑，不是什么"狡黠"，是骨头里的幽默分泌到脸上的结果。

大家不忍让我们可敬可爱的六十多岁了的团长一直陪我们站着，都催他先过"绿色通道"，到贵宾室去坐等。

他说："那哪有和大家在一起愉快啊！"

有人推之，方从众愿。走了几步，返身回到大家跟前，俨然说："本团长要求有个拎包的，大家看谁像拎包的？"

都看看我说："他像。"

我知他是嫌闷，欣然从去。

在贵宾室，我们聊起了中国电影，谢铁骊于是判若两人，不无悒色地说："中国电影，以后面临的考验将更巨大，好比某寓言中的驴子，在意识形态的要求和市场的要求之间，肯定将熬一个疲于奔命的阶段。"

我问："您对未来的中国电影有什么看法？"

他说："那要看中国电影培养什么样的中国观众了。我们现在有些业内人士的思维逻辑是——商业片是拍给大多数人看的，文艺片是拍给很少一部分人看的。如此逻辑，将导致中国文艺观众越来越少。其实，正常的情况应该是，电影将大多数人培养成像喜欢看商业片一样喜欢看文艺片的人。也就是培养成喜欢看电影的人而不是一味儿朝仅仅喜欢看娱乐电影的方面去吸引。一个国家有多少喜欢看电影的人和有多少仅仅喜欢看娱乐电影的人，这两种情况，对于一个国家的电影业的繁荣发展，那差别可就大了……"

说那些话时的谢铁骊，不再是从骨头里往外分泌幽默的谢铁骊，而是从骨头里往外分泌忧患意识的谢铁骊。

他看一眼手表，忽然说："才八九个人的一个团，咱俩别太特殊，还是去找大家吧。团长应该时时刻刻和大家在一起。"

见了大家，他一本正经地问秘书长："哎，请示一下，我这团长，可不可以封一个副团长呀？"

秘书长说："请示什么呀，我们都听你的啊！"

他看看我说："那我封晓声副团长。他自由散漫，给他个副团长当当，他会对自己有点儿要求，我不也少操不少心。"

结果大家都争相说自己也有这样那样的缺点，为了对自己有点儿要求，也都讨封。

他说："都别急都别急，晓声他对内是副团长，对外我得介绍他是我拎包的。咱们这一趟，场面上说话的事，肯定都是我的事儿。我还需要个场面代言人，谁先实习实习？"

大家一时又都摇头，摆手，躲一边去，惟恐被他的目光锁定。

……

到达日本，迎接的友人中，有在北京访问过我的那一位彼国女士，五十余岁的汉语言学家。

她的目光一落在我拎的那只印着八九十个小红心的纸袋儿上，就仿佛被粘住了。

谢铁骊朝我挤眼睛，其他成员忍笑。

我说："您如果看着眼熟那就对了，这正是一年半以前，您到北京访问我时，装礼物的那只纸袋。"

她说："我看出来了，看出来了！"

谢铁骊听她中国话流利，以团长的身份煞有介事地替我解释："我们中国人，在礼尚往来方面，民间有规矩。礼物留下了，包袱皮儿那是一定要还的。"

她说："你保留了一年半，就是为了有机会到日本来，当面还我？"

我能怎么说？

只得顺水推舟："正是。"

她大受感动，连说："太使我意外了，太使我意外了！"

别的日本人亦皆肃然。那会儿，我想，我在他们心目中，肯定确立了一个礼数周到的中国人的形象无疑。

上车时，我和谢铁骊并坐。

他悄说："记着到了住地就还给人家啊！"

我说："那我里边的东西往哪儿装？"

他说："你还想拎回国去呀？你作出点儿个人牺牲，服从大局吧！"

……

先是，在国内时，某次电影现状研讨会上，有位第五代导演，谈到谢氏电影时，称之为"小谢"，自然满堂灿笑，惟谢铁骊未笑，认真聆听，仿佛便是"小谢"了。

那位仁兄姓腾，名文骥，亦谢铁骊忘年交。

轮到"小谢"发言，表情、语调，谦恭如第六代导演，甚至是第七代、第八代导演。

他说："承蒙腾老奉承了我几句，惭愧得很，不敢当'成就'二字。腾老谦虚，说他是'看着我的电影长大的'。而我呢，是看着腾老们的电影继续长大的……"

包括赵实部长在内，无不笑出声来……

到日本的第二天，我不知怎么，对谢铁骊老师也脱口叫出了"小谢"。

全团笑过，都道，叫团长"小谢"，实在是太亲切的叫法了。

他说："那也得经我团长同意吧？"

大家说："代表团在国外，凡事尤其要讲民主，我们是多数，您一个人是绝对少数。叫您'小谢'是我们一致主张，您要少数服从多数。"

他说："那，我只有——称你们某'老'或某老师啰？"

异口同声曰："要得。"

团内叶大鹰年龄最小，"小谢"问之："以后我称您叶老师，不会有不自在的感觉吧？"

大鹰立即回答："感觉好极了！"

自此，"谢老师"之称废除，便一律叫他"小谢"了。剑雨兄一时改不过口，每遭大家批评。

而"小谢"，自然是要称我"梁老"的。

有次，在地铁站口，一位新派的日本带队小组，手持团员名单点罢名，不安地问："怎么少一个人？"

都说不少啊。

问："你们在客车上总叫的那位'小谢'呢？"

大家忍俊不禁……

还有一次，与日方中日友好人士座谈，对方代表做了较长时间发言，"小谢"发言时，显然是出于礼貌，也说了十几分钟。

在回宾馆的车上，他问大家："我讲话时，感觉你们听得挺不耐烦。"

异口同声："对。"

又问："嫌我说的长了？"

还是异口同声："是。"

"那，诸位老师批准我以后讲几分钟？"

七嘴八舌之后，统一为五分钟以内。

当晚，是联谊性质的活动，"小谢"团长发言时，从腕上捋下手表，放于桌面，情绪饱满地侃侃而谈，还引用古诗句。团员中有人交头接耳，暗暗计时。

一回住地，大家齐聚他的房间，都道是"小谢"该表扬，因为他的发言仅四分半。

团员中女编剧王浙滨，一本正经地点评："多精彩的发言啊，多一字嫌多，少一字嫌少，我们严格要求您还是对的吧？水平一下子就上去了！"

他也不免得意起来，说："承蒙各位老师培养，小小的进步，有你们的一半功劳，也有我自己的一半功劳嘛。"

叶大鹰坏笑道："高水平都是逼出来的，咱们再将小谢的发言减少一两分钟怎么样？"

大家很人道，说那对团长的要求太过苛刻了，凡事不能过。但表扬也不能白表扬，团长得对表扬意思意思。

结果，是"小谢"请我们去吃顿夜宵……

回国前一天，有半天逛超市购物的时间，团长要求大家都得去，不准任何人的假。他那话是冲我说的。还说，不在日本多少消费点儿，怎能对得住主人们连日来热情周到的安排？

那是一家半大不小的超市，满眼都是写有"100元货"、"10元货"的纸条。货物也自然是小东小西。但大家到那种地方去，正是都要买些新颖别致的，有纪念意义的小东小西。

那些东西对我没什么吸引力，我闪于一旁呆看而已。

"小谢"却不容我置之度外，一会儿在某货架后轻轻唤我："晓声，过来，看看这儿有你喜欢的没有？"

一会儿悄没声地突然冒出在我跟前，也不言语，拉着我手就往某处货架那儿领……

我说，我其实根本没打算在日本买任何东西。

他急了："你怎么可以这样？你怎么可以这样？这样是不对的，我坚决抗议！"

我说，我也根本没带日元。

他立刻说："我有，我有，足够你花的，你说你要多少吧！"

那时的"小谢"，像是那一家日本超市雇的导购员、推销员或业务总管。而且，是王牌的。一会儿帮这个拿不定主意买什么的人做出决定；一会儿怂恿那个买下他认为绝对值得买，不买就是大傻瓜的东西，不亦乐乎。

有成员问他："那您呢？"

他先人后己地说："我不急，我不急，我是团长嘛，得先让你们都买到中意的东西！"

我在他的强烈要求下，终于由他垫付了几十日元，买了几样他替我决定的小物件。

在车上，大家一个个心满意足，大有斩获的样子，还唱歌。

我照例与谢铁骊老师坐一起，问他："您是不是觉得很有成就感啊？"

他说："当然，那当然！"

我说："普遍而言，男人是不愿逛商场买东西的。"

他说："那是不愿体验生活乐趣的男人。"

我说："那是女人们的生活乐趣。"

他说："男人的一半是女人。所以女人的生活乐趣，也应该是男人的另一半生活乐趣。不经常体验体验，就不够理解女人。连对女人都缺乏理解，怎么谈得上较全面的理解生活？"

我说："那您经常逛商场买东西吗？"

他说："那可能吗？根本不可能啊！所以只要有机会，就该像女人那样逛商场。多好玩啊！"

……

七天转眼过去。

当我们走出北京机场，望着谢铁骊老师，即将分手各奔东西时，我看出每一个人都有些与他依依不舍了。

他说："诸位老师，以后还愿意和我出国吗？"

异口同声："愿意！"

叶大鹰补充了一句："以后要不是谢老师带队，那咱们谁还出国啊？！"

他笑道："大鹰这话的意思好像是，把以后率你们出国当成任务压给我了。"

王浙滨的眼立刻一亮："再什么时候？"

……

几个月后，忘了因为什么事儿，我去过铁骊老师家一次。那时，他的家早已搬至木樨地了。其实也没什么非去不可的事，大约仅仅是由于想他了，找个借口见他一面吧？

他摆出了好烟，沏上了好茶，和他的夫人共同陪我聊天。他夫人也是北影人，也和他一样待人亲切，虽然和他交谈的场景不同了，我亦不觉拘束。究竟聊了些什么，却早忘了，左不过就是电影话题夹杂着生活话题罢了。

惟一给我留下深刻印象的，是沙发上的一本书——《茨威格小说集》。

我不由得问："您还喜欢读外国小说?"

他说："是啊。中国的文学和电影，一向是三维视角——政治的，民生的，综合成故事的。西方是四维的。"

我说："多那一维是心理的。"

他说："对。"

我说："中国心理小说也将涌现了。"

他说："不知什么时候，中国会有心理电影。"想了想，问："心理现实主义，中国也需要那样的电影。我是肯定没机会拍那样的电影了。"

前辈脸上，显出了心有不甘，心有郁闷的表情。一小时后，他的侄子回来了。那是个面容清秀，身材颀长的青年。前辈向我介绍，侄子是研究佛学的，而且是硕士，同时是居士，在京工作，住他家里；已编辑出版过几部介绍佛学故事的书籍。

居士问我对佛教是否感兴趣?

我就回答了我对佛教的认识，局限于文化层面的理解而已。

于是其侄请我到他的小房间，向我介绍几类佛教知识方面的书，同时赠我几本。结果，一聊起来，竟忘了真正的主人夫妇了。

快中午时，我离开居士的小房间，见谢老师夫妇，双双坐在沙发上候着我的出现呢。

我不禁脸红。

谢老师说没什么，说自己难成侄儿的知音，侄儿遇到一个有些共同语言的，可以理解。

他们夫妇要留我用餐，我执意告辞了。

铁骊老师送我下楼，在电梯里说："我是无神论者，侄子是虔诚的有神论者，还住在我这儿，朝夕相处，也是和谐共处，谁也不企图影响谁，不争论，不对立，彼此尊重对方的信仰，有意思吧?"

我说："不仅有意思，还耐人寻思。"

他说："文化之事，最应该讲共同存在的原则。文化观点的誓不两立，其实是不可取的立场。军事上，一个师团消灭另一个师团往往是容易的。文化上，企图用一种抵消另一种那就是文化专制主义了。文化消亡的现象，更多时候是自然而然的现象……"

我说我同意他的看法……

自那以后，我竟再也没见过谢铁骊老师。屈指算来，不通音讯十几年矣。

每想念。

再屈指一算，谢铁骊老师已是年过八十的人了。

谢铁骊，一位一生喜欢读书的中国电影导演；故是一位名著改编情结很深的电影导演。同时是一个从不端艺术架子，高兴与年轻人打成一片的人；一个平易近人的，幽默风趣，在人际关系中反对斗争哲学，主张和谐相处的人；一个在年轻人心目中具有魅力的，不仅可敬，而且特别可爱的人。

大约，他一生中只有一次是与人斗争过的。便是在"文革"时期，和"四人帮"们……

（选自《都市美文》2009 年第 1 期）

白雪为纸书雷加

从维熙

今年十一月一日，京城飞落初雪，大地一片银白。望着漫天飞舞的雪花，让我忆起另一个落雪的日子，并为之勃然情动。

——作者

记得，远在 1982 年底，我刚刚从魏家胡同的一间八平方米小屋，搬迁到团结湖新居后不久，有一天接到了一个传呼电话（当时电话还没有普及到家宅），我跑到居委会去接听时，从那哈哈哈的豪笑声中，已然知道是雷加了。他说他想来新居看看我，不知道我是否在家。我立刻阻拦，因为当天天空阴霾，天气预报中说有飞降大雪的可能。他听后笑声更为响亮，反驳我说："这样的天会朋友，才更有味道。"言罢，电话断了。我的心非常不安。第一，雷加年长我十七岁，虽然北京作协会给他派车，按辈分上讲，他来看我，有失礼仪纲常。第二，他已是奔往七十的老翁了，天气这么阴冷，为庆贺我搬迁新居，万一得个感冒什么的，不是太不值了吗？

大约过个把钟头，雷加终于到了。楼下鸣响的不是汽车喇叭声响，而是阵阵自行车的铃声，我隔窗下望，雷老不是坐单位汽车来的，而是骑着一辆自行车来的。我忙跑下三楼去迎接。更让我目瞪口呆的是，他的车后座上，还驮着一个小花盆，里边开着的是一束梅花。

我说："雷老，你这是……"

他哈哈大笑着说："想不到吧？古人说'梅花香自苦寒来'。为庆祝你搬离八平方米小屋，住进新楼，半路上突发灵感，便到花店买了一盆腊梅送你。因为它可算是你的'生命花'，祝贺你梅开二度，再红枝头！"

雷加的"蒙太奇"之举，让我久久失语。记得，我是一手抱着花盆，一手搀着雷加登上三楼的。在攀登楼梯过程中，他不断甩开我搀着他的手，但我死活不松开。他无可奈何地说："行！到底是'劳改犯'的胳膊，还真有劲！"

爬上三楼，我老母亲为他沏上了一杯热茶，他推开茶杯，拉起我老母亲的双手说："大嫂！这么多年你受苦了。我祝贺大嫂苦尽甜来，维熙会用作品来报答你的。"说罢，又是一阵大笑。

这天中午我母亲特意给雷老做了一顿农家饭：稀的是玉米碴粥，干的是玉米饼子。这是雷老点名要吃的，正好家乡送来五谷杂粮，让雷老吃了个饱。但吃过午饭后，窗外飘起了白白的雪花。雪后路滑加上路途遥远，骑着自行车来的雷加，该怎么回家？他发现我在窗前看雪，知道我正为他担心，便像童年嬉戏那般，用手指拧着我的耳朵，把我从窗边拉回到沙发上说："你太小瞧我雷加了吧。我受的罪没有你多，但走过的风雪之路可比你长——从东北鸭绿江到延安，从延安又回到东北，然后来到北京。这点飞雪正好是给我的归程助兴哩！你把你的长篇《北国草》给我签上名，我就打道回府了！"

让我感到为难的是，此时雪越下越大。我说我去给北京作协打个电话，让司机来接一下。雷加连连摇手。在百般无奈之际，我选择了骑着我的自行车送他一程。那是我终生难忘的一次雪中送友，就好像老天有意宽待雷加虐待我一样，我的车子两次滑倒，他却安然地骑在车子之上。每逢我倒霉时，总是招起他的朗朗大笑。笑声过后便是对我的戏谑："怎么样，'劳改犯'，我劝老弟现在就掉转车把，回你的团结湖……"

我拒绝从命，继续骑车送他，但是到了建外大街。还是硬被他拦住撵回来了。

"再见……"他朝我喊道。

我对他高喊："雷老，你到家后给我打个传呼电话，我好放心……"

将近黄昏，我终于接到他平安到家的电话。悬着的心放下了，但对雷加的好奇却占据了我的心田。他 1915 年落生于辽宁鸭绿江畔，1931 年"九一八"事变，就离开故土鸭绿江，先后在北平、上海参加学生运动，并开始了写作和俄文翻译工作；1938 年到延安后，参加了中国共产党；之后，他跑遍了中国的东、西、南、北、中，新中国成立前后发表了几百万字的文学作品。让我更为崇敬的是，这位历经战争烽火考验、新中国成立后饱经政治运动磨砺的文坛老将，仍然质朴如初，说得形象一点，他就像是一个永远笑对生活的老顽童。这是他文人性格的一面，另一面，雷加又是个有情有义、率真豪爽、骨骼里有着文人钙质的北国汉子。之所以这么说是有例为证的：记得，党员作家在市委党校学习期间，在一次为历史定位的会议上，雷加扮演了"当头炮"的角色。会上，有人称"'文革'只是犯了个错误"。而雷加第一个反驳说："不仅仅是错误，应该说是一场民族劫难。"他在会上列举了许多史实，包括许多开国和创业的功臣在"文革"中的悲惨命运，为自己的论点作证。可能是雷加和我躯体里都有"亮实情讲真话"的精神基因，我是第一个为雷加的真诚拍手叫好的。浩然在当天为此而不快，我和雷加却为此而成了忘年之交。

可惜的是，和雷加没有相聚几年，1985 年初我就从北京作协调往中国作协，相会的机缘虽然少了，但精神中枢却仍然没有断肢。逢年过节，我必打去电话问候不说，每每有新作出版，我不忘把书送到雷加手里，以求前辈人的指正。非常有趣的是，有一年夏天，我到北京作协办公务顺便去看望他时，陈年旧情又被点燃起来。当天很热，我手摇着一把纸扇解暑，那把纸扇引起了他的注意。他先是从我手中夺了过去，后又读开了扇面的题诗："何需惆怅惜春迟／二度梅开花满枝／驿路风尘化诗雨／沧桑历尽大道直／唯求肝胆如冰雪／朝花何妨到夕拾。"读后，他惊呼道："哎呀！太好了，老弟，它出自哪位诗家的手笔？"

我给他来了个幽默："你得了健忘症了吧？是你送我的呀！"

"我？你别跟我开玩笑了，是谁写的，从实招来！"他拧紧了我的一只耳朵。

"不是你，是雷加。"我也来了逗乐的兴致。

"你……你……是拿我取笑吧？"

我这才告诉他，当年他骑着自行车给我驮去梅花一事，被住在一楼的老报人曹尔泗隔着窗玻璃看见了。曹尔泗过去在北京日报与我是同一个编辑室的好友，被这种真情感动之余，写成诗章。我说："所以追根溯源，还要追到你头上，没有那盆冬梅，哪会有这扇面诗出笼？"

雷加哈哈大笑起来，摸摸自己的头大声说："好了！我承认我是始作俑者！"

进入二十一世纪之后，我除了在电话中能听到雷加的笑声之外，与他见面的机会少多了。有一次，我打电话给他，是他家小阿姨接的，她告诉我老人虽然笑声依旧，但已然靠轮椅行动了。情急之下，第二天我带了些营养品和家乡的土特产，去右安门大街的一座居民楼里去看望他。

我埋怨他说："在电话中，你怎么不告诉我？"

他依然大笑着说："现在是你忙我闲，不愿多占你的宝贵时间。"

"你偏偏爱和自己较劲。你还记得吗，你在一个雪天骑着自行车……"

"现在怎么了？我还是骑两轮的车子上街，不过是用手代脚而已！"说着他用两只手，转动开了轮椅的轮子，在客厅里绕开了圈子。

此举急坏了给我们沏茶的小阿姨，急忙丢下杯子，跑到雷加身边帮他推车。但雷加就像当年推开我换扶他的手那般，把小阿姨甩开，继续他的轮椅运动。

这就是雷加的一幅晚年的生命画像。他追求生活平实散淡，个性没有一丝老革命、老作家的不可一世。用小阿姨的话说："雷爷爷就像俺们农村地里的高粱，长得粗壮高大，是五谷杂粮之王；可是他却从不当王，甘当高粱地里的矮谷子……"

雷加打断她的话说："我不是谷子，我是鸭绿江边的一粒草籽！早晚有一天，我这株野草，还要飞回到母体去的！"

当时，我没有仔细咀嚼雷加这句话的深层含义，直到今年春夏之交，突然接到雷加女儿刘甘栗的电话，说雷老因器官衰竭于3月10日下午病故，当时老人刚刚过了九十四岁生辰，就猝然告别人间去了天堂。现在她按父亲遗嘱，已经把骨灰撒进鸭绿江的碧水之中。

我难过之余，询及甘栗为何报纸上没见哪怕一个字的新闻？

她回答我说："叔叔，你是了解我爸爸的，他一生以平民百姓自居为乐。"

我落泪了。笑声如涛的雷加，高大威猛的雷加，走得就像今天京城漫天飞雪那般无声无息。面对窗外银雪，我似乎找到了他的灵魂之所在——他就是晶莹剔透白雪的化身，魂归鸭绿江之后，变成了鸭绿江的一丝碧浪……

（选自《今晚报》2009 年 11 月 12 日）

活在黄河魂魄中的诗人

——纪念著名学者、诗人张光年百年诞辰

柳　萌

你也许不熟悉张光年这个名字，可是你不能不知道《黄河大合唱》。《黄河大合唱》和《义勇军进行曲》，跟法国的《马赛曲》、意大利的《我的太阳》，都是振奋民族精神的不朽之作，在关乎国家存亡的关键时刻，起到了团结、凝聚人心的作用。如果你听过《黄河大合唱》，这部体现民族魂魄的作品，你就会知道词作者光未然。光未然是张光年先生写作诗文常用的笔名。

我在天津一中读书时，音乐课唱过两首歌，一首是《黄水谣》，一首是《五月的鲜花》，从此，记住了词作者光未然。后来参加中学生合唱团，排练《黄河大合唱》，更是牢牢记住了词曲作者：光未然、冼星海。这两个名字跟这部作品，伴随着我整个成长过程，即使在进入老年的今天，聆听《黄河大合唱》的演唱，我依然会激动犹如当初。那年去冼星海故乡广州番禺参加笔会，给《人民日报》写的散文《寻觅记忆的声音》，灵感就是来自这部《黄河大合唱》。

年轻时进入报刊界，多年编辑文学稿件，知道文学界的张光年，却不知道张光年即光未然，有次翻阅名家辞典，这才知道，文学评论家张光年，即是著名诗人光未然。可是万万不曾想到，我"右派"问题改正后，调入《新观察》杂志社，此时，中国作家协会主要领导人，正是这位仰慕已久的光未然。

尽管那时作为普通编辑，跟张光年先生接触不多，但是关于他

的为人处事，特别是他对新时期文学的推进，对中青年作家的扶持培养，都给我留下极为深刻的印象。他和几位中国作家协会当时领导人，成了新时期文学事业的标志性人物，许多优秀作品的出现，都倾注着他们的心血。那时的中国作家协会组织，如同一块磁铁紧紧地吸引着作家，如今有些作家谈论新时期文坛，无不对张光年那代领导人充满敬意。怀念中国作家协会那种"家"的感觉。

张光年先生任中国作协领导时，我被任命《新观察》杂志社组长职务，想不到还跟他有一定关系。那时中国作家协会刚恢复，行政建制还未被准确定位，各报刊社中层部门都叫组，主编戈扬有意让我担任组长，她找我谈话时，我说："我一个白丁，这怎么行呢？"后来主编再找我时，明确地说："我跟光年请示了，光年说，不是党员该用照样用。"就这样，我被任命为《新观察》杂志社领导班子成员、时事杂文组组长。

这件发生在我身上的事，给我的第一直接感觉是，张光年在任用干部方面比较务实。

还有一件跟我有关的事，也是发生在张光年主政时。作家白桦电影《太阳与人》放映后，在社会上引起不同反响，对白桦有种种不实传言。出于澄清事实的目的，我建议请白桦写篇文章，刊登在《新观察》杂志上，当时恰好主编戈扬不在北京，副主编杨犁和编辑部负责人张凤珠，同意我的建议并指派我跟白桦约稿。

白桦文章《春天对我如此厚爱》，1981 年在《新观察》杂志第14 期刊出，未曾想跟电影一样引起轩然大波。

一天傍晚，主编戈扬匆忙跑到我家告诉我，在一个刚刚结束的会议上，胡乔木给冯牧和她写了张便条，批评《新观察》发表白桦文章，戈扬征求我的意见，看如何处理这件事。这是由我惹的"祸"，以为会像过去那样，肯定追究我的责任，起码得写篇检讨文字吧。我表面镇定，心里却不安。为此曾向我敬重的艾青、秦兆阳等前辈作家讨教。

令我未想到和感动的是，杨犁和张凤珠做了说明，责任则完全由中国作协揽了去。张光年让中国作协秘书长杨子敏，化名冯明

（奉命谐音）写了篇文章《也谈春天的"厚爱"》，委婉地批评白桦文章，发表在 1981 年第 17 期《新观察》杂志，这件惊动中央领导的事才算暂时平息。

从这件事可以清楚地看出，以张光年为首的中国作协领导层，在处理突发"政治事件"上，特别是在保护下属上，远比过去更有谋略和智慧。

1988 年中国作家协会党组决定，我从作家出版社副社长任上调出，到中外文化出版公司主持工作。到任后查阅相关档案资料知道，倡导成立这家出版机构的人，正是评论家张光年和翻译家陈冰夷，由时任中宣部部长胡耀邦，排除出版业内的干扰（坚持对外翻译出版，只外文局一个渠道）最后批准。宗旨就是向海外翻译推介中国文学。从名称到经营方式都是全新的，完全有别于传统出版机构，却与世界出版机构紧密接轨。用今天出版社改制眼光来看，这家新型出版机构的成立，其思路和做法整整超前了 30 年，在改革开放初期是绝无仅有的一家，即使现在好像也未听说过，哪家出版社名称和经营方式全如此，足见胡耀邦和张光年、陈冰夷，他们在文学事业上的远见卓识。我接手后翻译出版的第一本书，就是《中国军事文学作品选》英文版，而后又出版《中国文学作品英译本索引手册》，并且很快跟多家国外出版机构，建立了长期合作的意向，初步实现了张光年等老一辈，让中国文学走向世界的愿望。可惜在1989 年那场风波中，刚刚起步的中外文化出版公司，跟《新观察》、《小说选刊》、《散文世界》一起，被迫停办并撤销了社号，我和我的年轻同事们从此赋闲，再也无心思干别的正经事情，为排遣烦恼和时间就到处跑。不过就我个人来说，那是我一生当中，最值得怀念的时光。非常感谢张光年、陈冰夷先生，这两位有远见卓识的文学前辈，搭建这么好的一个文学平台，由我主持做成了他们想做的事，使我前半生坎坷、平庸的生命，在最后时日闪出一点微弱光亮。这无论是他们还是我都是个安慰。遗憾的是，可以认真做事的日子，转瞬即逝。

我真正接触张光年，就是在赋闲之后，1991 年的西北之行。

中国作协组织作家访问西北，知道我情况的创联部朋友们，为让我解脱精神上的苦闷，安排我参加作家团造访河西走廊。跟我们同行的就有张光年夫妇。光年是我们这一行人中，级别最高、年龄最大、资历最老，却毫无一点架子和傲慢，乘一样车，吃一样饭，说一样话，连称谓都是直呼其名，对光年最多加上"同志"，或者叫"张老"以示尊重，无论是中国作协的人，还是外地来的作家，没有一人称呼他职务，他总是乐呵呵地答应。

这时的张光年在我们眼中，就是一位老作家、老朋友，彼此间相处得非常融洽。可惜这样亲切、平等的风气，后来在中国作家协会消失，职务称谓跟机关完全一样。每每想起此事格外怀念张光年，以及他那代领导人的好作风。

那时作家出去采风，没有现在这么威风——火车坐软卧，宾馆住星级——费用严格按照国家规定。当然也无人计较此类事情。我们一行十多人中，够级别的有好几位，软卧票却只有三张，除光年夫妇外，还剩一张软卧票。几个人互相推让，谁也不肯去坐，除了朋友间的友爱，还怕跟光年一起拘谨，最后只好留给后到的江西省作协主席陈世旭。

事后听陈世旭讲，跟光年相处得非常好，一路上有说有笑，根本没有隔辈之感。

我们从兰州启程，乘坐一辆面包车，开始向敦煌进发。在茫茫戈壁滩，荒凉障目，车声塞耳，时光显得漫长。为了排遣寂寞，大家互相取笑，笑声充满车厢。光年显然被笑声感染，他也跟着开怀大笑，如同一位普通长者。直到到了莫高窟，他在关照我们时，我们才忽然记起，张光年是中顾委委员。

参观莫高窟有规定，重要的窟考虑保护，严格按照级别开放，只允许张光年一人参观。光年就跟接待方说："跟我来的都是作家，来趟敦煌不容易，请你们破个例，让他们跟我一起看吧。"我们这次的敦煌之行，沾光年的光参观多个窟。当然，多数人也就是看看而已，其中收获最大的，当属青年作家徐小斌，她有个酝酿多年的故事，在敦煌突然找到叙述环境，回来写成小说《敦煌遗梦》。

这次的西北之行，大家相处得非常好，无年龄之别，无职位之分，彼此说笑逗闹起绰号，是一次很快乐的笔会。光年对我们这些晚辈，有所了解有了感情。从西北返回北京不久，光年请他的秘书吴桂凤，特意给我送来他的字幅，内容是他的诗《鸣沙山》。诗曰："莫嫌沙粒小／聚沙可成山／莫笑沙不语／长啸如雷喧／／沙峦八十里／护此月牙泉／涉沙腿脚软／小坐叹奇观"，这既是老诗人的感受，这也是我们经历的情景，我感到特别的温暖和亲切，这使我对光年的为人，有了进一步的具体了解。

我把这件墨宝镶框，悬挂在我家客厅里，现在有时睹字思人，那次西北之行情景，就会油然再现眼前，仿佛光年并未远去。

其后，光年又赠《惜春文谈》、《光未然脱险记》、《向阳日记》和歌词选等新书给我。可见这位老诗人老领导，多么看重西北之行的友谊。有人说，书生人情纸半张，请问，现在的书生们，这半张纸的人情，究竟还有多少呢？

比这更让我感动的是，那年夏天在北戴河"创作之家"，遇到先来避暑的光年。他在二楼阳台上看到我，笑着脱口叫了声我的绰号，让我上楼去他房间坐坐。亲自给我倒了杯水，而后就忙不迭询问，我的近况和家人情况，作协是否安排了我的工作等等。当我如实把安排意向告诉他，他推心置腹地为我出主意，没有丝毫的芥蒂和保留。这使我隐约地觉得，尽管光年从政多年，处于文坛领导地位，但是气质依然是个诗人。

作为学者、文学评论家的张光年，生前有多种学术和评论著作，然而真正让他享誉华人世界的，还是他和冼星海共同创作的那部《黄河大合唱》。那年去延安开会回来路过壶口，面对着滔滔的黄河之水，那铺天盖地的澎湃气势，让我们一行人简直看呆了。这些平日善于言辞的作家、诗人，一时却找不出表达心声的方式，个个表情严肃地凝视着河面，仿佛是在向这条伟大河流致敬。

突然，一位诗人冒出一句："啊，朋友！黄河以它英雄的气魄，出现在亚洲的原野；它表现出我们民族的精神：伟大而又坚强！"顿时启开众人心灵闸门，大家激动地唱起来："我站在高山之巅，

211

望黄河滚滚，奔向东南。金涛澎湃，掀起万丈狂澜……"歌声汇入滚滚浪涛，流向天边奔向远方，骄傲和豪迈的情感，充盈在每个人胸膛。

在黄河之滨唱《黄河大合唱》，其情其景令我们热血沸腾，如同依偎着母亲的怀抱，民族自豪感和自信心，自然而然从心底生起，不禁想到黄河的歌者——冼星海、光未然。在决定国家存亡的关头，他们以饱满的革命激情，创作出这部大合唱，鼓舞全民族奋起抗日，他们不愧为黄河之子。黄河是中华民族的象征，黄河千年百代地流淌，《黄河大合唱》就永远传唱。音乐家冼星海，诗人光未然，这两个耀眼的名字，将会长久活在黄河的魂魄中。

（选自《天津日报》2012年11月5日）

苍龙日暮还行雨

——忆蔡尚思先生

王春瑜

蔡尚思先生以 104 岁的高龄辞世，开创了中国历史学家的长寿纪录，我作为这位人瑞的众多弟子之一，悲哀之余，又深感自豪。

蔡先生所以能享高寿，固然与他长期坚持体育锻炼、75 岁时还在操场跳高、一直洗冷水澡有关。但在我看来更重要的是，他始终童心未泯，个性率真，胸怀坦荡，遇事每每特立独行，老而弥坚。

我是 1955 年考入复旦历史系的。蔡先生是系主任。开见面会时，老师们当然都强调学习历史的重要性，有几位至今给我留下深刻印象。谭其骧教授当时显得很年轻，手里拿着一把很精致的折扇，一边摇一边说："我本来喜欢文学，但最后还是研究历史，历史很迷人。"靳文瀚教授说："我研究过政治学、法学、军事学。在美国留学时，对各种武器的性能，非常感兴趣，但转来转去，还是觉得研究历史好，便研究世界现代史了。"针对有些同学被录取到历史系，并非第一志愿，因而闷闷不乐，陈仁炳教授说："旧社会男女结婚，很多也不是双方志愿的，但进了洞房后，就慢慢两情相悦了。我相信这部分同学与历史专业也能建立起感情。"他说得很形象，不少同学都笑了。但是，蔡先生的讲话，却给我留下最深刻的印象。他说："我出生在农民家庭，小时愚钝，又不努力，读小学时所有功课全不及格！我哥哥也一样，真是难兄难弟啊！"同学们听了，不禁大笑。蔡先生嗓门洪亮，而且富有表情，我立即感到，这是个与众不同的老师。他又说："不过，我后来发愤苦读，北上京华问学，在南京国学图书馆，每天读书十七八个小时，除诗集外，该馆的经、史、子、集，我全部读了一遍，抄录的资料，装了几个麻袋，终于成了历史学家。你们比我聪明，只要认真读书，将来也一定会有成就！"就我对当代历史学家的管窥所及，说自己儿时笨、成绩差的，除了蔡先生外，大约只有谢国桢先生了。

事实上，蔡先生有时真像个老顽童。我清楚地记得，他在给我们讲授《中国现代思想史》时，认为吴稚晖是个典型的主观唯心主义者。他说："吴稚晖居然说茅厕里的石头也是有生命的！唔唔唔，这个吴老狗，这个吴老狗……"一边说，一边连连摇头，满脸不屑，一只脚还不断踢着，我们都哈哈大笑。1996年5月18日，我到上海后，即去复旦第一宿舍探望蔡先生。这一年，蔡先生已91岁。他与我聊天时，依然谈笑风生，甚至是手舞足蹈。他说三十年代初，他曾去苏州拜望章太炎，看着老先生为人写字，润格甚丰，好大一扎钞票啊！看得我都傻眼了，边说边离开座位，蹲在地上，眼睛斜视，似乎正看着太炎先生数钱，并伸出舌头。我一边笑，一边赶紧把他老人家扶起，他连连说，我不要紧的。我当时就想，中国不可能找出第二个这样可爱的老学者。在另一次交谈时，他说好多年前，他有一颗牙坏了，他感到其他的牙也不是好东西，要医生全部拔光。陈圭如教授（胡曲园先生夫人）闻讯，说："世界上哪有你这样的拔牙法！"我觉得这很可笑，但他却表情严肃。他批评时下有些人写文章瞎编乱造，有个记者写他"毕业于德化中学"。他说："其实，当时德化只有小学，根本没有中学，我就是小学生嘛！"这一天，我的日记里有比较详细的记载，时在1999年9月27日。我拿出一把纸扇，堪称不同凡响，上面有我认识的文坛、学苑师友亲笔签名，如于光远、丁聪、方成、王元化、王若水、王蒙、冯其庸、乔羽、朱正、李锐、李普、李慎之、吴江、何满子、牧惠、柳萌、张思之、流沙河、贾植芳、梅志、曾彦修、黄宗江等数十人。这年蔡先生已 94 岁，前一年，因胃癌开刀，不久前又因气管炎住院，刚回家不久，人比过去消瘦，但思维、精神、嗓门依旧。我请他在扇面上签名，并开玩笑说："您老签了名，这把扇子就是革命文物。"他说："不够格。"我将扇面摊平，蔡先生放在大腿上，签上名。他本来手有些抖，签名时，却一点未抖，字迹遒劲，宛如刀刻，真奇迹也。我请他写上 94 岁，好让我们也沾点福气，他提高嗓门说："我从来是忘我，不记得自己年龄的。"拒绝了。

1958 年，意识形态领域越来越左，到处搞什么"拔白旗"、批判资产阶级学术思想的运动。蔡先生是中共党员，带头在复旦工会小礼堂召开全系师生大会，批判自己。两位老师的发言最为特别。陈守实先生说："你的书与文章，光是骂人，有什么用？你要是想骂我陈守实，我躺在地上让你随便骂好了！"此话很尖刻。（按：刘伯涵学长 1980 年告我，陈守实师是当年陈望道先生主编的杂文、小品杂志《太白》的发起人之一，说话常带杂文味。60 年代初，有次市委宣传部请他做宗教问题的演讲，结果听众寥寥，他在教研组里说："下次请我作报告，干脆就到楼梯洞里算了！"）陈先生的发言，使蔡先生很尴尬。周予同先生素来宅心仁厚，他本来不愿批判蔡先生，但系领导要他发言，他只好很幽默地说："蔡先生的大著《蔡元培学术思想传记》，第一页就是蔡元培先生的相片，上面还有他的题字'尚思吾兄'如何如何，大概蔡先生是要让读者知道，蔡元培是本家吧？"周先生是笑着说的，分明是开玩笑，会场上也是笑声一片。但这样一来，似乎让人会误解成蔡先生有攀附之嫌，这同样使蔡先生尴尬，我记得当时蔡先生脸都红了。会议结束，蔡先生发言，对陈、周二位先生的发言，不但没有怨言，还感谢帮助，称这两位都是他的前辈。1992 年 6 月 28 日、29 日，香港《大公报》刊出我回忆陈守实、周予同、王造时三位老师的文章，文中曾述及这次小礼堂的大批判。次年冬，我在团结出版社出版了《阿 Q 的祖先——老牛堂随笔》一节，内收此文。1994 年初夏，我给蔡先生寄去一本，目的是供先生消遣。但让我感到有些意外的是，7月26日，他给我寄来一封信，说了些夸奖的话后，写道："关于195页所述周予同先生说我编的《蔡元培学术思想传记》要让读者知道我与蔡元培是本家一事，我已经记不起来了。几年前有来访问的一个日本代表对我说：东京有人传说您是蔡元培的侄子。还有一个安徽的读者来信称我是蔡元培的儿子。我都立即声明：他只是我的老师而没有其他的关系。他是'浙江蔡'，我是福建'蔡'……我一向反对攀龙附凤，妄认亲戚。假使周先生有此笑话，我一点也不怪他。""君子坦荡荡，小人常戚戚。"蔡先生一生光明磊落，胸怀坦荡。

　　蔡先生治学，从不迷信权威，从事实出发，不断挑战权威。他对以儒家为代表的中国传统思想，花了很大力气批判，解放初就出版了《中国传统思想总批判》、《中国传统思想总批判补编》，还著文批评梁启超对袁枚的不公，著《王船山思想体系》一书，纠正章太炎、梁启超、熊十力、钱穆、侯外庐等人对王船山的片面夸大之词。1963年秋，我在复旦历史系完成了研究生毕业论文《论1657年后的顾炎武》（按：正式发表时定名《顾炎武北上抗清说考辨》），通过大量史实考证，推翻了梁启超、章太炎以及当代某些史家的顾炎武北上抗清说。从系里把论文提纲打印出来，征求各大学历史系以及学部历史所的意见，到一九六四年四月我的论文答辩会上（按：我的导师是陈守实先生，毕业论文由他指导，当时中国古代史教研组的负责人朱永嘉也参与了指导。朱在"文革"中栽了，被判重刑，那是后话了。）都存在着明显的分歧。黄云眉先生、吴泽先生、李旭先生等是支持我的观点的，但也有一些先生持反对意见，李学勤、张岂之两位联名，对我的论文完全否定。在答辩委员会主席周予同先生主持下，经过答辩、投票，我的毕业论文通过了。但这场争论，引起了蔡先生的注意。他向系里要了一份我的论文打印稿，看后，约我到他家长谈。他热情地鼓励我说："你的论文引起争议，这是好事，就怕文章写的不痛不痒。我读完文章了，你敢于纠正前贤及时贤的论点，很有说服力！我支持你，文章由《复旦学报》发表。"我听了很感动。这时《复旦学报》的主编正是蔡先生。虽然此后不久，"四清"来了，"文革"来了，左风猖獗，文章未能在《复旦学报》刊出，直到1979年冬，才在《中国史研究》刊出。但蔡先生当年对我挑战学界权威的支持、鼓励，我是一直铭记在胸的。

九十年代，国学大师"忽如一夜春风来，千树万树梨花开"。我与蔡先生聊起这些人，他正色道："他们一个也不合格！中国的国学大师只有三个：梁启超、章太炎、王国维，一定要说有四个，只能勉强加上胡适。现在陈寅恪被大大圣化，其实他也不是国学大师；虽然懂不少门外语，看了不少外国书，但中国史书、文献，仍读的不算多。"他在一篇文章中说："世界文明无出佛教其右者，这是什么话?!"他后来不但向记者发表谈话，还写了文章，公开阐明他的这些看法。我举双手赞同蔡先生的观点。时下的国学大师，不过是学界某些老人——甚至是老朽的纸糊高帽，不值几文钱。

顾炎武有诗谓："苍龙日暮还行雨，老树春深更着花。"蔡尚思先生就是这样的"苍龙"、"老树"。他的雨露滋润着学生、读者的心田，他的大量学术文章，是开不败的花朵。

（选自《都市美文》2009年第1期）

怀念静轩

王巨才

6月12日，星期三，阴，小雨。

上午11时。接连几个电话，刚放好话筒，铃声又骤然响起。

"你听我是谁?"

声音好熟。然而，是谁?

我一边搔头，一边回忆：北方语音，又带南方口齿；语气急促，尾音又有点含糊⋯⋯

正沉吟间，对方发话了：

"我是孙静轩嘛!"

"噢，孙老你好!"我连忙以道歉的口吻向他问候，否则他一定会发脾气的。他又说："巨才，我告诉你个坏消息。我的病很重，怕是不行了，活不了几天了。"

我以为他在说笑，抑或是夸大其词。但转而一想，他这人虽然说话随便，但好像很少开玩笑的。莫非真的⋯⋯这念头一闪现，头皮便不由得发紧，拿话筒的手也抖了起来。

而这时的静轩倒像很通脱，说到病情，竟像是在转述别人的情况。特别是对那个人们最怕询问的字眼，也毫无忌讳。

他说，他的癌症恐到晚期，近几日咽喉剧痛，无法进食，恼火得很，直想自杀!又讲，原先发现肺部有5个肿块，经云南一位中医治疗有4块已消除，不意近期又全部复发，医生说肯定可以看好，但自己已没有信心⋯⋯

讲话间，孙老已泣不成声。我心头不禁猛地一沉，眼泪止不住要流出来，连忙劝慰说，孙老，你不会有问题的。你那么豁达，那么刚强，这辈子多少坎坎坷坷都挺过来了，这次也一定能闯过去的。你要相信，大德必寿，你是善人，好人，老天会赐福你的。

我特别强调："孙老，再别抽烟了，你抽得太凶。"

"早不了，哪还敢抽？"

"我也戒了……"

"什么？戒啦？"

好像发生了什么了不得的大事，他突然提高了嗓门，竟像是在吼叫："千万别戒！千万不敢！你要以我为鉴，我就是因为戒烟才得这个病，大家都这么说……"

电话那头没了声音，传过来的是一阵剧烈的咳嗽。

"别讲话了，孙老。我听您的，不戒，少抽就是了。"

说到这儿，我想到是否应该给四川作协去个电话，让他们再多费点心，想想办法。他听后连说："不用不用，老宋他们对我很好，都是好朋友。但是我已经 4 天吃不下饭了，身体吃不消了……"

他显然还在说着什么，但气喘得厉害，听不清，接着又咔咔咔地咳了起来。

断了。电话里响起忙音。

放下话筒，脑海里一片空茫。侥幸的希冀和不祥的忧虑交替闪现，心情沉重极了，难受极了。谁会想到，这样一位叱咤诗坛，才思横溢，像孩童一般单纯，怒狮一般暴躁，天使一般善良，游侠一般豪爽的硬汉，在病魔的无耻欺凌下，也会变得如此脆弱，如此孤单与无奈！

人生如梦，世事无常。但善恶有报，吉人天相。愿上苍保佑您！孙老。

6 月 30 日，星期一，天气异常闷热。

担心的事终究未能躲过。

先是马加报告了凶讯，党组会上一片惊愕。

随后宋玉鹏、李天泉来电话，告知静轩于凌晨 3 时 25 分辞世。

此时，除了感叹命运的残酷，我竟无话可说。

但他那消瘦的面孔，深陷的眼眶，散乱的披发，短短的胡髭，又都轮廓清晰、表情逼真地反复出现在脑际，一如投射在银幕上的黑白特写。

回想起来，我与他的接触，也就是那么有限的三四回吧。最早是在原中央文学讲习所早期学员的一次聚会上，他与公木老师及马烽、唐达成、邓友梅、徐光耀、玛拉沁夫、苗得雨、蔡其矫、陈登科、李若冰、李纳、徐刚、张凤珠等著名作家、诗人一起。由于他"形容枯槁"，衣着落拓，谈吐率意，虽是六十来岁的人，倒像一位十分活泼的、大家都很喜欢的小弟弟。我虽拜读过他的不少诗作，但终因年龄、身份悬隔，未敢上前搭话。

但他就是这样一个重友轻利，通体透亮，肝胆照人，让你一见如故，永远无法忘怀的人。

又是一个好人黯然离去。

怅望苍天，于意云何！

在我问及后事情形时，天泉说，老孙的夫人小老孙十多岁，退休前是印刷厂的职工，没多少工资的。但我想这不应该成为太大的问题。这样一位从小投身革命，虽历经政治运动的劫难，仍痴心不改，激情如火，在从事创作和组织诗歌活动，扶植文学人才方面都不遗余力，在海内外有重要影响，在西南地区乃至全国文学圈都深得人望，广有善缘的著名诗人，他的遗属，有组织关怀，又有那么多感情深厚、卓有成就的学生，是理应得到较好照顾的。

记得 12 日那次通话时，我曾提到至今保存着他 50 年代出版的《唱给浑河》，最近还陆续看到发表在《雪莲》上的那组记述诸多弟子行状、情真意切、像诗一样优美的文章。

他说："那组文章一共 58 篇，还有一些没发，今后怕是写不成了。"一语成谶。

是的，静轩，在经历太多的苦难和众多荣耀后，拖着遍体鳞伤、精疲力竭的身躯，你已悄然退出人生的竞技场，连同你横溢的才气和多彩的诗笔。

留下的，是人们无尽的思念。

（原载《光明日报》2003 年 7 月 7 日）

在冬天，怀念梅志

李　辉

狂风一夜，落叶满地。说是北京今年的冬天来得慢，但还是在大风之后携着寒意来了。

在初冬，我怀念梅志先生。

怀念梅志，很自然想到了毛泽东著名的《咏梅》词："风雨送春归，风雪迎春到。已是悬崖百丈冰，犹有花枝俏……"太熟悉这些诗句了。我儿时的成长伴随着不断地朗读它，背诵它。如今想起它，不只是因为恰是词的作者1955年大笔一挥，在周扬呈送的即将发表的胡风书信大样上，加上了"胡风反党集团"几个字，随即一场暴风雪突然降临在胡风、梅志夫妇及其朋友们身上；更是因为，词中傲雪挺立的梅花意象，总让我联想到梅志生命的美丽。

历史竟有如此巧合！悲哉? 幸哉?

几年前，我曾为丁聪先生画的梅志肖像画写了这样一句话："她让我想到俄罗斯十二月党人的妻子：美丽、坚韧、勇敢。"

与毅然前往西伯利亚，在冰天雪地里陪伴丈夫的俄罗斯十二月党人的妻子们一样，梅志陪同丈夫胡风奋斗、漂泊、受难，逆境中表现出惊人的坚毅与沉静——这就是她的生命的美丽。

第一次见到梅志，是在1981年，我还在复旦大学念书。一段时间，贾植芳先生就一直在念叨："胡风到上海来治病了，他在监狱里患了精神分裂症。"他的关切和期盼，让我感动。一天，他高兴地告诉我：过几天梅志会来他家里吃饭。他要我到时也来。

走进客厅，见到了梅志和女儿晓风。我吃惊地看到，年近古稀的梅志在历尽牢狱磨难之后竟无一点衰老迹象。个子不高，身材苗条，没有多少皱纹，也没有什么长吁短叹。她的语调柔和，但说话简捷明了，透出精干、果断与沉静。最美的是眼睛，有脱俗的清澈。这些，与整洁合身的浅色便装和谐地构成一个整体，有意无意之间用女性的美丽为她经历的纷乱动荡的时代提供了强烈的反差。我注目她，听她和先生、师母闲谈。当时没有相机，未能为他们难得的重逢留下影像记录，想想真是遗憾。

几个月后，1982年2月，我毕业来到了北京。稍事安顿，我便去看望胡风、梅志，还带去了贾先生写给他们的信，信中贾先生请他们对我这位新来乍到者多多关照。当时他们还住在北京有名的"前三门"——前门、和平门、宣武门大街上的临街楼房里。房间不大，大约是个两居室。经过在上海一段时间的治疗，胡风病情已有所好转，可以进行简单对话。他的神态虽显得木然，但偶尔闪出的目光却有力而倔强。家里主事的当然是梅志。

不久，得到政治上平反的他们，新分到一套住房，开始张罗搬家。新家在木樨地，是当年北京刚刚盖好的两幢高干和高级知识分子楼。一些复出的老作家，如胡风、丁玲，还有一批副部长级官员都入住其中。这年夏天，胡风一家搬进了新居。搬家那天，我去帮忙。梅志安排，先把胡风送到新居的客厅，然后大家再搬家。记忆中，除了几书架书之外，没有太多家具，一辆卡车还没有装满。搬进木樨地，他俩再也没有离开。可惜胡风在这里只生活了三年就在1985年逝世。梅志晚年的最后二十二年则一直在这里度过。在这里，她撰写《胡风沉冤录》和《胡风传》；在这里，她写下一篇篇感人的散文；在这里，她看着小孙子从出生到长大成人；在这里，她度过了一生中最安稳、最有家庭气氛的日子——只可惜胡风早早离她而去。

2004年10月，梅志去世，永远离开了她和胡风最后的家。而他们那年搬进新居的情景，仿佛就在昨天！

拥有稳定而平静的家，是梅志期盼一生的梦想！

　　1984 年，我在《北京晚报》编副刊时，请梅志为"居京琐记"专栏撰文，她写来的第一篇散文《四树斋》，就是描写他们五十年代在北京的家。三十年代和胡风结婚后，他们一直都在漂泊。先是抗战期间的逃亡，再是内战期间躲避国民党的搜捕……1953 年，胡风用稿费在北京买下一个小四合院，位于景山后面，与北海公园相邻。为妻子和孩子安排一个舒适安稳的家，是已经受到批判的胡风此时最大的愿望。他自己张罗着将房子修葺一新。他扩大了厨房，给厕所安好抽水马桶。小院虽只有四间房，但被安排得井井有条。他又买来四棵树种上，分别是：梨树、紫丁香、蟠桃、白杏。这年夏天，一家人来到了北京，住进了他们在北京的第一个家！

　　然而，他们此时已经陷入困境之中了。搬进新家后，胡风高兴地将书房命名为"四树斋"，但第一次标明"写于四树斋"，就听到文艺界一位领导惊呼："什么？四树斋？你还要四面树敌吗？"1955 年 5 月，风暴突如其来，梅志在胡风被捕几个小时后，也被从家里带走。他们再也看不到这个只住了一年多的新家了。几年后，这一带被拆除，盖起了一个部队机关的大院。房子被拆时，她和胡风都正在狱中度日如年。他们又没有了家！他们被关押十年。1965 年底刚被释放又赶上"文革"爆发，胡风被遣送至四川，梅志陪伴前行。接着胡风又被判刑，梅志仍然陪同，一起在劳改农场劳动十几年，直到 1979 年释放出狱，获得平反。从结婚那年开始，漫长的四十几年，一个妻子、一个母亲、一个家庭主妇的人生就是这样走过……

　　幸好，在晚年梅志有了一个安稳的家，终于享受到了儿孙满堂的天伦之乐，在他们的细心照顾下走到生命终点。诗人牛汉也为丁聪画的梅志肖像写过一段话。其中写道："胡风和梅志坐在一起，我在心里构思过两行诗：梅志是胡风的花朵，／胡风结出了梅志的果实。"真是精妙的诗句。

　　如今，他们在另一个世界重逢。花与果实早已化为一体。

　　2002 年 10 月，胡风诞辰 100 年的纪念活动由复旦大学中文系等部门联合在上海举行，年近九旬的梅志应邀参加。这是她最后一次回到上海——她和胡风相识、相爱的地方，她与胡风共患难的起点。难得的故地重游。

此时梅志身体还不错。步履自如，言谈流畅，记忆也特别清晰。她见到了贾先生，见到了来自全国各地的老朋友……

她又一次走进位于大陆新村的鲁迅故居，当年她和胡风曾是这里的常客。如今她在熟悉的房子里伫立良久。她缓缓走上楼梯，轻轻地抚摩鲁迅的书桌和藤椅。她难忘鲁迅对胡风和她的关爱。她指着大儿子晓谷对我说："当时刚怀上他时，反应很强烈，我很害怕，不想要。鲁迅就批评我，还关心地为我找药，送给我。不然，就没有他了！"说完，她笑了。

她在上海寻找着记忆的温馨。这是真正回家的感觉。

我们找到了1953年她和胡风搬到北京前在上海住过的最后一个家——永康路文安坊6号。走进弄堂，老房子依旧，几位老邻居竟然认出了梅志。他们惊讶八十八岁的梅志，还是显得如此精神，记忆还是这样好。谈到往事，谈到变迁，感慨无限。

走出弄堂，前行几百米，就到了三角花园里的普希金纪念碑。当年梅志和胡风常常散步走到这里，仰望普希金铜像，感怀诗人情怀。又一次来到铜像跟前，梅志看着，说铜像是重塑的，但基座未变。说完，她拄着拐杖，一个人慢慢地围着铜像走，然后，在石阶上坐下。

我注目她，如同第一次见到她的时候。她老了，但她以生命书写的美丽，连同她的回忆录，永远带给人对历史的无限感慨。

她在回想什么，我没有问。

她还记得普希金赞美十二月党人的妻子的那些诗句吗？"在西伯利亚矿山的深处，/保持住你们高傲的耐心……"早年她曾把它们吟诵，此刻，伫立于此，她还会在心底把它们吟诵吗？

（选自《都市美文》2005年第2期）

最后一位文人作家汪曾祺

张守仁

在我四十多年编辑生涯中，面对有几位大家的稿子，只有欣赏的份儿，他们的文本严谨得不能动一个字，比如邓拓、孙犁、汪曾祺。

阎纲兄是资深老编辑，春节期间我向他祝贺乙酉新年吉祥时谈起这种职业经历，他对我说，他编叶圣陶、老舍的稿子，也是这样的感受。

自从拜读了汪曾祺先生的《受戒》、《大淖纪事》后，我多次央请他给《十月》写稿。我发现，就是萝卜白菜，他也写得异常精彩。我曾编发过他的一篇散文《萝卜》。他从从容容，娓娓道来，谈及高邮家乡的杨花萝卜、萝卜丝饼如何好吃。说北京人用小萝卜片氽羊肉汤，味道如何鲜美。他说一位台湾女作家访问他，他亲自下厨，给她端出一道干贝炖萝卜，吃得她赞不绝口。说天津人吃萝卜要喝热茶，这是当地风俗。写到四川沙汀的小说《淘金记》里描述邢么吵吵每天用牙巴骨熬白萝卜，吃得一家人脸上油光发亮。还提到爱伦堡小说里写几个艺术家吃萝卜蘸奶油，喝伏特加，别有风味。还写到他在美国爱荷华中心附近韩国人开的菜铺里买到几个"心里美"萝卜，拿回寓所一吃，味道和北京一切开嘎嘣脆的"心里美"差远了。他随随便便地写下去，我饶有兴味地读下去。一直读到"日本人爱吃萝卜，好像是煮熟蘸酱吃的"，文章戛然而止。我深感遗憾，嫌它太短了。读完了，欣赏完了，也就编完了。那不

225

是工作，是美餐一顿的享受。

其实，在旅游途中或到外地讲学或开笔会，跟汪老共住一室，深夜无拘无束神聊，更来劲。

记得1991年4月，作家朋友们在冯牧率领下，组团去云南采风。我们在下关市游了洱海，参观了蝴蝶泉，参加了大理白族歌舞团为我们演出的三道茶歌舞晚会，回到宾馆脱衣就寝。汪先生靠在床栏上神秘又得意地对我说，他写过几篇论述烹饪的文章，是《中国烹饪》杂志的特约撰稿人。他说他爱吃苏北家乡的醉螃蟹、上海的黄田螺、北京天桥的豆汁、天津的烩海羊（烩海参、螃蟹、羊肉）、昆明的过桥米线和汽锅鸡。他吃过蛇、穿山甲、老鼠干巴(肉丝)、炸蝗虫、牛肝菌、炒青苔。他像神农尝百草似的，什么东西都想尝一尝。他认为名厨必须有丰富的想象力，不能墨守成规，要不断创新，做出新菜、新味来。照着菜谱做菜，绝没有出息。比如油条，你把它剪成一段一段，中间嵌入拌有榨菜、葱花的肉末，再放到油锅里煎，捞出来就特别好吃。这种菜不妨叫做"夹馅回锅油条"，对此他要申请专利权。他称赞香港有道菜做得别致，用冷布包住鸭肝，滤掉筋头和粗糙部分，把鸭肝汁放入打碎的鸡蛋里，这样蒸出来的鸡蛋羹味道极佳。

话说到这里，老人家更来了兴致，坐直了身子告诉我，他有一次细看五代顾闳中所绘《韩熙载夜宴图》，想瞅清画面案几上的碗碟里放的究竟是什么食物。用放大镜看，有一只碗里，盛的好像是白肉丸子，有一碟颜色鲜红，似乎是摆着几个带蒂的柿子；其余许多碗碟里盛的是什么菜肴、瓜果，就怎么也看不清了。他遍览《东京梦华录》等著作，没有发现宋朝人吃海参、鱼翅、燕窝的记载。他仔细研究过元朝菜谱《饮膳正要》。他还考察过天坛祈年殿里每个皇帝神位前案桌上的祭器里摆放的黍、稷、稻、粱、蔬菜、肉类、酒类、瓜果等供品，从而研究明、清皇帝们的食谱……

汪先生对于食文化有研究、有实践、有理论、有创造，是个真正的美食家。如果说他老师沈从文新中国成立后是衣文化、服饰文化的权威，那么汪曾祺无疑是一流的食文化专家。

有一年我在《十月》上给汪老签发过一个短篇小说《露水》，才三千多字。写的是从高邮到扬州往返行驶的运河轮船上两个艺人做露水夫妻卖艺的底层生活。从小说看，汪先生对小曲、唱词、胡琴、通俗节目、苏北一带平民百姓的习俗相当熟悉。语言干净得像用水洗过似的。读了以后，如含橄榄，余味悠长。

汪老一辈子重视民间文化。他当过《说说唱唱》、《民间文学》的编辑，与酷爱民间文艺的赵树理共事过，整理过评书《程咬金卖柴箙》，写过关于民歌的论文《读民歌札记》。他在上世纪八十年代发表的《我和民间文学》中告诫青年作家："我认为，一个作家想要使自己的作品具有鲜明的民族风格、民族特点，离开学习民间文学是绝对不行的。"他的小说都是以平淡的文风写平民百姓的日常生活。在这方面，他继承了"五四"前后平民文学的思潮，将目光转向绝大多数民众，就是实践一种走向民间的布衣精神。他的众多作品的表现对象大都是民间的能工巧匠以及在封建礼教压迫下命运悲惨的妇女，对他们表示出一种同情、善良、温婉的情怀。

有一次和汪先生到南方水乡讲学，因他喜跟我聊天，又让我跟他同住在一起。讲学后傍晚出去散步，我看见湖边青郁浓密的芦苇荡，对汪老说：我不是京剧迷，但对您执笔写的《沙家浜·智斗》中阿庆嫂那段唱词——垒起七星灶，铜壶煮三江。摆开八仙桌，招待十六方。来的都是客，全凭嘴一张。相逢开口笑，过后不思量。人一走，茶就凉……特别欣赏，铭记不忘。汪先生手里夹着一支烟，凑到嘴边吸了一口，笑道："你对这段唱词别看得太认真。我在那里故意搞了一组数字游戏。'铜壶煮三江'，是受到苏东坡诗词的启发。其中'人一走，茶就凉'，也是数字概念，它表示零。"

他这样一讲，更使我吃了一惊。我说："没有诗词修养、旧学功夫，是写不出这段唱词的。您的古文底子是怎样打下的呢？"

汪老看了一眼宽阔的湖面，回忆着遥远的童年，说：我祖父汪嘉勋是清朝末年的拔贡，特别宠爱我。从小就督促我握笔描红、背古文。到了小学五年级他亲自给我讲《论语》，叫我多练毛笔字。祖父说："你要耐心，把基础打好了，够你受用一辈子呢。"我小学高年级、初中写的作文，老是被老师批"甲上"，作为范文在班上朗读。我13岁那年写了一篇八股文，祖父见了叹息道："如果在清朝，你完全可以中一个秀才。"老爷子见我有了长进，就赠我他收藏的几本名贵碑帖和一方紫色端砚。

这时候，夕阳西下，晚霞染天，映照得湖面、芦苇都红了，连汪老原本黧黑的额头也红了。我说："您祖父宠爱您，得到了他严格的言传身教。"汪先生说："我父亲汪菊生也多才多艺。"走回宾馆的路上，汪老怀念起他的父亲来了。他说：我父亲汪菊生学过很多乐器，笙箫管笛、琵琶古琴都会，胡琴拉得很好。我在小学演戏时，还叫父亲去给我们伴奏呢。我父亲手很巧，会糊风筝，会扎荷花灯。早年在南京读中学时，是个出色的运动员，在校足球队踢过后卫，做过撑竿跳高选手，并在江苏省运动会上拿过冠军。母亲杨氏得肺病去世，那年我才3岁。母亲死后父亲用各种色纸亲手给亡母做冥衣。四季衣裳，单夹皮棉，应有尽有。裘皮衣服做得极细，和真的一样，还能分辨出羊皮、狐皮。我父亲还喜画画。画友中有一个铁桥和尚，是高邮善因寺的方丈。父亲画过一阵工笔花卉，后又改画写意，用笔似乎仿效吴昌硕……

我想：汪曾祺文好、字好、诗好，兼擅丹青，被人称为当代最后一位文人作家，这是因为天资聪颖的他从小就受到了书香门第的熏陶。

汪先生在《七十抒怀》中写道："悠悠七十犹耽酒，唯觉登山步履迟。书画萧萧余宿墨，文章淡淡忆儿时……"我和汪老多年接触中，发觉他嗜酒嗜烟。我对他日常生活爱好的概括是："每饭不离酒，香烟常在手。"

汪先生爱喝酒。他十几岁就和父亲对坐饮酒。父亲抽烟时拿出两支，一支给儿子，一支给自己，真可谓"多年父子成兄弟"。

有一年在泰山笔会上，他写字赠送给东道主，请与会者叶梦弄点酒来陪他喝，他说只有喝了酒，字才写得好。叶梦听命陪他喝。汪先生喝一杯，写一幅字。喝着喝着汪老就写了一大摞字。因此叶梦认为，汪老的字里，飘着浓浓的酒香。

那次到云南旅游采风，不论中餐、晚餐，一路上先生都要喝酒提神。他似乎白酒、米酒、啤酒、洋酒都喝，并不挑剔。他只要抿一口，就能鉴别酒的产地和质量。一瓶威士忌端上来，他尝一尝，就能品出是法国的还是美国的产品。到了玉溪卷烟厂，攀登红塔山时，汪先生崴了脚，从此脚上敷了草药，缠裹了绷带，拄杖跛行。于是我搀扶他，和他同桌就餐。席间，他喝了一口白酒，旋又把酒倒在缠着纱布的脚上，"足饮"起来。我感到纳闷，问他："您为什么不仅嘴喝，还让脚喝呢？"他笑道："这样可以杀菌。"

汪先生喝酒史上，有一桩轶事：上世纪四十年代，有一次在昆明联大，他喝得烂醉，像个醉汉似的，昏坐在路边。沈从文那天晚上从一地方演讲回来，看见前边有个人影，以为是个从沦陷区来的难民，生了病，不能动弹。走近一看，原来是他的学生汪曾祺喝醉了。他连忙叫了两个学生搀扶着他的得意高足回到住处，给他灌了好多酽茶，他才清醒过来。

在联大，汪曾祺特爱听闻一多讲《楚辞》和唐诗。闻一多以魏晋人王孝伯语"痛饮酒、熟读《楚辞》，乃可为名士"作开篇。汪曾祺是否受了魏晋风度的影响呢？醉酒路旁是一种失态，我不好意思问他。

汪先生是位烟精。一支烟，他用手摸一摸，即可知道制作工艺水平如何。捏一捏，蹍一蹍，看一看，闻一闻，就可评定烟的质量。据他考察，云南烟业的兴起，大约是在上世纪四十年代初。那时的农业专家经过研究，认为云南土壤、气候适宜种烟，于是引进美国弗吉尼亚的大金叶，试种成功，当地烟业随后得到大发展。玉溪的纬度和美国的弗吉尼亚相似，土质也相仿，故烟叶长得好。滇中的空气湿度有利于烟叶存放，是个天然烟库。加之制作精细，配方得当，故"红塔山"牌香烟，味道醇，享誉全国。后来汪老给《十月》写过一篇《烟赋》，说纪晓岚嗜烟，是一边吸着烟，一边校读《四库全书》的。他爱吸"红塔山"，为之赋五言打油诗一首："玉溪好风日，兹土偏宜烟。宁减十年寿，不忘红塔山。"汪老之嗜烟酒，竟至于斯，乃性情中人也。

我记得游星云湖、抚仙湖那天晚上，汪先生喝了酒，面色红紫，容光焕发，呈微醺状。额上的皱纹也就展开了，谈话就多起来了。高洪波、李林栋、李迪、高伟等作家聚集在我房间里听汪曾祺聊文学创作。汪先生说，早年他写的作品，在半年之内大都能背出来。《沙家浜》剧本在打字过程中，有一场戏的稿子丢失了，打字员急得团团转。汪先生安慰她，叫她放心，坐在打字机旁，从该场戏第一个字一直背到最后一个字。之所以能背，他说是由于文章有内在的韵律。他对在座的年轻作家们说：要随时随地注意用文学语言描写所见到的生活现象。我下放到张家口劳动住羊舍时，外面有一带树墙，夜班火车驶过时，车窗里的灯光一一照射在树墙上。怎么描述这种现象呢？我在《羊舍一夕》中是这样写的："车窗蜜黄的灯光——照射在树墙上，一方块，一方块，川流不息地追赶着……你总觉得会刮下满地枝叶来似的……"有一次，我在北京西单看见一辆宣传交通安全的车子，听到车上喇叭里说："横穿马路，不要低头猛跑。"这句话不能增减一字。西四一个家具店，有修理棕床、出售椅子的业务。营业员在店前写道："本店修理旧棕床、出售新椅子。"只加了"新"、"旧"二字，就增添了文学意味……

汪曾祺到美国做访问学者，应哈佛大学、耶鲁大学的邀请作演讲，题目就是"中国文学的语言问题"。由此可见他对语言的重视。汪先生认为写小说就是写语言。小说的魅力首先在于语言。在他的小说中，你会看到这样的句子："失眠的霓虹灯在上海的夜空燃烧着。""马儿严肃地咀嚼着草料。"他觉得语言像水，是不能切割的。还认为不能把语言和思想内容剥离开。语言不能像橘子皮那样，从果肉内容上剥下来。

我喜欢写散文。便利用同住一室的方便，向旅伴请教写散文的经验。汪先生告诉我：写散文应克制，不要像小姑娘的感情那么泛滥。老头写情书，总归不自然。有的散文家的作品像一团火，熊熊燃烧，但看完空空洞洞，留不下什么印象。没有坎坷，没有痛苦，便写不出来好文章。散文不能落入俗套，要平易自然。我希望把散文写得平淡一点，像家常便饭、写家信那样，切忌拿腔拿调。当然也可以工笔、繁密，像何其芳的《画梦录》，别有风采，但那是另

·红霞一抹乘云去·

一种秾丽的花，我写不出来。

住在一起的日子多了，我和汪老相处得很随便。南方天热，每天都要在宾馆里洗澡、换衣。汪老擦完身子，站在盥洗室洗脸盆前搓洗衣服。他洗衣速度极快，三四件衣服，搓巴搓巴，十来分钟就洗完了。我问："您怎么比我还洗得快呢？"他回答："见水为净，去掉点汗渍味即可。"我曾经偷偷检查过汪先生洗的衣服，仔细翻看过衣领和袖口，发现其洁净度比我要高。先生在 1957 年整风中因对人事部门提了点建议被打成右派，送到张家口农科所劳动，在艰苦的塞外练出了独立生活的能力。他在口外刨粪、运粪，十分卖力，1960 年就摘掉了右派帽子。三年困难时期，当地的马铃薯价值突然提高。马铃薯又称山药蛋。当地民歌唱道："想哥哥想得迷了窍，抱柴火跌进了山药窖。"山药蛋是那一带的活命粮。故农科所十分重视马铃薯的品种、质量、退化等问题。汪曾祺会画画，农科所就交给他画一部《中国马铃薯图谱》的任务。他到城里买了颜料纸笔，回来到薯田里掐了把花枝，插在玻璃瓶里，对着实物画。马铃薯花一落，薯块成熟，就挖出来，放到桌上临摹。画完，埋进火里烤。烤熟了，就吃。这时他想起凡·高的名画《吃土豆的人们》，不禁哑然失笑。画多了，汪曾祺发现马铃薯不同品种之间差别很大：有的个儿大如瓜，一个能当一顿饭；有的外皮呈乌紫色，烤熟后味道像栗子；有的形似鸡蛋，生吃时味道甜脆如水果。他还发现有一种马铃薯花是香的，连所里的专门研究人员听了都觉得新奇。这部《中国马铃薯图谱》，像他的恩师沈从文的《中国古代服饰研究》一样，是被迫改行后创作的一部奇书——遗憾的是它的原稿在农科所"文革"中毁掉了。

汪先生像他父亲那样，也是多才多艺。他在西南联大和同学们一起演过戏，扮演过话剧《家》中的更夫和《雷雨》中的鲁贵。他能吹笛子，喜欢京剧，尤爱唱昆曲。这给他后来执笔写《沙家浜》这样的剧本打下了某些基础。至于他的诗、书、画，更是秀逸婉约，惹人喜爱，故求索者甚多，一般来者不拒，都能满足大家。

跟他多次同住一室之后，我发觉他分对象，区别男女，相应地或赠字，或送画，或赋诗。外出旅游，对接待单位，他一般写几幅字，留赠主人，以表谢意。他对男士们一般写诗相赠，而对女士们、女作家们，则大抵送画——因为他主要画花卉。我曾在张洁和平门的寓所里，看见她新装修的素墙上挂着一幅汪先生的《水仙》：水仙们亭亭玉立，葱绿可爱。他送给宗璞的画则是一幅墨叶红花的牡丹。但也有例外，男作家邓友梅名字中因有一个"梅"字，他画了一幅铁杆梅花相赠。树干树枝是墨染，梅花是白色。有一次乘车参观崇文区百工坊，坐在我身边的友梅告诉我："汪曾祺曾送给我一幅画，画中夹着一个字条，上写：'你结婚大喜我没送礼，送别的难免俗，乱涂一画权作为贺礼。画虽不好，用料却奇特。你猜猜梅花是用什么颜料点的？猜对了，我请吃冰糖肘子……'我跟韩舞燕猜了两个月也没猜出来。"我问友梅："那到底用的是什么颜料？"友梅说："汪老后来告诉我——牙膏！"

我读过汪曾祺先生许多旧体诗。1984年发表的散文《昆明的雨》，写的是四十年前即1944年他和后来成为语言学家的朱德熙从联大新楼舍到莲花池去。池边有小酒店。他们进店买了一碟猪头肉，半市斤酒，边喝边等雨停下来。院子里有一棵木香花，被雨水淋得湿透。雨下大了，没法走，他俩一直等到午后。先生在文末写了一首诗：

> 莲花池外少行人，
> 野店苔痕一寸深。
> 浊酒一杯天过午，
> 木香花湿雨沉沉。

那诗很有味道，我看了一遍也就记住了。

撰写本文时，我一抬头就见书房右侧墙上挂着汪老于辛未秋日给我写的赠诗：

> 独有慧心分品格，
> 不随俗眼看文章。
> 归来多幸蒙闺宠，
> 削得生梨浸齿凉。

前两句诗是汪老对我这个后学的过奖之词，实不敢当。"慧心"和"品格"，应属于汪老。后两句却是实情，我曾告诉过汪老，我懒得吃水果，都是妻子把苹果、梨削去了皮送到书桌上，我才勉强吃几口。

中国国家图书馆馆长任继愈先生曾说过："中国文化有三个支撑点，即三个系统：儒教、道教和佛教。儒教的影响面很广，佛教次一点，道教就更少一些。但它们都对人们的生活，甚至是家庭有着很深的影响。"

在我看来，汪曾祺除了大学时代对西方近现代哲学、现代派文学有过某种短暂的心仪之外，他一生主要受到了儒、释、道三家的影响。他自己在一首四言诗里就说过："有何思想？实近儒家。"孟子所谓"民为贵，社稷次之，君为轻"的民本思想，你从他的许多小说中可以感受得到。他对佛学颇有研究。我就亲耳听过他和何洁即圆各居士探讨佛、禅方面的学问。汪先生的作品从最初的《复仇》到他后来的名篇《受戒》，经常写到寺庙、小庵、禅房、斋戒、经文。晚年他以优美的文笔为《世界名人画传》写过一本《释迦牟尼》。他的慈悲、平和、富有同情心，是和他喜研佛学是分不开的。汪先生年轻时爱读《庄子》，受到过老庄的熏染，一生自自然然，随遇而安，把事情看得很淡。他甚至豁达、幽默地说："我当了一回'右'派，真是三生有幸，要不然我这一生就更加平淡了。"他的小说《徙》、《鉴赏家》里的人物，无不表现出典型的道家风度，寄托着他的人生理想。因此可以说，儒、释、道文化是汪曾祺思想血脉的三个源头。

像汪曾祺这种才子型的文人作家，如此可爱的老头儿，只能孕育于特定的时代背景、特殊的家庭环境以及西南联大那样特别自由的教育方式。此等人物，往而不再，永逝矣。这是中国文坛的遗憾，但这是属于历史的、无法弥补的遗憾。

汪曾祺生于 1920 年 3 月 5 日，卒于 1997 年 5 月 16 日。至今年5 月，去世已整整八载。谨以此文，追念我所敬爱的老师辈作家。

（选自作家散文集《永远的十月》，十月文艺出版社 2011 年版）

我的老师潘旭澜先生

王彬彬

我的老师潘旭澜先生走了，去往了另一个世界。这天，是2006年7月1日。

这些天里，陆续读到一些悼念潘老师的文章。我知道，还有一些悼念潘老师的文章即将发表；我知道，还有一些人正在写或将要写类似的文章。于情于理，我都应该公开发表一点悼念潘老师的文字。但这些天来，大脑时而如冰结的湖面，挤不出半句话；进而又似杂草丛生、百物喧闹的池塘，理不出一点头绪。于是便想，等心情平静后再慢慢写吧。然而，《随笔》的麦婵女士来电话，说《随笔》想在第五期发表一篇纪念潘先生的文章，已留好版面，并命我来写。又说，潘先生是《随笔》多年作者，读者也期待着尽快在《随笔》上看到悼念潘先生的文字。《随笔》是潘老师生前极推重的杂志，多次对我说过，要重视《随笔》，并希望我也成为《随笔》经常性的作者。潘老师病逝，《随笔》送了很大的花篮，还发来了唁电。在众多唁电中，《随笔》的唁电因既朴实无华又情真意切而给我留下深刻的印象。现在，《随笔》命我赶写一篇纪念潘老师的文章，我哪里有推辞的余地。

中国有一句老话："多年父子成兄弟。"在我看来，这应该是父子关系的最高境界。当然，这必须是父子关系在多年间一点一滴、不知不觉地变为兄弟般的关系的。这样的关系，意味着两代人之间没有代沟，没有价值观念上的重大分歧；意味着两代人之间有着太多的共同感兴趣的话题；意味着两代人之间有着那种甚至是说不清道不明的默契和心照不宣。但在中国，这样的终于成了"兄弟"的父子，其实历来是不多的。虽说中国还有一句老话："一日为师，终身为父"，但潘老师与我，毕竟不是血缘意义上的父子。所以，我虽然极想用"多年父子成兄弟"作为这篇文章的标题，但终于觉得不妥。我又想用"多年师生成兄弟"来表达心中的感受。如果真这样，我觉得潘老师未必会怎样见怪，极有可能是在略显惊讶之余，以淡淡的苦笑来默认这种放肆。但这对许多活着的人，是大不敬了，终于不敢。人的一生，会与许多人相遇、认识、交往。但真正重要的人却并不多，无非就那么屈指可数的几个。这样的人一旦离去，你生命中的某一部分也就被他带走了。潘老师离去后，我几次想对老师的女儿潘向黎说，我失去的，也许并不比你少。但也终于没有说出口。

成为潘老师的学生，有着很大的偶然性。1978 年，我以农村应届高中毕业生的身份，参加了高考。我记得，那年填志愿可填十所院校，五所重点院校五所普通院校。我第一志愿填的就是复旦大学中文系。此外一项就是"是否服从分配"。那时的人，能被任何一所学校录取，都是天大的幸事，当然填"服从"。何况，如果"不服从分配"，此后几年内就"不准报考"。但后来，所有的志愿都被忽略不计，只有"服从"二字起了作用：先期介入录取的部队院校洛阳外语学院（那时全称是"中国人民解放军洛阳外国语学院"，现在叫什么，我不清楚），在安徽录取十名文科学生，我竟被他们的"法眼"看中。少年时的我，也曾有过一些梦想吧，但我即便是发高烧时，也没敢想过成为"中国人民解放军"的一员。入学的同时穿上了军装，我从未感到过威武，只觉得别扭。在校期间，虽然外语学得很刻苦，但常常是"瞻望前程，不寒而栗"。我"栗"得并不多余：1982 年 7 月，我被一辆解放牌大卡车接进了大别山中。那时我虽然尚不满二十岁，但却常做被活埋的梦。幸好，不到一年，单位就搬到了南京市。南京当然比山沟要好些，但心情仍然是极为苦闷的。那几年，我年年打报告要求报考地方院校研究生，但年年被驳回，且屡遭主其事者的嘲讽、挖苦。1985年12月（或者1986年1月）的一天，《解放军报》上登出了总政治部关于现役军人报告研究生的规定，其中一条是"现役军人可以报考地方院校和研究所的研究生"。我平生第一次体验到什么叫"不相信自己的眼睛"。我低头把这句话看一遍，抬头想一想；低头看一遍，又抬头想一想。这样地看了三遍想了三遍后，一转身去了干部科。这回他们无话可说，同意我报考地方院校了，并且说好，一旦被录取，即办理转业手续。报名时，我未多考虑，就报考了复旦大学中文系潘旭澜老师。当时，一些善意的同事，曾劝我报考差一些的院校。我明白他们的意思。好不容易等来了这样一个机会，应该选择成功的可能性更大的院校。但我自己也不明白，当时怎么会有那么大的勇气。后来我一直觉得，这是相当冒险的。因为报名刚结束，总政治部新的规定就下来了。大意是，本年度已经报考地方研究生者，允许他们参加考试，但考取后不得转业，毕业后仍回部队工作；以后现役军人则仍不得报考地方。新的规定，又让我体验到什么叫"背水一战"。

　　但我终于收到了录取通知书。我意识到命运出现了转机，虽然不能转业将高兴大大地打了折扣。1986年9月，我正式成为潘老师的学生。入学后，潘老师几次对我说，是否录取我，他"考虑了一星期"，原因则在于我的试卷字迹太潦草。我在后怕之余，又有些不解。我平时写字，的确是非常潦草的，而且潦草得毫无章法，完全是一套自创的"文功"。如果是写文章，那草稿就只有我自己能看懂，过些时候，也许连我自己也看不懂。我知道自己有这毛病，在答卷时是有意识地克服了的。在时间允许的前提下，我可以说是最大限度地将字写得工整了。饶是如此，还是差点因字迹潦草而折戟沉沙。后来，当我较多地体味到潘老师做人做事的认真后，我就不以他那"考虑一星期"为怪了。就说写字吧，他除了偶尔有一些笔画十分合乎章法地带点行书的写法，基本上是一笔一画地写。而且在任何时候、任何情况下，都是这样。就是写一张最无妨随便的便条，也是那么清清楚楚、一丝不苟。我从没见过第二个人如此认真地对待写字。我有时想，如果他正在那里写一张便条，你告诉他房子快要倒了，他也仍会横是横、竖是竖地把字写完。当然不只是对待写字才如此认真。他常说的一句话是："我写篇文章不容易。"所谓"不容易"，也就是认真得近乎不近人情。他从不会有了一点想法就写，总是要反复考虑、反复掂量。他的文章，几乎没有那种灵机一动之作，总是在脑子里放了很久，少则几个月，长则几年甚至几十年。写完后看看、改改，改改、看看，是自不待言的了。写完后整体性地不满意，觉得没有把想表达的意思说清楚而推倒重来，也决非罕见。几番重写后仍不满意，他就会把这题目暂时放下。从潘老师那里，我悟到一个道理，即人们对待自己的文章，是有着两种心态的。一种把读者的反应放在第一位，能博得读者叫好，就好。至于文章是否写出了自己的真实想法，则在其次；更有甚者，为了换取读者的喝彩，不惜说些连自己也不相信的话。这样的人其实并不少见。只要看看有些人今天这样说、明天那样说，就知道他的文章只不过是一种玩笑而已。另一种当然也考虑读者的反应，但是否表达的是自己的真实想法，是否把想说的话说清楚了，则永远被置于首位。潘老师是后一类的典型代表。浮而不实、哗众取宠，从来与他无缘。

潘老师主编的《新中国文学辞典》，以其全面和准确、以其尊重事实的勇气、以其考察"新中国文学"的民间立场而受到广泛的称誉。潘老师去世后，我曾在他书房里随便翻书。一位研究中国现当代文学的著名学者寄赠的专著，扉页上写着："您主编的《新中国文学辞典》为我写作此书提供了巨大帮助。"我知道，这位学者与潘老师平素并无来往，他也实在没有必要对潘老师曲意奉承，所以这绝非客套。这部《新中国文学辞典》之所以成为精品，就因为潘老师异乎寻常地认真。在那个漫长的编写过程中，他不知道生过多少气，发过多少脾气。他多次对我说，为编这部辞典，"至少少活五年"。应该说，当年参加编写的人，谁都不曾马虎过。但你的"不马虎"与他的"认真"之间，实在往往有一段距离，这就难免"挨骂"，难免返工。有许多词条，是经过多次返工的。在他写作

"太平杂说"的日子里，书房里连地板上都堆满了各种史料，每一本里都或多或少地夹着纸条。"太平杂说"采取的是学术随笔的方式，一般不做注释。但却是无一句无来历的。他是做好了充分的准备，应对史实方面的质疑的。"太平杂说"大都数千字一篇。但每写一篇这样的"杂说"，他都要查阅大量的资料。正因为他在论述史实时的严谨，后来的质疑倒并不在史料方面。一位中文系的教授写出的这样一本书，竟然没有哪位史学专家在史料上提出疑问，即便恨得牙痒痒，也只能在"观念"上说一些业已说了一辈子的话，这本身就是耐人寻味的。

潘老师认真，但却并不迂腐、呆板和固执。写字工整易认，是他长期对学生的一项基本要求。当电脑开始流行，有人开始用电脑写作时，有一天他颇为郑重地对我说："现在可以用电脑写作了，写字不再成为问题。我以后对别人的写字没有要求。"我明白，这是在写字一事上为我"松绑"。

在复旦大学中文系，不少人认为潘老师脾气倔，容易生气。应该说，潘老师性情中狷介的一面确实比较突出。刚投到潘老师门下的那几年，见到他书桌的玻璃板下压着"制怒"二字。这是在仿效他颇为钦佩的家乡前辈林则徐。这也说明他在有意识地克服自己这方面的性格。我以为，潘老师性情的这一方面，与他的经历有着很大的关系。他是刚成年便陷入物质和精神上的双重苦难的。从家乡闽南到上海，与其说是求学，毋宁说是求生。虽然留校任教，也仍然因为"家庭问题"受到歧视，被固定在"助教"的职位22年之久。"文革"十年，更是饱受摧残，完全可以说是长期在死亡线上挣扎。婚后多年分居，他只身在上海打熬，师母带着两个孩子在老家苦撑。"文革"结束，他也人到中年了。直到这时，师母和孩子才到了上海，他才结束了几十年的单身生活。我刚到复旦那几年，在与我交谈时，他多次说到，自己是没有青年的。他的意思是说，从未体会过青春的健康、浪漫、欢乐，从未有过青年时期的无忧无虑、轻松愉快。每当说到这些，语气里总充满遗憾。正因为自己的人生如此残缺，他特别希望我们的人生丰富多彩。他固然常常告诫我们不要虚度时光，但也常常强调，即便是一个学者，也不应该"成为读书写文章的机器"。我在读博士期间，是一个人住一间屋子，晚上总是睡得很晚。他不知从何处得知，便郑重其事地告诫我，年轻时不可太熬夜，身体上的透支是要加倍付出代价的。他不知道，我每天上午的懒觉也睡到很晚，睡眠时间只比别人多绝不比别人少。晚睡只是一种习惯，绝非刻意透支身体。他大概觉得我是很用功的吧，后来就常常对我说，不要总在那里读书写东西，有时也和同学出去喝喝酒。他不知道，我不但常常和同学出去喝酒，更常常一个人在宿舍喝酒，地上胡乱放着的酒瓶总令来访者一进门便一声惊呼。

半生苦难，使潘老师性情中有了较为易怒的一面。身心上的苦难，倒还在其次。学术生命的长期中断和不可弥补，是令他常常烦躁的主要原因。潘老师留校任教后，便显示出强劲的学术势头，是那时中国现当代文学研究界的青年才俊。"文革"使他起步未久的学术生涯中断，更进一步摧毁了他的健康，使得后来想"把失去的时光夺回来"也缺乏身体上的本钱。他曾对我说，"文革"前他已完成了一部中国现代文学史的书稿。"文革"开始后，他将书稿藏在一亲友处。"文革"结束后，他想取回，却得知书稿已在"文革"中丢失。他说，这件事令他"好几年不痛快"。而他告诉我这件事时，我分明感到他并未完全释然。这件事我只听他说过一次，此后再未言及。这分明是他心上的一道伤口，他不愿多碰。大概是硕士二年级的时候吧，有一天在他家中，他对我发了火，火势并不大。那是下午四五点钟的光景。他的火发完，两人便无言地僵坐着。过了一会，师母招呼吃饭。于是留下来吃饭。我那时能吃且贪吃。在餐桌上坐下，便毫不客气地饕餮起来。桌上的一只鸭子有一半入了我的腹中。几天后，在一个路口与他相遇。他走过来，站住，板着脸说："那天因为心情不好，你不要介意。"说完扭头就走，把我扔在那里发呆。后来我知道，那天在我走后，师母责怪了他。他显然接受了师母的批评，并以他特有的方式向一个学生道歉。

但这种发火的事却并不多。从硕士到博士六年间，我所遭遇的也只有那么一两次。从他那里，我更多地体会到的，是宽容。我觉得，他实在比许多貌似平和温厚者，要宽容得多。像我这样一个不拘小节、毛病多多的人，能为他所喜爱，前提是他宽容了我身上那些他并不喜爱的东西，而这是那些貌似平和温厚者往往难以做到的。与其说他是一个有脾气的人，毋宁说他是一个有性情的人。回首复旦的六年，我特别要感谢的是他对我的宽容。现在的研究生，要上许多课，已经本科化了。那时在复旦读研究生，是非常自由自在的。从硕士到博士的六年间，我几乎没有进过教室。潘老师在这些方面并不做什么要求。不但在上课上不对我有任何要求，在读书做学问上也从未有任何具体的要求。他采取的是任我自由发展的方式，而他的"指导"，都是在他的书房里进行的。在那一次次漫长的聊天中，他以甚至不让我觉察的方式，实现着对我的指导。当然，他自己也未必总意识到是在对一个学生进行指导。他只是在谈着他的人生经验，谈着他治学上的各种感悟，谈各种各样的人、各种各样的事、各种各样的书。复旦的一些老先生，是他常谈的话题。在他的书房里，我一次次领略到周谷城、刘大杰、朱东润等先生的风采。谈得最多的，则是他最为感激的鲍正鹄先生。1996年，潘老师发表了《若对青山谈世事——怀念朱东润先生》一文，这真是一篇写得极好的散文。文中所写到的事，我不止一次听潘老师讲过，但我仍然被文章所感动。当然，潘老师对我讲述的朱先生，比他所写的要更丰富。有些事他并没有写。对这些老先生，潘老师在聊天中当然更多的是赞赏，但也偶有非议。他多次对鲍正鹄先生的博雅精深赞不绝口。鲍先生前几年辞世，潘老师写了《漫天飞雪——送鲍正鹄老师》一文，其中说道："一位上世纪80年代至今极有声名而且绝不随和的学者，送书给鲍先生，总称之为通人、方家。"这位学者，就是钱钟书先生。然而，他也多次对我分析鲍正鹄先生在个人著述上成就甚少的原因。除了一生为各种各样的行政事务缠身外，一个重要的原因就是眼界太高。因为自己太有学问，鲍先生对同时代的学者大都不太恭维；对自己写的东西，也总不满意。因为写不出令自己满意的东西，就干脆不写。对这一点，

· 红霞一抹乘云去 ·

潘老师显然是并不苟同的。他说，对人对己，都不应该求全责备。对人求全责备，世间便无可读之文；对己求全责备，就会终身一事无成。

这样的谈话，让我深切地体验到什么叫春风化雨、润物无声。这样的谈话也很快让我上瘾。那时电话不像现在这样方便，我总是在晚饭后并无预约的情况下敲开老师的家门。我那时的想法是，如果老师有急着要做的事，我稍坐片刻便告辞。但稍坐片刻的事一次也不曾有过。总是从晚上七点来钟谈到午夜。总是在谈兴正浓时忽觉夜已很深才戛然而止。现在想来，当然不是他从不曾有过急着要做的事，而是有再急的事，他都放下了。"无知者无畏"这说法是有几分道理的。那时的我比现在更加无知，因而也更加放言无忌。在与潘老师的交谈中，我不知道说过多少无理的话、荒谬的话，不知道多少次口出狂言、妄下雌黄，但都他被视作是一个年轻人可以原谅的毛病，或被视作是一个人可以原谅的个性而予以宽容了。那时复旦有硕士生可提前一学期攻博的制度，手续极简单。硕士读到两年半时，有一天潘老师把我找去，说准备让我提前攻博，问我是否愿意。我不假思索地说："当然愿意！"几天后的一个上午，潘老师带着我到了贾植芳先生家，贾先生问了我几个专业方面的问题，就算是通过了面试。新学期一开始，我就把铺盖书籍搬到了条件好得多的博士生楼。与潘老师的交谈，也更具有深度和广度了。开始的几年，谈的主要是学术问题和一般性的人生问题，后来则向政治方面拓展，谈起了"莫谈国事"的"国事"。一些如果不是对一个人彻底信任便决不会说的话，也开始从嘴里缓缓地流出了。1989 年春夏之交的那些令人紧张、焦灼的日子里，我每天晚上都到他那里去，一方面是向他说说外面的情况，一方面也是听听他对时局的分析。有时我在外面活动到很晚，也仍然要敲开他的家门。我本来应该是在 1991 年底毕业的。其时复旦中文系已决定我留校。无奈军籍在身。要获得军方的同意，难如上青天。为争取时间与部队交涉，我以论文未完成为由，延长了一学期。拖到了 1992 年夏季，军方的绿灯仍然没有亮起，我只得离开复旦，回到了南京。

离开上海后，与潘老师的交谈仍然继续。每次到上海，无论有别的什么事，我都是先直奔复旦，在招待所登记好房间，立即去他那里报到。聊天总是从下午两三点钟开始，到吃晚饭时分，他必定到附近饭馆请吃饭，且必定喝酒。吃完饭回到书房继续聊。到夜间十时左右，他必定拿出好几种点心和好几种酒。就这样喝着、吃着、聊着。谈的虽然也无非是家事、国事、天下事，无非是文学、文化、学术，但说的往往是一些"不足为外人道"的话，常常是"相视而笑，莫逆于心"。夜深时分，如果潘老师的小女儿潘向黎在家，必定推开门，问是否需要烧点东西吃吃。晚饭已经酒足饭饱，且又在不停地喝着、吃着，实在不需要。所以我开始总是辞谢。再过一会儿，她又推开了门，把刚才的话又问一遍，我仍然辞谢。她带上门时，脸色已有些不好看了。几分钟后，门又被她推开，这回语气和问话都不同了："我再问你一次，到底吃，还是不吃？"再要辞谢，那可要"敬酒不吃吃罚酒"了，于是连声说："吃！吃！吃！"不一会就会有两小碗热气腾腾的夜宵端进来，精美而可口。离开上海后，与潘老师的聊天，更多的是通过电话。就像当年过一段时间就想去敲开他的门一样，离开上海后，过一段一时间就想拨通他书房的电话。他也常常打过来。通常，他总是在夜间喝得微醺时，拿起电话找我聊天。无论是我打过去还是他打过来，都跟见面时一样，要聊到深夜。我从去年春到今年春，在日本一年，即便这期间，这种电话中的长谈也没有中断。电话交谈与书房里的促膝谈心毕竟不同。在谈到"莫谈国事"的"国事"时，其中的"关键词"常用代号，双方并没有任何约定，但却一说就懂。对"国事"，潘老师有着深切的关注，也常有精彩的分析。他闲谈中对"国事"的议论，常让我想到当年《大公报》上的社评和"星期论文"，让我想到张季鸾的《南征北伐可以已矣》、想到胡适的《用统一的力量守卫国家》、想到王芸生的《看重庆，念中原》……只是如今没有《大公报》，他的这些看法，只能作为"不足为外人道"的话，对我这个学生发表。

　　去年三月中旬，我赴日本前去了一趟上海，算是去向他辞行。

仍然是从下午谈到深夜，仍然是他迈着因喝酒稍多而略显踉跄的脚步把我送出小区，仍然是希望我多住几天。第二天吃过早饭，我在招待所房间收拾好东西，正准备离开，他忽然推门进来了。我稍稍有些惊讶。因为这是以前从来没有过的。他在沙发上坐下，掏出烟来，递给我一支，说："抽支烟再走。"我于是在另一只沙发上坐下。两人隔着茶几，抽了一支烟，又抽了一支烟，他站起身，说："走吧，晚了赶不上车。"于是一同出门，站在路边等出租车。直到把我送上车，他才转身回去。今年三月底，我从日本回来。一回来便杂身缠身，只给他打过一次电话。原想暑假去上海，也准备了一肚子的日本观感要对他说。然而，五月初便得到他住院的消息。再见他时是在病房里。当医生表示回天无力时，我才悟到，去年三月我去上海，其实是最后一次与他促膝长谈。而他莫非冥冥中有什么预感，才有那多少有些反常的行为？二十年间，与潘老师的交谈，是我生活中一份特别的快乐，是一种无可替代的享受。因为这种交谈从学生时代一直继续下来，我便始终没有找到"毕业"的感觉。现在他走了，也把我的这份快乐和享受带走了。而我，也真的"毕业"了。

对一个人了解得越多，越不知如何说他。关于潘老师，我可说的话很多很多。但我觉得，最不应该忘记说的，是他作为一个知识分子的"人间情怀"。上世纪九十年代以来，有一个老年知识分子的群体，构成思想文化界的一道金色的风景。这群老人，人生经历各各不同，政治身份和政治地位也曾差别甚大。但在步入老年时，他们却在精神上走到了一起。促使他们站到同一精神立场的，首先是他们作为一个知识分子的"人间情怀"。这种"人间情怀"又使他们坚信人类的共同价值。他们从不同的侧面，以不同的文字方式，呼吁着、抗争着，执着地表达对自由、民主和科学的追求。在别人含饴弄孙的时候，他们艰难地担当起启蒙者的使命。他们与知识文化界那类脖子上挂着铃铛的"领头羊"形成鲜明的对照，也与知识文化界那类"过于聪明"的人形同水火。某种意义上，不妨说这是一群过于呆傻的人。但这群老人，是这个时代真正意义上的宝贵财富。潘旭澜老师是这群老人中的一员。步入老年后，潘老师在精神上给人以强烈的越活越年轻的感觉。退休后，他本来有许多写作计划。有些题目已准备得很充分。例如，在中国古典小说中，他对《儒林外史》情有独钟，早想写一部《吴敬梓评传》，这方面的资料他搜寻了几十年，早就不成问题了。再例如，他对1949年后的中国大陆文学，有许多自己的看法，早想写一本《中国当代文学通论》，主编《新中国文学辞典》，某种意义上是为撰写通论做准备。但他让心爱的吴敬梓靠后，也让《中国当代文学通论》靠边，先写起了"太平杂说"，这完全是因为对"太平军"的"杂说"更具有现实意义，更能表达他对现实的关怀，或者说，完全是出于一种"不忍人之心"。当蔡元培、梅贻琦、张伯苓等现代教育家被普遍肯定时，他觉得不应该忘记罗家伦的贡献。因为罗家伦当过近十年中央大学（南京大学前身）校长，南大百年校庆时，他多次来电话，询问我在校庆中是否提到了罗家伦，怎样评价了罗家伦，并嘱我代为搜集校庆中出现的有关罗家伦的资料。后来，他写了《〈玉门出塞〉及其他》一文，对罗家伦给予了公允的评价。这篇文章在广东的一家刊物发表后，罗家伦的女公子从美国来信，表示了由衷的感激，并因大陆开始公正地评价罗家伦而改变了对大陆的看法。当张艺谋的电影《英雄》上映后，潘老师颇为义愤。他不能容忍在21世纪的今天，还有人如此肆无忌惮地歌颂一个臭名昭著的暴君；他不能容忍在21世纪的今天，还有人如此肆无忌惮地蔑视人类的共同价值。于是他放下手头的工作，写了《什么〈英雄〉》一文，对电影进行了尖锐的批判。在他住院期间，在他辞世前的那段日子里，他对自己的病不谈、不问。谈的、问的，仍是关乎祖国前途、民族命运的问题。在这期间，他的学生们从全国各地，一次又一次地赶到病床边。日本的小林二男教授（他曾在复旦进修）和安本实教授（他曾在大阪听过潘老师的课）闻讯也赶来了。他们并未约定，但都在6月16日这天下午来到了病床边。其时潘老师谈吐已很吃力了，说话断断续续，口齿也很不清楚，有人来看他，都要家人"翻译"。然而，这天，他对着日本的两位教授，字字清晰地问道："现在日本有一种'中国威胁论'，你们这二位知华派怎么看?"我惊异于他忽然说话如此"正常"，更惊异于这位清楚地知道生命已进入倒计时的老人还在关心这种问题。有一天，他正处于昏睡状态，鼾声大作。我与陪护的潘向黎的先生刘运辉坐在床边闲聊。为怕惊醒他，我们的声音都并不高。闲谈中，刘运辉说："现在各地大学的'百年校庆'，闹得太过分了。"我说："是啊，完全是劳民伤财，也是今天的'怪现状'之一。"这时他忽然大声说道："这个'百年校庆'，是应该狠狠地批!"说这话时，他的眼睛仍然闭着，没有任何表情，也没有任何动作，只是鼾声骤停。话一落音，鼾声又接着响起。这一刻，我感到了骄傲。我为在这样一个时代选择了这样一位导师和被这样一位导师所选择而骄傲。

潘老师所置身其中的这个老年知识分子群体，是这个时代真正意义上的知识精英。这些年，这群老人在一个接一个地离去，像金色的叶片在一片接一片地凋零。在老中青三代知识分子都普遍在庸人化、犬儒化的今天，这些老人的离去，是真正意义上的不可弥补的损失。

这份"人间情怀"，使潘老师在活得充实的同时，也活得痛苦。"家事国事天下事事事关心"，就不容易活得开心。他曾对我说："从世俗的角度看，我现在生活得很好。但要换个角度，也可以说如同生活在地狱里。"其实无论从哪个角度看，他这一辈子都是苦多乐少的。七十几年，不算怎样的高寿，却已经大大超过他年轻时的预期了。在准备潘老师的追悼会时，大厅正中的挽联，师母命我来做。我凑成这样一副：

这里苦着呢! 熬到今天真不易，总在盼盛世；
那边好些吗? 遇见故人且尽欢，毋须说太平。

潘老师走了。一双深切地关注着我的眼睛永远地闭上了。在读书做学问上，没有谁比他更对我知根知底，也就没有谁的关注比他更到位。这么些年，他每读到我什么文章，每收到我寄去的书，总

我的老师潘旭澜先生

245

要打个电话，谈谈他的看法。当然不只是我。他对所有的学生都深切地关注着。平时通电话时，他常常要介绍师兄弟们的情况。谁发表了什么文章，谁出了本新书，谁的职称解决了，谁住进了新房……我知道，这些，都足以令他喜形于色。从电话里就能听出，他一定又多喝了几杯。他还有一癖。每当有学生与他同一期刊物发表文章，他便分外高兴，称之为"同台表演"。如果学生文章的位置比他更显著更重要，他的高兴就成几何级数增长。有时在电话里说起这种事，我感觉到，他在电话的那一头差一点就要手舞足蹈了。陈思和先生在《告别潘旭澜先生》一文中，说他"心地其实很天真"，这大概可做一种注脚。这么些年，如果说我还不至于过于怠惰，原因之一就是不愿意令他过于失望。现在，我就是发表了再令他满意的文章，出版了再令他满意的书，也等不来他的一个电话了。想到这一点，心里空了许多。感谢杨苡老人在得知我的导师去世后打来安慰的电话。她老人家说："既然是老师嘛，那就应该多写点东西。"我明白，她老人家是在提醒我，对老师最好的纪念，是做出尽可能多的成绩。这也让我意识到，潘老师仍然在深切地关注着我，只不过换了一个地方。

我仍然找不到偷懒的理由。

（选自《随笔》2006 年第 5 期）

林斤澜二题

程绍国

先生大病之后

我说的林斤澜先生大病，是说 2001 年 12 月末的那一次。医院发出病危通知书。其实他中年时就曾晕死过去，那是冠心病犯了。这一次是急性肺炎闹的。先是感冒，他遵循贾母三法、停食、饮酒、蒙头大睡。从前是有效的，这回却不行了。他的肺本不完美，他说七八岁时就唠血；而我 1979 年第一次见到他时，他就多痰，因为在楼上，又没有痰盂，只得吐在香烟壳里。二炮的温籍作家陶大钊告诉了我，先生住在同仁医院。这是次年 1 月 7 日的事，8 日晚我即和哲贵飞北京，夜宿同仁医院边上，9 日 9 点上楼探望。在门外，见先生耳鬓贴棉饼，点滴管、输氧管、呼吸机管……使人想起地下拉起的横七竖八的电线、山间盘根错节的藤蔓。每一呼吸，身体急剧起伏，恍惚中用手去拔掉这些难受的管子，而"特护"已牢牢按住他的手了。我和哲贵见他平静了，悄悄进去，不想在我们站定时，立即醒来，睁眼像是摆脱什么。看清是我们两个，满脸的兴奋和惊奇，他要坐起来，可是动不了。我说我们两个是在天津开完会，顺便来看看你的。又说了一二句宽慰话，便急急告辞。不急急，肯定要哭。陶大钊先生说："我探访他，哭了，明知道哭不好，给他刺激，可是我没有办法啊！"

先生的女儿林布谷坚决反对我们的探望。我能理解。那时夫人

247

脑血栓，在西便门，我和哲贵又去探望，林布谷在，送我们出门，手做打电话姿势，说："有事通知你们。"

先生脱险后，得意地对我说："我知道自己死不了。我每每醒来时，都觉得自己有足够的体力，能对付。"

陶大钊在京城，和先生住得很近，走一条南礼士路就可以了。先生教导陶大钊怎么喝酒；陶大钊的女婿初次登门，送给丈人一个特大的进口的水果花篮，陶把它转赠给先生。他和先生过往甚密。陶对先生说：你著作等身，你不要写作了，身体第一。先生把陶大钊的话转述给我，问我的意见，我尽管非常尊敬陶老师，但我明确表示了反对。我是投先生所好。那时，他是非常自信的，他的创作状态没有任何改变。我太了解先生了，他是不会把笔放下的，笔放下了，就是鱼挂在树上了。我从先生处学会喝酒，处友，游山玩水，但学不会他对文学的咬牙献身。他对我是失望的，从他只言片语中听得出，而他最终还是明确同意了我的"人生快乐观"。而先生就不同了，夫人走了，朋辈至交叶至诚、高晓声、陆文夫、唐达成、蓝翎……走了，最重要的是汪曾祺走了，凉秋肃杀，即使有酒，也驱赶不走寂寥。只有文学，只有铺纸写作，他才愉悦，他才兴奋。他一生没有情妇，文学就是情妇。你读一读《门》吧，你读一读《十年十癔》吧，没有时间，就读一篇最短的《花痴》吧，你能明白先生对文学的态度。"三寸鸣鼓，八方搞怪。""无事生非"，"空穴来风"。"有话则短"，"无话则长"。"小说说小"，手挥五弦。抽象，象征。独辟蹊径，独运匠心，独立门庭，独绝文坛。先生操弄艺术的过程是无比快乐的。他知道自己的成就，他是得意的。他并不孤独，不写作那就孤独！

先生很想到故乡温州来生活。多次对我说"我有故乡情结"。九十年代初想在温州买房子，我也为这事跑过，找到一个先生说的"又要马好，又要马儿不吃草"的房子。林布谷一早来电，说："不要！"我也能理解做女儿的心思。可先生和夫人就是喜爱故乡，他俩都是温州市区人，同龄，17岁同在粟裕任校长的"闽浙边抗日干部学校"学习，后来相约先后到了台湾，在家两人都说温州话。他们对家乡的感情是很深的。也是在 1979 年，先生写道："这两年日逐怀念故乡，那山深海阔的丰富的角落。有人说：作者的宝藏，是童年的记忆……"而后几乎是隔年来一次，借各种各样的机会，住各种各样的宾馆。面脸金色，心情花样。温州是先生的根，是他梦萦魂牵的地方。更主要的，故乡人物、故乡故事、故乡历史都会触发他的创作灵感。大病之后不久，就说"我要到温州走走"，又怕女儿不同意。终于，2003 年 10 月，温州召开"世界温州人大会"，紧挨着又有一个"唐湜诗歌作品讨论会"，先生的老朋友邵燕祥、谢冕、牛汉都到了，先生顺理成章来到温州。先住温州饭店，后移师均瑶宾馆，直到夫人病危。住了几月，均瑶宾馆宿食竟不用钱，全免。2004 年春，又一个机会来了，沧河小学迎来 90 华诞纪念会。沧河小学由先生父亲林丙坤创办，也就是林布谷的爷爷创办。这回林布谷送他的父亲来温，她在中央电视台工作，忙，只好早走，先生就留下来了。先生住天都大酒店，我单位温州晚报的总编刘文起是个作家，对先生说："你只管住下来，多久都可以。"先生在故乡，向来不花钱。他像一个快乐的孩子，穿街走巷，见同学，会亲友，真叫"兴高采烈"。你说城西街的猪脏粉干好吃，第二天早晨他准在城西街了；你说县前头的遁糖麻糍好吃，第二天早晨他准出现在县前头了。太阳起，他也起，斜背挎包，走一个多小时，折回。他多去少年时熟悉的地方，而且把前一天的食物燃烧掉了。有两回，午后，温州下雨，啊，老人家竟在雨中步行！我说这不行。他说："我少年就是这么走的。""这是破坏性试验！"称回来喝一点点白酒，整个人神仙一样。但我说，这事以后不能再干，怎么也不行。

有一天，天都大酒店一位女服务员悄悄跟我说："他中午慢慢地，把一瓶葡萄酒喝完了。"我想这有什么奇怪的。他一生与酒为伴。因为冠心病，医生在 40 多年前就警告过他，不能喝酒。生命是神秘的，个体差异很大。今天的医学，又说喝点酒对心脏有好处。我想说的吧，先生的破心脏一直服务他，最后是肺器罢工，心脏也只好停跳。汪曾祺不是死于酒，先生也不是。先生喝酒海陆空，葡萄酒、啤酒、白酒、洋酒都喝，中午可喝，晚上要喝，入夜拉他起来，也有兴致，几近全天候。毕竟是 80 多岁的老人了，我们不大劝酒，他自己的车刹也挺牢的。最有趣的是说自己的前列腺比我、吴树乔、哲贵好，要我们不撒尿，跟他比喝啤酒！

我知道，先生兴高采烈的时候，开怀喝酒的时候，正是创作状态良好的时候。酒桌上，常常眼睛发光，惊异地悄悄说，"今天见到一个人，是我的初中同学……"怎么怎么。或者说，"我今天站在蝉街一个地方，忽想脚下当年就是一口井，我外公……"怎么怎么。我知道，他被触动了，有想法了，来灵感了。

在温州，经常出游，都是原《文学青年》编辑吴树乔开车。吴树乔是老车手，循规蹈矩，高速路上快慢都像时针，叫人放心。先生喜欢坐在副驾驶座，每次上车，我都说："绑起来，绑起来。"吴树乔接着也说："对，绑起来。"先生自己也说："绑起来，绑起来。"他便拉过安全带绑起来。车一开动，特别是饭后，他即睡着了，斜着头，有轻声呼噜。睡足，即聊天，主要是他说话，说掌故，说文学，说人物，说制度。很有趣，很到位，很公正。比如老舍，他说老舍有恩于他，但新中国成立后的老舍是个两面人。邓友梅是他一生密友，但八十年代末以后，大失品格。他说他去革命的原因，一是没事做，没饭吃；二是当时的国民党也实在腐败。与他交谈很随便，什么都可以说，什么都可以问，问什么都有答案。

记得最后一次出游先是到衢州。衢州的牛蹄真是香！当地人说衢州有个神秘石窟，次日就去看了。我们看了，先生说，我来过，还写过《农民的梦》。回家翻文集，还真有！回程时，他聊刘白羽的散文，称甜得发腻，又聊到丰子恺，丰子恺的漫画、书法和散文。先生说丰子恺的散文《塘栖》最好。丰子恺称自己到杭州，坐火车一小时即到，却要坐客船，走两三天运河，在塘栖过夜。塘栖的小吃很好，盆多量小，慢慢喝酒。称船上吃枇杷是件适意的事，皮和核可以丢在河中，然后洗手。我说我们到丰子恺的嘉兴去吧！先生说"好"，吴树乔说"好"，于是把车从浙西南开到浙东北。在嘉兴慢慢玩了一圈，先生最后领我们到了石门湾，丰子恺故居。先生是第二次来了。

2004 年夏，好像是《北京文学》有什么活动，请先生回去，从此他再也没有回到故乡。

先生许多重要著作，是故乡触发的。重回故里，常会催生灵感。短篇是灵感的艺术。一部《矮凳桥风情》，17 个中短篇组成，是 1979 年回乡的成果。《乡音》是和少年老友团聚，忽然产生激情。《井亭》是重访闽浙边平阳山门的产物。还有《十年十癔》中的篇什，如《氤氲》。大病之后，先生陆续写了 30 多个散文随笔和 10 多个小说。其中短篇《隧道》和《去不回门》也是他的杰作。前者写人生人世，后者写生命人性，前者似刀，后者似禅。有一篇像小说又像散文的《元戎》，以刘伯承为原型的，写爱护生命，是惊魂之作。散文《点穴》、《沧河短草》、《惊心——混账记略》，是艺术精品。

林斤澜 2005 年说："我每年总想到温州住几个月，布谷不让来。布谷对我说，什么时候一起去，可她那么忙，怎么走得脱。我甚至对布谷说，到最后，我总要整个交给温州。我的话说到底了。"布谷还是不让。耄耋之人，心肺又不好……我能理解这位独生女的拳拳爱心。而我也有我的想法，人生暮年，适宜活着，愉快为重。温州有那么多的亲朋戚友、同学熟人，热爱他的晚辈后学。温州菜最合他的口味！这个"山深海阔的丰富的角落"那么温润，空气那么好。每年住几个月，心情舒畅，写点东西，对他的身体有好处。精神状态良好，免疫力强，疾病往往畏葸。2006 年，一个好同学委托我，邀请作家看温州，我制造一个"林氏团"，多是先生的下辈至好：章德宁夫妇、刘庆邦、韩小蕙、徐小斌、阿成、何立伟我把情况告诉先生，先生也很快活，好像来温很有把握的样子。过两天，我再问，先生有些低沉。我撺掇说："多好的机会啊！"先生说："买了飞机票，我只管走，布谷也要我不得，可这样不好。"章德宁也给布谷打了电话，无效。我伤神，恐怕先生今生今世是来不了了。但，我还是努了最后一次力。2008 年 9 月，温州又要筹备第二届"世界温州人大会"。我想让先生最后见一面故乡。我同温州文联说，这回要邀请林布谷。我也同先生说了，先生不是"哈哈"，这回是罕见的"嘿嘿"。文联报批，得到同意，可是不久，先生又病重住院。

我上面所述，好像先生的死因是长别温州。不是的，自然规律谁能放过！我只是说，倘若常回故乡，身心情形可能会好一些，能多写一点东西。能多写一点东西，对先生是多么重要啊！2004年，先生对我说："萧军八十岁时，北京作协在民族文化宫为他开会祝寿。萧军声明从此封笔。我向前致贺，他笑道：'到时候大家都一样，你也封笔。'可是我想，我为什么要封笔？"

但，先生同样封笔！随着体衰，想象力日益枯竭。笔力不逮，又反过来影响身心。封笔，对先生是多么可怕的事啊！先生就是在这样互为绞杀下，走向死灭！

先生九十年代写过《门》，2003年在温州写了《去不回门》，2004年在温州开写《十门》，到北京陆陆续续写了"三门"或是"四门"，便写不下去。或是进京探望，或是在频繁的电话里，我总问他的写作。问他的写作，我能探测到他精神和身体状况。2007年，他已很少表露写作的快乐，2008年以后，似乎有些回避谈写作了，渐渐地，我也不多问了。

2008年10月14日，刘庆邦给我一笺：

绍国：节前我和德宁、徐小斌一块儿去看林老，林老有些悲观，话也不想说，说他该与这个世界告别了。我们送他回家，看老人家走路还可以。　　庆邦

11月14日，我和吴树乔等人来到和平门先生的家里。他很快活，仍然"哈哈"，问温州，问我的女儿、树乔的女儿。许多是重复之前电话里的问法。他的声音已不洪亮，已差底气。今年以来，总说自己老了，声音越发消沉。每次和先生通话以后，总要难受一阵子。

2009年4月10日8点05分，我接到先生九妹林抗师母的电话。说先生病危，全身浮肿，神志时清时不清，要我有心理准备。我想立刻飞到北京去，但又立刻取消这个念头。倘若来到先生的床

头，呼叫一二声，昏迷中他又醒来，知道自己要死了，这是多么不好的事啊！所以，我当日发给章德宁的信息中，说先生"早点走也好"。

次日 18 时 08 分，汪朝（汪曾祺先生小女儿）给我发信息："林叔叔去世了，你知道吗？"我在开车，没有听到。5 分钟后，章德宁来电，我才听到这个消息。意料之中的事，可是我怎么也控制不了自己，把车停在路边，摇上车窗，泪如泉涌。先生是 16 时 46 分走了的。

17 日，我和哲贵、吴树乔、吴琪捷、钟求是到八宝山革命公墓兰厅和先生告别。八宝山据说还有其他公墓，上了级别的人才上革命公墓，而有的人认为兰厅还不够，应当是更好的厅。我觉得不必，这太无所谓，先生不在乎。先生甚至不喜欢这里。先生是人民作家，真正的人民作家，不是别的家。先生人已经消失了，已经没有了，完完全全没有了。先生已经什么都不知道了，不知道自己有什么，更不知道有多少悼念的人、是些什么人、多少花圈花篮、什么挽联了。我们知道，他留下了大量精美的小说、散文和文论，知道他留下了泣鬼神的艺术精神，而今天，他已经一点也不知道了。

26 日 11 点 30 分，先生的骨灰，落葬在北京通州的通惠陵园。

先生周年祭

是春天吗？温州已经入春，虽然瓯江两岸杜鹃花没有动静，而我家楼下紫红色桃花开了，奶白的玉兰花也开了。这是 2010 年 3 月 25 日下午，北京沙尘暴刚刚过去，天高风响，路面还有冰渣。两辆出租车出北京东郊，入京通高速，再入京哈高速，从白庙出，南走通州原野，不见飞鸟，凋敝荒凉，正处冬的尾巴上，倒也干爽。

温州五位作家，王手、哲贵、马叙、东君和我，到通州通惠陵园给林斤澜先生谒坟。清明节没到，陵园少人，卖迷信品的男女一拥而上，我们摇摇手，只到一个花店买了两个花篮。陵园前边是乱坟岗，先生所在的区域规制好些，墓碑也整齐些，但我在去年 4 月 26 日参加葬礼时候在心里做过标记，今天一下还是走错了。这里不分区，不分排，不分号。像是人人平等，这倒也好，也合先生之意。

先生曾说过"落叶归根"，说过"到最后，我总要整个交给温州"的话。2003年，在温州，我和哲贵陪他和他的妹妹妹夫们到黄龙公墓去，给他的父母谒坟。后来在边上转了转，他的神色也微笑，也深沉，可始终没说什么话。那个公墓阳光普照，松柏葳蕤，气清人静。但是规模不够大气，稍微凌乱，统一性弱。先生安葬在通州，他可能想不到。先生信奉佛教，不甚虔诚，不信轮回，但相信人死后灵魂存焉。我唯一不相信先生这一个，在我看来，人同任何生物一样，一死便什么都没有，当然，葬在何处更是无所谓的事。

通惠陵园，倒有两只黑鸟飞来飞去。我想起去年，先生的骨灰盒被刺目的红布包裹着，一个年轻的司仪，故作悲痛读着千人一律的祭文，高亢而沉闷，余华、章德宁和我流泪了，因为当代一个杰出的小说家，就这样被一个拿钱的俗人"打发"了。余华后来说了两个字："荒谬！"我的心显得空空荡荡的，却毫无办法。

先生的一生不平静。1937，民族危难，14岁的林斤澜投身抗日的洪流。蒋介石政府不讲民主，不讲自由，腐败了得，林斤澜加入共产党，做地下工作。党外党内，险象环生，明枪暗箭，毛骨悚然。1946年潜入台湾，次年终于被捕，差点被流放到没有人烟的火烧岛。由于被捕，历次运动都要被审查。甚至有人说："等到解放了台湾，看你林斤澜怎么说！"1957年反右，北京文联成立林斤澜专案组，虽然最终"漏网"，可也魂魄冰冷，短气长吁。1961年，女作家刘真揭发林斤澜在西双版纳要出逃缅甸，审查再三。"文革"时温州也有人写材料，说四十年代林斤澜就是国民党三青团，林斤澜牛棚中被拉出来，军宣队又是一再拷问。纵是上个世纪80年代末，他也焦急过，愤懑过……

现在安息了。也好。

我与先生的老友邵燕祥夫妇约定，次日在新侨饭店见面谈天。邵燕祥说新侨饭店在哪儿，怎么走怎么走。我到了，原来就是同仁医院的边上。先生得病就住在这里，多年来进进出出，2001年末第一张病危通知书就是从这里发出，我和哲贵就到这里看过他。当然，先生也是从这里去世。邵燕祥对我说，中国文坛许多会议就是在新侨饭店开的，这里是风起云生之处，是一个象征地。1978 年，林斤澜曾在这里的会议上发言："新中国成立以来，我们都谈文学外部的事情，现在我们可不可以谈谈文学内部的事情？"那时政治斗争的神经还绷着，有人认为林斤澜的话不合时宜。

当年的老上级黄先河（他的夫人也是林斤澜的同学），新中国成立后做了第一任温州市市长，写信给林斤澜，意思要林斤澜回来，当宣传部长。林斤澜拒绝了。这个有着强烈人民观念和祖国情怀的人避行政道，决然毅然走上艺术之路。他读鲁迅，接近沈从文。编辑家章德宁说："在各个时期，林斤澜的短篇小说艺术，总是走在中国作家的前列。"他的小说《门》、《白儿》、《黄瑶》、《哆嗦》、《去不回门》、《隧道》、《溪鳗》、《李地》等是中国小说的瑰宝。他歌颂国人生命的韧性，思考中国的已往和现实，心得深刻。雷达说，林斤澜的风格是极其独特、无法重复的。他去世后，白烨感叹"中国短篇小说从此无大师"。林希也称之为"当之无愧的文学大师、大家公认的短篇圣手"。李敬泽说，林老在我们这个时代是一个近乎已成绝响的文人，他很有文人的风范，他毕生的写作为中国短篇小说艺术的发展，包括对中国现代汉语可能性的探索都是做出了很独特的贡献。

躺在病榻上的斤澜，虽然失语失声，但眼睛和胳膊都还能自主地转动。我走上去首先向他伸出大拇指，这既是对他的生存勇气的鼓励，更是对他在中国历史几十年风风雨雨中，人文品格的赞颂。我认识他已经半个多世纪了，在不间断的政治运动中，斤澜从没伤害过文友。记得在 1957 年反右期间，他总是紧闭双唇或以各种理由逃避会议。因而，他似乎理解了我伸向他拇指的意思，脸上的冰霜慢慢地开始融解，继而出现了一丝快意的笑容。

我的眼圈红了，为了怕让斤澜看见我的眼泪，伤及他病危的身体，便紧握了他的手一下，慢慢离开病榻。这时我才发现，心武不知何时离开了病房。陪我同去医院的妻子，低声告诉我："他在阳台上流泪呢！"我在阳台上找到了心武，劝他节哀的同时，眼泪也涌出了眼帘——之所以如此，因为斤澜是我们忠厚的文学兄长。

这是丛维熙《最后的微笑——悼斤澜》中的两段。文中提到的刘心武先生，在林斤澜去世后，写有《人淡如菊文如金》。"文如金"固然对，"人淡如菊"说对了一部分，他人生的常态，即在名利上的确做到"淡如菊"，但先生的忧患意识和社会责任感，感情强烈。邵燕祥说："在他独处的时候，在他沉思的时候，在他与朋友谈心，质疑某些人情世态的时候，他不笑，他的脸上甚至罩着一层愁云。他睁着两眼盯着你，要倾听你的意见，你会发现，他一双严肃的眼睛上面，两眉不是舒展的，微皱着。这时你想，他是仁者，但不是好好先生，不是和稀泥的。他胸中有忧患，他因忧患而思索。"

他最终同浩然分手。浩然被茅盾称为"八个样板戏一个作家"的"一个"，对农村严峻的现实视而不见，鼓掌"艳阳天"；中国饿死三千多万人之后，他仍然歌颂"金光大道"，高唱路线斗争，是无作家良心。"文革"中，被江青所青睐。四凶覆灭后，北京批斗浩然，林斤澜高喊："浩然是好人哪！"遂晕厥。林斤澜这样认为，浩然写《艳阳天》和《金光大道》是出于单纯，和江青靠近也不特别主动，可以理解。作为北京市文联革委会的实际负责人，虽然对老舍之死等负有责任，但他比较温和，为人厚道。1978 年后，林斤澜两次在家摆了"团结宴"，王蒙、邵燕祥、从维熙、邓友梅、刘绍棠都参加了，浩然拘谨。林斤澜以大哥身份，称过去的事不提，多多写作。其他人都没提，只是刘绍棠说了一句："'文革'中你在通县大会上指名大骂我，我当时已经是一个苦农民了，你怎么还那样呢？"当面的质问情有可原，林斤澜赶紧说，我们喝酒，重新开始。浩然也做了几句解释，刘绍棠也就一笑过去了。

但，浩然并没有客观地反思文革，更没有好好地反思自己。浩然说："还从未为以前的作品（包括《艳阳天》、《金光大道》、《西沙之战》……）后悔过，相反，我为它骄傲。我最喜欢《金光大道》。"这就叫林斤澜失望和难受。特别是上个世纪八十年代末，在一次看似重大的会议上，浩然说："文学就是宣传。要把文艺事业掌握在马列主义者手里，作家要重新组织，整理阶级队伍。"经过各种运动的人，该知道"整理阶级队伍"意味着什么，令人不寒而栗。

2007年，北京市评审第二届文学"终身成就奖"和"杰出贡献奖"。第一届"终身成就奖"得主是王蒙（王蒙这大半生拿走了够多的奖），不少作家认为第二届应该给林斤澜了，而陈祖芬、毕淑敏、曹文轩提出要给浩然，大约理由是两点：一、浩然的影响大；二、浩然快不行了，林斤澜身体还行。刘恒、刘庆邦、史铁生、邹静之认为应当给林斤澜。后来得"杰出贡献奖"的史铁生说："如果'终身成就奖'不给林斤澜，那么设立'杰出贡献奖'也没意义了。"刘庆邦有些激动，说："评文学成就呢，还是评什么影响力，浩然到底是什么样的影响力！"这结果是投票表决，林斤澜胜出。我把大概意思通过"伊妹儿"问了参加投票的当事人徐坤，这位狡黠答道："菩提本无树，明镜亦非台。既然你已知道，就不必我回答了。呵呵。"2012年10月，在温州，此事的主持人李青说：林斤澜获得了三分之二的选票。为林斤澜争取胜出，史铁生表现最为激烈。颁奖词是曹文轩写的。

尽管"淡如菊"，林斤澜和我的通话中还是有些得意："今年我得了两个奖，一个是蒲松龄奖，一个是终身成就奖。"

我感到苦涩。我想到，郭沫若的文学成就怎么能同沈从文相比，一个如日中天，一个厄运多舛。被文坛广泛敬仰的巴金，写了《随想录》，有大人物咬牙点名："那个姓巴的……"

通惠陵园。林斤澜的骨灰就在我们的脚边。王手、哲贵、马叙、东君和我都无言。著作等身，卓尔不群，高尚完美的人生，一生一世的进步事业……浙闽山门，温台交界，雾都重庆，隔海台湾，干燥京华。世相如戏，人生如梦，边晴边雨，该暖实寒。我们很快走开，天空清明也混沌，有白云飘忽，不知所之。

（选自《山花》2006年第7期）

艺术赤子吴冠中

韩小蕙

想要跟上吴冠中先生的脚步几乎是不可能的，他的生命马上就将驶入 90 岁的航程，其创造力仍如东升的旭日，在灿烂辉煌的向上跃跳中，彰显出生命力的蓬勃饱满，冲劲十足。

不定型的思维无限

我差不多每年春节都要去给吴先生拜年，同时看他新出版的画册。从 2000 年起，一些美术出版社每年接续为他出版一本画册，都是他上一年新创作的画。

我至今还清楚地记得：马年的大年初一，吴先生把第一本画册送给我时，他眼睛里闪耀的目光如火焰一般明亮、灿烂!我珍重地捧起厚厚的画册，翻开来，发现一共选印了 64 幅作品，不由得倒抽了一口冷气：全年 365 天，平均每 5 天就画出一幅新作，而那年，吴先生已经是 83 岁的老人了!

当时他还对我说："这还不包括废掉的不满意之作。我不重复老路，不抄袭自己，必须有了新想法才动手，不然就不画。"

我问他为何总要这么"逼"自己？又为何总能捕捉到新的东西？他让我看画册的《自序》，其中有这样一句话："定型的形象有限，不定型的思维无限，由思维引申形式，虽难产，婴儿却应永远是新生态。"待我念完，他像是对我说，又像是自言自语："找不到最满意的表达时，是我最苦恼的时候。有时候，似乎找到了，内心里就特别快乐；可是它又离你而去了，你就又处于痛苦之中。我这一辈子都在寻找……"

是啊，八十多年风雨兼程的生命羁旅，一分一秒地垒筑起这位享誉国际的绘画大师的艺术高度，每一步，都艰难备至。成功、辉煌的背后，是常人难以承受的"天将降大任于斯人也，必先苦其心志，劳其筋骨，饿其体肤，空乏其身，行拂乱其所为，所以动心忍性，增益其所不能……"

吴冠中的艺术生涯是一支射向靶心的箭——"开弓没有回头箭"的箭，一辈子不偏不倚地、就奔着这一个目标的箭。

1919 年吴冠中降生于江苏宜兴一个贫穷的小村子，父亲是教书兼务农的一名穷教员，随着弟弟妹妹的不断增多，家里的生活越来越清贫。吴冠中从小学、高小、初中、高中、大学，一路考上去，经常是第一名。后来的 1946 年，国民政府教育部选派战后第一批留学生赴欧美留学，在全国设九大考区，有数万青年才俊应考，吴冠中信心百倍地瞄准了留法绘画系的两个名额，果然又如意考上了。他的这种读书才能，成为父亲的骄傲与希望，乡人也都说："茅草窝里要出笋了。"

他和绘画的关系，可说是生命里的基因，前生投缘的关系——绘画不是他的学业、专业、职业、事业、伟业，而是他的呼吸、他的生长、他的活着、他的身家性命、他的存世意义。有三个细节给我留下了不可磨灭的印象：

一是抗战时期在昆明，敌机来轰炸，全校师生都上山去躲避，只有吴冠中苦苦恳求图书馆管理员，让他将自己反锁在馆内，临摹古人画册。那独自对话经典的自在滋味，至今仍在他心头畅快地荡漾着。

二是上世纪 60 年代，一次南下广东写生回京，吴冠中将他画的一包画立在座位上，自己则站在旁边以手相扶。站了三天三夜，下火车时腿、脚都肿了，可是他心里高兴，庆幸作品们终于平安到家了。

三是上世纪 70 年代，吴冠中的岳母在贵阳病危，他好不容易请下假来，携妻前往探视。途经阳朔时，他太想画桂林了，遂中途下车，盘桓一天。谁知天雨不停，他叫夫人打伞遮住画板，两人则淋在雨中，任雨丝打湿衣衫。后来刮起大风，画架实在支不住了，怎么努力也画不成了，极度失望之下，吴冠中竟哭了起来！

这是他一生当中，我唯一听到吴先生说起他的哭。一辈子的大风大浪都经历过，他都用那瘦薄的肩膀扛了过来，不料想，他却在阳朔的风雨中流下眼泪。我理解，当时他浑身的血液已被艺术的激情点燃，陷入了"不能画，毋宁死"的冲动中，这种欲罢不能，连他自己也不能控制自己了。

这同一的悲切，在2005年，在吴先生家中，又真实地上演在我眼前。那是国庆节期间，他大病后身体有所好转，我去探望他。那年春上的一场重感冒引起一些并发症，毕竟是86岁高龄的老人了，大夫强迫他住进医院。对于这辈子一天也没闲过的吴冠中来说，不能画画了，就整日烦躁不安。后来争取回到家，却发现孩子们怕管不住他，干脆把大画案撤了，于是吴先生更加痛苦不堪。

他严肃地瞪着我，打着强烈的手势，激愤地说："上帝的安排不好，对生的态度积极，给予生命、母爱、爱情；可是对死的问题就不管了，人老了、病了、痛苦了也不闻不问。我认为生命是个价值过程，在过程中完成价值就可以了，鲁迅先生只活了56岁，作出的成绩远远超过长寿之人。我们为许多人可惜，是他们做的事没完成，如果完成了，不非得痛苦地活那么长。"

我望着他越发消瘦的身躯在衣衫里面强烈地抖动，虽然腰板还挺得笔直，但胳膊细得只剩下了骨头，让我见证到"形销骨立"这个词。于是我竭力寻找着，想拣几句能够宽慰他的话。不待我开口，他又像是对我说，又像是自言自语："我就是进入不了老年生活——叫我养花、打牌，不行！叫我休息、不做事，不行！回想这辈子最幸福的时期，就是忘我劳动，把内心里的东西贡献出来的时候。现在思维、感情不衰败，还越来越活跃，可是身体的器官老了，使不上劲了，这是最痛苦的晚年。"

不过，在那段"最痛苦"的日子里，吴冠中也不管不顾，左冲

红霞一抹乘云去·

右突。最后，火山终于找到了突破口，辉煌的岩浆喷发而出，一泻千里——他又一次绝处逢生，找到了"字画"的新形式。

比如一幅作品，画面上只有"土地"两个字，但它们不仅是写出来的，也是画出来的，宽宽的，大大的，肥肥厚厚的，是字和画的合二而一。它们与吴先生过去的书法、绘画都不一样，但一眼又能看出还是他的笔墨，吴冠中神韵在焉。

他观察出我赞许的表情，也很高兴，遂解释说：画不成大画了，精神好的时候，他就画了一批这样的小字画。最初的想法缘起，是在今天，人们、包括许多学者在内，都看不懂篆字了。吴先生就想到要探索把简体汉字变成艺术构成的新路，让普通老百姓都能欣赏。在形体上追求新颖别致，在画面上追求新的表达方式，笔墨浓淡、粗细、形状、结构等等，均有讲究，和画画一样反复构思，也和画画一样把废稿都淘汰，有时写十多张才能成功一张，苛求一如既往。

至于"土地"二字，是他在医院的病床上，翻来覆去构思的，那年正是纪念抗日战争胜利 60 周年，广播、电视、报纸里都在讲述这件事。由此，吴冠中想到我们这片土地上的人和事——英雄，先烈，人民，是多么厚重啊！因此这两个字里，凝聚着非常多、非常多的感受!一回到家里，他就迫不及待动手画出来，一心想看看自己的创新之路，还能否走得通……

时隔一年之后，我再次去看望他。一年时光匆匆忙忙，我觉得自己过得庸庸碌碌，回头看去似乎没留下什么痕迹。可是再登吴宅，一进门，就发现吴先生的这批"字画"又有了新变化，用与时俱进的新词说，是"又滚动式向前发展了"。

比如"羊肠道"，除了这三个汉字之外，画面上又添上了荒草、野花、灰的色块和黑色的线条，这些都是吴冠中绘画中的基本语言，如今它们又都搬家回到了这里。又如《黄河》，黑色的字的确是汉字"黄河"，同时又是一艘正在黄河激浪中搏击的航船，黄的、白的色块点染出云朵、云层、波涛的背景，构成了一幅新颖别致的画面。吴冠中把字和画浑然结合起来了，字仿佛是骨架，支撑起天庭宇宙；画宛如血肉体肤，带着温暖和饱胀的生命力，浸润着大地的每个角落。一时间，使人生长出了全世界都被拥抱的感觉。画面虽小，内质丰富，内涵宏大，谁能想到，这些画不了大画而不得不为之的小幅字画，竟又一次开启了吴冠中"衰年变法"的艺术闸门呢！

"有朋友看了这批新作，觉得我是又找到了一种新形式，还有空间可以发展。"说到这里时，吴先生的脸色好了起来。"我不能闲着，闲了不会活。现在我谢绝一切采访、会议，不再出头露面，只是思考、画画。探索其乐无穷。我绝不能辱没过去的作品，一定要超过过去，给后人新的启发。我只能往前走，停下来不好活，后退更没有余地。"

血液里的"不安宁粒子"

我多少次强烈地感觉到，吴冠中的血液里有一种特殊的东西，叫做"不安宁粒子"，或者也可以说是"不安分"吧。他的血液只要一经"艺术"这个导火索点燃，马上就会沸腾起来。用他自己的话说："像含羞草，一碰就哆嗦。"

他当了一辈子美术教师，从第一天做助教开始，直到耄耋之年的最后一次登台，其特色始终没有变。这就是，一上讲台就激动，越讲越兴奋，就像陷在恋爱中，不能自拔。

其他，只要一涉及"艺术"，他马上就变成奋起的雄狮，谈话也激动，写文章也激动，更不用说画画了。多少年养成的习惯一直持续到今天，他作画，往往早餐后即开始，一直画到下午、傍晚、深夜，其间不间歇，不休息，也不吃饭喝水，何时画完何时才回到"人间烟火"。艺术是他永远的新娘，初恋的狂热一直持续到黄昏恋，始终恋不够。

这样的性格，这样的执著，不在他身上发生点事，简直就是不可能的。小的挫折和坎坷当然不断有，后来比较重大的有两件，一是那场旷日持久的"《炮打司令部》假画案"，一是"笔墨等于零"的讨论。

对于上世纪 90 年代初期到中期的那场假画官司，吴冠中起初完全没有思想准备。明明是别人伪造出来的拙劣之作，假冒吴先生的名字卖了52.8万元港币，还被卖家扬扬得意地宣扬，谁能不动气？他的单位中央工艺美术学院出面替他打官司，吴先生信心百倍，因为他觉得朗朗青天之下，假的还能变成真的？谁知利润和利润支配下的权力这两个魔鬼的能量无比强大，翻手云覆手雨，指着鹿说是马。结果，几度风雨几度春秋，官司久拖不判。吴冠中被整得不胜其烦，愤而写下万字长文《黄金万两付官司》，亲自送到光明日报社发表。最后，这场全国首例假画官司在中央首长的直接过问下，最终还是真理战胜了金钱，还艺术赤子吴冠中以清白之身。可是，被拖得身心俱疲的吴先生内心并无兴奋，反而悲哀有加，叹息被耽误的创作生涯白白流逝。"一寸光阴一寸金，七十五岁晚年的光阴，实在远非黄金可补偿，黄金万两付官司。我低估了人的生命价值！"

在这里，当然不是他"低估了人的生命价值"，吴冠中是在谴责那些"图财害命"之徒。鲁迅先生早就说过："时间就是生命。无缘无故耗费别人的时间，和谋财害命没什么两样。"何况，这是真正的为了图财而不惜公然践踏一位艺术家的尊严、信仰、价值观和世界观；更何况，这是一位视艺术为生命的艺术家，他年事已高，已经是豁出命地和时间搏斗着，期冀向他神往的艺术高峰上再攀一程。因而，这场官司对他来说，是双倍的损耗，也是双倍的犯罪！

而对于至今仍在争论的"笔墨等于零"，吴冠中当初确曾想到了会引起不同意见，可也没想到会掀起这么大的波澜。"笔墨等于零"本是学术范畴内的长时间的思考：千百年来形成的中国画传统，当然是我们中华文化宝库中的珍宝，必须薪火传承下去；但是面对一成不变的构图和技法，如松树必须怎么怎么皴，梅花必须怎么怎么点，连我们这些外行都感到是陈旧的"老套子"，更别说界内的有识之士了。吴冠中思考了多年，终于对"用笔墨衡量一切"的标准提出否定，他指出："脱离了具体画面的孤立的笔墨，其价值等于零。这话怎么理解呢？两个层次，一、构成画面，其道多矣，点、线、块、面都是造型手段，黑、白、五彩，渲染无穷气氛，孤立的色无所谓优劣，品评孤立的笔墨同样是没有意义的。二、笔墨只是奴才，它绝对奴役于作者思想情绪的表达，情思在发展，作为奴才的笔墨手法永远跟着变换形态。所以，脱离了具体画面的孤立的笔墨，其价值等于零，正如未塑造形象的泥巴，其价值等于零。"

　　我虽然不懂得绘画，更不懂绘画理论，但基于所有艺术都是相通的道理，深心觉得吴先生的观点是不错的，而且新颖尖锐，大胆"犯上"，具有冲破一切樊篱的革命性。他实际上是说，笔墨只是工具，是为画家服务的，而不能是相反。拿文学界来说，也常思考和讨论同样的问题，比如究竟是语言最主要呢，还是构思、学识、生活积累、现代意识、思想高度、表现手法、人格境界、心理因素等等更重要呢？显而易见，当然应该是技术服从于艺术家的思想感情，笔墨为表现服务。

　　这道理，听起来非常好理解，可以说是人人都看在眼里、人人都还没有思考到或者没有能力、水平思考透的问题，现在被吴先生一语道破天机，人们应该感谢他的发现才是。可是却相反，争论四起，甚至超出绘画界，成为社会读者都很关注的一个事件。批评吴冠中的声音很响亮，老中青画家、理论家都有，也有吴冠中多年的老朋友、老同事、老战友，他们的观点是："应该守住中国画的底线，不能用虚无主义的态度对待我们的国粹。"

　　这当然是一件好事，观点之争，学术之争，越争论越明白，越接近真理。能统一思想，最好；不能说服对方，也起到互相交流的作用；还能启发文化界和读者举一反三，思考一些不仅限于绘画界的与文化相关联的问题，多好啊。

　　吴冠中也是这么看的。他认为这是讨论重要的文化问题，关系着中国画的前途和出路，也旁及文学、艺术等领域。借此机会，他也把多年的思考整理了一番。

　　他说："笔墨本来是手段，但是中国绘画界逐渐形成了一个习惯，就是用笔墨来衡量一切，笔墨成了品评一幅画好坏的唯一标准，这就说不过去了。因为每个时代、每个时期的笔墨标准不一样，怎么衡量？比如唐宋的笔墨就不同，到底哪个比哪个好呢？不好说。所以我说，笔墨要跟着时代走，时代的内涵变了，笔墨就要跟着变化，要根据不同情况，创造出新的笔墨，还有其他新的手段，为我服务。"

我问他："不学笔墨，学什么呢？"

他应声而答："学表现。要学会怎样表现出自己的感情，不择手段，择一切手段，表达视觉美感及独特情思，产生出自己的风格，形成自己的风格。能把自己的感情很好地传达给别人，能打动人，就是成功了。在这过程中，笔墨是自然形成的，笔墨按题材分，应是感情产生笔墨，而不是用技法套感情。"

我又问："零是什么？"

他又不假思索答："零是标准。没有统一标准来代替，没有共性的价值等于零。"

问："您的标准是什么？"

答："作品的感情。不管是用什么手段表现的，只要传达出来了，就是好的。在我，语言、手段、工具，都不是主要的，我是看效果，看能不能感动人，震撼人。"

问："效果怎么看？"

答："素质，功力，题材，技法……要综合起来看。等于一部文学作品，说教不能感动人，最后要看总体效果。"

我说："这么一比喻，我算彻底明白了。比如文学创作，我记得老舍先生和叶君健先生，他俩认为语言是最重要的，可是别的作家各有各的条件素质、不同情况，不都是以语言取胜的。我接受您的这个说法，看综合效果，看总体表现。"

吴先生最后强调说："我的意思是强调发展，要不断前进，不发展是保不住自己的。必须发展，必须革新，不然就是死路一条。"

这也就是吴冠中不断逼迫自己"变法"的内在动力吧？

最重要的是思想

吴冠中其实还有一个人生理想：当一名作家。

他最佩服的作家是鲁迅，认为鲁迅先生的作品既有思想又有感情，具有唤醒中国人灵魂的震撼性力量。为此，他甚至说过："一百个齐白石的社会功能，也比不上一个鲁迅。""多一个少一个齐白石无所谓，但是鲁迅不能少。"

88个春秋飞渡，吴冠中早就做成了大画家，也做成了著名作家。他已在北京中国美术馆、香港艺术馆、大英博物馆、巴黎塞纽齐博物馆、美国底特律博物馆等处举办个展数十次，在国内外出版画集、文论集、散文集近百部，多次荣获国内外艺术奖、文学奖，还获得了法国文化部最高艺术勋位，被选为法兰西艺术院院士等等。但他认为，做成"家"不是目的，做成"大家"也不是人生理想。最重要的是思想，一个优秀的文艺家，首先应该是一个深刻的思想家。

他永远也忘不了当年留学欧洲时碰到的一件事：那天，他坐在伦敦红色的双层公共汽车上，待售票员来售票时，他将一枚硬币交给她。这时旁边的一位英国"绅士"递过一张纸币买票，售票员顺手将吴冠中刚才交给她的那枚硬币递给他。谁知那位"绅士"大怒，拒绝接受这枚中国人拿过的硬币，非要售票员重新另取一枚硬币给他……这侮辱性的一幕像尖刀一样插在吴冠中心上，淌着血，一直记忆到今天。国家不强大，就要受人欺侮；个人没本事，就要受人轻慢；我古老的祖国啊，什么是你最正确、最迅捷的发展之路呢？

吴冠中将思考埋在心底：过去世界看不起中国，中国自己陈陈相因的传统审美，又的确狭隘，让人看不起。他憋着一口气，一定要"拿来"，借鉴，改造，创新，不用传统笔墨，画出传统精神，重新光大灿烂的东方文化，让全世界真正认识到它的价值——这是他创作的思想底线，也是他一辈子孜孜矻矻、始终不渝的艺术"长征"。不了解他的人看他整天写写画画，涂涂抹抹，一辈子和颜料、色彩打交道。殊不知，他从来就不是一个只为艺术而艺术的"技术主义"的画匠，也不是一个单纯吟诗弄月的"自我娱乐"式的文人。他的眼睛紧密关注着时代的进程，思考从未停止过。在多年的接触中，他的思想经常是灵光一闪，随口就跟我谈起他对许多事物的看法，不乏心得独运的真知灼见，我在这里复述几节与读者共享：

我有两个观众，一是西方的大师，二是中国老百姓。二者之间差距太大了，如何适应？是人情的关联。我的画一是求美感，二是求意境，有了这二者我才动笔画。我不在乎像和漂亮，那时在农村，我有时画一天高粱、玉米、野花等等，房东大嫂说很像，但我觉得感情不表达，认为没画好，是欺骗了她。我看过的画多矣，不能打动我的感情，我就不喜欢。

艺术到高峰时是相通的，不分东方与西方，好比爬山，东面和西面风光不同，在山顶相遇了。但是有一个问题：毕加索能欣赏齐白石，反过来就不行，为什么？又比如，西方音乐家能听懂二胡，能在钢琴上弹出二胡的声音；我们的二胡演奏家却听不懂钢琴，也搞不出钢琴的声音，为什么？是因为我们的视野窄。中国画近亲结婚，代代相因，越来越退化，甚至变得越来越猥琐。

上世纪90年代以后，我画的抽象风格越来越多，为什么？是故意标新立异吗？是有意追时髦吗？不是，而是我自然的流变，水到渠成，水的感情到那里了。比如唱戏《玉堂春》，"苏三离了洪洞县……"词是一样的，各人的唱腔不同，美感享受也不同，艺术抽象美在其中。江南的房子为什么好看？架构在一起，错综形成了美的构成因素，把这些"美的构成因素"拉出来表现，抽象变成了块的奔放和线的缠绵，外壳的东西越来越少了。唱词越来越无所谓，越来越回到唱腔。又比如表现波涛开阔，力气用在专门表现开阔，像不像波涛无所谓了。造型美的因素——韵律、对比、节奏、疏密、构图……我的画中追求这些东西，发展到晚年，不受拘束，越来越强调韵律感，完全是曲谱，没有词了。这是我感情的记录，一步一步，勤勤恳恳走过来的。

我很幸运：出国前，是跟着潘天寿学的中国画，他是完全传统的，本人画得很好。后来我在巴黎学了3年，看遍了欧洲的艺术馆，知道西方艺术的好在哪里；回来后结合国情，祖国、人民，加以表现。我明白，传统的东西过去了，强调也没有用，鲁迅早就点出来了。回到传统是不可能的，抱着传统死路一条。但中国有大量画家不懂西方艺术，接受不了，有人连马蒂斯都骂，对西方艺术一律排斥打击，其实是束缚了自己，结果只会因袭古人，不会创新。中国画家凡是有点创新的，都学过西画。西方的大评论家对东方艺术不排斥，会欣赏。上世纪90年代中期，在香港举办了一个现代中国画展，媒体突出宣传两个重点主题：黄宾虹代表传统，吴冠中代表创新。他们评价我是叛逆的师承，"代表了一股巨大的超越传统的创新力量，令国画艺术焕然一新"。我在艺术上要求太严格了，考虑到百年以后的中国画前途，只是苦了自己……

画家走到艺术家的很少，大部分是画匠，可以发表作品，为了名利，忙于生存，已经不做学问了，像大家那样下苦功夫的人越来越少。整个社会都浮躁，刊物、报纸、书籍，打开看看，面目皆是浮躁；画廊济济，展览密集，与其说这是文化繁荣，实质是为争饭碗而标新立异，哗众唬人，与有感而发的艺术创作之朴素心灵不可同日而语。艺术发自心灵与灵感，心灵与灵感无处买卖，艺术家本无职业。

最重要的是思想感情。感情有真假，有素质高低的不同，有人有感情，但表达不出思想。打动人靠的是思想感情，光有思想局限犀利，没有思想的感情平庸。我现在更重视思想，把技术看得更轻，技术好不算什么，传不下什么。思想领先，题材、内容、境界全新，笔墨等于零。

风格是作者的背影

吴冠中在晚年，透露了一个秘密：当年他赴法国留学时，本是拘定"不打算回国了"的想法，因为当时在国内搞美术毫无出路可言。但在巴黎呆久了，他越来越觉得那灯红酒绿、"画人制造欢乐"的社会与自己不相干。"祖国的苦难憔悴的人面都伸到我的桌前！"于是，他终于下定了决心："无论被驱在祖国的哪一角落，我将爱惜那卑微的一份，步步真诚地做……"

又"文革"中，有一次听说他当年留在巴黎的老同学赵无极已成为名画家，回国观光时作为上宾被周总理接见，吴冠中真不服气。那时的吴先生正下放在农村劳动，还患了严重的肝炎和其他病症，经常通宵失眠，体质非常坏。当时他自己和夫人朱碧琴都感到他已活不太久了。吴冠中索性重又任性作画，决心以作画"自杀"，结束生命也值了。不料后来奇迹发生了，多年被医生治不好的肝炎，居然被疯狂的艺术劳动赶跑了，他的健康竟一天天恢复了。"天意从来高难问"，吴冠中也终于脱颖而出，成为享誉国际的绘画大师。

很自然的，人们都会问："如果吴冠中当年留在法国，会怎么样？"还有研究者想知道，吴冠中对自己的一生——道路、选择、成就、身前身后名等等，有着怎么的自我评价？

历史是不能"如果"的。吴冠中也不是一个耽于昨天的人。他甚至说："明年怎么样？顺其自然。风格是作者的背影，自己看不见。"

哦，我理解，他的意思是说，艺海无涯，"长征"无尽头，个人只管一心一意地探索下去，其他都无须计较——是非曲直，功劳功绩，由别人去说吧。

哦哦，他是艺术的赤子，他的心中只有艺术，装不下别的了。

（选自《都市美文》2009 年第 6 期）

马加老人

刘兆林

　　写下《开不败的花朵》的马加老人，其实姓白。他那并不因为姓而白得不能再白的头发，像初冬刚落的雪，又像深秋盛开的银菊，细眯着已经张不开的眼睛，和大大地张着永远也闭不上了的嘴，连同精炼得不能再精炼的身子，一同斜向着窗外的天空，多像一朵临冬的白葵花努力朝向太阳的样子啊。2004 年 10 月 21 日 8 时 5 分，这朵曾经蓬勃耀眼永远也开不败似的向日葵，到底还是停止了漫长的向日旋转。他的几经修饰也没能闭合的嘴，直到遗体安放于鲜花丛中时，还是张开着的，像还要与簇拥着他的无数鲜花一同继续呼吸。我不由得再次想到，这位人民作家的代表作《开不败的花朵》，同时也想到"花开自有花落时，我们要像樱花凋落那样为国捐躯"这句日本歌词。说真的，站在马老遗体前，握着他还没变凉的皮包骨头的手时，我心情并不是悲痛，而是想到几乎靠人工呼吸还在活着的百岁老人巴金，还有我的 59 岁就已辞世的父亲。想到巴老是因为，每个人都是属于他有所作为那个时代的，如果他已不仅无丝毫作为，还成年累月躺着，靠吸氧和人工流食，视觉、听觉、味觉、知觉，甚至疼痛的感觉都没有了，谁还想活啊？都是别人让活，为别人而活的。想到我父亲是因为，马老读过我的《父亲祭》后，当面问过我父亲的一些情况，并借助放大镜写下一篇文章，其中有句话让我永远感念他："……兆林同志在抒发父子感情方面却达到了登峰造极的地步。"从那，我便对马老在职责之外又多了一份近乎父子之情。而我在《父亲祭》里，向 59 岁就已比 95 岁的马老还要骨瘦如柴的父亲遗体告别时，想的是："你终于死了吗，父亲？你那日夜消耗也经久不衰的生命之灯真的突然熄灭了吗？我不敢相信这喜讯是真的……"所以我摸着 95 岁才停止呼吸的马老的手时，真实的心情是：花朵哪有开不败的啊？马老啊，你这朵开了 95 年的向日葵，已被岁月的工艺花坊陶制成一朵干花——一朵永远向日的干葵，不朽了！

说实话，2003 年 11 月 24 日那天我就产生写这篇文章的念头了。那天是巴金老人百岁生日的前一天，全国许多报刊和媒体都在纪念巴老。赶巧中国作协有人在沈阳，要我陪着看看马老。因工作关系，我无数次看望过马老了，这次去，等了近一个半小时，已经下午三点多了，他还没从午睡中醒来。他罩在窗子投进的温暖阳光里，就如停止呼吸时那样大张着嘴，实实在在安安详详地睡着。需把耳朵贴于他的嘴边，才能轻微地听到一点点气息。我们在他身边说了好一会儿话，他也没醒。当时我就一边向中国作协工作人员讲马老的名篇小说《开不败的花朵》，一边心里想，马老真已化为一朵不朽的向日干葵了。越是这样想，他精力旺盛时的一些细节，却越加鲜活起来……

作品传世才算开不败的花朵

马老是东北文坛泰斗，省长级待遇。职责关系，我隔三差五就得去他家一次。有的是他打电话叫我去的，有的是别人打电话叫我去的，有的是陪领导或文友去的，有的则是自己想到该去看看他时独自去的。不管怎么去的，他跟我说的头几句话几乎都是，最近又写什么了？又发表什么作品了？如果我说写了什么什么，他便会高兴说，我老了，就靠你们年轻人写了。如果我说这段儿很忙，没写什么，他便会认真说，作家领导再忙也要抓空儿写，这跟领导干部参加生产劳动一个样子，不写就等于没参加生产劳动这样子！如果我说写了，发表在某某小刊物上，一般化，他就会说，你年轻，要往传世作品上努力。没有传下去的作品，年轻年老都算开败了的花朵这样子。这些话，虽然简简单单，明白易懂，但反复地出自他口里，而且是说给在作协管点事的晚辈作家，就有非常非常宝贵的意义了。全国那么多作家协会，不写作的领导越来越多了，都在忙许多非文学性的工作。按马老的说法细想想，作协的领导都不写作，可不就如领导干部不带头参加生产劳动嘛！新中国成立后，直到去世，马老一直担任东北和辽宁作协的正、副主席、书记及名誉主席，有许多党务和事务工作缠身，如果他热衷于官本位，顺水推舟不写作了，谁也不会怎么着他。但还会有人民作家马加吗？还会有开不败的花朵似的马加吗？只会有个省级干部马加了。他的确最看重自己的作家身份，好几部重要作品都是当名誉主席时写的。他绝不肯当名誉上的作家，要作家的名，他就用作品说话。

如果我是陪大领导或主管文艺工作的领导去看他，他讲的肯定是关于延安文艺座谈会的话题，而且那些慢腾腾的话，仿佛一部老留声机慢慢摇动后播放出来的，语调以及主要句子每次都是准确不变的："延安文艺座谈会这样子，毛主席指的方向这样子，作家要深入生活，写时代这样子，要坚持，为人民而写这样子……"他向那些领导们说这几句话，用字真是不变的，绝不今天说一个样子，明天又说一个样子，也绝不当这个人说一个样子，当另一个人又说一个样子。他的口头语儿就是"这样子"。从他的文学回忆录《漂泊生涯》及他多次谈话看，他和萧军、草明、罗烽、白朗等东北作家群一些重要作家，不仅参加过毛主席亲自召集的延安文艺工作座谈会，而且座谈会一结束，他就响应号召，深入到敌后抗日根据地生活，写出了座谈会后全国第一部反映除奸抗战生活的长篇小说《浮砣河流域》，在延安《解放日报》连载，一时誉满天下，使他成为现代文学史上东北作家群的重要一员。从那，他的文学信仰一直都坚持不变，就如他的口头语"这样子"一直都没变一样。但细想想他说的"写时代"，又是强调变化的。因为时代是变化的，写时代就是写变化。所以他"九一八"事变后写《火祭》并参加了中国左翼作家联盟；"七七"事变后奔赴延安参加抗战，写《浮砣河流域》；抗战胜利后又回东北，参加土地革命战争，写《江山村十

·红霞一抹乘云去·

日）；抗美援朝时期写《在祖国的东方》；经济建设时期写《红色果实》等等。所以他说给文艺工作的领导者们很少的几乎不怎么变的话，给我打下深深的烙印，即，想要作家这个名，就得坚持写作，这是天经地义的；作家（不管是专业作家还是业余作家甚至是当领导的作家）不写作，这是绝对不对的；而作家写什么和怎么写，他又从来不细说细管，只强调要深入生活，写时代，为人民而写，争取传世。这几点就足够了。此外他还好谈他崇拜的一些大作家，如托尔斯泰、高尔基、契诃夫、肖洛霍夫、中国的鲁迅、茅盾、巴金、丁玲等等。其实他那么几句宏观的，以不变应万变的话，是很厉害的，谁真能做到，谁就成气候了。试想，如果马老是个过分聪明的人，一会儿想干这个，一会儿又想干那个，不把写作当最重要的事；或一会儿赶这么个时髦，一会儿又学那么个花样，随轻波，逐邪流，写下的泡沫作品自己罗起来觉得与身等高了，那也绝对成不了作家，更不要说优秀作家和人民作家了，顶多是个不正规的自由市场上高明的投机倒把的写手。并不聪明过人，但比许多人都韧性执着不改初衷的马老，用一生经历总结出来的这么一句话，并且认真"这样子"做了，因此他成为了"辽河赤子北国巨匠，人民作家文坛师长"。说他是开不败的向日葵花，就是比喻他总是想着写着他为之服务的人民。所以，开不败的向日葵花，就成了马老不朽的形象。

封笔前后的"意识流"

我是在马老晚年才与他有接触的，所以看到的都是他一些琐碎的生活细节。正是通过这些细节，我感到了他认真做事严肃做人的态度。大概就因这种态度，他才成为一名大作家的。不论谁，即便他是个天才，一生也只能成就一两件大事而已。若没有严肃认真的态度，那就只能连一件小事也难成了，而马老的严肃和认真态度，又总是用十分含蓄和温和的方式表达的，甚至有时你都难于觉察他表达的是什么。

有次他大清早给我打电话，我以为有什么急事了，便一下从梦中醒透了。可他唠了一会儿闲嗑之后说，给你写完评论，我就想过，得封笔了。从今天起，我就封笔了这样子。我有点摸不着头脑，试探着问，马老您身体不好了吗？他说挺好。我说挺好为啥从今天起封笔呀？他慢腾腾说，脑子不济了，慢慢看点书，看多少算多少，这样看点还行，写就不行了，写不好了这样子。我说，您是辽宁的文学史老人，您随便写点什么都是很珍贵的！他说，越这样，越不能再写了这样子。

我以为他这是老了觉少，早早醒来随便找人说说话拉倒呢，过两天又是一大早就打电话，同我慢腾腾闲聊说，某某出了本书，很有激情，给你了吗？他说的是位爱好文学的领导干部。这位领导很重视自己新出的一本书，也送我了，我也看了。马老又慢腾腾问感觉怎么样，我照他的口径说，是挺有激情的。间断了一会他又说了半句，很有政治激情这样子。便没下文了。我主动找些话往下聊说，现在出了不少领导干部作家，都很有激情。马老只多用了两个字，把先说的"激情"完善成"政治激情"，后半句就又没了。后来那位领导干部问过我，马老是否给我打了电话，并问对他的书说了什么没有，我才恍然悟出，他是想让马老写写评介文章啊，所以马老才头一天提到封笔，过两天又只说到政治激情而没提及文采？后来真的再没见马老写任何东西。好长时间以后我才想到，一个作家给谁的文学作品写评，不提提文采，那算怎么回事啊？本来没有文采你还要说有文采，那又算怎么回事啊？实话实说没有文采，那么伤了人家的威信和自尊心，那又何苦来呢！马老含蓄地让人意会他的为文和为人原则，既不伤人，又不违心地维护了自己的原则。这点小事看似简单容易，实际很难做到。越到后来我对此体会越深。

马老老伴去世后，我听医院说过马老陪老伴住院的一些小事，也很受感动。她们说马老每天都长时间坐在病床边，拉着老伴儿的手，陪着说话。护士还当笑话说，医院高干病房有规定，不许他和老伴两人住一屋，他怕老伴孤单受不了，夜里偷偷躲过护士去与老伴同住。我听了却深受感动。我父亲要是能这样对待我母亲该多好哇，可他们是打打闹闹了却一生的。马老一直手拉手陪老伴到咽气。老伴先于他十多年去世，开初他神情恍惚，风吹窗帘动他都幻觉是老伴进屋了，上前拉那窗帘。可见他是用了一生的严肃态度对待自己终身伴侣的。这些细节也可以诠释他何以能成为大作家，及何以只能成为大作家，而没成为别的什么人。还记得有一年夏天，马老打电话说有点事儿，叫我过他家坐一会儿。可我过去坐了一个多小时了，他也没提什么事儿。他慢腾腾问过写什么了，又问干什么呢，再问作协机关和有些作家怎么样等等，再没什么可问的了，又说起延安文艺座谈会。我看快中午了，他还含蓄着谈创作方面的话题，心下便一边佩服老前辈们做事的谨慎自律，一边又于心不忍让他付出那么多口舌。我便主动说，马老啊，工作和写作的事您放心吧，您个人有什么事随时电话或当面说一声，我们办就是了。我又说了两遍，马老才说，老干部处长，给我找了个文件。说着他慢慢挪到写字桌前坐下，掏出一串钥匙，数了半天终于打开一个抽屉，摸出一份复印的文件，用放大镜在文件上找了一会，找到一行字指给我看。原来这是婚姻法的第某条，内容是老年丧偶者可以再婚……我们的省级人民大作家马老啊，原来是这个事！我既十分感动又心下好笑，这早就根本不是问题啦！马老却极其认真也特别难于启齿的样子，最后还是说，老干部处长说可以，不知党组什么意见……马老真是太重情义又太拿党组织当一回事了。直到故去，马老也没去落实国家这条文件和得到党组织同意的想法。马老的组织纪律观念不是一般的强，还体现在交会费上。不少作家们常常忘记或故意不交会费，这绝不是小心眼儿舍不得每年掏那五十块钱，就是个组织观念问题。而马老，从没被别人催过或提醒过，都是主动交最先交的。马老最后交这次会费，《辽宁作家》公布名单时，他的名字打上了黑框，排在一千多名的第一名。

还有一阵儿，马老感冒发烧，思维有点混乱，我去看他，见面握手时他十分激动，说感谢省委领导这么忙来看我。他烧糊涂了，把我看成了省里领导。我就问他，刘兆林你认不认识？他连连说认识认识，刘兆林是省作协的！我说，马老啊，后天你过生日，给你定做个大蛋糕，还想要什么？想怎么过？马老的口头语也没了，说，酒席就不用准备了，正轰轰烈烈搞运动，大家都很忙，开个千百人的会算了！当时我猜测，马老有点错乱的意识一定是又流动到延安时代去了。这位革命的老作家，意识糊涂时也忘不了他曾献身的革命运动。

有一天大清早，杨大群老师打电话找我。这是他头一回往我家打电话，他说，你快点到马老家看看吧，马老说他家被盗了。我便连单位的车也没来得及要，乘出租车赶到马老家。马老正在翻找东西，见了我，连忙说存折被偷了。我看看现场，又看他家人直向我使眼色，便明白没有被盗，只是存折和有点钱找不到了。我帮他床里床外翻了一气，在被窝里找到了几十块钱，存折却怎么也找不着。后来我想，他一定是夹哪儿忘了，我也有过把钱夹到书里找不到的经历。我就问他平时好往哪些书里夹东西，他说了鲁迅、茅盾、巴金，还有丁玲的等等。我就到他书柜找这些作家的书一一翻，后来终于在丁玲的一本书页里找到了。马老不好意思地笑了，笑得真是可爱极了。可以想见，马老是多么尊敬那些比他强的大手笔作家们。丁玲是他延安时的战友，曾经给过他帮助，所以他就格外在意她这个人和她的书。

树柿子及马加指导马加

大约是马老九十岁那年冬天，记不清是过新年还是过春节的假期了，我上医院看完一个朋友，忽然想到也该看看马老，于是半道拐马老家去了。因是临时想去的，便空着手。在大院门口遇见有人卖大红的树结柿子，我想买点当礼物，又觉太拿不出手，便干脆空手上楼了。不想见到马老后，他放下正读着的书，叫家人拿来苹果，非要亲手削了皮再给我吃。我空手来看老人家，却吃老人家亲手给我削的苹果，心里很是不安，便让马老先吃。他说我这牙不争气了这样子，你吃吧。我不忍却了他的盛情，吃了几口，又不忍就这样自己吃，便想到在楼外看到的树柿子。那种柿子，化开后稀溜溜的，很甜，没牙的人也能吃。我就问他，他很兴奋说，树柿子啊，我在哈尔滨吃过，和柳青、周立波他们，东北文协的人，聚在一栋小楼开会。那时东北文协在哈尔滨……

一听他说这些人名以及时间地点，我就激动了。那时吃柿子的情景他都历历在目，可见他有多爱吃了。倒不一定那以后再没吃过，也许因后来吃得平淡，便没留什么印象。但这种柿子东北不产，以前不是随便能吃到也是事实。于是我也没征得马老同意，就下楼买了四五斤。马老一见这么大红的树柿子，眼光异常地亮，一看就是想吃的样子。家人说太凉怕吃坏肚子。我被他格外亮的眼光所鼓舞，把柿子放一大碗热水里烫得又软又温了，让他用小勺喝。马老很快将一个柿子吃光了。我也怕他吃坏肚子，没敢再让他。他便以己所欲而施于人的心理，硬让我吃了一个。我不由得感慨，当时，这种柿子沈阳早已稀烂贱得到处都是，马老却以为我给他买了什么稀罕贵重东西呢。这一细节给我印象是，马老丝毫不把晚辈对他的关爱看作应该应分，所以每得到一点点关爱他都诚惶诚恐受宠若惊的样子，努力加以回报。我看这应该算是美德。

还有两个细节我忘不掉。一个是，2000年冬天，中国作协的吉迪马加同志叫我陪他看望马老。马老十分高兴地对吉迪马加说，我知道你！咱俩都是马加，不过我是老朽马加，你是壮丁马加，我是满族马加，你是彝族马加，我是辽宁马加，你是中国马加……我很少听马老说话如此幽默风趣，也很少见他当面赠书给谁。那次他叫家人找出自己一本已经极少的著作赠给吉迪马加，赠言是：请马加同志指正马加。他故意把自己署名与赠言紧紧连在一起，便出现了"请马加指正马加"的幽默效果。因此第一次见到马加的吉迪马加，对马老留下了与别人不同的印象：马老不仅慈祥，还幽默。所以马老逝世后，吉迪马加特意改变行程，专门赶到沈阳向马老遗体告别，并用毛笔郑重写下一段留言：黑土地养育的作家，你全部的作品再一次证明了现实主义的胜利。另一细节是，有一年上海编的一部大辞典里收有我一个词条。我当然暗自窃喜，但除家人外没好意思跟别人说。也是有天大清早，马老特意打电话告诉我辞典收了我和邓刚，说向我们祝贺，向我们学习。我说里面更有您啊，我们是给您陪榜的！马老说，我没出息了，看你们啦！这话在此十多年前我和邓刚一块登门看望他时，他就说过。他说，邓刚的"大海"很迷人这样子，兆林的"枪声"也很震人这样子，我向你们学习这样子，但你们千万别骄傲自满这样子！告诉入辞典这回，马老省略了别骄傲自满的话，大概觉得我们已没什么骄傲自满的资本了吧？

马老啊，写完最后这句话时，恰值我生日的深夜。面对您这朵已经不朽了的向日葵花，我这已被众多青年远远抛在后头的老中年，的确是只有脸红的份儿，哪还有闲心和资本骄傲自满啊！

（选自《都市美文》2005年第10期）

诗人田间

尧山壁

    中学时代迷上了新诗，中国新诗的天空，一弯新月，三星高照，群星灿烂。三星者臧克家、艾青、田间。三星高照的气象一直持续了半个世纪。三星高照又非三足鼎立，不同时代交互领先。

    臧克家、艾青、田间先后出生于 1905 年、1910 年、1916 年，分别诞生于中国北部、南部和中部农村，几乎同时登上了诗坛。臧克家 1932 年出版《烙印》，1934 年出版《罪恶的黑手》；田间 1935 年出版《未明集》，1936 年出版《中国牧歌》、《中国农村的故事》；艾青 1936 年《大堰河》一鸣惊人。

    三大诗人风格迥异，臧诗精粹，对农村的困苦感受深切，情感真挚，善于捕捉典型，酿造诗意，苦吟农民悲惨命运。田诗火热，紧紧把握时代，大胆疾呼农民起来反抗。艾诗深沉，留学归来，身陷囹圄，对黑暗进行诅咒。审美取向上，臧有传统诗词功底，构思精巧，把中国的悯农诗提高到一个新的境界。艾青留过洋，吸取了西方象征主义精髓，挥洒自如，追求诗的散文美。田间学习苏联和民歌，采用一种活跃、铿锵的句式，表达自己激越之情，给诗坛带来一股新风。

    那时我正值少年，仰望三星，光芒四射，高不可及。比较起来田间更亲近一些，与我的身世和籍贯有关。我是抗日战争造成的孤儿，听到"时代鼓手"短促而跳跃的旋律就热血沸腾。还有田间在晋察冀战斗十年，地方报刊和中小学课本中，常有他的信息，还带有一点传奇色彩。

田间本名童天鉴，出生在安徽无为县羊山脚下。17岁考上光华大学政治系，把怀揣来的作品天女散花一样在上海报刊发表，引起左联的注意，胡风赞赏他敏锐的感觉力和奔放的想象力，又较少"革命诗歌"概念化和口号化的通病。茅盾先生写了评论文章，称其"完全摆脱新诗已有的形式的束缚，这是很可贵的。"同时也引起当局的惊觉，他反映东北人民抗日斗争的《中国牧歌》，以红军长征为背景的《中国农村故事》被列为禁书，本人也被列入搜捕名单，亡命日本投奔郭沫若。不久七七事变，与郭沫若同船回国，应茅盾之邀，投奔武汉。武昌艺专十平米的收发室，一头艾青夫妻，一头田间，中间拉了一道布帘。两位诗人亲密无间，在上海时田间曾出资为艾青出书。艾青看了田间墨迹未干的《给战斗者》，兴奋不已，说："赶快送给胡风主编的《十月》，他没说错，你就是第一个喊出民族革命的战争的诗人！"出版后，闻一多亲自登台朗诵，并发表评论："摆脱了一切诗艺的传统手法，不排解，也不粉饰，不抚慰，也不麻醉，它不是那捧着你在幻想中上升的迷魂音乐，用最高限度的热与力活着，在这片大地上。"他是"时代的鼓手"。

1938年2月，田间与肖军、肖红，聂绀弩到达临汾，参加丁玲领导的西北战地服务团，脱下西装，换上八路军的灰制服。不久又奔赴延安，入党，发起街头诗运动，写出《假如我们不去打仗》、《义勇军》、《坚壁》等名篇。11月响应毛主席号召，深入敌后，把街头诗运动带到了晋察冀。深入生活熟悉群众，使田间的创作转入叙事诗，三年创作了长篇叙事诗《亲爱的土地》、《铁的子弟兵》、《柏树》等三部，又写了小叙事诗《回队》、《曲阳营》、《英雄谣》等十几篇。继《给战斗者》开中国近代政治抒情诗之先河后，小叙事诗又成为新诗之创举，名副其实的中国抗战诗歌第一人。田间不仅是一名出色的抗日诗人，更是一名勇敢的战士，曾任中共盂平县委宣传部长、雁北地委秘书长、张家口市委宣传部长，都是正职实职。战争年代的"官"不像现在，都是真刀真枪，出生入死干出来的。他身先士卒，有勇有谋，深得贺龙、聂荣臻、肖克、杨成武的赏识，结下生死之交。陈庄战斗中，贺龙送给他一只手枪，一件缺一只袖筒的日本军大衣。1944 年冬，西战团受命回延安，邵子南、孙犁绕到盂平约他同往，田间说："不行，在这里几年，和群众已结成骨肉之情，难分难舍呵！"把大衣转送孙犁。后来延安发大水，冲坏窑洞，这件大衣被洪水冲走，每次提及，孙犁都感到十分惋惜。

田间 1941 年兼任晋察冀文协副主任，还是北方局文委委员，边区参议员。1946 年和行署主任杨耕田一同当选抗日根据地"国大代表"，因为蒋介石撕毁协议，才没有成行。这等显赫的经历，在战争年代的诗人中是绝无仅有的。所以建国初期，艾青错划右派，臧克家属民主人士，周扬把田间奉为中国诗坛一面大旗，自有他的道理。在外交空间有限时，屡屡受命出访亚洲、苏联和东欧，代表中国诗人参加亚非作家会议，作品被翻译成十几种文字，成为各国汉学家关注最多的一位中国当代诗人。

1957 年底，田间调回河北省任文联主席，《蜜蜂》主编。1958 年我到天津上大学，感到与田间更近了一步，省会的青年诗人莫不以聚拢在田间的光环下而自豪。1960 年秋一天，校党委书记戈华送客，见我路过，呼来引见，说田间是他冀西抗日的战友。田间伸出手来，让我受宠若惊。仔细看时，又似曾相识，正如胡风描述的那样，"和尚头，圆圆的脸"，"眼色温顺"，"个子不高，步幅很大"。尤其是孙犁写过的，连走路都"一往无前的姿态"。孙犁还说过一个故事，田间在平西采访时，一个人走夜路，"一往无前"地走进敌人的阵地。幸亏天下大雾，没被发现。

正是这一面之缘，决定了我人生之路，着迷似的向往田间的战士生活。毕业之前我给田间写信，希望到农村去，到火热的斗争中去。他很快回信，鼓励我的志向。毕业时，校方决定我留在天津，别人是求之不得的，我自连连上书坚辞，因了田间的这封信，我才如愿以偿。下去以后，生活赐给我的诗有了较快的进步，连续在《诗刊》等报刊发了不少组诗，田间看到都来信鼓励，还在《河北文学》写了专门评论。1964 年在保定召开全省创作会议，田间在工作报告中两次提到我，一年后我 26 岁选调为省文联专业作家，大概有田间一票。

1966 年省委成立吕玉兰写作组，文音美戏六十多人，田间带队，正月十六进村，两间土房住五个人，田间、李满天、张朴、李润杰和我。东留善固是个穷队，一天两顿饭，锅上锅下都是红薯把儿，连我这穷苦出身的都觉着有点受不了，田间这个大诗人却很适应。吃派饭时怕吃超了，数着块吃，其实五斤鲜薯顶一斤粮票，他怎么也吃不了一斤二两粮票指标。打游击落下毛病，半夜需要嚼点东西，翻来覆去睡不着。我到供销社给他买了几包饼干，非让退回去不可，不搞特殊。白天打井，晚上开会，他都先到，随身带个小本，写了短诗，抄在街头。天津歌舞剧院作曲家肖云翔谱了曲，教社员们唱。李润杰是中国快板书大王，说了《双枪老太婆》，就说田间的诗。田间鼓励我向李润杰学习，学习他生动活泼的语言和群众喜闻乐见的形式。

"文革"开始，田间首当其冲，被打成河北文艺界头号走资派和反动学术权威，关进牛棚。起初估计不足，会议室田间吐着烟圈，走廊里梁斌哼着昆曲，饭桌上李满天还讲笑话。造反派煞他们威风，一个个给戴上高帽，坐上喷气式，"打倒在地，再踏上一只脚"。田间少年参加革命，戎马半生，历史清白，用放大镜也找不到半个污点，只有拿他的作品说事，上纲上线：抗美援朝的诗是"和平主义"，《欧游札记》是修正主义。田间果真是一位战士，不肯失去诗人的尊严，不肯低下高贵的头颅。摁下去又抬起来，常常为一个名词、一个定语坚持半天，招致"批判的武器变成武器的批判"。有时我偷偷接近他，小声说："又不是定性，含糊一点，免受皮肉之苦。"他说："这个我知道，但是动摇一步，就会后退十步，叛徒就是这样形成的。"让我想起他的一句诗："我从枪林弹雨中走来，一点不留媚颜奴色。"

造反派早就把田间划成敌我矛盾，为找证据，三次去北京抄家，拉回来的"战利品"不过是电视机、录音机、油画、相册，最神秘的物证是阎锡山的布告，日军的宣传品，日本人拍摄的平阳、阜平、应县惨案的照片。其实都是报清组织批准，留作创作资料的。正是根据这些，田间创作了长篇小说《牛棚传》、《拍碗图》。这些"罪证"公安部门不认可，当作垃圾扔掉了。田间夫人葛文说："太可惜了，留到今天，都能帮助打赢南京大屠杀那样的国际官司。"

随着"运动"的深入，田间和省文联的干部处境更加险恶。从保定的"牛棚"，到石家庄学习班，住进一座旧日本鬼子西兵营，棺材盖子式的屋顶，有门无窗，一条炕上挤二三十人，只能侧卧不能翻身。后来又转到唐庄劳改农场，住进临时腾出来的监号，在明晃晃刺刀下低头进出，因为多数人戴眼镜穿干部服，被周围群众称为政治犯。从学习班到五七干校都是工宣队管制，知识分子成了工人阶级的俘虏。工人阶级"占领上层建筑"，需要大批人马，人手不够。没有几个产业工人，多数是刚刚参加工作的技校毕业生，田间他们浴血沙场时，还没在他爹腿肚子里转筋呢。

工宣队从劳教干部那里学来一套本事，叼着烟卷坐在树荫凉里，吆喝我们劳动，成了二地主。文联干部多是农民出身，吃不饱时，你糊弄我肚皮，我糊弄你地皮。只有田间认真，他生长在扬子江边，北方农活不大会干，春天间苗时，不是屁股朝天，就是双膝跪地，手忙脚乱，还总落在后面。我劝他惜一点力，马虎一点也能过去。田间面带难色，说习惯认真了，不会做假。让我暗暗佩服他的为人真诚。

进入 1972 年，干部陆续"解放"，干校只剩下田间、梁斌少数人不能毕业。从"牛棚"算起，已经第八个年头了，和整个抗日战争一样长的八年。那个八年，他是勇敢战士，叱咤风云，写下了震惊世界的诗篇。这个八年，成为阶下囚，忍气吞声，写不完的交代材料。1973 年初，唐庄五七干校清场，把田间、梁斌他们转交芦台农场。一个风雪夜，田间在监管人员押送下，敲开北京后海北沿38 号，解放初用两千元稿费买下的四合院。葛文出来，面前站着一个乞丐样的人，帽沿压着眉毛，围巾裹着头脸，只有一双细长的眼睛说明正是等了八年的丈夫。八年了，夫妻没说过一句话，一双小儿女早已记不清这个父亲。

1973 年底，政策终于落实到田间头上，接替阮章竞任省革委文艺组长、《河北文艺》主编。文艺组只有四排二十多间小平房，田间在二排一号，与我们诗歌组为邻。田间 1941 年就是高级干部，可以吃小灶，这时也跟我们一起吃大食堂。星期天改善生活，分发馅和面，田间和几个光棍汉一起包饺子，迫不及待，凉水下锅了，煮成一锅片汤。田间意外地发现一个完整的饺子，好奇地解剖开来，是两层皮，不知谁怕馅大撑破皮，又顺手补了一层。恍然大悟，原来饺子需要两层皮，一时传为笑柄。1976 年唐山地震，田间像战士接到命令一样，赶赴唐山，住帐篷，喝雨水，冒着余震奔走在废墟瓦砾之间。

田间从运动开始就对四人帮有看法，了解他们的底细。记得在党组会上，我做记录，田间说姚文元的父亲姚蓬子是叛徒，出卖过田汉。张春桥在晋察冀是他的部下，曾经与葛文、坚壁在同一个村里，阴阳怪气，心术不正。江青是个戏子，看她怎么收场，奸臣怕散戏。1974 年江青在天津宝坻县小靳庄，搞"意识形态领域革命试点"，用民歌评法批儒，影射周总理，一家出版社出版了《小靳庄诗选》。香河县文化馆送来一沓张庄社员民歌，要跟小靳庄对着干。我看了稿子，都是写学大寨、农村气象的，还有些艺术性，其中一首至今还没忘：张庄社员真是棒，个个都是红高粱，颗颗粒粒实心眼，还有一身绿军装。送交田间，心有灵犀，三人商定在张庄召开民歌创作现场会，全省重点作者参加。时间定于 9 月 22 日，会开得热火朝天。宝坻与香河一河之隔，原来同属廊坊地区，新划天津不久。宝坻一名作者趴在我耳边说："大家都想弃暗投明，东边天阴西边晴，一条河旁两样诗。"

1974 年秋天，《光明日报》刊出一首短诗，署名红柳，收到读者来信，质问好像是田间的诗，为什么发？当时田间虽然"解放"了，还要夹着尾巴做人，稍有不慎就是"走资派还在走"。直到粉碎"四人帮"，才重见天日。为夺回失去的光阴，重回延安，重返太行，南下深圳，迈开"一往无前"的长腿，省文联有四大快：肖林的嘴，田间的腿，刘振声的抓挠，侯民泽的鬼。一时间田间的诗又满天飞了，出版了诗集《青春中国》、《离宫及其他》。

正当田间重振雄风，只争朝夕时，意外地遭到一记闷棍误伤，折断了诗人的翅膀，击碎了诗人的梦想，那就是 1979 年春天的一场《歌德与缺德》风波。李剑的这篇文章在田间主编的《河北文艺》发表之后，举国震惊，还惊动了胡耀邦同志。关于这场风波的来龙去脉，我已在《美文》发表专门文章，本文不再赘述。又不得不说的是，文章是小青年李剑写的，文责自负，田间只负领导责任。但是我们的社会习惯刮风，听风就是雨，习惯莫须有，一传十，十传百，传着传着就走了样，最后好像李剑就是田间。十八年后，我去洪湖开丁力的纪念会，一位诗刊的老编辑，竟然也说《歌德与缺德》的作者是田间。经我解释才恍然大悟，追恨自己，误解了这位老诗人。

我们的文艺批评和社会舆论，有个让人很无奈的标准，唯题材、唯政治，唯当下的政治，基本上不说艺术。这样一来复杂的问题就可以简单化了，否定杨朔一句话就够了：正是三年困难时期，你为什么粉饰太平。否定郭小川、贺敬之也很简单；人民群众都那样了，为什么还歌功颂德？其实作家创作是百花齐放，从生活出发，作品的生命力在艺术。但是习惯势力往往能改变一个人的命运，1980 年省文联换届，田间变成了名誉主席，新任主席梁斌比田间还年长两岁。解决那场风波，胡耀邦同志主张平心静心，保护李剑，不过多追究个人责任。而只是负领导责任的田间，尽管大会小会检查，还是没有放过。

孙犁说过："田间是一个勇敢的，真诚的，夜以继日，战斗不息的战士。""他成名很早，好像还没有领会人情世故，就出名了，他像一个孩子。"田间的确十分单纯，不善言谈，与人为善。举一件事，他扶持多年的一位青年诗人，"文革"中与自己对换了位置，曾经对他动手动脚。后来调查"三种人"，田间沉思了一会儿说："记不得了。"还要保护他，想他一生道路还很长。但是，又要汲取教训，给他捎话："真正的诗人，在琢磨诗歌的同时，是会雕琢自己灵魂的。"对自己的误伤，窝在心里，不做解释，也不会发泄，郁郁成疾，患上了不治之症。1985年住进医院，艾青来看望他，鬼使神差，胡风也住在这里。中国文坛三个传奇人物，有过上海和武汉共同的浪漫，又有着后来不同的命运。三星高照即将结束，最早陨落的却是最年轻的田间，8月病逝时，还不到70岁。三缺一了，臧克家异常痛心，写了一首诗悼念田间："黄金足赤从来少，白璧无瑕自古稀。魔道分明浓划线，是非不许半毫移。"

田间八宝山的葬礼，来了许多将军，杨成武、肖克、孙毅、魏巍，也来了许多文人。军界对这位抗日战士的追思是真诚的永远的，而文学界对位杰出的诗人却显得薄情。曾经有过历史辉煌的田间，身后是如此暗淡和冷清，甚至河北省某出版社1991年的一本《当代中国文学史》，竟然没有田间的章节。搜索百度，也竟然查不到田间的条目，只有童天鉴一条简介。让人不可理解。

诚然，田间新中国成立后的诗歌，不如战争年代精彩，但是绝对是不容忽视的。他的创作热情十分高涨，十七年中出版了诗集《短歌》、《向日葵》、《汽笛》等11部，长篇叙事诗《一杆红旗》、《长诗三首》、《英雄战歌》等4部，《赶车传》续篇上、下两卷，其中的《马头琴集》、《芒市见闻》和《雷之歌》曾经受到普遍好评。当然也不否认，从战争年代转入和平建设，田间的创作有点找不着北，紧跟形势，为政治服务，甚至认识生活有过失当。连他当年的文学向导茅盾也曾经指出，田间的危机在于"没有找到得心应手的形式，因而格格不入不能畅吐，有时又有点像是扯着脖子拼命地叫"。听话的田间开始找啊找，找到民歌，又钻进牛角尖，把六言当成主要形式。依重民歌，他这个南方人对北方群众语言又不大精通。好朋友孙犁说："我并不喜欢他这些年写得那些诗，我觉得他只在重复那些表面光彩的诗句或形象，比如花呀，果呀，山呀，海呀，鹰呀，剑呀，已经没了《给战斗者》那种力量。"但是，一个诗人能够独领十年风骚，留下那么多脍炙人口的名篇，足以在文学史占据一席之地了。不懂得田间就是不懂得历史。

（选自《美文》2012年第2期）

在故乡种棵树

——对一位长者的追思

白　描

在咸宋公路泾阳和三原的交界处，有个地方叫三渠口。醒目的标志，就是路边有棵大柳树，树身足有三抱粗，树冠遮天蔽日，洒下的浓荫宛如一方巨大的天然凉棚，卖吃卖喝的、剃头钉掌的、修车补胎的、歇脚纳凉的，便聚集在这阴凉下，成全了一派旺盛的人气。这就是我的故乡，是我梦中常常回到的地方。

三渠口实际上是朱、蒋、韩、白、雒五个村庄的总称，是中国最早的水利工程郑国渠流经的地方。后来在郑国渠老底子上兴建的泾惠渠，主渠道在这里分流，因而得了三渠口这个名字。给人说三渠口，没有多少人知道，但咸宋公路在早年是西安、咸阳通往铜川、延安、榆林和宋家川（今吴堡）的惟一公路，凡从这条路上走过的人，告诉他公路边那棵大柳树，人们即刻便有了印象。大柳树太醒目了，看它一眼就会难忘。它是五个村庄的中心，五个村庄像花瓣一样绕着它散布开来。它伟岸、庄严、慈爱、柔情，在故乡人心目中，占据着很重要的地位。

记不清什么时候我给李若冰讲述过三渠口，讲述过这棵标志性的大柳树。若冰和我都是泾阳人，我们经常谈论有关家乡一些话题。知道他将这棵树记在心里，是上世纪 80 年代中期我们一块回故乡泾阳的时候。泾阳乡镇企业家焦志学办了家造纸厂，请若冰回去视察，我全程陪同。那天在纸厂呆了很长时间，之后若冰回了趟老家。他的老家阎家堡和纸厂所在地云阳镇只有半个小时车程。若冰出生不久因家庭贫困，被卖给一户杜姓人家，不几年，养父母就被一场瘟疫夺去了生命，很小的他就成了孤儿。十二岁那年，他奔赴延安参加了革命。如今老家只有侄辈的人，见他回来，非常高兴，几个侄子家庭十多口人围拥着若冰，坐在老家的庄户院里，嘘寒问暖话亲情，喝茶聊天拉家常。正是阳春三月，太阳暖烘烘地照着这些情殷殷、意切切、乐融融的人们，其情其景，很是感人。本打算在老家看看就走，但亲情绵绵，这一呆，便呆了两个多小时。侄辈的媳妇们张罗着要去做饭，因为已在纸厂吃过，被若冰谢绝了。县上给若冰还安排了活动，必须在晚饭前，赶到县城去，若冰不得不和亲人们道别。

上了车，若冰突然问我："从你家到县城多远？"我说不远。若冰说："我印象中很近，不就是咸宋公路边那棵柳树吗？也就是十多里吧。好吧，去你家看看老人。"我的母亲随我在西安，父亲仍在老家三渠口。若冰要去看望我父亲的提议，是计划之外的。这一天行程安排得很紧，县上还要若冰去看几处文物景点。若冰任省文化厅厅长，文物工作在他的管辖范围之内，还有一些单位一些人，早就想求若冰的字，县招待所那边早就铺开笔墨等候了，另外还有一些非见不可的朋友。我家尽管离县城不远，但从云阳去我家再去县城，要绕很大一个弯子。在家里还要耽误一些时间。这样一来，县上的活动肯定就安排不开了。我婉拒若冰，说已告诉父亲，这趟没有时间回家，但若冰还是想去。我给若冰算了一笔时间账，若冰大概也觉得时间确实安排不开，只好遗憾地说："你陪我回了我的老家，我该陪你回趟你的老家才是。今天时间安排不开，以后咱俩再回来，就在你家或我家吃农村饭。"随后又问我，家在那棵大柳树的什么方位？他说他去长庆油田，从咸宋公路走见过那棵大柳树，问大柳树有多大的年龄。我说听爷爷辈的人讲，他们小时候那棵树就那么粗。若冰说：那肯定有百年以上的历史了，是棵应该保护的古树，以后回来时去看看那棵树。

但这以后，我没有机会再陪若冰回过泾阳。没能一块品尝他的亲人或我的亲人做的农家饭，没能在我的老家接待他，一同去看看那棵大柳树，终成为一件憾事。

若冰给我的亲切感和我对他的尊敬，决不简单同是泾阳人的缘故，也不简单因为他在长时间里是我的领导和师长，而在于心灵的贴近和沟通。他是一个重情重义、拿心和人交往的人，这样的人自有一种人格的魅力。他有很深的革命资历，有长期担任地方文艺界领导的资格，有着受人尊敬的著名作家的声望，但当他出现在你面前的时候，这一切身份和地位的特点都很淡很淡，给人突出的印象，便是他的爽朗与随和。他有很强的亲和力，无论你是普通工人，是农民，或是个初学写作者，和他交往，你不会有局促不安的感觉。即使出于对他名声的敬慕，开始你会有点拘谨，但他和蔼的态度和亲切的笑容，像春风一样，马上会拂去你所有的顾虑。你会被他感染，从内到外都会获得一种亲近滋润的感觉，让你变得轻松而舒展。

第一次见到若冰，是在东木头市原陕西省文创室的小院里。那是 1975 年国庆节，路遥、叶延滨、叶咏梅和我，作为当时《陕西文艺》借调的"工农兵"编辑、实际上是刊物重点培养的青年作者，参加编辑部举办的国庆会餐。若冰当时正在礼泉县兼职深入生活，他赶了回来，和我们几位青年作者亲切交谈。我们几个人，谁没读过《陕北札记》、《柴达木手记》、《神泉日出》？谁不期待着他给予我们以教诲？我们对他的尊重是由衷的，若冰却全然没有居高临下的架子，像朋友，又像父兄一样询问我们的工作和学习，询问我们的创作和生活，和我们碰杯喝酒，给我们夹菜，和我们开心地说笑。记得当时他有一番语重心长的话："你们要努力，陕西文学的繁荣最终还得靠新一代主力军。我们的刊物既要出作品，又要出人才，将来你们都要接陕西文学的班。"其时老一辈作家有些刚刚复出，有些将要复出，都是青年作家所要倚持的大树，但他以长远的眼光激发青年人的责任感和使命感，其情切切，其意殷殷，让我至今难忘。

我在《陕西文艺》学习、工作了将近一年之久，直到大学毕业分配前夕，才回到学校。我是陕西师大的学生，路遥是延安大学的学生，编辑部想让我和路遥毕业后都到刊物工作，刊物领导出面与学校方面协商。这是我和路遥梦寐以求的，但结果是路遥如愿以偿地分配到了编辑部，我却被留校做了教师。为此，若冰很不甘心，从1976年到1982年，从省文创室到陕西作协，从《陕西文艺》到《延河》，在长达6年的时间里，作为陕西文学界主要负责人的他，始终没有放弃调我工作的努力。陕西师大态度很明确也很坚决：不放我走。陕西作协的态度很明确也很坚决：这个人我们要定了。若冰对我说：现在就看你的态度了。得到我的肯定答复后，他先后与几任陕西师大的领导人协商，直到李绵同志做了师大校长，凭着他们都是老延安的关系，他亲自出面多次跑师大，直接与李绵同志洽谈，终于在1982年，我调陕西作协的事情才成定局，实现了我人生专事文学工作的梦想。

若冰对"陕军"文学队伍的建立，对陕西青年作家队伍的成长，不遗余力，是做出了巨大贡献的。他和他的夫人贺鸿钧有一个共同之处，凡见到一个文学新人冒出来，便无比的兴奋和喜悦。鸿钧长期担任《延河》领导，我曾经在一篇纪念《延河》创刊60周年的文章里这样描述鸿钧：这位50年代就以小说创作得到不少读者赞赏的女作家，在编辑工作中，看到一篇好稿子，"年过半百的人会像孩子一样，两眼放光，拿着稿子在各个办公室奔走相告，其兴奋之情宛如现在的父母看到儿女跃过龙门考取了好大学"。若冰也一样，在我担任《延河》主编期间，每看到刊物出现一位新人，看到刊物发了一位青年作家的好作品，总要问我作者的具体情况，叮嘱我要注意扶持有潜质的文学新人，特别是基层的读者。即使在他担任省委宣传部副部长兼文化厅长期间，不具体管作协的事了，但总是尽其所能，给青年作家的成长创造条件，热情帮助遇到困惑或困难的青年作家，有时甚至不计自身在官场的得失，挺身出面保护一些遭遇某种危机的青年作家。

80年代中期，贾平凹发表了《好了歌》，招致了一些重要人物的严厉批评，搞得平凹灰头耷脑，很是伤心。若冰一直认为平凹是个难得的人才，不能因为创作上的某种探索和实验就损伤他的热情和自信，他让我转告平凹，一定要振作起来，指示我《延河》仍应该继续向平凹约稿。平凹的好稿子，陕西青年作家的好稿子，《延河》都要尽可能地优先发表，刊物要成为陕西作家成长的重要基地。路遥在成长道路上也遇到过更大的危机，在路遥寝食不安的日子里，若冰给了他最宝贵的支持，帮他度过了山重水险的人生关口和阴霾密布的精神危机。那一段时间，若冰成了路遥的精神支柱。三天两头，路遥有事没事都要去若冰家。若冰身担要职，在繁忙的公务之余，要读书，要写作，时间是很紧的，但一旦路遥登门造访若冰便将一切事情搁在一边，听路遥的倾诉，陪他聊天说话，宽慰、开导他。若冰知道，这个从陕北山沟沟里一路打拼出来跻身著名作家行列的青年，如果不给予呵护，那精神系统里自尊和自卑复杂交织、雄心和疑虑相互纠缠、强悍和脆弱一并兼有的基本平衡，即刻就会倾斜颠覆，整个人也就毁了。事后路遥曾不只一次地对身边好友讲：若冰在他心里，就是他的精神支柱，是他的精神教父。

若冰所做的一切，并没有想到要谁感恩。他只是按照自己赤诚的心性和善良的愿望来做。在这一点上，他不像个阅历丰富、经验老到的政治家，倒像个单纯得毫无城府的赤子。这便难免会被某些人利用。有时知道被人利用了，他也不会后悔、懊丧，更不会改变他的热心肠。凡事自有公论，正因为若冰是这样一种人，才赢得了人们普遍的尊敬和社会良好的口碑。

若冰是我国石油文学的奠基人。上个世纪50年代到60年代，他的足迹踏遍了我国石油勘探开发的一线工地。至今，当我们随便走进哪个油田，提到若冰，那些老石油们无不充满敬意。他的激情燃烧在黄沙大漠，他的汗水洒在戈壁荒滩，他的身影印在苍穹大地，他留下的文字，深深地嵌在了人们的心里。2005年深秋，我和阎纲、周明、雷抒雁、何西来等应邀奔赴新疆库尔勒，我们走访了西气东输工程的首站轮台、东西横跨神州大地的万里气龙的源头克拉二气田，我们沿着沙漠公路，一直深入到塔克拉玛干的腹地塔中油田。一路上，无论是我们几个陕西老乡还是油田的同志，经常说到若冰。到了油田不能不想到他，不能不说到他。在塔中油田的沙漠植物园里，看到人工栽培的沙漠植物，我想起了若冰作品里对红柳、梭梭、沙棘的描写。这些都是他非常喜爱的植物。我在想，若冰如果有墓地，应该把这些植物种植在他的墓地上，让它们陪伴着他，让这些伟大非凡的生命呼应着他的灵魂，九泉之下的他，一定会感到欣喜的。

但我也知道这是空想。红柳、梭梭、沙棘这些植物，只适宜在沙漠生长，它们生命的意义就是挑战，在不可能有生命的地方呈现出一丛丛、一片片生命的绿色。脱离了严酷的生存环境，与别的娇花嫩草没有区别，生存的意义大打折扣，它们便宁可不复存在。

去年回泾阳老家，让我分外感伤的是，那棵大柳树已经死了。活了上百年，突然就死了。那片遮天蔽日、挡风避雨的浓荫已荡然无存。原来大树下那块地方，再也不是人们的聚集之地，拓宽的公路从那里经过，到处都在盖房建屋，过去清荫笼罩的地方，如今尘土飞扬。一段生命的历史，一段人世的风情，就这样戛然而止。

我又想起了若冰，想起当年他要来三渠口的提议，其情其景，如在眼前。大柳树没有了，若冰也离我们而去了。我想，如果能在故乡给若冰修建一座墓园，我会在那墓园里种植一棵柳树。柳树的生命力是极强的，随便往地上一插，便能成活，这倒与红柳、梭梭、沙棘很是近似。在故乡的树木中，柳树在春天总是最先发芽变绿，把春的消息早早报告给人们；而秋天又是它最后落叶，在一个四季轮回的谢幕之际，叶子变黄，呈现出一片耀眼的金色，在寒风乍起时给人一种明亮的暖意。垂柳依依，是生物对造化感恩的绵绵柔情；垂柳飘飘，是人们对尊者逝去的无尽思念。

为若冰在故乡种这样一棵树，我想他是会喜欢的，像喜欢红柳、梭梭、沙棘一样的喜欢它。

（选自《延河》2006 年第 10 期）

怀念牧惠先生

朱铁志

当悲痛渐渐过去，准备静下心来写一篇纪念牧惠先生的文字时，自己竟然几次"失语"。好像老舍先生在其名篇《忆北京》中说过：设若让我写伦敦、巴黎，可以洋洋万言、一泻千里；可是如果让我写北京，真的不知如何说起。这就好比一个人之于自己的母亲，是无法用言语表达敬爱与感激之情的。那样一种深沉的感情甚至不能说出，因为一旦诉诸语言，便无异于亵渎了。我此刻的心情，正类似于此。所以几次提笔，都不知从何说起；构思了多种开头，都觉得不足以表达心中的感受。

一

2004 年 6 月 8 日，一个连日艳阳高照忽然晴转多云的普通日子；北京，郁金香花园温泉度假村，一个让人不禁想到风车之国的美好所在……

一切都是那样平静，一切都与往日别无二致。然而傍晚时分，风沙骤起，冷雨阵阵，就在这个让人充满浪漫想象的温馨所在，就在这个距离京城不过数十里的地方，传出牧惠先生猝然离世的噩耗。

消息传来，所有人都仿佛遭到电击一样，被定格在那里，久久缓不过神来。一个曾经那样充满活力的健硕老者，怎么说走就走了呢？一个几天前还微笑着说要写到八十岁的当代杂文大师，怎么就这样不辞而别了呢？

连日来，我的大脑长久处于空白之中。看着家中牧惠先生赠送的几十本著作，想着先生生前对我的殷殷教诲，我的泪水一遍又一遍流下来……

从 6 月 9 日起，始终处在不停的"说话"之中。作为牧惠先生的晚辈和同事，特别是作为多年蒙受先生提携的弟子，我觉得自己有责任像儿子一样向牧惠先生的生前友好报丧。电话不停地响着。每一个获悉噩耗的朋友无不唏嘘不已。86 岁的何满子先生扼腕长叹：牧惠老弟小我 10 岁，他怎么先走了呢！71 岁的邵燕祥先生主动打来电话，仔细询问牧惠临终前的每个细节。好友鄢烈山从广州来电，始终用疑问的口气向我求证：这是真的吗？差不多每一个朋友都在询问牧惠先生临终前的情况，都想知道最后时刻他的身边究竟发生了什么。

带着朋友们的愿望，我采访了牧惠先生临终前的身边工作人员。

6 月 8 日上午，求是杂志社离退休干部办公室离休支部组织老同志赴北京市朝阳区郁金香花园温泉度假村参观学习。上午 9 点，租用的首汽大客车从沙滩北街二号求是大院出发，一个半小时后抵达目的地。

或许是受上午晴好天气的影响吧，中午吃饭的时候，老同志们的精神都很饱满。牧惠先生像往常一样，和相处得一直很好的老干办的同志们开着玩笑。大家也频频举杯，祝他老人家健康长寿。

大概中午 1 点半左右，大家吃完午饭，回房休息。牧惠先生来前曾特意吩咐单独要一间房，准备赶写几篇稿子。这会儿，他再次调侃地对老干办的女保健医生小任说：中午可不要骚扰我哟，我还要赶稿子呢。

下午原本有一个参观蝴蝶展的自由活动。想到牧惠先生有过吩咐，要赶稿子，大家就没有打扰他。4 点半左右，看展览的老同志陆续回来，三三两两地在凉亭和鱼池边散步。不见牧惠先生的身影，大家有些不踏实：写稿写到这会儿，也该歇歇了，这老头儿怎么还闷在屋里？

任珍奇、骆凤两位同志有一种不祥的预感，开始往先生房间打

·红霞一抹乘云去·

电话。铃声响了一遍又一遍，就是没人接。大家更不踏实了，马上找到服务员打开先生的房间。

眼前的一幕让跑在前面的服务员和医生小任都惊呆了：牧惠先生头朝东俯卧在浴池里，身上没有穿衣服，右侧脸颊有明显磕青的痕迹！小任不顾一切地跳进浴池，一遍一遍地嘶喊："林老，你这是干什么？你可别吓唬我们呀！"她吃力地拉出先生的手，然而手腕已没有脉搏；她又把手放到先生的颈总动脉上，还是没有任何反应；再把手伸到先生的口鼻边，先生已然没有任何气息，停止了心跳！透过泪眼，小任看到先生的遗体上已出现尸斑。医学常识告诉她：先生走了已有几个时辰了！

此刻时钟正好指向 2004 年 6 月 8 日下午 5 时 35 分！

先生的书桌上，摊开着刚刚写完的两篇草稿，一篇写杨志，一篇写白胜。显然，他是在完成两篇草稿后，准备泡温泉，好好放松休息一下。谁承想：这竟成为他的绝笔！

桌边上，放着用于写作水浒人物的几本参考书。一本是北京大学出版社出版的《水浒传汇评本》，一本是杨柳的《水浒人物论》，还有一本梦超文、张光宇画《水泊梁山英雄谱》。

半个月前，牧惠先生刚刚作了平生第一次欧陆游。他满怀兴奋，也满怀疲惫回到家，就看到一大堆约稿信，特别是一位不知名的上海画家请求为其水浒人物画配文的信。先生略作犹豫，竟然答应了。

一直以来，牧惠先生是以精神乐观，身体健康著称于杂文圈儿的。虽已是 76 岁高龄，但他每天爬景山，每周游泳，一下水就是800 米！他的心脑血管都很健康，四月份单位为老同志休检，也没有发现这方面的疾病。家人为他准备的救心丸、硝酸甘油片之类，他从不带在身上。他对自己的身体太自信了，对生命的真谛参悟得太透彻了。从某种意义上说，是这种自信和透彻害了他！

朋友们都说，他是累死的！20 多年来，他夙兴夜寐，笔耕不辍，始终处在无穷无尽的稿约之中，始终疲于奔命，应接不暇。不仅我们这些同事和晚辈知道他是以怎样一种只争朝夕的精神勤奋写作的；就是普通读者，也不难从他的极度高产中窥见到他是如何工作的。都说人生70古来稀，而牧惠先生在70岁以后却以每周至少两篇，每年至少两本书的速度耕耘着。直到生命的最后一刻，还在为一生钟爱的《水浒传》写文章！这种超高的"转数"，即便是中青年作者，恐怕也难以承受，何况先生毕竟是70多岁的老人了。

先生生前，我经常与他一同出差、一同参加社会活动。往往早上醒来，总是见到一个微驼的脊背伏在宾馆狭小的书桌上奋笔疾书。而那时的时间，常常不到5点钟。

也许我们不该为他难过，因为他活，是活在文章里；死，同样死在文章里。生其所生，死其所死，应该死而无憾了。

然而为什么我的眼泪还是不争气地流下来？

为什么从白天到夜晚，我的眼前始终晃动着先生略微驼背、亲切而倔犟的身影？

二

在不少杂文界的朋友看来，牧惠与我，是一对师徒。一来我们供职于同一个单位，都热衷于杂文写作，都与杂文界有着比较广泛的联系；二来我们经常"成双入对"，不论参加社会活动，还是出席某个饭局，常常一唱一和，表达相同或相近的观点。尽管牧惠先生多次否认这种师徒关系，但在我的心目中，他毫无疑问是恩师。在我学习杂文写作的过程中，不论是从价值立场的确定上，还是从具体方法技巧的选择上，牧惠先生都名副其实地起到了榜样和导师的作用。

说来惭愧，起初我并不知道牧惠就是林文山，当然更不知道牧惠就在身边。1982年我大学毕业后分配到《求是》杂志的前身《红旗》杂志社工作。经过几年的痛苦摸索，直到1987年从湖南永州支教回到北京，才真正开始对杂文写作发生浓厚兴趣。也就是从那时起，开始关注鲁迅以外的杂文创作。严秀、牧惠、何满子、邵燕祥、舒展、冯英子、陈四益、王春瑜等一个又一个响亮的名字映入我的眼帘。我以这些前辈为榜样，认真研读他们的作品，悉心揣摩他们的创作思路，刻意模仿他们的遣词造句。在这个过程中，牧惠先生的文章以其深沉的历史意识和以史鉴今的春秋笔法，深深地触动了我。那样一种富有历史穿透力的思想指向，那样一种以深厚学养为依托的学者化的创作方式，那样一种语含讥讽、寓庄于谐、嬉笑怒骂、举重若轻的从容姿态，都实实在在地让我着迷。

直到有一天，我拿着当日的《人民日报》上一篇叫做《"给"的民主》的文章大表钦佩时，才有人对我说，你既然那么喜欢这篇东西，干吗不直接跟老林说。"老林？可这篇文章是牧惠写的呀？"我满脸疑惑地问。那人听后哈哈大笑："亏你还喜欢杂文，牧惠就是林文山哪！"

原来如此！那个不显山、不露水，整天驼着脊背，一笑就像孩子似的露出槽牙，一进门就俯下身写作的不起眼儿老头，原来就是大名鼎鼎的杂文家牧惠！这个惊人的发现让我兴奋异常、感动莫名。既为有眼不识泰山而惭愧，更为榜样就在身边而高兴。

终于有一天，我鼓足勇气，拿着两篇习作，战战兢兢地敲响了先生从不关闭的门。一篇是《话说"名誉××"》，一篇是《开卷未必都有益》。先生接过我的习作，大体溜了一眼，说文章先放下，我要静下心来慢慢看，咱们先聊聊。他很有兴致地询问我的学习经历，是哪里人，写过什么东西，为什么喜欢杂文，眼下在看什么书等问题。我知道先生的时间很宝贵，尽量把话说得简短。他看出了我的心思，就笑着说，别像论文答辩似的，咱们敞开随便聊聊。先生这样一说，我一下子没了负担，就滔滔不绝地说了起来。不仅一一回答先生的提问，还对当时不少热门话题坦率地表达了自己的看法。先生很少插话，只是间或点一下头，或者"嗯"一声，鼓励我说下去。不知不觉我们聊了差不多两个小时，直到快吃午饭，我才恋恋不舍地告辞。临走还不忘问一句："我以后可以常来吗？"先生又是朗然一笑："想来就来，我这里又不是公安局！"

两天以后，先生主动给我打来电话，说："铁志，大作看完了，有时间过来一下。"我马上跑到先生的办公室听候指教。先生开门见山，毫无客套。说了三条意见：第一，你有杂文写作基础，只要坚持，一定会成功，既然选定了目标，就要持之以恒地努力。第二，《话说"名誉××"》这篇写得不错，略加修改再给我，我给你推荐出去；第三，《开卷未必都有益》这篇还不成熟，好好改，改好以后再说。接着，他具体谈了对这篇习作的看法：立意好，但论证理由不充分，逻辑上不严密，语言过于书生气。如果要改，可以考虑从结构上入手，既要避免四平八稳、面面俱到；又要学会在"深刻的片面中把握全面"，在"攻及一点的同时顾及其余"谈话很快结束了，先生痛快地说："怎么样？都清楚了吧？清楚了回去抓紧改吧！"说完，就不再理我，埋头接着干自己的事了。这种干脆利落的工作作风、以诚相见的为人做派，给我留下了极其深刻的印象。

两篇文章修改后，经牧惠先生推荐，一篇发表在《随笔》杂志上，一篇发表在《博览群书》杂志上。虽然此前我已开始尝试向报刊投稿，并且发表过几篇不成样子的文章，但真正的杂文写作，应该是从此开始的。毫无疑问，是牧惠先生手把手地把我引上了杂文写作的道路。

1996年我开始着手选编自己的第一本杂文集，请求牧惠先生作序。先生几次推辞，但耐不过我的执意坚持，最后勉强答应了。他在序言中写道："我同铁志曾经同在一个'衙门'里工作，但并不在同一个部室。1988年我离休，前脚走，他后脚才调到我原先工作的那个部，在杂志的编辑工作上可以说毫无联系。只是因为我虽离休，却常同年轻人有些来往，加上铁志从这时起主持杂志的杂文栏目，业余也投入杂文创作，于是比其他人又密切些。我们或当面，或通过电话，交流彼此的一些想法，包括对某些杂文家和某篇杂文的看法，互相酝酿某篇杂文的内容乃至提供一句话、一个资料（我的《歪批水浒》就是在铁志等几位的鼓动下写出来的）。后来又合作编《杂文大观》。在这当中，我颇同意周围一些人对铁志的评价……"看得出来，先生是有意在用一种平淡的甚至是轻描淡写的口吻述说他对我的影响和帮助。他从来是以这种态度对待他所帮助和关心过的人和事。我虽然不曾提着火腿，带着束脩，向牧惠先生

·红霞一抹乘云去·

正式拜师，但不论在事实上，还是在我的思想感情深处，都早已把牧惠先生引为自己的良师益友。在无数个过去的日子里，只有我自己最清楚，先生是以怎样的热情和各种经意或不经意的方式给予我多少实实在在的帮助！如果说我今天在杂文写作方面有了一些小小的体会，可以毫不夸张地说，是先生引我入门径，带我进厅堂，使我开始领略杂文密林深处无尽的风景。

是的，正如先生所说，他前脚走，我后脚到，此前在一个单位共事六年，竟然没说过几句话，更谈不上有什么个人感情。但在我开始习作杂文以后，特别是1988年开始负责杂志的杂文编辑工作以后，先生却像对待老朋友、老部下那样，毫无保留地鼓励我、支持我、帮助我。接管杂文编辑工作后，首先拿到的第一份珍贵"礼物"，就是先生给我的杂文作家通讯录。我知道这是先生一生交往浓缩的一份宝藏，上面几乎囊括了当代中国杂文界老中青所有杂文家的联系方式，既有严修、黄裳、何满子、冯英子、刘征、邵燕祥、舒展、黄秋耘等前辈杂文家，也有陈四盖、王春瑜、王得后、陈泽群、瓜田、符号等中年杂文家，还有以鄢烈山、朱建国、叶延滨、司徒伟智等为代农的青年杂文家。此外方成、丁聪、华君武、韩羽、黄永厚等著名画家的通讯方式也在其中。这份珍贵的通讯录，仿佛深山探宝必不可少的联络图，使我省去了多少摸索之苦！我之所以能够较快与杂文界前辈迅速建立联系，完全得益于先生的指导和引见；之所以能在主持杂文栏目初期就编发一批有影响的名家作品，完全受惠于先生的扶持。我不好意思用"无私"一类的字眼儿来称赞先生，因为他压根儿不会想到无私与否。他是在近乎本能地为杂文事业做好事，为年轻人搭桥铺路。他不愿为人师表，甚至讨厌好为人师的人，而他自己却无时不在做着伯乐的事情，甘当一块平凡的铺路石子。

上个世纪90年代，牧惠先生与张华、蓝翎、姚春树等先生选编从"五四"到新时期的《中国杂文大观》一至四卷。先生命我做他的选编助手，具体承担其中的第四卷，即新时期卷的选编工作。我很清楚，以自己的学养见识和对新时期杂文创作的了解程度，不足以承担这一任务。是先生想借助这一难得的机会锻炼我、帮助我，使我在梳理杂文前辈和同仁的创作中学习、提高。后来，在纪念中华人民共和国成立 50 周年的时候，牧惠先生又带着我与蓝翎先生一起选编《真话的空间——新中国杂文选》。与上次不同的是，先生明确告诉我：你已有选编工作经验，对情况也比较熟悉了，这次就在上次选编的基础上，把蓝翎先生选编的第三卷和我们选编的第四卷结合起来，由你主要负责再编一个新版本。我对先生的信任当然心存感激，同时也十分清楚，先生是想让我利用这次难得的机会把中国现当代杂文从"五四"到新时期全面"过"一遍，为将来的杂文创作打下更加坚实的基础。

再后来，我受孙郁先生的委托，独立承担了辽宁人民出版社的年度最佳杂文选编工作，一干就是 5 年。对于这个最早的选本，现在说法不一、评价各异，但我可以比较坦然地对读者说，我是怀着真诚的感情和虔诚的态度去做这项工作的。而在这项由我承担的工作中，无时无刻不得到牧惠先生的悉心指点和具体帮助。一些我拿不准的作者和作品，都去请教先生。至于选编过程中随时随地地当面请教或电话叨扰，那就更是家常便饭。我不想拉旗作皮、谬托知己。但实事求是地讲，没有牧惠先生长期以来的指点帮助，我不可能走上杂文创作的道路，也不可能选编出一本又一本风格各异、作用不同的杂文选本。毫不夸张地讲，我的努力中寄予了先生的希望，我的小小的成绩中包含了先生的心血和汗水。

三

牧惠先生走了，走得那样悄无声息，那样不动声色，一如他低调的人生。

6 月 18 日上午，八宝山革命公墓兰厅，京乐低回，气氛凝重。求是杂志社以及首都文学艺术界 300 余人向著名杂文家牧惠先生作最后的告别。灵堂里悬挂着牧惠先生的遗像，两侧摆满各界人士敬献的花圈和挽联，先生的遗体摆放在鲜花翠柏当中，上面覆盖着中国共产党党旗。

　　上午 9 时，告别仪式开始。《求是》杂志总编辑李宝善同志首先代表编委会和全社同志向牧惠先生三鞠躬。接着，各界人士依次步入告别厅。李锐老步履蹒跚地来了，邵燕祥、陈四益、朱正、王得后、王春瑜、蓝英年、王曾瑜、符号等老友满含悲痛地来了，瓜田、孙郁、丁东、张心阳、朱健国、潘洪其、焦国标、杨庆春、赵牧、赵敏、张金岭等中青年学者、杂文家来了，中国作协副主席陈建功同志来了，中国文联副主席李准同志来了，天津、济南、太原、深圳、石家庄等地媒体的朋友来了，仰慕牧惠先生人品文章的普通读者来了，而许多无法当面告别的朋友通过电话、电邮表达了自己无尽的哀思，在凯迪网上，悼念的帖子贴得满满当当，达数千个之多……

　　一个普通杂文家的猝然逝世，为什么引来如此关注？如此轰动？每一个步入灵堂的人都在思索。

　　"下马讨腐上马杀贼一生总蒙群小切齿，有心回天无心保命此日当为斯民痛哭。"黄一龙先生如是说。

　　"赤子童真满怀正气丹心在，铁笔如椽荡尽俗尘思遗文。"黄永厚先生这样讲。

　　"人间护良知应多几位，世上说真话又少一人。"符号先生由衷感叹。

　　"逝者已无言，留铮铮铁骨存道义；中国仍有声，看浩浩正气皆文章。"三峡晚报张勇不信牧惠之后杂文乏人。

　　"曾经浴血，浴血红旗，几许风雷惊华表；受尽歪批，歪批水浒，一枝直笔傲春秋。"广西后学徐强如此评价……

　　他的多思与勤奋，正直与善良，深沉与厚重，理所当然地受到了众多文友和广大读者的尊敬与爱戴。

　　"有的人死了，他还活着。"借用这样的诗句评价牧惠先生，一点也不过分。他虽然离开了一生为之奋斗的杂文事业，离开了热爱他的广大读者，但他刚直不阿的优秀品格永远活在我们心里；他笔力雄健、振聋发聩的 600 万字杂文永远活在读者心里。

　　这几天我常常想，有的人以传宗接代的方式让家族延续；有的人以不朽的功业彪炳青史；有的人以不灭的精神昭示后人。而文史公所谓"三不朽"，牧惠先生差不多都占全了。他笔耕一生，著作等身，可谓"立言"；他爱憎分明，激浊扬清，可谓"立德"；他提携后学，奖掖新人，可谓"立功"。他生前就作出承诺，要将自己的遗体捐献给协和医科大学，死后让每个器官都成为莘莘学子攀上医学高峰的垫脚石。

这样的人怎么会死呢！

每年的 3 月 11 日，我们几个要好的朋友都要为牧惠先生祝寿，转眼已坚持了 6 年。每年的这一天，大家都像过节一样，张罗着订餐、订蛋糕。或许是冥冥之中有一种预感吧，今年聚会前夜，我忽然想到把家中大小两架相机都拿出来，一下子准备四五个胶卷。

没想到，这竟成为最后一次为先生拍照。

先生曾说过，写得太累了，写到 80 岁就不写了。从欧洲回来，他再次表达了这个意思。但熟悉他的朋友都知道，这是根本不可能的。即便他真的如是想，读者也很难让他放下手中的笔。5 月 31 日回家当日，堆成小山的报刊、信件，顷刻让他忘记了调整时差。而上海画家马骥寄来的 110 幅水浒人物画，使他不得不再次提笔为之配文。

我们准备着为他 80 大寿好好庆贺一下，然而这一天不会再来了，那个我们所爱的老头真的走了。

从今以后的每年 3 月 11 日，我们还会像往年一样聚会。只是要把祝寿变为追思，在先生常坐的那个位置摆上一副碗筷……

活在人心便永生。这是亘古不变的永恒法则，也是我们对牧惠先生最好的纪念。

（选自《文学自由谈》2004 年第 5 期）

怀念秦兆阳老师

陈世旭

在我步履维艰的文字生涯中，不知得到过多少让我终生铭心刻骨的帮助。有的帮助出现的时候，是让我非常意外的。二十年前的一天，当我突然接到下面这封信，真是有点做梦的感觉。

陈世旭同志：

我们未曾识面，但前几年读过你的《小镇上的将军》，至今印象颇深。近来从吉晋东同志处得知你对文学创作虚心而且认真，作品不断有所进展，非常高兴。目前文坛上轻率之风日盛，像你这样深知写作艰难的同志实在不多，使我不禁要引你为同调。也许我们在年龄上有所差异，愿与你成为忘年之交。如有新作，如蒙惠寄，当以先睹为快，如你愿意，我会给《当代》发表。

敬礼

秦兆阳

84.8.4

记得是上小学的时候，就在姐姐的高中课本上见到过"秦兆阳"这个名字，后来又知道他是"大右派"。对我来说，所有这一类人都肯定不是凡人，即便是"坏人"，也是伟大的"坏人"，一般人只能是仰望。这样一个像星星一样遥远的大人物现在忽然给我来信，要跟我"成为忘年之交"，真让我不知所措。

我 1979 年在《十月》发表短篇小说《小镇上的将军》；80 年

由《十月》推荐到中国作协第五期文讲所（文讲所据说是丁玲创办的，办了四期，就因为"丁陈反党集团"案停办了。"文革"后续办，故称"第五期"）学习；半年后回到江西，被有关部门从县文化馆调到省里从事专业文学创作。先前在县里舞文弄墨，玩票而已，而今事惹大了，实不知怎样当这个"专业作家"。之后有两年时间，我脑子里几乎一片空白，苦苦写出的东西，屡遭退稿。1984年情况似乎稍稍有了一点转机：短篇《惊涛》给我带来第二次全国奖，中篇《天鹅湖畔》也多少有一点反响。但我的状态仍旧是糟糕，对自己全无信心。

秦老信中的"吉晋东同志"是当时在《文艺报》工作的晓蓉老师，她来江西参加一个文艺理论的会，不知听到关于我的什么，回去也不知怎样向秦老讲到了我，使我收到这样沉甸甸的一封信。我感激她，又觉得这份突如其来的荣幸难于承受。

回信折磨了我好几天，比写一个中篇还难。

秦兆阳老师：

您好！

接到您八月四日的信，先是一惊，继而是非常感动。这使我惶愧不已，真是不敢当。这之前，我做梦也不敢想这样的事，尽管您的爱护青年是众所周知的。

我们并不是"未曾识面"。我是有幸见过您的。第一次是1980年春，《人民文学》请您给我们几个人（河北的贾大山、河南的张有德、天津的冯骥才）开座谈会。我那次是去北京领奖。您当时用很大篇幅谈了《小镇上的将军》。我紧张得要命。那时候，我是莽莽撞撞地瞎闯到文坛的，对文学创作远没有您说的那么多自觉性。第二次是人民文学出版社请获奖作者吃饭，您很诚挚热情地希望作者们在"人文"出书。这也使我很感动。第三次是您到作协文讲所来讲课，我就坐在下面同您正对面的第二排座位上。后来，您是蒋子龙、陈国凯同志的指导老师，还有古华同志也得到您的热情扶助，我从他们那里也常得到一些关于您的信息。我这人很没出息，加上久居乡间小镇，造成我的孤僻拘谨，任什么场合也绝不敢趋前的。何况，我自己也很清楚地知道，我所以能到这种场合上来，完全是由于幸运、机遇。

后来的事实证明，我确是写得很苦，一直在失败的痛苦里挣扎，几乎对文学绝望。写《小镇上的将军》之前，我对文学只是一种天然的爱好，偶尔试试，只图发表一下罢了，根本没有想过获奖，乃至当"作家"——当然我至今也远不是那种真正意义上的作家。所以后来，我只好咬紧牙关，从基本功练习起：结构、语言、心理和性格的刻画，主题的开掘等等。这些年，我埋头作的就是这一件事——这是就写小说而言。当然也还有理论上的学习，经常到农村去等等。这种技术上的练习还要持续多久，我自己很难说。对于一个没有才华的人来说，这也可能是一辈子的事。就我来说，我目前还很难说真正走上了创作的路子。有些读者来信，说看了我的小说，很难看出作者的经历。蒋子龙同志问过我，说很奇怪，和我上下年纪的人都写知青题材出名，怎么没见我写一篇呢。这里涉及到一个问题，就是我缺乏开掘生活、题材的能力。其实，同一些在同类题材上写了不少好作品的同志比，我的这方面的经历是更为丰富的。1964年我初中毕业即下农村，然后在乡村里目睹了整个非常残酷的"文化大革命"的过程，自己也有一年多陷入冤狱，被打成"反革命"（那是一个大面积的假案，后来由中央推翻了）。这期间，亲眼看着许多非常可爱的男女朋友流血、自杀。可以说这段经历对我的思想感情是很大的锻炼。我那时不到二十岁，已经不太脆弱了。后来写《小镇上的将军》我是融进了这种思想感情的，只是读者不能那么直观地看出来。在农村呆了八年，1972年我到了县城，干的是临时工，凭白纸条领生活费。这样干了五年。五年里得到不少好人，包括县级领导同志的帮助，到1976年有了正式工作。1977年调到县文化馆工作，闲得没事就写小说，写了十几个短篇，都是废纸，到1978年下半年写出《小镇上的将军》，到后来就居然在地方上好像"混出了一点样子"。我心里是很清楚的，那些年疲于为生活奔波，对文学虽有爱好，修养上的准备却是空白。一点儿也不能神气的。这样从北京回来，我就老老实实地龟缩在角落里，哪里也不敢去，什么"笔会"呀、"讲学"呀、"座谈"呀，都绝不敢从命。创作不多活动不少，难道不是很难堪的事吗？这谈不上虚心，只是清醒些罢了。

从去年起，我开始有计划地对原有的生活积累作了一些浅开发。这次寄您指正的"下湾洲纪事"两篇就是这个计划的一部分。下湾洲是我插队的地名化过来的。以此寄托一点怀念。我已用这个题目写了两篇，在《文汇周刊》发了，往后我还将写若干篇。一方面由此对短篇写作作些摸索，另一方面希望由此增加一些技术上的准备，写这些短章的最终目的还是为一部长篇作准备。这部长篇背景是十年动乱，基本上是我自己在农村的那段经历。这个计划我一再提起，又一再搁下，一是怕才力不够；二是我又有些好高骛远，不太愿意用一些浅薄的牢骚或豪言壮语，或悲欢离合的故事，来赚一些涉世未深的青年的眼泪。但我又觉得，我还没有把握站得很高。您在文讲所讲课时，讲历史的大真实给我印象很深，触动也很强烈，可以说，您那次讲课，是我一再放下这部长篇写作的一个原因。确实是这样，一部文学作品，如果缺乏历史感，不能使人增加对生活对人生的热爱，不能增加人们对民族、以人类前途和国家命运的自信心，那是很难谈得到真实的。我担心的就是我还不能把握这种历史的大真实。这部作品写完之后，我大概顶多还会写一部现实感强些的长篇。力量大概也就会耗尽了的。与其写些敷衍的文字耽误读者的时间，就不如老实罢笔。这就是我目前想到的一些计划。已经耽误您许多时间了，不写了，很对不起。

我非常感谢吉晋东老师这样非常热情、热心的人。在我略有一点进展的时候，就给我极大的关注。你们这样对后进的关心，可以说是我们社会主义文学事业的一种特征吧。这种无私、真诚的关心，对一个在艰难中摸索的人，是多么温暖。

寄上的这两个短篇，请您教正。这两篇的想法是对现实生活提一点探幽的意思。有些至今仍对责任制持保留态度的人，肯定认为，道德同金钱成反比，这在当前现实中看自然是很陈腐的明点。但反过来，绝对认为成正比，也显然是不合适的，当然没有人明确这样说，但有些文学作品却是这样表现了，似乎农民有了钱，就什么都变了。灵魂深处的因袭的负担就那么容易消除了吗？毫无疑问，净化和美化灵魂，对任何人都是必需的。而生活是光明的，生活的趋向更是光明的。这些意思小说是否讲清了，我也没把握。只是一心想尽可能把短篇写短点。您看不行就退给我。如觉得可发，我自然很高兴。由您转，编辑老师会不会怪罪我，说我这人不像话，竟让您劳神？我有些担心。我在医院住了几个月院治血吸虫病，打算不久出院后，写个扎实些的改革题材的中篇给《当代》，如能写出，到时再打扰您指正。不过也可能写不出。最近一段我想集中精力把《下湾洲纪事》一组十来个短篇写出来。

好，再不打住就真不像话了。您那么忙，我的字又像狗爬，改也改不了，真是惴惴。

叩颂

撰安！

江西省文艺研究所陈世旭

八月十二日敬上

如今看来，这封信知人论世的幼稚和浅薄是再明显不过的。就秦老来说，敬业，责任感，对青年的关爱，这是一种品格。任何社会都会有具备某种品格和不具备某种品格的人。就小说来说，这样无知的认识，能写出怎样的"佳作"来，是可想而知的。

当时除了那两个加起来不足一万字的小短篇，我手头上什么稿也没有。我把小说寄出去，马上就后悔了。这是我这一辈子做过的最愚蠢的事情之一：明明知道那两个短篇毫无意思，一直没有拿出去发表，现在却寄给了"秦兆阳"，并且指望《当代》的发表。真是神差鬼使！人要是犯起糊涂来，根本就无可救药。

更使我觉得罪过的是，秦老竟然没有嫌弃这样的文字垃圾，看得极为仔细，而且写了极为仔细的意见。其字端劲，一丝不苟，其心切切，恨铁不成钢。

陈世旭同志：

首先得说明：我不是退稿，是就原稿跟你交换意见。至于我的意见对不对，则由你考虑，也许可供参考。

1.《恩怨记》的缺点，我认为正如你来信所说的，把握历史感不够。代仁和作为一个普通党员，虽未当过干部，总也经历过新社会中的许多事情，他的"古板"的遇事认真的性格，不应简单地归之于祖传，而应该加上新社会中他自己的经历和见闻——由此得出的必须事事认真、不能苟且、不能欺骗的"人生道理"或"革命态度"。试想，多年来的极左、浮夸、不切实际、主观武断、自私本位等等，难道还不足以使代仁和这个本来就有些古板的人更加遇事"古板"吗？只有从这些历史教训中得出的"人生态度"的结论，才是更高尚可贵的。

这篇东西如果抓住代仁和性格上的这个"聚光点"来展开故事情节，那就可以删节许多无用的叙写，而把重点放在分家前后的情节上。

分家，应该造成"出乎意外，合乎情理"的效果。在分家以前，弟媳作种种预测，以为大哥久不分家是为了想依靠弟弟和弟媳的劳力养活其儿女，那么分家时至少也不会让弟弟家占便宜，原准备吵闹一番，结果却出乎意外，只好瞠目结舌。这分家的场面要正面去写，以便借情节以写人物。

最后用拖拉机送棉花一事，大哥生气吐血病重，又是"出乎意外，合乎情理"。

这样，小说就有味道了，就不是"照搬平庸的生活"了。

2.《天仙配》的缺点是揣度人物心理不够。腊女没有拒收彩礼，应该是不愿意当着客人的面与父母吵闹。后来，一对有情男女的互相责怪，腊女的责备口气较狠，应是"骂是情"，狠中含爱。男方对此由不理解到理解，这过程应有喜剧意味，要写得跳脱生动。否则，腊女和她的对象就都不可爱了。

后边隔塑料布互相亲热，在男方是怕，在腊女是有意表示决心，造成事实，在父母是不便声张，以免家丑外扬。但其实两人不过只是亲热了一下而已，并未过分——以免读者不能接受。

3. 从这两作品看，你还没有学会在描写、用笔、表现内心等方面"爱抚"或"抚摩"你所喜爱（你所应该喜爱）的人物。必须比所写人物站得更高，从高处透视他们，然后抓住情节（关键性的情节），着意写他们的可爱、可同情、发人深省的言谈、思想、举动、行为等。这样，短小说方能写得短而有味，才能生动活泼文浅意深。

从来信中看出，你的确是对文学事业态度比较严肃，所以我也无顾虑细说。另外，切不可"就事论事"。比如，你想通过这两个故事说明"富了不见得就思想坏了"。但如果不是主要着眼于人物性格一把它想透，并产生富有表现力的形象，那就是把人物当棋子，用以表现一种观念，其结果是艺术上思想意义上都不够成功。
敬礼

秦兆阳

8.20

我很难描述接到秦老的这次来信时的心情。有一点如释重负，总算了结了一次出丑。更多的是为他老人家难过，以他那么股切的期望和那么滚烫的热心，却错爱了这么一个不折不扣的庸才。秦老在信的一开头就小心翼翼地说明"我不是退稿，是就原稿跟你交换意见"，但我知道，他是生怕挫伤了我的自尊心。那稿子其实是无从修改的，朽木不可雕。他煞费苦心地出了那么多主意，简直恨不得手把手帮我写出来。我却根本没本事实现他的意图。

我没有再翻那稿子，也没有给秦老回信。那些日子，我长久地把自己反锁在房里，静思默想。出路只有两条：要么就此罢笔，另行择业；要么咬牙挺下去，看看还能干点什么。结果是选择了后者。这选择的最重要的心理根据之一就是：不能辜负秦老！

后来的几年时间，我努力给秦老主编的《当代》杂志写稿，稿子都直接寄给编辑部，事先和事后都没有告诉秦老。我是希望一旦有稿子得以发表，能让秦老得到一份意外的欣慰。

遗憾和无奈的是，我笔力不逮。

在前后十几年时间里，我给《当代》寄过两个中篇、两个长篇，只有一个中篇勉强留用，刊发以后毫无反响，还不知道秦老是否看到——那时他似乎退休了。我终于彻底死心，对自己不再抱非分的希望。惟一能指望的就是所有像秦老这样错爱过我的人尽快忘记我。

但我却永不能忘记秦老。忽然从报上看到秦老过世的消息，脑子轰然一下，几乎傻了。看到这张报纸已是秦老过世几个月后的事。这样一个老人，一旦过世，本是最值得我哀悼的人之一，我却错失了机会。从接到他的第二封信之后，算来已是十年过去，因为我的偏执，我没有给他回信，没有再见到过他，甚至连一个电话也没有打，我们失去了任何联系。现在，连这联系的可能性也永远地失去了!

尽管如此，在心目中秦老却从来没有离开过我。他对我的影响，在我的写作里已经成为一种潜意识。每次写稿，寄稿，以及稿子发表出来，我总是会莫名地想起秦老：他会有什么意见? 他会看到吗? 2002 年我写中篇《救灾记》，主人公是个老编辑，给他取名的时候，首先想到的就是姓秦。事后发现，这个人物身上实在有太多秦老的影子。

一直动着念头写关于秦老的文字，但以我始终的迄无成绩，拿什么告慰秦老? 这样想着，又屡屡把念头放下。今年八月初，参加中国作协组织的甘肃采风，其中有秦万里兄，好几天之后我才偶尔听说他是秦老的公子，此前我只在《小说选刊》上见到过这个名字。此番结识，他的朴素热诚，有识见而毫不张扬，处处透着秦老的风范。那天我们闲坐在拉卜楞寺主殿的台阶上，我向他说起秦老，说起我的遗憾和无奈，说起我的错失，说起我多年来那些提起又放下的念头，他静静地看着我，若有所思。

从甘肃回来不久，接到一封从北京寄来的署名"秦晴"的信，从信上知道，"秦晴"是秦老的女儿，随信附来了前面已经全文照录的我在 1984 年给秦老的那封回信的复印件。我想，这应该是万里兄回京后在家里讲起我们在拉卜楞寺那次谈话的结果。

秦晴的信中特地说明"友人来信，我父亲留存的不算太多，这是其中一封"。这使我再一次格外清晰地感到了肩上的沉重压力。二十年来，这压力其实从没有放下的一天。它使得我的做人和为文都从不敢稍有懈怠。

不幸的是，尽管不可谓不努力，我却始终不能够越出自己的平庸。在二十年前给秦老回的那惟一的一封信中，谈到当时的写作状况，我说："……这种技术上的练习还要持续多久，我自己很难说。对于一个没有才华的人来说，这也可能是一辈子的事。就我来说，我目前还很难说真正走上了创作的路子。"如果说那封信通篇是那么幼稚和浅薄，这句啰啰唆唆的话倒是一个老到的预言。直到今天，我依旧确实没有找到自己的职业自信，除了数量（其实也很有限）上的平面的积累，别无建树。惟一能最大限度做到的只是安守本分、力求真实，断不敢哗众取宠、欺世盗名。这样，对一个不才弟子，九泉之下的秦老纵不能因我的长进开颜，却也不至于因我的劣行切齿。以其对我的寄望之高和错爱之深，如此告慰也许太过苍白，但对一个在物欲横流的生态中苦苦挣扎的俗物，这已是很不容易的了。

今年 10 月 11 日，是秦老去世十周年。这一篇苍白的文字，就算是我对一位仁厚前辈的一种迟到的悼念吧。

秦老安息。

（选自《文学自由谈》2004 年第 5 期）

记我的老师——散文家韩少华

张梦阳

公元 1968 年，我和现在已成为电影导演的北京二中老同学东东，都从文化大革命的浪尖上沉到了水底。东东的父亲是外交部顾问、毛选英译委员会的主持人，一位连钱锺书也佩服的革命兼专家的大学问家，1967 年不幸逝世了。母亲是全国妇联的一位领导干部，去了五七干校。弟弟又下乡插队。报房胡同外交部宿舍的六居室一下子萧条冷落，空荡荡的，于是我们几个沉底的朋友就常常在这里聚会，坐而论道。谈的话题极广，从古今中外的文史哲典籍，到眼下书籍的荒芜；从这场文化大革命的起因，到茫茫宇宙的起源，几乎是言无禁区，无所不谈。谈话中，也逐渐感觉出了自己过去的荒唐和幼稚，对"文革"初期的思想有所省悟，与何其芳同志的接触也正是从这时起始的。当时的话友中，有几位后来很有些名气，例如著名诗人郭路生，即食指等等。而当时就已经很有名的，则是刘宝瑞的徒弟、北京大学中文系毕业的相声表演艺术家吴捷，1975 年在承德不幸被火车撞死了。令人至今心痛……

不久，东东家迁至永安里的三居室，话友们也渐渐散落了，仅是我和东东还常来往，都格外感到寂寞。

初冬的一天傍晚，枯坐得实在无聊，我建议去看望一下韩师——北京二中的启蒙老师、著名散文家韩少华。东东立刻响应，和我一起骑车向东单奔去，又飞速右拐，朝着灯市口西石槽韩师住家的方向疾驶。快到时，我突然想起了什么，连忙叫东东停下。东东好不容易停下来，问我有什么事。我拉他到灯市口东南角悄悄说道："你难道忘了1966年8月'文革'高潮中我们到二中的事吗？"

"什么事？"东东若无其事地问。

我详述了那次东东作为红卫兵头头到二中训斥囚禁中的韩师的情景。

东东变得惊讶了，像是听别人的故事，问道："真的吗？真的是我那样说的吗？"

我肯定地说："当然是你啊！我连当时的细节，甚至气味都记得清清楚楚。"

"是吗？"东东也似乎想起了一些，一屁股坐在旁边建筑工地的木头堆上，向我伸手说，"给我一支烟。"

我在口袋里掏了好一阵子，才摸出已经揉皱了的两角捌分钱一盒的廉价海河牌次烟，递给他一支，自己也点上一支。

停了一会儿，烟抽完了，东东站起身，一声不吭，登车就往回骑，叫也不应。我没有勇气单独去见韩师，只得打道回家。

从这时起，我就常常忆起1966年8月在北京二中亲眼目睹的惨景。每一忆起，就像做噩梦一般，感到梦魇似的痛苦……

从1966年8月18日红卫兵受到第一次接见，被教导"要武"、不要"文"之后，全国出现了"红色恐怖"。而北京二中的红卫兵正是为天下先者，首当其冲上街"破四旧"，在校打老师。他们把校长、书记和学校骨干囚禁起来，肆意凌辱，残酷批斗。整个学校变成了一座监狱，一座人间地狱。

而正是在这时候，我随东东来到了母校——北京二中。

校长和学校骨干等"牛鬼蛇神"，当时囚禁在学校东北角通向饭厅的一座椭圆窗棂的房间里，我们来到窗下。东东先把韩师叫到窗前，训斥道："你是不是反党反社会主义？"

韩师躬着腰轻声答道："是有资产阶级名利思想，但是并不反党反社会主义。"

"现在资产阶级就是敌人，有资产阶级名利思想不就是反党反社会主义吗？"东东怒吼道。

韩老师低着头，不再回答。

接着，又训斥校长和几位校领导。我不是红五类，参加不了红卫兵，只能靠边站，没有多说话，但也跟着附和了一两句。

最后，东东又命令校长和骨干教师排成一队，都躬九十度腰，齐唱牛鬼蛇神歌。老师们只好唱，唱得还很齐，很沉着。

离开这里后，我们又来到东南边的体育用品储藏室，那里单独囚禁着书记。东东叫他跪在窗下听训斥，质问他为什么重用韩少华。书记说因为觉得这人能写文章，还可以的，不提当时流行的那些罪名。

没问出个所以然，我们就到校园里乱转，见正对校门口的一个大房间里跪着一排人。据说是红卫兵从街道上抓来的流氓、坏分子，刚用皮带抽过，一个年轻人后背上有一道伤痕，露着鲜红的肉。一个胸前别着"坏分子"标志的老太婆，战战兢兢地打听到哪里去报到；一个扎着皮带、穿着绿军装的小红卫兵，从我们身边耀武扬威地睥睨而过；几个学生守在门口，对进来的老师肆意辱骂，老师们大多都低头皱眉过去，惟一敢于反驳回斥的是著名校园诗人尹世霖老师。当然，其中的原因还在于他没有被打入"牛鬼蛇神"的行列。像韩师那样，入了"牛棚"的，则只能采取顺从的策略，不然，随时都可能被皮带抽死。我感到很困惑，就拉东东离校了。

后来，我听人说韩师被冲击得非常厉害，那次我们所见其实还算"文明"的。不久，就更加惨无人道，变着花样折磨人了。先是握着锋利雪亮的匕首，横在韩师胸前，逼他承认反党反社会主义。得不到回答后，就在八仙桌上放一张中等桌子，上面又放一张小桌子，再放一只凳子。在韩师脖子上挂一条切刻尖齿的铁丝，坠上七块砖头，押着他上了八仙桌，再上中桌，又上小桌，直到站上凳子，"坐飞机"接受批斗。斗后，一下子从尖顶上推下来，摔断了两根肋骨。我听人讲这些惨景时，立刻毛骨悚然，不寒而栗，赶快让他不要再讲了，因为韩少华是我的启蒙恩师，我不忍心听下去。其实，这种现象当时几乎遍及北京各中学，被残酷打死的校长、书记少说也有十几位，据我亲耳所闻，师大女附中和二附中的书记就是这样死的。师大二附中党支部书记被打死的当晚，我随人群到校园里去过，遗体蒙着被单停在一个大办公室中间，十几位男老师被迫睡在遗体周围。一个穿绿军装的红卫兵头头站在院子台上，近于疯癫地慷慨陈述他是怎样打死本校书记和附近铁道部党校书记——一位同学的母亲的。虽然过去三十多年了，但是那惨不忍睹的情景依然历历在目。据说当时的打人者越来越残酷，把人打得皮开肉绽之后还要往伤口上抹盐，浇开水，中国封建专制社会的种种酷刑都无师自通地学会了，甚至还有新的发明。因为当时流行的思想是那些校长、书记和骨干教师都是搞修正主义的，所以都是阶级敌人，牛鬼蛇神。对待敌人就得"革命"，而"革命不是请客吃饭，不是做文章，不是绘画绣花，不能那样雅致，那样从容不迫、文质彬彬，那样温良恭俭让。革命是暴动，是一个阶级推翻一个阶级的暴烈的行动"。所以必须狠，必须暴烈，越狠越暴烈越革命，否则就是要不得的人道主义、人性论。如有人能写一部书：《八·一八之后的北京中学》，当会很有历史价值和现实意义。以后，我常常做这种惨相的噩梦，对1966 年 8 月的事情愈加懊悔不已。为什么在恩师最艰难的时候，不仅不伸出援助之手，还要随声附和呢？这还算是人吗？我当时怎么那样颟顸、糊涂呢？韩师啊，你现在怎样呢？经得住这样的打击吗？想到这里，恨不能马上赶到西石槽去看望他，然而觉得没有脸面。

1971 年 3 月 28 日清晨六时，我的母亲在"文革"迫害下溘然长逝，女友又突然与别人结婚，自己在学校也处于受批判的境地，陷入人生的低谷。正如我在《阿 Q 新论》后记《鲁迅研究历程上的三次"炼狱"》中所说："在'炼狱'里活着实在比死了艰难，尤其是接受'批判'后回到家里，就更是令人难以承受：父亲回密云深山修军事公路去了，姐姐回上海自己的家了，只剩下我独自一人，冷寂、孤独、哀伤。慈母的音容笑貌和曾经亲密无间的恋人的倩影总在眼前晃动，使我一夜夜无法入眠，只好把全部精神寄托在书上——阅读了大量的古今中外文史哲书籍，写了上千张读书、思考卡片。"而也正是在这个时候，开始认真地反思自我，发愤读书，感到有必要把自己学过的知识加以系统清理。于是将过去的书籍，连同上学时用的课本、笔记也找出来，整理出条理后重新细读、回味。孔子曰："温故而知新。"这种反刍式的学习方法是很有效的。一天深夜，我忽然在乱纸堆中发现了一个作文本，是高三下学期的。打开一看，惊住了，作文上那挺秀清丽的红色笔迹正是韩师的亲笔。当时，我们高三（4）班真算是得天独厚，副校长、著名汉学家潘逊皋先生专教这一个班的语文，韩师专判这一个班的作文，辅导七人的文科组。区人民代表王竞老师负责指导文科组的古文翻译，高一、高二时，又有功力很深的刘明明老师打下了良好的语文基础，真正是"喂小灶"。韩师判的作文是世上少有的，批改得那样细致、到位，切中肯綮，使我的作文取得明显的进步。第一篇《我们几个》得 88 分，刨去两个错别字，净得 86 分。第二篇《我心爱的一个物件——书包》，仍得 88 分，但是没有错别字。韩师逐字逐句细细批改，写得好的地方划红圈，不妥之处一一订正。并在后面批道："请仔细体会改笔。"我也认真加以体会，这样第三篇《忆》就得了 90 分，而到了第四篇《记一件鼓舞革命斗志的美术作品——油画"英特奈雄耐尔"》，就跃到 95 分。我清楚地记得是作文课后的第二天中午，刚吃过午饭，韩师就兴冲冲地跑到教室里找我，说道："梦阳，这篇作文大有进步，非常好！"真比他自己写出了好文章还兴奋。说着，就坐在我身边面批面改，从谋篇布局、文章思路、层次安排，一直到遣词造句、标点符号都一一细说。应该怎样描形状物、抒情议论，怎样做到既朴实无华，又文采飞扬，词汇丰富又不过滥，怎样掌握分寸，拿捏到位，恰到好处？以至句子要尽量缩短，不要用两个以上的"的"，要注意删去无用的赘字、琐语，用词要避免重复。用过一个词后，要设法换另一个同义的新词，要学会"炼话"，善于提炼出最恰当的字词，用最少的话表达最多的意思。要注意标点符号的正确使用，特别是要善于用句号等等；讲的全出自他自己的写作实践，融会着亲身的写作甘苦，非常实用，是任何写作指导书籍上都看不到的。至今我在写作和修改文章时，仍然时时想起韩师当年的教诲，真是终生受用不尽。一周后的作文讲评课上，韩师高声朗读了这篇作文，使全班为之振奋，我则更是心花怒放，写文章的劲头更足了。然后，这篇作文上了学校的优秀作文栏。这是校西过道墙上的玻璃橱窗，每出现了好作文，韩师就让该生抄出，有时甚至自己亲自抄写，细加批改，张贴在橱窗里。我们这些爱好作文的韩少华的"种子队员"，都像打垒台、夺头彩一样盼望上橱窗。当时看到自己的作文上了橱窗，真比如今文章上了人民日报还高兴。我这次是第一回上，在我之前已有白纲的《看画廊随笔》，陈树栋的《春雨》、《奔马颂》捷足先登。还有比我们低一年级却强过我们、如今已是中国佛学界大名家的王致远，他的一篇《小园》真是少有的散文佳作。这次上橱窗大大鼓舞了我的写作劲头，于是一鼓作气，第五篇作文《新年献辞》又获头彩，韩师再次给我面批面改，课堂讲评，再次上了橱窗。像这样连上橱窗的事，是极少有的。这使我迷上写作，又写了一篇《星下抒情》，对宇宙起源和宇宙到底有边还是无边的哲学问题进行了一番哲理思考，并由宇宙的无限到人生的有限发了一番感慨，对人生的根本目的抒发了一番诗情，希望能够"三连冠"。韩师认为这一篇最好，作为一个高中学生能够思索这样根本性的哲学问题，又想得如此深广，大为不易，准备在一次讲评会上专门评说。可惜正面临高考，没有找到机会。这篇作文在"文革"中也遗失了，以后若有时间我愿重新再忆写一遍。这一切对于我后来决定报考文科，走上文学道路起到了巨大的作用。因为我父亲学的是土木工程，是专攻桥梁道路的高级工程师，女友的父亲又是著名力学家孟昭礼先生，要不是韩师的影响是很难弃理学文的。

看过作文本，又找出了一册笔记本，是高中听韩师星期文学讲座时的笔记，中间还夹着韩师亲笔刻写的讲义。翻开一看，当年在北京二中大教室里听韩师星期文学讲座的情景，立即像电影一样浮现在眼前。他那时正逢青春年少，秀逸俊朗，风华正茂。加以声音洪亮悦耳，板书清雅挺秀，朗诵范文抑扬顿挫，讲解文章有如庖丁解牛，条分缕析，透辟独到，使听众感到是一种极为难得的享受：既可博览古今中外的名篇佳作，又可欣赏堪与话剧演员媲美的艺术诵读。特别重要的是韩师所讲，绝非一般教师的照本宣科，贩卖陈货，而是"自家闭门凿破此片田地，即非傍人篱壁，拾人涕唾得来者"（严羽《沧浪诗话》），具有极大的原创性。言谈之间新见迭出，时闪异彩，例如"散文思路例讲"、"散文造句例讲"、"记叙文结尾方式例讲"、"记叙文开头方式例讲"、"怎样审题"、"提高写作水平的正确途径"等等，都是书本上看不到的，连附近的作家都跑来听讲。而且，韩师总是能够跟踪文坛的最新动向，优秀诗文一出现，马上就上了星期文学讲座，例如季羡林的《夹竹桃》、李健吾的《雨中登泰山》、罗大冈的《永远澄碧的天空》等等。给我印象最深的是郭小川去新疆伊犁后写的组诗刚在《诗刊》上发表，韩师立即就在讲座上赏析了。讲完之后，连称"好诗！好诗！郭小川同志真是没有枉去伊犁一趟！"我后来上师大中文系，又进社科院文学所，见过很多名流教授，听过不少学者大家的讲课，但是像韩师这样生动精彩、贴近实际的文学讲座，实在是再也没有领受过了。韩师的星期文学讲座，可以说是文学教育史上一个绝无仅有的独特现象。韩师这样的文学教育家不会再有，韩师的星期文学讲座也不会再有了，因为他们都是独一无二的！可惜是当时没有录音，更没有录像，倘若能有，今天放一放，该是多么激动人心！如果再根据录音整理出一套完整的笔记正式出版，中间插以讲座的彩色照片，一定会是一册极好的文学教材，大为畅销，取得社会、经济双效益。

除每星期必开文学讲座外，韩师还每天坚持在教学楼门口的小黑板上书写说文解字，每天解一字。我记得开头小序是一篇绝妙的短文，大意是说当年释迦牟尼面壁十年，飞升而去，而今也望同学们能面壁学习，天天向上。以后不分寒暑，韩师从不间断，我清晨上学时常常看见他穿着打补丁的衣裤站在凳子上在小黑板上书写，严冬腊月照样出刊，手冻得紫红也不停笔。过往同学无不深受感动，不约而同地驻步默观。

而最吸引我们的是韩师自己的散文佳品上人民日报文艺副刊。《序曲》见报时，韩师还没有给我们判作文，未见其情其景，只是后来学校展览老师成果时见到了《序曲》的手稿，足足有半尺厚，而且原来的题目也不叫《序曲》，好像是一个很文的名字。"看似寻常最奇崛，成如容易却艰辛。"（王安石）韩师的散文读来很随意，但是写作时不知付出了多少心血。《寻春篇》发表时，正是韩师给我们批改作文的时候，当时班上订了一份人民日报，挂在教室入口处，报纸一到，简直轰动了，大家都挤到报架下争相阅读。记得这篇佳作是镶着花边刊出的，可见编者的重视。下午，我又利用班长的身份把报纸摘下来带回家细读，这就算是我在二中当六年班长的一次"营私"吧！在家里，我把报纸递给父亲、母亲，请他们看《寻春篇》，二老都为儿子遇到韩少华这样的好老师并受到他的器重而兴奋不已。以后，人民日报文艺副刊又陆续刊出了韩师的《第一课》、《苏东坡月夜探石钟》等等，都成了同学们争相捧读的范文。韩师散文的奇巧构思，圆润辞章，精美文字，超凡气宇，深邃底蕴，成为我们向往的高境和追求的范型。那时人民日报文艺副刊的主编是袁鹰同志，应该说是该刊质量、境界最高的一个时期。现在的报纸是很难见到当时那种足成经典的精品佳作了。不久，《序曲》被选入周立波编选的《散文特写选》，这成为韩师"文革"前创作的一个高峰。尹世霖老师说："在北京二中这个焦菊隐曾任校长的文学家的摇篮中，作家的名字可以排一长串，有些比韩少华名气大，成果多，然而就文学功底、艺术韵味、辞章修养来说，韩少华应该排在第一位。"这的确是深谙文学底蕴的见道之论。此后，韩师与我的关系更为亲切，常常把正在构思的文章讲给我听，有的甚至讲好几遍。这样，使我切身体验到了文章产生的过程，对我以后的写作起到了极为有益的示范作用。1964年韩师所写的一组散文诗在写出之前，我就已经很熟悉了。例如那篇后来被有些人说成是反党大毒草的《拟蟹》，就是在当时反修的背景下，讽刺尼·谢·赫鲁晓夫的，韩师构思时跟我反复说过多遍。这一点，我可以作直接人证。

像这样的老师，哪里去寻？

而我……

然而，我和韩师看来是有缘分的。这年夏天的一个傍晚，我从师大回和平里的家，乘27路汽车在六铺炕下车。当时我得了严重的脚气病，脚侧的皮一块块干裂脱掉，露出鲜肉，很是疼痛，一瘸一拐的，走得很慢。正要拐弯时，忽然听见身后有人大声地叫我：

"梦阳，梦阳！"

我回转身一看，惊住了，原来是韩师伫立在近旁胡同口叫我，虽然是在黄昏薄暮中，我还是一眼就认出他来了。我愣了一刻，不顾脚疼猛跑过去，紧紧握住他的双手。

大难不死的韩师显得精神奕奕，全不像受过严重冲击的样子。他更加健谈，仍然和我在夕阳的余晖中谈天说地，品文论诗，丝毫没有提及他运动中所遭受的苦难，对我更是没有一丝埋怨。只是说非常想念，非常想见到我和其他同学。我也说一直在惦念着老师，但是绝对不愿提起我所听到的关于他的惨景……最后，我们又不约而同地对这场所谓"文化大革命"表示了困惑与怀疑。直到夜幕降临，才依依不舍地分别了。临别，韩师一再邀我到西石槽他家里去，并和同学们一起去，就说韩老师想他们呢！

自此，我成为了西石槽的常客，后来韩师不幸偏瘫，移居到四块玉，可谓是"门前冷落车马稀"，原来深受韩师帮助的势利之人，都将师恩撇至脑后，不再联系了。我却去得更勤了，觉得越是在这种时候越应该尽学生情谊。2008 年深冬，韩师为纪念冰心逝世十周年用左手写了长文祭奠，竟无处发表。那时我突发心脏病不久，医生叮嘱"绝对静养"，但我闻讯后置医嘱于不顾，夜晚从石景山赶到天坛东里的四块玉取来稿子，费一周时间仔细打入电脑，拜请舒晋瑜同志在中华读书报刊出了。韩师全家不胜感慨，说韩师和我既是师生，又是朋友和兄弟。是的，是莫逆之交，是此生难遇的知己……

2010 年 4 月 7 日凌晨，韩师因肺心病去世，享年 76 岁。下午 5 点，韩师母第一个电话告知我噩耗。我刚写完长篇小说体鲁迅传《苦魂三部曲》之一《会稽耻》，准备请韩师过目指正，闻听此讯如五雷轰顶，目瞪口呆！稍定神后即号啕大哭，写了《哭韩师》，发表在北京晚报和人民日报上。

韩师永远活在我的心中。

（选自《美文》2012 年第 6 期）

金黄的色块

——怀念昌耀

辛　茜

　　最后一次接到昌耀的电话是他去世前一星期。重病中的昌耀亲自打来电话令我非常吃惊，我想同他多讲几句，他却说："不能多说，我用的是别人的手机。"我心里一阵酸痛，到什么时候了，还顾及这样的小事，我猜想手机的主人也不会太过计较。然而昌耀就是这样的人，他不喜欢用琐碎的事情麻烦别人。记得有一次吃饭，请客的人特意为他点了几个好菜，我们动了好一阵子筷子，却发现他没有动一下手。在座的人连忙请他多吃，他却用多少带一点木讷的语气告诉我们，他近来不吃猪肉了。顿时，我们几个面面相觑不知该说什么，主人急忙要给他加菜，他却又说："不用了，不用了，你们大家吃，也不要重新要菜，羊肉我咬不动。"结果，那天请昌耀吃饭，变成了主人请我们大大地饱餐了一顿。

　　同昌耀在一起，他的话不多，但高兴时，也是蛮风趣的。曾经和他聊起风马的一篇文章，偶尔提到他喜爱吃的位于西宁交通巷附近一家泡馍馆的羊肉泡馍，他说那滋味之好，难以尽述，一定要请我品尝一次。有天中午下班，看见他骑一辆自行车驰来，专门要带我去那里吃羊肉泡馍。我让他把自行车存了乘车去，他却执意要骑车带我去，我坚决不肯。他说："你是怕我老得骑不动了吗？我的骑车技术是很好的。"说着，骑上车子便走，我只好紧跑几步，坐在后座上。昌耀的骑车技术果然很好，只是经过一段上坡路时，他已经有些气喘，虽然如此，他还在警告我："不要跳下去，你只管坐好。"

到了饭馆，要了两碗泡馍，并且是优质的——就是另加了肉的那种。昌耀吃得很认真，不断问我："怎么样，好吃不好吃？"我点点头说好。他就开心地笑了，像是一个孩子的许诺得到了证实。

回去的路上，车子骑得很快，到了下坡就更快了，他说："怎么样，夏天骑自行车舒服吧？"我夸他："你的骑车技术真好，坐着感觉特稳当。"他高兴极了，禁不住呵呵地笑出声来。快到我们单位时，碰到同事班果，他见昌耀非常潇洒地骑着自行车，身后还跳下一个人来，惊讶地叫起来："哎呀！你好大的胆子，居然让我们的大师捎着你跑！"昌耀一本正经地说："这算得了什么，我感觉很轻松，还能再骑一段路呢！"望着昌耀因为快活，因为得意而显得年轻的脸，我真的为他感到高兴。

可是，昌耀在许多时候是不快乐的。因为他活得太过于真实，在他的一生当中，他不愿意为了所谓的幸福，丝毫违背自己的意愿。当爱远离他时，他的失爱的悲痛竟如同一位涉世不深的青年，绝望而痛苦。他一生的追求，美好而朴实，不过是寻求一种最基本的理解和人间的温暖。然而，生活是多么的令人不可捉摸，每当我见到他时，他总是孑然一身。只是，脸上依旧挂着淡淡的微笑，仿佛发生过的不过是一场场虚幻的梦。

一天下午，他来到我办公室，见我在看稿子，就静静地坐在对面。我知道他心里有苦，一定想说，所以也不问他，等他自己慢慢说。

过了好大一会儿，他说："我昨夜失眠了。"我抬起头望着他："为什么？"他说："因为昨天晚上停电了。""这是常有的事，你尽可以安心睡的。""但是，我出去了，"他说，"我不能看书，不能写字，我就想出去买根蜡烛。结果，走到大十字的时候，我突然迷路了。街上没有灯，天上没有星星，我不清楚我在哪里，仿佛来到了另一个世界，只有迎面而来的光，很刺眼。我不知道该怎么办，突然觉得很恐惧。后来，感觉到像是车灯，那时候，如果有一辆车撞倒我就好了，可是，他们看见我，都骂我，说我找死。结果，蜡烛没买到，也不知道什么时候走回家的，所以一夜没睡！"

说完这些，昌耀垂下头，不做声了。我无法透过厚厚的镜片看到他肿胀的眼睛，可是，我已经体会到了，他时时作痛的心在如何折磨着他。那段时间，他爱着的女人跟别人走了，留下他一个人在这个世界上，她本来是他生活中最后的期望。

"以后不能再这样了，如果真有一辆车撞到你怎么办，夜里的车开得那么野。"他抬起头，轻轻点点头，眼睛里似有一点湿润的微光闪过。

那时候，我没有能力安慰他，只能够静静地听他倾诉，说完了，他的心里能轻松几天。

昌耀是 1955 年，随着开发大西部的热潮来到青海的。在那个万象更新的年代，他不仅是拓荒大军中的一员，而且比其他任何人更富有劳动的热情和创造的激情。可是 1957 年，因诗歌《林中试笛》获罪，竟让他在青海贫瘠的荒原上流浪了二十多年。尽管如此，这苦难的生活，也没有让昌耀失去他精神实质中深藏的理想主义、英雄主义与浪漫情怀，失去他作为一个勇敢的拓荒者和诗人拥有的生存与征服的梦想，写下了那么多印证着他顽强的生命、美好的理想和充满野性与自由的壮美诗作。但是，昌耀的心，又常常显得那么柔弱、不堪一击。

最后一次快乐的聚会，是去人民剧院看电影。

电话中，他说他想请我看场电影，是法国新近拍摄的《安娜·卡列尼娜》，他已经看了一遍，感觉很好，想和我再看一遍。到了约定的时间我按时去了，在闹哄哄的人流中，见他穿着一件灰蓝的衬衣，打着领带，直直地站着，手里还拿着两支冰棒。见了我，便抢先去售票口买票。进了影院，拣前面的座位坐下，他便马上给我递来一支冰棒。那天天热，我剥了纸便吃，见他不动，就劝他："你也吃啊！"他说："我怕凉，不能吃，这一支也是你的。"我说："那我拿着。"他说："不，等你吃完了，再给你这支，不然你不方便。"我心想，这么体贴的男士，不管他是什么大诗人，你只管把他作为一位爱惜女士的先生，好好享受他的关怀，也许他会更加快乐。所以吃完一支，我便又伸手去拿第二支，他给了我，却把我另一只手中的废纸拿去，握在手里。我过意不去，要夺回，他连头也不转一下地说："你只管吃吧，你看安娜多美！"

安娜是法国玉女苏菲·玛索扮演的，与俄罗斯拍的电视剧中安娜的风格大不一样。我告诉昌耀我对安娜的认识，以及对小说，对电影的看法。他说："优秀的作品总是看也看不够，这两天我又翻出《安娜·卡列尼娜》在读，我是比较喜欢俄罗斯文学的。你也应当多写一点东西，把自己的感受写下来，是非常好的一件事。"我说："我不是一个勤奋的人，实际上，我有很多生活经历可以写，也许是怕触及自己的伤口，也许是没有这个能力。"他说："能力是可以培养的，你真的应该多写，你的同学梅卓已经写得很出色了。"

我们边看边聊，差不多从头到尾看了两遍才出了影院。他说："我们一起吃晚饭吧！"我因为急于回家照顾孩子就说："下次吧，下次我请你，咱们再聊。"他说："那好，我送你上车。"我说："不用了，你回去吧！"我走出几步，回过头来，见他还站在那里望着我，就向他摆摆手。心里有些不忍，想他回去后，一个人不知道又要怎样对付自己的晚饭，也许是一包方便面，也许是一个冷馒头加一包生牛奶。如今想起来，心里的悔意就连自己也是想不明白的。

谁知道，我们这一次见面后，竟再没有机会坐下来细聊。昌耀病了，病得很严重，我第一次去医院看望他的时候，他还不知道自己的病情，我问他："痊愈以后，你是不是应该改变一下自己的生活方式，你不能这样过日子了。"他说："出了医院，我会注意身体的。"那段日子他正热衷于在废旧报纸上练毛笔字，所以他笑着说："如果不是住进医院，我的字还会大有长进的。"

过了一些日子再去的时候，他已经没有了上一次的好心情，他对我说："如果知道自己得了绝症，我不愿意受罪，我就从楼上跳下去。"当时，我心里一惊。

第三次去看他的时候，他已经没有力气说话了……蜡黄的脸上，没有了丝毫的笑容，我难过极了。

在度过了一段痛苦难熬的日子后，昌耀离开了人世。2000年3月23日清晨7时，趁照顾他的人出去买牛奶的瞬间，他从三层高的窗台上，用他最后的一丝气力，纵身跳了下去。这似乎应了他自己的预言，又似乎是命定的结果。

在他病重的那段时光，虽然有那么多的朋友和崇拜者去看望他、抚慰他，但他的这一生终究是孤独的。他一生中遭遇过冷落、打击，他的热情受到过鞭挞，然而，他对于生命的理解、渴望和热爱却是感人的。说到自己，说起自己的诗与青海的关系，他便会动感情，常常是一边说，一边就流下泪来。他是自愿到青海来的，青海这片高原厚土给了他很多，给了他的诗以灵魂。在这块土地上，昌耀遭受过常人难以想象的痛苦，经历过太多的悲伤，但是，他的心底里是舍不下这片土地的。因为这里的大山和人民曾经给予他的丰厚的爱意，使他瘦弱的胸膛里爆发出了雄性的、波澜壮阔的诗歌。在我看来，当代诗人还没有一个人像昌耀一样把自己的生命与高原的雪山、河流、大湖、沙丘、雪莲、藏红花、荒原狼等诸多意象不可分割地联系在一起，他是为诗而生为诗而存的。正如他在《风景：湖》中写到的：

> 滑动着的原野。
> 几株年轻的船桅，
> 是这片空间仅有的风景树。
>
> 但候鸟们已乘风南翔，
> 留下独处的泡沫排成白练数列，
> 远隔着秋雨沉浮。
> 我未得见天鹅柔嫩的粉颈。
> ……
> 只是冷落了山脚的那片油菜。
> 不会成熟了吧？
> 可那金黄的色块，
> 依旧夏天般明亮，
> 那么天真……

（选自《散文选刊》2007 年第 3 期）

世间已无王世襄

初国卿

11 月 30 日那天，有朋友给我打电话："你最喜欢的老头王世襄先生去世了。"我不相信，或许说是不愿意相信。第二天早上各新闻媒体都有了消息："大玩家"王世襄辞世，文化界痛失巨擘。看来这已是事实，王世襄先生真的走了，走得静悄悄的，连京城他那个圈子都有许多人不知道。马未都先生也是 30 日中午才在博客上写文章："王世襄先生昨日作古，次日火化升天，使我们后辈未能见他老人家最后一面。"和王世襄先生同为 1914 年出生，平生关系最好的鲁美晏少翔先生家也是 30 日才接到中央文史馆的电话。原来王世襄先生是 11 月 28 日上午辞世，29 日火化，30 日晚国家文物局才通过新华网和人民网发讣告。先生逝前意愿不举行遗体告别仪式，家中不设灵堂。他悄悄地走了，一如他当年悄悄地寄情于名物文玩，悄悄地玩得忘乎所以，玩得绚烂之极，最终又悄悄地归于冲澹，归入化境。

——

王世襄先生走了，我将他的著作都找出来叠于案上，数了数，竟也有 16 部之多，然而这只是他著作中的一部分。其中有两本是王老签名题赠的，在今天则愈显珍贵了。看着王老的这些著作，想起我当年初访迪阳公寓的情景。

那是 2001 年 11 月我去北京，想要拜访王世襄先生，于是请在沈阳的杨仁恺和晏少翔两位老先生给我各写了一封"介绍信"。杨老与王老过从甚密，晏老同王老小时候就认识。有了这样的关系，那天王老不仅热情接待我，还在约好的时间里让夫人袁荃猷下楼到院里接我。那一年王夫人袁荃猷已 82 岁，背驼得很厉害。她这样等在院里接我，让我深感过意不去，而她却直说："就得我来接你，怕你找不到的。"

王世襄先生居室名"俪松居"。客厅很大，但却堆得满满，到处都是东西、画案、条几、书橱、木榻、书籍、葫芦，几乎没有下脚的地方。见我进来，王老从他那最有名的花梨木独板大案边站起，将木榻上堆的书和衣服推到一边，腾出地方来让我坐了。他一边收拾一边说："东西太多，太乱。"我环视一下，见他的客厅确实有点乱，完全没有一般北京的大教授、著名学者客厅里的那般堂皇和井然。画案边是一个条几，几上放着菜板，菜板上还放着一个炒勺。都说王世襄是位烹饪家，也只有在这样的人家里，炒勺才有上得厅堂的资格。木榻后横七竖八地放着长把悬瓠和亚腰葫芦，再就是一堆一堆的典籍，完全一派"书似青山常乱叠"的情景。

俪松居里的这种随意而不刻意，让人感到它就如同其主人王世襄先生一样，穿着打扮，举手投足，那样地不修边幅，那样地和蔼无隔，舒服妥贴。想当年王世襄蹬着三轮车走街串巷搜集旧家具的时候，他的芳嘉园居所里一定比迪阳公寓这儿还乱。那时候，他收上来的形状各异的明清家具塞满了狭小的空间，人没有地方睡觉，于是就将两个明代的柜子拼在一起，他和夫人每个晚上就睡在柜子里面。正是因为有了这种"乱"，最终才乱出了《明式家具研究》的横空出世。

如今，他热爱的和睡过的那些宝贝都静静地放在上海博物馆的家具馆里。我 2008 年秋天在上海，特意去参观这些老家具，站在那些黄花梨、紫檀质地的桌椅几案前，我总拂不去的就是王世襄蹬着三轮车运家具时的影子，还有他隔着花梨木大案给我讲述当年如何在隆福寺冷摊买约腰大葫芦时的情景。

二

那天的俪松居，阳光很好，纹络细密如老葫芦一样颜色的花梨大案上洒满暖意。王老穿着一件对襟的深灰色毛衣，脸上挂着端正平实、亲切慈祥的笑容。谈话间不时从客厅的阳台上传来打磨之声，王老告诉我说，那是他请朋友给一件范制葫芦笔洗髹漆。王世襄先生是玩葫芦与研究葫芦的专家，近些年中国收藏界的葫芦热就是因为他的《说葫芦》和《中国葫芦》两本书引起的，我开始喜欢葫芦、收藏葫芦当然也是因为这两本书。

说起藏葫芦，王老说他从小时候就开始了，当然家里人也鼓励他。读高中时，他开始学会了火画葫芦。有一天父亲挟着一个大匏从外面回来，告诉他说："如果你能在这葫芦上画出图来，就送你了。"于是他用了一个晚上，终于在大匏上火绘出了金代武元直的赤壁图。那只浸透了他心血的火绘大匏后来在"文革"中被人掠去，他很心疼，以为难再见到了，即使找回来也会蒂柄断折。未料想"文革"后这只大匏竟然奇迹般地完整回归，而且皮色渐深，变成枣红色，但其上的图画却淡了许多。说到此处，王老表情深沉恭敬："这是我和父亲两个人的纪念。"

王世襄出身于书香门第。高祖王庆云为四川、两广总督及工部尚书，祖父王仁东曾任内阁中书、江宁道台，父亲王继增是北洋政府秘书长。芳嘉园老宅就是父亲当年买下的四合院。他母亲金家也非同一般，大舅金城是 20 世纪初北方画坛领袖，四舅金西厓是著名竹刻家，母亲金章曾留学英、法，善画鱼藻。在这个中西兼备的文化背景和浓厚艺术氛围里长大的王世襄，从小就与博大精深的中国文化有了一种天然奇妙的亲和力，无需着意钻求，自自然然就融入其间，稍稍留意就见树见林。

有了这种家学渊源，再加上他自己的书房硬功和作坊实践，由此成就了王世襄先生的大学问。如对中国传统范匏器，他不只是一味搜求，而是想着意寻回这种中断了 30 多年的绝技。于是他就写文章呼吁，还到河北乡间亲自试种、制作。经过 20 年的努力，终于将濒临灭绝的范匏绝技又重新恢复起来，其作品之精绝已不输当年清宫造办处。对葫芦如此，其他如家具、书画、髹饰、竹刻、鸽哨、秋虫、饮膳也都是一样，所以他才会成为当代中国学者里最会玩的人，同时又是玩家中最有学问的人。也正因为如此，他身上才有了那么一大串头衔：中央文史研究馆馆员、国家文物局中国文化遗产研究院研究员、著名学者、著名文物专家、文物鉴定家、美术史家、中国古典音乐史家、民俗学家、收藏家……这些职衔都太严肃了，我则更喜欢人们这样称呼他：放鸽家、斗虫家、驯鹰家、养狗家、摔跤家、火绘家、烹饪家、美食家、书法家、诗词家、髹漆家、明式家具家、中国第一玩家。总之，他是中国文化里最博雅的鸿儒，他的每一类玩物，每一种玩法，每一部著作，每一个"家"，都是中华民族文化最权威的注脚。

三

那天在俪松居聊了许多话题，聊葫芦，聊竹刻，聊鸽哨，聊饮食，这些都是我所喜欢的。他的《竹刻鉴赏》一书，文图精美，我不知读了多少遍；《说葫芦》更是案头之书，不时翻看的。我虽不涉鸽哨，但《北京鸽哨》也是我喜欢的一书。我钦敬王先生能于鸽与鸽哨中玩出一番大情致甚至说大事业。

王世襄 11 岁就读于北京干面胡同的美国侨民学校时，刚开如写英文作文，就兴致勃勃地大谈鸽子，一连写了好几篇，致使英文教员不胜其烦："再写此鸟，无论好坏，一律给 poor（差等）！"然而王世襄并没有因为英文教员的一句"poor"而放弃自己对鸽子的兴趣，到了晚年，鸽子则成为他一大牵挂。他耿耿于怀的是许多场合放的鸽子不是中国的观赏鸽，而是进口的肉食鸽。在与我聊天中他就举例说：你看央视一套播晨曲，画面上是庄严的升旗仪式，接着一只白鸽飞来，这只鸽鸡头长喙，一看就知道那是美国食用鸽"落地王"。我想不通，我们又不是没有好鸽子，为什么偏偏弄个"吃货"上电视？

于是他开始普及中国观赏鸽知识，不仅出版了《北京鸽哨》，还出版了《明代鸽经·清宫鸽谱》，又在《北京晚报》开了专栏，专写鸽子文化。他的鸽子情怀终于唤起了许多青年人的兴趣，在他的指导下办起了中国观赏鸽网站，全国各地的养鸽人都给他寄照片，为此他感到这比出专著要强多了。于是他在 2005 年以中央文史馆馆员的身份写信给温家宝总理，陈述中国观赏鸽的危险境地，建议朝野大力抢救。温总理三天后亲自用毛笔给他回信，极力表扬王世襄先生重视历史、文化和物种的真知灼见。老先生为此极为高兴，也颇受感动，写了《终生不忘此殊荣》一文，还要"上书叩谢，并附七绝四首"。总理的回信让他感到了他研究鸽子的价值与意义，同时他更祈盼的是在北京奥运会上能否放飞真正的中国观赏鸽。

原来王老的玩不是沉陷在某个"小技"之中，因为他有更大更宽广的胸怀。多年以前，他将他收藏的明清家具以很低的价卖出，许多人不理解，而他却说因为买主满足了我的条件，即不能将其中的任何一件拆散用于自留；也不做商业用途；只能完整地转赠给上海博物馆，供人参观。那天他和我说起此事时，那种轻松的表情，仿佛是自己嫁出去了一个亲闺女，"陪嫁"丰盈，他为此感到非常得意、轻松和荣耀。2003 年秋季嘉德举行"俪松居长物——王世襄、袁荃猷珍藏中国艺术品"专场拍卖，成交率百分之百，总成交额 6301.35 万元，喜欢他藏品的藏家终于如愿以偿。也是在那一年，他获得荷兰"克劳斯亲王奖最高荣誉奖"，他将全部奖金 10 万欧元捐献给了中国希望工程，在福建省武夷山市建立一个"中荷友好小学"。

对此，有人问王世襄，一生心血散尽难道真的舍得？他说："身外之物，由我得之，由我遣之。只要从它们那里获得了知识和欣赏的乐趣，就很满足了。"可能只有两件东西是王世襄不舍得失去的，那就是"文革"期间他在干校里寄给袁荃猷的小笤帚，另外一件则是他与夫人袁荃猷买菜用了多年的提筐。

四

那件小笤帚最为生动。2003 年王世襄在三联书店为出版了精美豪华的《自珍集——俪松居长物志》，翻到那本书的扉页背后，即见上面印着"作者夫妇近影"，中间是那只小笤帚的图片，图片下是袁荃猷写的说明文字："'文革'中，我与世襄分别在静海团泊洼、咸宁甘棠乡两干校，相距逾千里。一日世襄用小邮件寄此帚，谓用爨余竹根、霜后枯草制成，盖藉以自况。而我珍之，什袭至今。其意与此集有相通处，故不妨于扉页后见之。"所谓"敝帚自珍"，这就是"自珍集"一名的来历，也是王世襄夫妇"贫贱"之时最"富贵"的见证物，所以两人将这件东西视为所有长物中的珍品，放在扉页之后，以志书名之来历。试想，人世间也会有人拥有过这样的小笤帚，但可又有谁会这般"自珍"呢？

再说那件提筐，更是平常物，是中国人自从上个世纪80年代就开始用的那种尼龙带编织的菜筐。夫人在世时，两人"提筐双弯梁，并行各挈一"，一起买菜，一起购物；妻子去世后，王老见筐思人："年年叶落时，提筐同拣拾。今年叶又黄，未落已掩泣。"于是他就预想到将来自己远行之后，一定要将这只提筐带着："待置两穴间，生死永相匹。"后来出版《锦灰三堆》时，王老又特意将这只筐拍成照片，印在书中。

记得那年在俪松居临别时，王老和夫人送我下楼，就是提的这只筐，说是边送我边去买菜。那一次，我请王老为我即将出版的散文集《不素餐兮》题写书名。他愉快地答应："过后我就寄给你。"回到沈阳不几天，王老给我写的"不素餐兮"就寄到了。打开一看，如簪花美女般的四个行楷，真是好看极了；一行"王世襄题"行书小字也苍秀清雅，考究得很。每一字都写得那么认真，那么富有书卷气。尤其是署名后所钤的白文小印，是他最常用的一枚，"鬯安"二字金文，极富金石味，格外让人喜欢。《不素餐兮》出版后，许多人拿到书都说王世襄的书名题得精美，于是我就请人将此题签制版，宣纸印刷数幅，有朋友搬新居我即装裱奉上以贺，每每都会说："上许多真迹一等！"

好东西当然不会太在意真迹还是印刷品，这两天网上王老的著作也卖得火起来。人们知道，王世襄所玩的很多都是"雕虫小技"，在中国民间，喜欢这些玩意儿的人不少，但能把这么些玩耍的事情玩到那么好的情致，玩得那么奇绝，并写成专业的著作，让它们登上"大雅之堂"的，除了王世襄没有第二人。许多人都会赞叹王世襄的成就，但却未必都能读懂他。王世襄的真正意义是在或奇绝或平常的名物与赏玩里，都能赋予生活的情致化。曾有人说，中国21世纪，可能还会出现钱钟书，出现华罗庚，出现季羡林，但却很难出现王世襄了。这话很有道理，因为王世襄的成既是一种学养，又是一种心性，不是任谁都做得来的。

世间已无王世襄。王老走了，他不仅带走了故都京华最具情致的一抹旧时月色，也带走了一个古旧典雅的文化时代。他的辞世让我们痛心伤情，但他留给我们的文化遗产却会世代相传。据说老先生走的那天，北京晴空鸽哨不断，我在沈阳雪后的天空里也听到有鸽哨鸣响。这正应了他感念温总理回信而写的四首绝句中的两句："天安门上晴空碧，愿见鸽群带哨飞。"先生虽然走了，但京华天空里的鸽哨还在清飏悠悠，这情景正是他所乐见的，也是对他最好的纪念。

（选自《都市美文》2010年第1期）

病危中的路遥

张艳茜

七号病房

这个七号病房，是古城西安西京医院传染科的病房，位于西京医院的东边，一排坐南朝北的平房，门前有片绿化带。

1992年秋天的古城西安，刚刚经历了一个闷热难熬的夏天。进入10月，难得秋日的阳光善解人意的温柔，随意地以不太充沛的体力，洒向病房门前的那片茸茸绿草地上。阳光似乎带着微笑，又穿过七号病房南边的窗户，自然而祥和地照射进病房，散落在靠窗户的病床上。

在西京医院传染科七号病房病床上，躺倒了有一个月的路遥，已经没有力气迈出七号病房的房门，去享受多情的阳光笑脸。现在，他只能倚在床头垫高的枕头上，将头侧着望向窗外——表情里满是向往。

路遥的脸色灰灰地泛着黄。浮肿着的眼皮，似乎很重，闭合之间都会伤着元气一样。

穿过窗户的阳光，照耀着空气中的尘埃，上下飞舞，闪烁着星星点点的光亮。路遥的目光穿过这些飞光闪闪，注视窗外。此时，窗外的树上正有几只小麻雀吱吱喳喳欢快地鸣叫、舞蹈，梳理着褐色的羽毛。

路遥听着看着，眼神由闪着光亮的惊喜，渐渐暗淡到忧伤。

曾经站立着的路遥，虽然一米七的个头不算高，身材却十分魁梧，虎背熊腰的；粗壮有力的双臂，还有稳健的、肌肉暴突的大小腿。而此刻躺在病床上的路遥，嘴唇是乌黑的，眼周是乌黑的，眼仁却是黄黄的。圆圆的、胖胖的脸庞不见了，曾经厚实的大手，也没有了往日的圆润光泽。他那松弛的手背，因为天天要打十几小时的吊针，布满了打点滴的针眼。手指的骨节突出，指甲盖夸张地显大。路遥仿佛骤然间身体萎缩而瘦小了好几圈，像是毫无过渡就突然进入寒冷冬季的老榆树，枯黄、干瘦、缺少生机。他的身型薄薄的，又短短的，在病床上蜷曲着，只占了病床的三分之二。

　　为了塑造起挺拔的形象来，这个人的身体现在完全佝偻了。他本来就不是一个体格魁梧的人，在进行一生紧张繁忙的艺术创造后，加上越来越危急的病情，身板单薄得风能吹倒。整个躯体像燃烧过熊熊大火的树木，变得干枯而焦黑，一切生命的嫩枝叶似乎看不见了。

　　这就是他吗？这就是那个令人敬仰羡慕的艺术家吗？

　　这就是他。此刻，他正蜷曲在西安陆军医院内科二楼一间普通病房里，时不时就喘成了一团。体重肯定已经不到一百斤了，从袖筒里和裤管里伸出来的胳膊腿，像麻秆一般纤细。

　　除过眼睛透露出内心的生机外，这个蜷曲在病榻上的人，现在看起来完全是一副弱不禁风的样子。

　　这是柳青病逝后，1980 年 4 月 12 日至 13 日，路遥写的一篇悼念文章——《病危中的柳青》中的一段文字。其实路遥只见过柳青一面，是在 1978 年初春，柳青患病住院的时候，《延河》的副主编、女作家贺抒玉，带着年轻的编辑路遥去看望柳青，并为《延河》连载柳青《创业史》（第二部·下卷）组稿。当时路遥并没有与柳青交谈什么，他后来是靠研读柳青的《创业史》等作品来理解柳青的。

　　此刻的路遥，就像他这篇文章中描写的，他最敬仰的导师柳青当初的情形一样，令人难以置信的虚弱、瘦小。这是燃过了旺火的焦炭状态呀。

·红霞一抹乘云去·

西京医院的前身，是延安时期抗战烽火岁月里诞生的中央医院，1954年改建成第四军医大学第一附属医院，1984年对外始称"西京医院"。这家医院不仅是陕西省，也是全国著名的一所学科专业齐全、医疗技术精湛、师资力量雄厚、科研实力强劲的融医疗、教学、科研为一体的大型现代化综合性医院。

七号病房，是西京医院传染科当时最好的病房了。说它好，其实是说对这间病房的重视程度，病房的布置则是简单的，路遥病床的旁边，各有一个小小的床头柜，上面每天都摆放着散发着清香的鲜花，那是探视的人送来的。紧挨着的是陪护人的床，这是传染科对路遥特例，允许陪护人陪住。

西京医院为七号病房的病人路遥，配备的医护人员是传染科最强的。对肝炎、肝硬化治疗有丰富经验的阎荣教授、副主任医师段满堂和住院医生康文臻。他们先后组织了七次院内会诊，还邀请中医科、消化内科等有关科室的专家教授，汇集多方的智慧和经验，以严谨的科学态度，使用最好的药物，试图向死神发起一场艰苦的争夺战。

路遥把重新站起来的希望都寄托在医生们身上了。他说："只有你们能救我了。我的命就交给你们了！"

路遥当然不知道，在1992年的9月5日这一天，西京医院传染科的医护人员忙碌中显得比往日多了点激动，因为他们将迎来一位他们既熟悉又陌生的病人——作家路遥。

在那个文学兴盛的年代，征婚启事上都要表明自己爱好文学。所以，只要是有点关注文学的人，即使记不住作家路遥的名字，也看过他的作品，没有看过作品，也看过由他作品改编的电影——《人生》，听过中央人民广播电台的小说联播《平凡的世界》。

西京医院被指派的最好的医生和护士，几乎都读过路遥的小说，也看过他的小说改编的电影。但是，他们还没有机会见到这样一位声名远播的大作家。

然而，当1992年9月5日，路遥从延安人民医院回到西安，被抬到西京医院传染科七号病房的当天晚上，医生护士看到的是一个头发又长又乱，面容憔悴，虚弱不堪的"老人"，这哪里像一个不到 42 岁年龄、正当壮年的大作家呢？

当天晚上 8 点，医院就下了病危通知：肝炎后肝硬化（失代偿期），并发原发性腹膜炎。

路遥的肝脏已经失去了供给体能需要的功能。医生们清楚，他们所能做的，是尽力控制病情，尽可能地减轻路遥的病痛，进而延长路遥的生命。

七号病房堆满了小米、大米、面粉、黄豆，还有陕北的将黄豆、黑豆压扁了的犹如铜钱一样的钱钱豆等等各种食品，还有源源不断的探视者送来的各种水果。房间里仍然是为路遥破例，允许用电炉子、电热杯。

在七号病房住院的两个多月时间里，起初，路遥能被搀扶着走下病床，去上卫生间，后来便难以下病床了。手上脚上的血管到后来硬得连针都难扎进去。在医院服侍路遥的，是他的小弟弟九娃——大名王天笑，和路遥故乡清涧县的一位业余作者张世晔。两个小伙子，尽心尽力地照顾着重病的路遥，但毕竟是两个大男孩，连自己的生活都做不到精细入微，粗手大脚的，累活脏活能干，做饭烧菜就不在行了。

住院医生康文臻，担当了路遥的治疗工作和照顾住院的路遥生活的重任。路遥住院的那段时间里，康医生生活中最重要的一个人，就是路遥了。她是接触路遥最多的医生，性情温和的康医生，只有 26 岁，不仅要负责路遥的治疗工作，还要忙于自己的研究生实验课题。

因为路遥习惯了晚睡晚起，早晨洗漱完毕都九点多了，康医生为路遥改变了每天的查房时间，约莫路遥起来再去七号病房。中午下班前再去一次，下午也是两次进七号病房。晚上下班后，又将路遥爱吃的手工切面在家中做好，再送到七号病房路遥的病床边。康医生每次做的饭菜也是不同样的，有时烧一个青菜豆腐，有时是一碗鲜美的鲫鱼汤。路遥在西京医院传染科住院的近 100 天时间里，几乎天天如此，不曾间断。

路遥从延安刚转院到西京医院传染科的第二天，护士宇小玲见到的是一个很面容老相、脸色晦暗、情绪低落的路遥。

那天中午，宇小玲为路遥端来一碗柳叶面，那面汤里配了菜叶，青青白白的。宇小玲对不想吃饭的路遥说："你看这面多可爱呀，我都想吃了呀！"

路遥被护士宇小玲柔声细语哄小孩吃饭的语气逗笑了。多日来的坏情绪见了晴天。

吃过了饭，宇护士又为好久没有洗澡的路遥做生活护理。先为路遥洗了又长又乱，成了一缕一缕的头发。洗干净了头发，又为路遥擦背，这让路遥很不好意思，说什么都不让擦。宇护士只好用医院的制度开导路遥，说："这是医院的规定，况且在护士面前只有病人，没有性别。你就想着你和我都是中性好了。"

路遥难为情中服从着护士的"摆弄"，嘴里迭声说着感谢的话。擦干净了后背，宇护士又要为路遥洗脚，发现路遥长着又厚又长的灰指甲，就要帮路遥剪指甲。路遥不好意思地急忙将脚藏起来，慌忙说："使不得，使不得，怎能叫你干这个？再说，指甲长老了，剪不下来的。"

耐心的宇护士笑着说："没有关系，我有办法。"然后，宇护士打来一盆热水，把路遥的脚泡在热水盆里，泡了两个小时后，宇护士捧起路遥的脚，一下一下地精心剪着路遥厚厚的灰指甲。

此时的路遥，忍不住背过脸去，眼角溢出的泪水缓缓流淌在面颊。

探视时间

每天起床洗漱完毕后，小弟天笑为路遥煮的一碗小米粥也刚好可以喝了。

陕北的小米，用文火熬成的米粥，粘糯稠浓，清香可口，不用细看，就会发现，那米粥表面还浮有一层明亮亮的米油油。可是，病房里用电炉子熬成的小米粥，却是清汤清米的。要是在陕北的老家，每天早上喝一碗妈妈在炕边的灶台上煮的小米粥，那才是醇厚的陕北小米味道哦。西安的水哪能煮出陕北小米该有的感觉呀！

这是在病房喝小米粥时，路遥脑子里随时冒出来的感叹。但是，单单因为是陕北小米，醇醇的香气已经在七号病房弥漫着了。只是，不论小米粥有多么香醇，此时的路遥也仅仅是喝几口米汤汤。

七号病房里，有两箱在当时很稀罕的矿泉水。这些日子的小米粥是用的这种矿泉水煮的。那是几天前，陕西省作协《延河》编辑部的王观胜给远在陕西渭南的作家李康美打电话，叮咛李康美："想办法搞两箱矿泉水，说是路遥现在只喜欢那样的水质。"

路遥对生活品的使用上，有些固执的偏执，比如，抽烟的牌子在一段时间里是固定的，抽"恭贺新禧"时，对别的牌子不屑一顾，换抽"红塔山"时，对其他烟也没有了任何兴趣。

1992 年时，市面上销售瓶装矿泉水的品牌并不多，而路遥已经认准了他喜欢的水质的矿泉水牌子。

传染科的探视时间十分严格，只有星期天才能从一个铁栅栏中间的小门进入传染科住院部。

想见到特级护理的路遥不是一件容易的事情。那天晚上，李康美和王观胜就像地下工作者一样，避开尽职尽责的门卫，贴着黑暗的墙根向路遥的病房靠近，而且各自还抱着整箱的矿泉水。

当他们悄悄地溜进病房时，"路遥似乎已经敏感地捕捉到渐渐走进的脚步声，耷拉的眼皮一下子就睁开了。此时的他，已经欲喊无声，下肢萎缩僵硬，双膊简直是无缚鸡之力了，但是头脑还是异常地清醒，目光里仍然闪烁着不甘屈服的光芒"。（李康美《华山脚下忆路遥》）

和王观胜、李康美握手时，身心疲惫的路遥，曾经有力的双手不由自主地战栗着。当然，那战栗中可能还包含着在极度孤独之时见到了朋友的激动。平静下来后，路遥最先说的话却是："放心，医院说我的病已经不传染了。"

1992 年 10 月 11 日，这一天是星期天，路遥的女儿远远要在这一天来医院探视。今天，路遥要打起十二分的精神，因为女儿的到来。

小弟弟王天笑准备好了洗漱水，路遥趴在床边，用黄瓜洗面奶洗了脸，这是女儿远远建议的。远远说，用黄瓜洗面奶洗脸，会让爸爸粗糙的皮肤显得细腻年轻。远远的话对路遥来说，就是圣旨。路遥从此听从远远，坚持用黄瓜洗面奶。

虽然没有力气，虽然病体难支，但是，路遥每天的刷牙却从不间断，而且刷得非常认真，上上下下、里里外外，丝毫不马虎。

从社会最底层、最贫困的乡村走出来的路遥，对于每天刷牙这件看似稀松平常事，有着人们意识中不同的意义和想象不到的执着。

10 月 11 日早上八点半，轻轻的敲门声响起，接着，七号病房的门，慢慢地被打开。进来一个人，路遥将专注的目光从窗外调转过来，看到了进来的人，路遥很高兴地叫着："合作"，又说："今早数你来得最早。"

来探视路遥的人，是榆林地区群众艺术馆的朱合作，也是路遥清涧县的老乡。朱合作遗憾地说，还应该再早一点的，可是被挡在住院部门外等了半小时哦。

护理路遥的小弟弟天笑，见到来了清涧老乡，也非常兴奋，热情招呼朱合作，并接过朱合作带来的苹果。

路遥看见朱合作带来的苹果，对已经忙完的小弟说，酸苹果好吃。先给朱合作削苹果。看着朱合作吃苹果，路遥又说，我也想吃了。天笑也给路遥削了个苹果。路遥侧身斜躺在床上，拿着苹果，费力地咬了一口，品榨出果汁。朱合作在路遥枕头边放了一张卫生纸，让路遥将苹果渣吐出来。路遥吃得很香，一个大苹果不一会儿就吃光了。

九娃天笑也给自己削了个苹果，可是苹果没拿牢，掉在了地上，九娃把苹果捡起来，又将苹果削了一遍。路遥看着九娃将苹果肉削多了，心疼地说，这咋行呢？做什么都失慌连天的。说得九娃不好意思地笑了。

然后，路遥和朱合作拉家常，聊到自己的病情，路遥说："我这病非得不可。我光在街上就吃了十几年饭。"

朱合作知道这个话题过于沉重，不动声色地跳转话题，说起在

《女友》杂志上读到连载的路遥创作谈——《早晨从中午开始》，这让路遥十分兴奋，详细询问朱合作看的是哪一期？写的是哪部分的内容？路遥认真地听着，神情自然流露出欣慰，说："很快要出单行本了。"

欣慰的路遥又说，陕西省组织了西北地区最好的肝病专家给他会诊，主治医生是前任西京医院传染科的主任，本来已经不再看病，而是专心科研和著书，这次为了他又亲自担任了主治医生。路遥很有信心地说，省委省政府对他的病很重视，专门拨了专项医疗费治病。待病情好转之后，可以选择全国最好的疗养胜地疗养。并且可以去两个陪人，一个是亲属，一个是工作单位的陪护。说到这里，路遥笑着："省上这回是重视结实了。省委省政府抢着给我治病哩。"

朱合作来探视之前，在陕北听到住院的路遥，病情十分严重，经历过几天的肝昏迷，并且，前一两天，路遥吃苹果还只能喝一点榨出来的苹果汁，今天看来病情和心情都有好转。

现在，路遥继续着聊天的兴致，说起朱合作的女儿，多了许多柔情，夸赞着："你那狗儿的可聪明了。"

夸着朱合作的女儿，自然要想到自己的女儿，路遥的柔情更多了几分："我那狗儿的比我还坚强。我这回得了这个病，那狗儿的信心比我还大，对我说，不要紧，叫我好好治。今天是星期天，过一会儿她也来呀！"

突然，路遥冒出一句："我那老婆咋就跑了呀！"说着，感伤地合上眼睛。

话题再次陷入沉重。朱合作赶紧调整："你现在主要是治病，只要把病治好了，就一切都有了。"

路遥说："我这病就这样凑凑合合一辈子了。肝硬化，麻烦的是有点腹水，不过是早期。我尔格（陕北方言意为现在）已经能吃五两粮了。"

自然，这是医生们和朋友们没有将实情告诉路遥，将肝硬化晚期只说成是早期，心理上的迷幻剂，让路遥对自己的身体树立信心，保持良好的精神状态，对配合治疗十分关键。

知道路遥对榆林的中医非常信任，朱合作顺着路遥的思路宽慰着："等到西安的医院治疗得差不多了，就回咱老家榆林。咱再继续看榆林的中医。"

这话路遥很爱听，路遥接着说："等我出院以后，我先回王家堡老家，让我妈把我喂上一个月。我妈做的饭好吃，一个月就把我喂胖了。然后，再到榆林城盛（住）上一段时间。你回去打听一下，谁治肝病最能行。等我病好了以后，咱们和张泊三个人，到三边走上一回。以前常没有时间，以后咱不忙了。让张泊把历史给咱们讲上，他会讲那方面的事哩！"

1987 年夏天，路遥在榆林一边写作《平凡的世界》第三部，一边请榆林的老中医看病时，朱合作曾鼓动路遥去过一次成吉思汗陵，由朱合作和张泊陪同。那一回，三个人就约好，以后有机会了，三个人相跟上到三边走一次。还要"沿着黄河走一遍，不坐汽车，拄上拐杖，纯粹步行"。虽然这样的想法说了多次，却一直没有成行。现在病倒在医院，见到了朱合作，不由得又想起了这件事。

这时，七号病房的门再次被推开，进来了一个操着延安口音的小伙子。小伙子说，他一方面是来看望病重的路遥，另一方面是想把《平凡的世界》改编成礼品式的盒装连环画。小伙子说，出版经费已经基本落实，想让路遥写一张信函，便于小伙子与出版社联系。

这位小伙子，就是《平凡的世界》连环画的绘画作者李志武。

路遥被扶着斜坐在病床上，找了张纸，但找不到能用的钢笔，朱合作刚好身上带着钢笔，就脱了笔帽递给路遥。

路遥一边写着信，一边不停地对朱合作说："这人画得好！绘画的《平凡的世界》水准不低。"

由于身体虚弱，路遥写的信，很不工整，一行比一行更向右边偏着，只有落款处"路遥"两个字，基本上与他往日的签名一样，有着自信洒落的气质。

年轻的画家李志武等着路遥写好了信，又对路遥有了新的请求，希望在正式出版这套连环画前，想得到路遥为此书写的序言。

路遥说："序言恐怕写不成了。我尔格手拿着笔都筛得捉不稳了。到时候，我题上个词。"

年轻的画家走后，七号病房又走进来三四起看望路遥的朋友们，大家说着几乎一样的宽慰话，路遥，没有关系，好好养病，会好起来的。个别的，会给路遥出主意，说气功可以治好很多病，劝路遥学一点气功。还有的看到瘦弱的路遥，心疼不已，嗔怪着，谁让你要那个茅盾文学奖哩，以后再不敢拼命写文章了！

1992年10月11日的上午，西京医院住院部传染科七号病房，先后有三四起探视路遥的人。上午十点半左右，病房里终于安静下来。路遥闭上双眼，静静地躺着，不断地接受各类朋友的探视，消耗着路遥的精气神。这时，就像窗外的小麻雀欢快的叫声一样，女儿远远叫着爸爸，爸爸，跳跃进了七号病房。路遥突然睁开双眼，目光明亮而柔情，嘴里回应着："毛锤儿！"

毛锤儿，是路遥的老家陕北清涧乡下人对自己娃娃的昵称。

路遥目不转睛地看着来到自己身边的宝贝女儿"毛锤儿"远远，整个人仿佛都被女儿团团的圆圆的、红扑扑的小脸蛋照亮了。

我的"毛锤儿"

有好长时间路遥没有见到宝贝女儿远远了。过去是忙于自己的创作，现在却是在传染病房里。

做父亲的路遥，对女儿远远怀有太多的歉疚。他与孩子在一起的时间太少了。所以，每次和女儿在一起，路遥都要在自责中去想，该怎样做才能弥补一下亏欠孩子的感情呢？

在女儿远远小的时候，每当路遥离家很久再回到西安家中，路遥总是将自己变成"马"，变成"狗"。在床铺上、地板上，那时的路遥四肢着地，让孩子骑在身上，转圈圈地爬。然后，又将孩子举到自己脖颈上，扛着她到外面游逛。孩子要什么就给买什么。路遥非常明白，这显然不是教育之道，但他又无法克制。

1991年的春天，已经获得茅盾文学奖的路遥，难得能在西安轻松地休息一段时间。有一天，远远要参加学校组织的春游活动，慈

·红霞一抹乘云去·

父的路遥柔声地问远远："毛锤儿，明天路上想带些什么吃的呀？"

依偎在爸爸怀中，远远撒娇地给爸爸一二三四说了一长串需要购置的东西，路遥一一记在心中。怀揣着购物清单的路遥立即上街，在西安的食品店里买了一背包的食物和饮料。现在，只有一样食品——三明治，已经走了几家食品店了，仍然不见有远远清单中想要的三明治。

路过一家西安的小吃——肉夹馍的店铺，路遥只向店铺门口摆放的一个厚墩墩的菜墩子上望了一眼。

肉夹馍店铺的店伙计正在一手拿着菜刀，"梆梆梆"，很有节奏地剁着一块色泽红润、流着肉汁、有肥有瘦、类似红烧肉——西安人称之为"腊汁肉"的肉块。伙计的另一只手，握着一个长柄的汤勺，剁肉时，汤勺挡在刀的另一侧，以防肉汁溅到身上。

剁碎了腊汁肉，伙计从身旁的笸箩里拿出一个烧饼，西安人称之为白吉馍。这白吉馍是用半发酵的面粉，团捏成饼，在火炉里烤熟的。制作时用了特殊的手法，使馍里中空，所以，伙计用刀轻轻将馍立着从中间轻轻一划，这馍就自然地一分为二了。然后，伙计将菜墩子上切碎了的腊汁肉向白吉馍中均匀地填充着，一个肉肥而不腻瘦则无渣、咬上一口肉质软糯入口即化、馍香酥松的肉夹馍就组合好了。

路遥平素是闻不得大肉的油腻味道的。那是因为文化大革命初期，运动开始后，曾经一个吃不饱饭的穷孩子——当时的王卫国、后来的路遥，突然间，不仅天天能吃上饭，而且还能放开肚子吃猪肉。就是因为那段日子吃得肉太多，把路遥吃伤了，从此猪肉不再入口。

眼前的腊汁肉夹馍，倒是气味浓郁醇香，被西安人骄傲地称之为"中式汉堡"。但是，女儿远远要的是西式三明治，怎能用中式快餐替代呢？路遥毫不犹豫地走过肉夹馍店铺，继续寻找三明治。

女儿远远这一代人，是接受洋快餐长大的，或者说，孩子就是吃个新奇。不像路遥，从小到大，只要能吃饱饭哪里有可挑剔的食物哦。自己那受苦的肚子，到现在，爱吃的食物也就是那几样陕北饭——小米粥、洋芋擦擦、钱钱饭、揪面片……

又跑了几家食品店，仍然没有买到三明治。路遥由这洋快餐联想到涉外酒店，他暗自思忖，必须改变思路，不能在普通的食品店里寻找，说不定那些常常接待老外的酒店里会有的。于是，路遥折转身，向距离陕西省作协院子不远处的一家五星级酒店——西安凯悦酒店走去。

20世纪90年代初，西安的五星级酒店寥寥，能踏进酒店的门，都会被路人用羡慕的目光盯着看好久的。

大步走进凯悦酒店的路遥，直奔西餐厅。迎上来的年轻女服务员微笑着询问，请问先生，有什么可以帮助您的？

路遥说，有三明治吗？得到女服务员肯定的回答，路遥心里顿时轻松下来，高兴地说：买两块三明治。

时间不长，女服务员端上来包装精美、两块肥皂大小的盒子。服务员说，一共60元。

那时候，大家的工资都很低，路遥的工资也不高。即使是现在，人们也难以接受，花上60元钱，去买两块肥皂大小、不过是中间夹着几片黄瓜西红柿和薄薄一层肉片的两片面包片啊。

当时的路遥也不能接受。他恐怕自己听错了，又问了服务员一遍。没有错，得到的回答很明确：一块30元，两块60元。

路遥当场愣怔着。可是面对周到漂亮的女服务员，路遥骑虎难下，既已让人家拿出来了，怎么好意思转身逃走？无奈，路遥硬着头皮买下这两块三明治。付了钱从酒店出来，路遥还是暗自叫苦，实在太贵了。

迈着扑扑踏踏的脚步，回到居住的陕西省作协院子，路遥一直走进《延河》编辑部副主编晓雷的办公室。见到晓雷和李天芳夫妇，路遥将刚才的经历告诉了他俩。路遥边说边从背包里小心地拿出精致包装的盒子，问晓雷和李天芳夫妇："猜猜，这两块三明治花了我多少钱？"没有等到夫妻俩回答，路遥接着说："60块！"然后，路遥又宽慰地说，尽管很贵，但总算满足了远远的心愿。

"第二天，远远去学校前，路遥又从头到脚检查远远的装备，水壶的水满不满？巧克力够不够给小朋友分？样样都问到了。还一再嘱咐女儿，不要去玩水，不要去爬山，以免危险。这时候的路遥简直成了最细心地保姆。（子页《在最后的日子》）

远远是路遥心中真正的太阳。站立着路遥，可以为女儿摘星星摘月亮，就是不要让自己的"毛锤儿"受一点委屈。

路遥曾问女儿："你最喜欢什么呀？"

远远不假思索地说："我喜欢音乐。"

听了远远的话不久，路遥就拿出积攒的稿费给远远买了一架钢琴。那几天，路遥家里进进出出的都是远远的小朋友，远远邀集了陕西省作协家属院的小朋友们到他们家来看新买的钢琴，"十几双小手像雨点一样拍打在黑白键上，满屋子的钢琴轰鸣声震得路遥如痴如醉"。

怎奈，孩子对钢琴的好奇与兴趣非常短暂，几天后，远远走到爸爸跟前说："爸爸，我们的音乐老师说，我的手指太短了，不适合弹钢琴。"

路遥听了，捧起女儿胖胖的小手，看看自己的手指又看看女儿的手指，脸上露出了凄楚的笑容，对女儿说："都怪爸爸，都怪爸爸！"从此，钢琴成了女儿房间里的摆设。

孩子对事物的兴趣总是朝秦暮楚的。当女儿拿着英语的考试卷子在父亲面前撒娇炫耀得了一百分时，多情的路遥看出来，远远又对英语产生了兴趣。就要为远远找一个家庭教师辅导远远，想来想去，想到了作家子页的儿子小刚。当时，小刚是在读大学的英语系二年级的学生。子页爽快地答应，让儿子小刚为远远义务辅导。路遥却坚持要给一定的报酬。他俩谁也没有说服谁。可是，路遥极为固执，无论如何都要给小刚付报酬，不然就再也不提这件事。

现在，女儿远远来到路遥病床旁，路遥细细端详着他的"毛锤儿"，"毛锤儿"的脸庞像极了爸爸，眼睛像极了爸爸，鼻子、嘴巴也同样像极了爸爸。

路遥看着想着，唯一不能像爸爸的就是，他的"毛锤儿"不能像他一样过苦日子。然而，现在，此刻，自己躺在病床上，完全不能照顾上女儿，而女儿的妈妈林达也不在女儿身旁。这如何不让路遥撕心裂肺的痛呢？

　　路遥竭力不表现出来内心的痛苦感受，他要好好享受与女儿在一起的短暂相聚。路遥对朱合作、九娃天笑，还有远村说："你们先出去一下，我和毛锤儿拉会儿话。"

　　也就是二十多分钟之后，路遥让几个人重新回到病房里，说他和毛锤儿的话拉完了。

　　但是，显然，他说"他和毛锤儿的话拉完了"不是真的。因为路遥又开始询问远远，这些天吃饭的情况和学习的功课情况。

　　远远的妈妈林达去了北京。现在，刚上初中的远远小鬼当家，一个人独自生活，虽然雇了小保姆，但是小保姆年纪小，好多家务事都不会料理，有时候还要同样年纪小的远远指导着做饭。路遥了解到这些，无奈与痛苦写满了泛黄的面颊，禁不住看着远远红扑扑的小脸深深地叹气。

　　毕竟是传染病房，尽管路遥不愿意让远远很快离开他，但是又不忍让女儿远远在病房耽搁时间太长，影响第二天的功课。只过了一会儿，路遥便不舍地让远村将远远带走了。

　　离开七号病房的远远，说什么都不会相信，她与父亲路遥在一个多月之后，便从此河汉相望，从此失去了疼她爱她的父亲。

（选自《作品》2012 年第 1 期）

不会哭的女人是可怕的

——哭星儿

周玉明

这几年，敲响了那么多离别的丧钟，送走了那么多不该早走的亲朋好友。他们走得匆匆，走得很不情愿，留下了那么多的遗憾与不舍。

陆星儿走了，星儿追随月亮去了，月亮正亲吻着这颗星。此刻我在寂静的暗夜里仰望着洁净的远空，寻觅着新升起的星星。我感到一种难言的失落，我少了一个知根知底的贴心朋友。读者少了一个灵魂上的挚友。

思绪越过自己的生命，向远处回溯探触，我心痛得想哭，我不是一个爱哭泣的女人，爱哭的女人是可怜的，不会哭的女人是可怕的。陆星儿就是这么一个不哭、不会哭，觉得自己没权利哭、哭了也没有用，只知道忍，把眼泪当饭吃的女人。这不伤胃才怪呢！

星儿说自己没有青春期也没有更年期。她这一生从来没有"放开儿子""照顾自己"。她习惯孤军奋战，吃苦不诉苦。给星儿第一次做胃镜的盛医生惊呼："你的胃大面积溃疡，你是怎么忍的？"

我知道，她写第一部长篇小说《精神科医生》时，初到上海，居无定所，借住冬不见阳光、夏不通风的小屋，每天写八九千字，累！之前她去一家精神病防治中心采访，和男女老少有各种精神障碍的病人相处三个多月。每天生活在压抑和郁闷的环境中。写《郎平自传》过程中，她吃了八大盒养胃冲剂，为节约时间，还发明了用酸奶加水果当中饭、晚饭的省事方法。写最后一部长篇小说

《痛》的一年多，心理上始终伴随着一种艰难与痛楚的感受。一边写长篇，一边新的故事又刺激她，她采访很深入，常常与采访对象谈到半夜，回家的路上胃痛得蹲在路边很久很久站不起来。每一部长篇的出笼，都是挖心挖肺掏空了自己的感觉，总是大病一场，小说才能画上句号。我想到我每写动情的报告文学也总是病一场。

星儿属牛，身上与生俱来一股牛劲，她笔耕勤奋。从1974年发表处女作至今，已出版长篇小说6部，中短篇小说集11部，散文集8部，影视剧多部。长篇电视连续剧《我儿我女》获"全国优秀剧本奖"时，她接到获10万元奖金的电话通知，开心得和儿子抱成一团在地上打滚，那时她正缺钱花。然而科班编剧出身的她（中央戏剧学院戏剧文学系毕业）本可以多写电视剧赚更多钱，她却坚守纯文学的道路、坚守着自己对文学的纯粹追求。

我和星儿是同时代的人，我们曾是当年的热血青年，激情透支得可以，痛苦得可以，盲目得可以，天真得可以。身为共和国的同龄人，特别是我们这一批儿时高唱着"我们是共产主义接班人"的中年人，总是带着如今年轻人嘲笑我们的理想主义色彩，一种几乎是与生俱来的社会责任感和使命感。

在市场经济无孔不入、物欲横流时，最易丢失的是什么？是人的精神，是的，是精神。最易丧失的是什么？是激情，是的，是激情。

文学并非是畅销书和排行榜。写作自由的心态，不谋功利的心态，不是天赐的，也买不来，而首先是来自作家自己内心的需要。星儿在去年出版的让我写序的生命日记《用力呼吸》中吐露心声："我的工作是写作，写作的意义就在于能调动全部的精神力量来对抗人生的困难与苦难。虽说，每当别人称呼我'作家'的时候，我总有些惶悚不安，因为'作家'的劳动，不仅仅是工作，不仅仅是职业，而是一种使命。'使命'　词源出'召唤'，写作，首先是内心的召唤。所以，需要表达自己的内心世界和思想感情，已是我生命的一部分，人格的一部分，信念的一部分，更是我生活经历中最宝贵的一部分。"

星儿开刀之后花大力气修改长篇小说《痛》，想为改革呐喊助阵，但《痛》的市场并不如意。我曾对她说："你以后少写这类《痛》，太伤神伤体，还是写点轻松愉悦的吧，对你养生有益。"她固执地回答："我身不由己！我只想触摸时代的脉搏，尽量地写出真实！""写出真实"是需要付出旁人并不知晓的代价，这使她活得既心苦又辛苦，无论是体力还是精神。

生活是一本用密码写成的书，每个人都可以打开它，却永远没办法解读它。所以，人是最耐读的，生活是最难读的。

认识陆星儿20多年了，我一直以为她天性不属于浪漫，后来接触多了，发现她始终有个浪漫主义情愫。她对我坦言道："我这人表面上看很随意柔和，但骨子里有一种只听从自己心灵召唤的坚韧，这给自己带来曲折，但也救了我。我的精神始终是浪漫的！"

星儿的人缘很好，各行各业都有她的朋友。我喜欢她身上一种毫无矫饰的本色纯朴与不存心计的随意安详。她那理想主义情怀和人间烟火奇妙地混合于一身。我们是无话不说的姐妹，彼此能推心置腹地邀请对方到自己心灵深处的后花园坐坐。她几乎连续有三个春节都在我家度过。在一起说说悄悄话，说说孩子，说说对爱的渴望，我们总有说不完的话题。

星儿留在我生命中的印痕是永恒的。仰望星空，想起二十多年前与星儿第一次相识的情景：那年我出差在《文汇报》驻京办事处。那年头娱乐不多，我热衷于业余时间给人看相算命，外号叫"女巫"。现在想来真脸红，自己怎么那么无聊。好在我早已改邪归正了！

星儿并不认识我，她从丈夫（我的同事）的日记里看到了我给他算命的记录，也许星儿活得不易，一个女人孤身培养着自己最好的作品——儿子，还要倾力写出好作品让社会承认，真够累的。

星儿有好作品总是首先想到《笔会》，我发过她不少好稿子。大病前，她雄心勃勃地对我说要采访浦东公安系统的女警察，把这些无名英雄写成报告文学在《笔会》上发，她有一肚子的创作计划。我等着发稿，没想到却等来了她生胃癌的消息。

开刀后的两年半生命，对陆星儿来说是一本浓缩的生命大书，她活出了质量，活出了韵味，活出了人味，活出了自己。她一生开过两次刀。

住院前夕，她为自己精心挑了件红格子外套，放在枕边。王安忆怕她伤感打电话问，是否要过来陪陪她，她说就当自己明天出嫁。

开刀前，她把家里的钥匙放在医院的床边抽屉，生怕手术后昏沉沉丢了钥匙。这是最丢不得的东西啊。离婚后离开北京的家，要交出钥匙的痛是终生相随的。她不能丢了钥匙，她还要回家。她总是说自己是个最平凡的女人，只想有一个温馨和睦的家。至于当作家，至于离婚，至于生癌，都是计划外的、出乎意料的。

依然渴望爱情，相信爱情的陆星儿偶然会感到孤独寂寞，幸亏她有写作长相伴。她居住在浦东一个小区多年了，居民们也知道这里住着个很有名气的作家陆星儿，但他们说："陆星儿从来没见过，只见她家保姆急吼吼跑上跑下。"他们不知道这急吼吼的人就是陆星儿。

再面对开刀后的星儿，我从她宁静安详的眼神中读出了一种以前没有的清韵。她变得更喜欢活在人堆里，她热爱和心痛一切有生命的东西。清晨练功时，看到老太太把腿搁在树枝上，她劝说："树会痛的呀！"

星儿拖着病体做了许多事，做了比常人多得多的事。我说："你不要硬撑！"她说："我在做事中才能真正康复。"她居然去了俄罗斯、走张家界、上九华山，一个半月前还去绍兴采风，她还想去许多未去过的地方。她告诉我得癌后第一个反应竟是："我衣橱里有许多新买的漂亮衣服还没穿呢。"

我佩服星儿的自我恢复能力，她具有永不放弃的货真价实的坚强。癌症和痛苦似乎并不影响她思想的活跃和旺盛，思想的触须因痛苦而无休止地努力延伸，反而促使她更多地思考那些对于生命至关重要的问题。痛苦刺激她思考幸福，死神的通缉令刺激她思考生命，不听话的躯体刺激她竭力弘扬精神。

我知道激情对陆星儿这一代不可再造的人来说是不治之症。"风风雨雨坎坎坷坷无怨无悔写人生真爱；纵使著作等身难写尽对生命的无限热爱"。

8月11日，《上海文学》主编陈思和策划"上海作家创作特大号"，特意访问了陆星儿。他们就生命信息与长篇小说《痛》究竟要说明什么等问题，作了两个多小时的谈话，在场的还有王安忆等人。陆星儿当时已经有了严重腹水，身体不适，说话间不断用手抚摸腹部，但精神亢奋，她动情地滔滔不绝，听者无不动容。不幸的是，录音刚刚整理出来，她都没来得及看小样，就突然病逝了。这篇谈话成了陆星儿最后的绝唱。

文学没有死亡，陆星儿的价值和位置不仅仅在书架上，只要有读者来阅读，你就活了！

我相信生命之后仍有生命，那就是精神；我相信人因爱而有生命，那就是激情。

生命，从来不是可推算的公式，它是个无常的变数，死亡随时随地在发生，不仅是人的死亡，还有灵魂的死亡，信仰的死亡，爱情的死亡……活着的人惟一能做的，是真实诚实地善待自己和他人的生命，珍惜自己的信仰和爱情。

为什么星儿这么一个乐天派，这么一个热爱生命、热爱生活的人早早地离我们而去了？生与死为什么靠得这么近？

直到去世的当天中午，她还在与医生商量着治病方案。前不久她还打电话给我，要我找北京、上海的姓名学大师帮她改名字："星儿在天上太孤寂，这名字不好！"我连夜打电话请姓名学专家为她改名为"陆薪而"，这个名字好、笔画好，会名利双收。她说：我不要名利，只要生命！以后我写作就用这个"陆薪而"。没想到，已经没有了以后……

我突然发现，早亡早夭折的善良的好人，大多是吃苦不诉苦的人，大多是心苦而又辛苦的人，大多是不会哭、不会发泄只会忍的人。不要以为"忍"是坚强，是优点，心上架着刀那就是忍，忍下去积郁成疾，不通则痛！

我这个不爱哭泣的女人，此刻泪流满面，我似乎听见了星儿所有的亲朋好友们的哭声，相信星儿还没有走远，她一定听到了……

选自《文汇报》2004年9月8日

何期泪洒江南雨

——送怀谦远行

王必胜

徐怀谦英年早逝，太突然了。二十二号下午，我从青海出差回来，在路上得知他去世的噩耗，不敢相信。之前恰有熟人电话问及，我都一如以前所说，他没事的，有些好转，真没有想到他会如此走极端！是啊，谁能想到呢，一周前他还在部门的例会上诚恳地表示，这些时他病魔缠身，休养期间大家对他的关心和帮助，深表谢意。会后，在我的办公室还对我说，他编辑了一些稿件，可以用一阵子，说过几天西北的朋友让他去那边采访，写点东西，可排解一下吃药看病的紧张情绪。看到我的笔墨纸张一大桌子，我们就说到书法，我建议他用书法来辅助治病，转移一下注意力，或许对恢复身体有帮助。看到我写的一幅鲁迅当年悼念民盟会员杨杏佛的诗的书法，在近期《散文选刊》上发表了，他说杂志已看到，说我写得像那么回事，并与我同好这首诗的内容。没有想到，这次谈话，竟然成为最后一次聚晤。

鲁迅悼杨杏佛的诗是：岂有豪情似旧时，花开花落两由之。何期泪洒江南雨，又为斯民哭健儿。这里用来纪念他庶几暗合我意。

他出事时，我没在现场，但那双眯缝的眼睛，那个冷峻、不苟言笑的神情，永远在我记忆中定格。

怀谦，怀谦，如名字所示，谦谦于怀，熠熠之德；抱朴怀谦，崇善修能。他生于齐鲁农村，求学于京城未名湖畔，有仁者名士之

·红霞一抹乘云去·

风。可以说，他是一个有着众多优点的年轻有为者，一个激情而勤奋的写作者，一个对工作十分敬业而执著的编辑，一个与人为善、仁心厚道的同事，一个内向却颇有主见不乏豪情的青年人。这多年，我们工作配合得默契，远的不说，近两年在他负责大地文学副刊上，每在重要的宣传节点，像建国六十周年纪念、建党九十周年、民族团结的宣传，以及最近的"与雷锋同行"的征文等等，文艺副刊都积极地配合。每次活动最后都有文章结集出版，并得到一些好的反响。他热情地联系作家，寻找最好的写作对象。我们共同的认识是，不敢说最高水准，但求最好的态度和最豪华的阵营，打"名文"、"名人"牌，就有可能提升文章和版面的质量，这些看似按部就班的工作，却在他和文学编辑室的努力下，完成得很有声势，成为报纸副刊的一个亮点。作为一个有着23年工作经历的资深编辑，他热情扶持新人，保持了《人民日报》的优良传统。去年纪念辛亥革命百年，他编发了一个普通作者的《山高人为峰》的散文，获得了中国报纸副刊一等奖。河北丰润的农民作者田详年近花甲，有很好的古文底子，怀谦认真地同他交往，他写来几篇文章，都很有分量。特别是在报纸副刊中，注重人文情怀和求实精神，契合了人民的报纸这个重要的使命，他对杂文随笔专栏，倾力而为，注重现实生活大众话题，多说民生，多解民情。这样，常规式的宣传有了活力，有了内涵，接了地气人气，保持着大地副刊多年来为读者喜爱的品位。

作为一个农家子弟，他对中国社会底层保持着充分的热情，对平民百姓心理与精神的相通。他上世纪90年代曾去河南挂职两年，这段生活他常在我们交谈中提及，并成为他关注现实改革、对普通民生和平民生活的特有的情怀。去年，他参加了中国作协组织的"南水北调作家采风"活动，走村到乡深入基层，回来也就一个月时间，创作了近万字的报告文学《南水北调进行时》发表在《人民日报》。他以丰富的细节和丰沛激情，描写了国家重点工程的建设者们辛勤贡献，特别是对广大的库区移民、动迁老乡们的大义情怀以及遇到的难题，进行了充分的展示，可贵的是对工作中的问题进行了提示。作品受到各方关注。在全国报告文学"精短作品评奖"中获银奖。他编辑工作中，对偏远的地区和基层作者的格外关照。他自己的多部杂文随笔，也寄予了对社会改革和民生进步的重视和关心。

他的勤奋成就了他，这几年几乎每两年就有一本书问世，在报刊上开有专栏，为时下活跃的青年杂文家。结集的有《智慧的星空》、《生命深处的文字》、《静默是一种语言》、《酷的脸》、《心安何处》、《拍案不在惊奇》等。在当下不景气的杂文创作中，他的如许成绩十分难得。他的杂文，以畅晓平实的事例讲述生活和人生的道理，承续了鲁迅一代大家们，激浊扬清，关心民瘼，说真话，弃官腔套话的风格，其题旨既有对现实的针砭、对人生的感悟，又有从历史深处找寻人生论题，描摹社会世相，贬褒分明，尖锐明快的特色，被誉为一个有个性、有情怀的杂文家。

他是一个对生活充满热情的人，每每在外，带上他的各式相机，短枪长炮，进行拍照。他有各类摄影行头，为捕捉美好的瞬间，他爱在大自然中寻觅流连。那年在承德茅荆坝，我看到他镜头中多是聚焦于花草鸟虫的特写。秋天的美景下，他流连于一棵少见的香杨树下，良久聚焦，也许大自然成为他心中的一个神圣的钟爱。有时候，作为同好我们谈摄影，说书法，而这种人文间的爱好和习气，恰如他在同事罗雪村给他的速写上，题上当年文化名人邓拓的一句话"书生习气未能无"。一介书生的做派，一种人文名士的气息，是他气质的本源和本来。这不是装的也非学而能得的，与其天然本性有关。我曾开玩笑说过，文化单位如今难见这种文人气息了，如果最后一个人文主义者尚存有矣，可能就是你了。这不知是个人的还是时代的悲哀？

他的文学功底和学识，成就了其编辑工作。虽然多种原因，他至今还是副高职称，但在编辑岗位上，他兢兢业业，认真负责。副刊上的文字，涉猎广博，学科类别多样，他细心工作，有很好的校错纠偏能力。所以，每有版面的大样，只要他过目，我都十分放心。他对作家们熟悉，不只是一些同好的青年人，也有很多老一辈的大家。这几年，他并不受文坛这派那家的影响，对学有所成、业有所专、历经苦难，或被冷落的有成就的杂文家们，很是关心。他力推这些有成就而少露面的大家们的作品，在报纸版面上体现出文学大团结的局面。他与不少作家交谊较深，这些年，参加文学活动多，为人谦和，给人以深深的印象，也使许多相识和不相识的人在第一时间内，悼唁感怀，形成了一个不大不小的事件。

　　不幸的是，他今年胃病严重，吃药过程又有了神经官能系统的紊乱。他对我说过，每天失眠，说自己得了抑郁症，我没有想到他有如此的严重。而且，这病也是近期内才严重的啊！最后一次听他说，他对自己治疗没有多大的信心，是在两个月前。那天，他穿着紧身的黑花衬衫，人有点消瘦，我说，你得注意点营养啊。他却说吃中药胃口不好，药不管用的，还说治不好了。我以为平时低调行事的他是一句玩笑的话，所以没有引起重视，现在想来深感不安。当时，我还劝说这种病不是个问题，深圳女作家李南妮也曾有同样的病，蚌病成珠，以亲身经历写成了一本《旷野无人》的长篇纪实，影响一时，由此使得病情有了排解。我还说找来给他看看，让他放开心态。可是，他太执著于病的严重，有点不可自拔。平时里他内向，却也常有些玩笑，虽有文人名士之斯文，却也有一些文学人的天真和执拗。有时，他不平于现实中的个别乱象浑浊，也觉得这个世界有爱与真诚的可贵。他是一个理想主义者，对人对事多宽厚而善良，却不能对待自己的那个病魔，那个本来可以找到更多排解通道的抑郁症状。

　　当然，我们会想到，他这样年轻有为的作家、党报编辑，家庭幸福，工作顺利，同事和气，身体也不至于导致大问题，为何走了绝路。当然，他所遇到的难题，也许不经历者不能解释，他的期望和愿景在几经挫折后，有点不可自持。也许，有些客观因素他会想到，但他没有想到突然出现的某种变故，让他曾经的期待，有点茫然无措。如果在常人看来，也许这些都太正常的了，而他作为当事人，有着敏感的和可能有的内情，他太不能排解而郁结于内，终成大祸。于是，他的行为成为不可理解的一个事件。当然，听网上说，他曾有过的某些言说，如是，他或许是太想以自己的行为，唤起人们的注意，身体和精神的，单位的或者社会的。他天真时说过对世事的不公，对黑厚的痛恨，对周遭庸俗的不屑。为此，他当然可以愤懑，可以为不平不公而抗争，但他太不应当以这样残酷的方式。一个写作杂文的人，一个对鲁迅杂文有着特别爱好的作家，他是把笔和文字看得太无用了。或者他太沉迷于理想主义的天真中，当世俗和市侩以及阿谀奉承，专业部门官场衙门之风盛行，瓦釜雷鸣的不正常世相下，一个杂文作家遇到了众多的难题时，他郁结于心，一个注重精神性的人，执拗于此，或许就走了极端。他写过《以死为证》的文章："死是一个沉重的字眼，然而在中国，在很多情况下，不死不足以引起社会重视，不死不足以促进事情的妥善解决。"难道他真成了这种思路的行动者？而这又有多大的作用呢？逝者已矣，而生者可自清。

呜呼，一个有才华、有见识的勤奋作者，一个有影响的杂文家、一个好编辑，如此的烟消云殒。我们不能责怪他的选择，但令人扼腕的是，无论如何，他可以有更多的选择，本来他不是那种没有责任心或者激愤不端的人。

无言，沉重，悲怀。愿他的死给人们以警醒，借鲁迅的祭诗，何期泪洒江南雨，惟有小文祭灵前。

怀谦，一路走好。

（选自《黄河文学》2012 年第 9 期）

冬 梦
——追念李秉刚

马晓丽

　　我知道，我迟早会写下这篇文字的，因为我跟他叫过哥，还因为我再也没有机会跟他叫哥了。

　　第一次叫哥时我有点勉强，费了好大劲儿才张开嘴。我这人嘴生，不善用言语近便人，历来连叔呀姨的叫出口都困难，更不要说哥呀姐的了。当他端着酒杯瞪着眼珠子逼我跟他叫哥时，我舌头直扭劲儿。我不想叫，但满桌的眼睛看着我俩，不叫一声他就下不来台。我知道他这人自尊，下不来台就能豁出去把台砸塌，所以我必须当众叫他一声哥。我噎噎地看着他，嗓子眼儿里就像卡着一颗杏核，费了好大劲儿才把这个"哥"字吐出来。看我终于吐出了这颗杏核，他嘴一咧，受用得满脸大麻子在眉眼间乱蹿。他说晓丽你叫我声哥不亏，今后无论有什么事儿就找哥，哥保证都给你扛着！我顿时觉得心头一热。

　　那时我还业余着，知道自己渺小得不得了，所以只要是专业的都被我放大了好几倍去看。他就是专业的，虽然行当不同，是画家不是作家，但在我的眼里同样无比巨大。我知道他有名，我很早就注意过他的画。最早看到的是那幅后来被列入"'文革'美术重要作品"的《课前》。多少年过去了，我还清晰地记得画面上的战士很清秀，不像当时画坛上的标准工农兵形象那么粗壮，表情和动作也没那么夸张。整幅画就像是在嘈杂的革命鼓乐中飘出的一段抒情曲，让人耳目一新，给我留下了极深的印象。再后来，我就看到了那幅使他名扬海外的《冬梦》。第一眼看到《冬梦》的感觉是晕，那种被攫住了魂魄的晕。我晕晕地走进他制造的那个梦境般的冬天。那个世界既静又净，无风，无声，无一丝杂念，无一缕尘埃。我不由自主地屏住了呼吸，生怕一喘气就会哈化了面前的积雪，一伸手就会玷污了四周的单纯和洁净。只有在看东山魁夷的画时，我才有过这种感觉。

以画推人，我猜他定是个细腻安静的人。

但很快我就发现我是大错而特了，他竟是个粗壮热闹的人，而且长着满脸的大麻子！而且大碗喝酒大块吃肉！

有那么一段时间，我与他的关系很好。那时，他牵头与几个画家联手在大连开办了一个"八七画廊"。画廊挂牌的那天我去了，仪式很是隆重，来宾中不乏显赫之人。他像新郎官一样喜气洋洋地在贵宾中穿梭，整个人灿烂得如印象派般流光溢彩。我和一帮不重要的来宾散在一边，虽然靠不上前，却真诚地为他兴奋着。看他折腾出了这么大一桩子事儿，个个都在心里头把他佩服得要死。于是就抻着脖子兴致勃勃地听那些差不多一样的致辞，该拍巴掌的时候就拼命拍巴掌，该笑的时候就使劲儿地笑。那时我们谁都不知道画廊为何物，谁都不知道这个市场经济下出现的新鲜玩意儿会把他带到何处。我们只是对他有所期待，期待着这一切能助他画出更多的好画。我相信他那时也是这么想的，否则他就不会把那么大的热情和精力投入其中了。现在想来，那个时期应该是他生命中最蓬勃的一个时期。他在生命最蓬勃的时期把所有的热情都托付给了画廊，托付给了一个他并不熟悉的形式。我想，他一定是希望借助这个新鲜的载体托举起他人生的全部梦想。

我有时会到他那个画廊去看看画。记忆中我似乎没在那里看到过太出色的画作，也许出色的都迅速卖出去了吧，我愿意这样想。他那个时期的画包括其他画家的画都没给我留下过太深的印象，印象深刻的倒是无论我什么时间去，他总在画廊里，总在忙着一些杂事。我知道，虽然这个画廊是由好几个画家合办的，但一直由他主持着。我看出画廊里的所有大事小情基本上都是他在张罗。我曾问过他用什么时间画画？他说晚上。我问，那你用什么时间睡觉？他拍着胸大肌说我这体格眯瞪两个小时就足够了。他身体真的很好，因为常年坚持在海水里游泳，他皮肤黝黑，肌肉发达，体格壮硕。大概是他的身体比容貌更能让他找到自信吧，所以他极愿意光膀子，极愿意当众亮出一身蓬勃的肌肉，极愿意四处寻人掰腕子比臂力，而且每战必胜。所以，虽然看到画廊里那些琐碎的事务耗费了他大量的时间和精力，但我并没为此忧虑。没关系，我想，一切才刚刚开始，何况他有的是时间和精力，今后的日子还长着呢。

在这个冬日的一个早上，我醒来的时候天还没亮。我睁开眼睛看着外面微明的晨曦，不知怎么他就挤进了我清晨的思绪。我这才忽然记起他已经离开很久了。有多久了？两年还是三年？不，好像是快四年了。四年？有那么久吗？我突然心里慌慌的，怎么会呢？怎么会有那么久了呢……

不知怎么搞的，我总是对时间做出误判。过去了的时间就像缩回去了的猴皮筋，常常在我的记忆中变得很短，只有抻开来看的时候才发现那其实是很长很长的一截。而对未来的时间，我又习惯在想象中把它抻得很长，总以为今后的日子还长着呢，无论做什么都来得及。直到有一天，时间突然在我面前截止了，我才惊讶地发现它其实只有短短的一小截。

他的时间截止在五月，四年前的五月。

五月之前的一个晚上，他突然打电话要我赶到一个饭店去吃饭。当时我有点意外，因为近几年他来大连从不跟我照面。他知道我住在大连，我也知道他经常漂在大连，但不知为什么他就是不来找我，一次也没找过。每每想到这一层，我总感到有些不解：我们同在一个创作室，关系也不错，但为什么离开沈阳同处另一个城市之后，相互间却没有一丁点的联系呢？我猜测他也许是不愿意让我了解他的活动，不愿意通过我让创作室了解他的活动吧。我感觉他那时已经与创作室很疏远了，在每年有限的几次创作室的会议上，越来越难得觅见他的身影了。

接到他电话时已是晚上七点半多了，早已过了饭点，这个时候让我赶过去吃饭，我心里多少有些不快。心想这家伙肯定是在酒桌上喝过了几巡之后，不知触动了哪根神经，突然间想起了我，一时兴起就打了这个电话。我不想去，我不愿意看他酒后的那副样子。他是那种一喝酒就兴奋，一兴奋就耍疯的人。虽然他耍疯的表现只是强迫大家听他讲话，听他唱歌，要求大家精力高度集中，支起耳朵不错眼珠地盯着他。一旦发现哪个人精神溜号或随便插话，他就会立刻勃然大怒，不把桌子掀翻闹得大伙儿不欢而散绝不罢休。我就吃过一次这样的亏。有一次，我在他讲话时随性插了句嘴，让他听出了我话里的揶揄，结果他一怒之下，回手就把我甩出了丈把远。若不是别人眼疾手快一把把我接住，我差点当场摔了个仰巴叉。那以后，我很久都不肯跟他同进一个饭局。只要有人来请，我就会毫不客气地指着他说，有他我就不去。每当这时，他就面皮尴尬着把脸转向一边，但却从不恼我，也从不给我说一句小话。现在想起来，当时的那种情景倒真是像极了兄妹：妹抓住了哥的短，一次又一次地耍，故意当众让哥下不来台。哥知道妹心里并不真的恨他，只不过是受了委屈不痛快使使小性子而已，所以无论妹怎样耍，哥也不生气，但也决不肯说句软乎话失了当哥的尊严，所以两下就这样僵持着。好在我是个忘性比记性大的人，僵持了一阵子这事也就不了了之了。

　　我在电话里告诉他，说我不去了，我已经吃过晚饭了。他却一再坚持，不由分说且言辞恳切地要求我先生也一同去，说他好长时间没见到小东了很想见见他。我不好再推辞，只好拉上我先生一起去了。

　　幸亏我去了，幸亏！

　　至今，每当想起那个晚上，我还会唏嘘感叹不止。我曾不止一次地试想，如果那天我没去的话，怕是这辈子都无法再安心了。

　　因为那是一顿最后的晚餐。

　　是从什么时候开始我不那么喜欢他的画了呢？

　　我说不清楚。我只隐隐约约地感觉问题大概是出在我身上，是我发生变化了。那时，我开始厌倦了用文字的油彩涂抹社会意识形态的写作方式，开始对虚构出来的不真实的美产生了深刻的怀疑。大概是在这种心态的作用下，我突然间就丧失了欣赏他那类唯美主义画作的心情和能力了。那段日子，我怎么看怎么都觉得他的画太细腻，纤毫必具、无一忽略，细得让人心头生腻；怎么看怎么都觉得他的画太完美，形态太协调，色彩太柔和，无懈可击得叫人生气。我很变态地希望能在他的画面上看到缺陷，看到缺陷之美，哪怕是块刺目的色彩，哪怕是个突兀的形态，但只要能给我带来强烈的视觉刺激，让我陡然提起兴致就行。我甚至蛮不讲理地指着画面上一群暮归的牛说，就不能让一只牛把屁股掉过来吗？

其实，这一切恐怕都是源于我当时的文学困境和焦虑。那个时候，我从前构建起来的文学殿堂正在坍塌，我不知道此刻的我该何去何从。我像陷入了一个巨大的漩涡，觉得自己正在无助地往下沉。虽然四周一次次地向我伸出诱惑，但我却不知道该抓住哪只手。我本能地不想碰那些手，那些手上展示出的赤裸裸的欲望有悖于我的价值观，让我感到害怕。虽然我不想被人说有精神洁癖，但我总不能什么都接受吧？如果我的文学伸出了无数欲望的爪子，像章鱼一样在大潮中索取，那还是我心目中的那个文学吗？

我不再去他那里看画了。

在冬日的那个清晨之后，我突然产生了要为他写下点什么的冲动。令我没想到的是，当我在电脑前坐定之后才发现，我对他几乎毫不了解。我不知道他是什么地方人，不知道他的出身，不知道他的经历，甚至没看过他的大部分画作。面对着空白的电脑，一种深深的愧疚感从我的心底涌出，缓缓地向全身蔓延开去。我清晰地感觉到我的四肢和整个身体都在一点点地变凉，心在一点点地紧缩发冷。真冷啊，冷得我浑身战栗。我不知道怎样才能形容出我此刻的内心感受，此前，我从未想到过我与他的距离竟然是这么遥远，从未想到过人与人之间的关系竟然是如此淡薄。我跟他叫过哥，我跟他同过事，我曾经长期把他当做是我的朋友，但我却从未企图全面了解过他，从未认真地关心过他，从未真正地走近过他。我突然明白了，为什么在最后的那几年里，他给我留下的只是一个孤独的背影了。

那几年他有些落寞。我不知道他那个画廊是什么时候解体的，也不知道这期间他得到了什么或失去了什么。只知道画廊解体之后的一段日子，他似乎不怎么快乐。那以后的几次全军美展，他的画都落选了。以他这样有实力的资深画家，出现这样的结果似乎有些不可思议。这里的原因我实在说不清楚，尽管我听说过许多关于评奖的微词，也相信会有人不遗余力地争取奖项，但我仍然认为起决定作用的还是他自己，至少他的画没有超越自己的高度，没能达到人们的预期。我其实真的不忍心这样说他，这样说对他似乎有些太苛刻。但其实我是常常这样说自己的。常有这样的事情发生，你的作品入围了，但最终却没能获奖。这时你应该怎样想？你是怨评委不识珠玉呢？还是怨他人竭力争取？这种思维方式真是好没意思。其实，如果你是砂砾，你就只能被人在砂砾群中扒拉来扒拉去的挑拣，能不能挑拣出来就凭你的运气了。但如果你是砂砾中的贝壳，你一下子就会被人抓在手中不肯放掉的。

无论是写字画画，我们都梦想着当砂砾中的那只贝壳。

他又开始奋力画画，准备筹办个人画展了。听到这个消息后，我真的很为他高兴。但不知为什么，他却从此与大家隔得越来越远了。也许他是太忙，忙得什么也顾不上了，我希望是这样。但我总隐约地感觉他似乎受到了什么伤害，是为评奖的事吗？抑或是其他的什么原因？我不清楚。但我知道他个性有些过于自尊。每个人都有自己的软肋，过于自尊就是他的软肋，而过于自尊的人内心往往都是脆弱的。他其实就是个外表强悍内心脆弱的人。我猜想，这一切可能都与他脸上麻子有关。有谁能知道出天花落下的满脸麻子曾经对他的心灵造成过多深的伤害？那些麻子一定从童年起就不停地噬咬着他的心灵，让他自卑，让他痛苦，而极度的自卑必然会导致极度的自尊。他用自尊当做外壳来保护自己，一定是希望这样就能避免脆弱的内心再受到伤害。可他怎么就不明白，自尊其实是人身上最易碎的外壳，也是这世上最没用的外壳呢？

　　这样说他的时候，我的心里感到很疼。我并不是想埋怨他过于自尊或太过脆弱，我们这些独自行走的人，哪个不自尊？哪个不脆弱？我们在砂砾中挣扎，想要当那只贝壳，但无人识得我们。我们想抛弃一切外在的东西向内心深处走，但没有呼应的表达使我们缺乏自信，更令我们倍感孤独寂寞。其实，我与他的处境是一样的，我与他的问题也是一样。归根结底，还是我们自身不够强大，无法让自己成为一个独立的大陆。刘烨园先生曾写过一篇很令我感动的文章《以大陆的力量》。他在这篇感受凯尔泰斯·伊姆雷的札记中说，人是自己的大陆。一个人就是一个大陆。一个人能成为一个大陆。他说，依附的墙角与独立的大陆是有天壤之别的。他说，一个作家必须自主地选择生命大陆的状态存在并写作。他的这些话句句入心，在我的心里产生了强烈的共鸣，使我久久地感动着并温暖着。

　　我找到饭店的时候，看见那里坐着满桌子的人。他朝我走来，在料峭的春寒中竟然光着膀子。没有人诧异，都知道这是他一贯的做派。当着我先生的面，他一把就把我搂住了，回头对我先生说，小东，你别往心里去啊，我和晓丽可好长时间没见面了，得好好亲热一下。我先生笑着说没关系，没关系，他那粗糙的麻脸就在我的面颊上狠狠地蹭了一下。在大家的笑声中，他把我拉到身边坐下了。

　　他敬酒，一开口就把大家说愣了，他说小东，我先敬晓丽一杯。你别吃醋，我跟晓丽是哥们儿，别看晓丽看上去弱不禁风，但在我的心目中她就是个男人，比男人还大气。

　　我从不知道他竟是这样看我的，我感到惶惑不安。我几乎从未大气地对待过他，他竟然说我大气。我突然记起我曾经伤害过他。有一次，在他不在场的情况下，我为了表现自己有独特见解，一时兴起就对他的画发表了一通太完美太细腻的议论。那以后，他在一次见面后突然对我说，晓丽我知道你瞧不起我。我大惊失色，不知道他何以会说出这样的话，赶紧忙不迭地说，我怎么会瞧不起你呢？你那么大个画家！他很有把握地说，因为你不喜欢我的画。我立刻结巴了，谁……谁说的？你的画那么美，那么细……细腻……他一直盯着我的眼睛，耐心地看我怎样撒谎，直到这时才笑着接了一句："腻不?"我立刻就哑巴了。我知道我完了,有人把我的话转述给他了。我当时真的很生自己的气,我为什么要说那些屁话呢?即便要说,也应该当面说给他呀!我羞愧万分涨红着脸喃喃地说了声对不起,我……他笑了笑,说没关系,停顿了一会儿之后,我听见他呼吸沉重地说了一句,你说的对。我的眼泪突然就流了出来。如果眼前有个地缝的话,我一头就会钻进去的。

我曾经以为他不是个大气的人,他虽然表面上粗犷豪气,但内里却极其细腻敏感。因为敏感,所以对周围的感知过于细致;又因为自尊,所以对感知的反应过于强烈。平时还好,但几杯酒一下肚,他的末梢神经就全部活跃起来,雷达一样一丝不露地搜索着四周的信息,只要有一点感觉不对,立刻就会做出过激反应。他极要面子,而在酒后他会把要面子的个性发挥到极致。有一次,他带了两个朋友去沈阳附近的一个县城。县城的朋友接待他们住下,晚上招待他们喝酒时,不知怎么就伤了他的面子。他当场勃然大怒,掉头就走。那时已是深夜了,路上什么车也没有。谁都以为他找不到车就会回来,但他就是没回来,生生地用脚走了一夜,走到第二天早上才走回沈阳。

我是从掰腕子那件事以后,开始对他刮目相看的。他掰腕子一直所向无敌,所以始终引为自豪。那次突然冒出了一个厉害的,也号称所向无敌,两个人就较上劲了。先是嘴上较劲,然后就拉场子、摆架势准备开战。围观者少说也有二十几个男女,弄得声势十分浩大。也不知是谁出了个馊主义,要求他俩谁输了就得当场承认自己是对方的老婆。两人显然都对自己很有信心,二话不说,当即就把这个嘲弄性条款应承下来了。于是大战开始。两人一上手就僵持住了,我从前看他跟别人掰腕子基本没有什么悬念,看来这一个的确厉害。第一局他竟然输了。第二局能看出他是发了狠了,总算勉强扳回了一局。大概是把全身的劲儿都用光了吧,第三局他上去就被对方扳倒了。我心里一下紧张起来,这下他可怎么办?以他的自尊,以他的要面子,以他的刚烈,他怎么可能面对众人兑现那个嘲弄性的条款?就在这时,我看见他从人群中站起身,极其爽快地高举起右手，大声喊道："我是他老婆!"

后来我告诉他，那是我看到他最男人的一次。

在我认识的男人中间，他是最愿意标榜自己是男人的一个。在这方面他表现得格外过激，总在不失时机地刻意强化自己的健壮、孔武和粗野，似乎这样就能证明他比别人更具有男性魅力。他是太喜欢展示自己的男性魅力了，无论是在男人或女人面前，以至连我这样闭塞的人都经常听到对他的微词。以我对他的了解，那些说法我大体都信。换了别人我可能早就从心里排斥了，但不知为什么，对他我总能宽容。那感觉就像大人在旁边看一个青春期的男孩儿胡闹一样，有点好笑，有点担忧，也有点生气，但却从未厌恶或鄙薄过他。为什么会是这样呢？我本不是一个什么都能接受的人？也许，还是因了他那满脸的大麻子吧？我似乎一直都能体会他隐藏在内心深处的那些不肯示人的自卑和痛苦，所以我总有点心疼他。我想，当他带着那样一种不同常人的容貌走入青春之后，他能像常人那样尽情地伸展自己的青春吗？与常人相比，他压抑自己的时间一定是太久了。所以，当他发现自己的才气已经超越了容貌，发现容貌再也无法遮蔽自己的魅力的时候，他心中的欲望就会尽情喷发出来。那是一个男人的狂欢，一个发现了自己的男人的狂欢，一个因压抑了太久而向从前的失去拼命索取的男人的狂欢。既然如此，我们还有什么理由去指责他，去压抑他呢？他需要自信，像他那样一个内心脆弱的人太需要自信了。他需要不断地用健壮的身体和过人的精力来证明，他是个超越了容貌的有魅力的男人。

突然有一次，一个朋友提到他时说他现在不知怎么了，不仅越来越频繁地鼓吹自己的身体棒，还拼命强调自己在那方面的能力强。我当时想也没想脱口就说，这说明他心里出现恐慌了。如果不是感觉到身体不如从前或行事力不从心，他就没有必要拼命强调这些东西。话一出口，我就后悔了，我讨厌自己这副极度敏感的样子，更讨厌自己像个老妖婆似的说出这种巫气十足的话，我真希望这不是上天借我之口放出的一句谶言。

谁知这句话真的就成了一句谶言。

不久之后，我打电话找他问一件事，手机竟是他夫人接的。他夫人低声告诉我他正在医院住院。我听了大吃一惊。我知道他最讨厌医院，从来不上医院，为了离医院远远的甚至拒绝参加单位一年一度的例行体检，连在电视里看到医院的镜头都会立刻换台。如果不是实在没办法，他是绝不会住进医院的。我问他得了什么病，他夫人似乎不太愿意说，我明白一定是他不让夫人说。果然，当我提出要去沈阳看他的时候，他夫人立刻劝阻我，说你千万别来，他住院的事谁也没告诉，他不愿意让别人知道，你就当做不知道吧。

我就当做不知道了，也没把这件事在心里搁得太久，因为很快他就又生龙活虎地出现在大家面前了。

在五月之前的那顿最后的晚餐上，他表现得尤其生龙活虎。事后想起来，他那天晚上的确有些反常。虽然仍旧豪气十足地喝大酒，但说出的话却格外地温情。他一遍遍不厌其烦地向大家表白说，今天在座的都是我的至爱亲朋，都是我最亲爱的人，我爱你们，我爱你们，我爱你们……边说边真诚地拍打着自己赤裸的胸膛。

那晚的酒一直喝到深夜。他次日发病，被送到医院抢救。

我赶到医院的时候，抢救正在紧张地进行着。我自作主张冒充单位领导派来的，去向医生询问病情。医生告诉我，说根据现在的情况来看，他很可能是腹主动脉夹层瘤……我听见我的脑袋里发出了一声闷响，就像遭到猛烈撞击一样尖锐地疼痛起来。医生的嘴还在不停地动，但我却怎么也分辨不出那些声音的意义了。

为什么会是腹主动脉？我的脑袋在剧痛中艰难地转动着，我知道这根血管，我知道这是人体内最粗的一根血管，但为什么总是它出问题？一种不祥的预感紧紧地扼住了我的喉咙，我突然很想呕吐，眼泪就在这个时候趁机涌了出来。

泪眼模糊中，我用手势阻止了医生进一步的解释，我说我懂，我父亲就死于腹主动脉栓塞……

那天，我站在急救室外面，隔着玻璃久久地望着他。

他正狂躁着，人在床上奋力地扭动着身体，不时地从喉咙里发出一声呼喊，好像企图挣脱那些连在身上的管子，好几个人都按不住他。

他是不甘心啊，我想。他怎么能甘心呢？他此生最自信的就是他的身体。多少年来，他始终以自己健美的体型、阳光色的皮肤和充满弹性的肌肉而自豪，始终以自己体力充沛、精力旺盛、生机勃勃而自豪。他没想到身体有一天也会背叛他，也会令他如此的难堪。所以他愤怒了，他怒不可遏。他无法容忍身体对自己的背叛，无法容忍身体脱离自己的意志，他要与身体抗争，让身体向他屈服。他要让身体明白他能够主宰它，永远是它的主人。

但他却做不到了，他怎么努力也摆布不了自己的身体了。

当他终于明白自己已经对身体彻底失去了控制之后，就在绝望中把那个背叛了自己的身体连同自己一同放弃掉了。

他放弃了，放弃得果敢而决绝，令所有人猝不及防。

我后来曾无数次地设想，如果他能与自己的身体妥协，如果他能接受身体不断衰老的现实，他会不会活下来？会不会以一种不再那么生龙活虎的方式继续活着？

不会的。我总是又无数次地否决了这个设想，那就不是他了，那不是他的活法，他只能以他的方式生龙活虎地活着，否则，他宁肯不活。

今天，我在网上定购的他的画册到了。

发现我对他的情况并不了解之后，我开始上网搜索他的名字。我知道了他是辽宁新民人，1968 年毕业于辽宁艺术师范美术专业；知道了他的著名画作《涛声远去》曾从首届《中国油画展》的 404 幅作品中脱颖而出，作为解放军的惟一入选作品，被选送到美国参加《中国当代油画艺术展》；知道了他的绘画技巧很特别，近乎于独特，属于间接画法类；知道了他曾在法国画家克劳德·伊维尔的欧洲古典透明画法研究班上学习，因此画法中揉进了欧洲古典技法……

在搜索中，我意外地发现了这本画册。此前，我从不知道他曾经出过画册。仔细查看才发现，这本他的个人风景油画集竟然是在 2005 年 1 月出版的。那时他还在，还没走。他是在 5 个月之后才走的，可他为什么从来也没提过呢？这让我百思不解。

现在，这本画册就在我的手上。平装本，装潢略显简单了些，外表也不够精美。但一翻开画页，我就如同被他牵住了手一般，不由自主地跟着他走了进去。他不做声，只在前面微笑，就那样微笑着带我走进那一个又一个的梦。他的梦一如既往地静谧而洁净，一如既往地完美而细腻，而我竟也全然忘却了对唯美的厌倦和腻感，只觉得心在静静地往下沉，渐渐地，竟如同被暖色的梦包裹起来了一般，变得湿漉漉、毛茸茸、温润润的了。

透过他的目光，我在他制造的梦境中一点点地摸索着。我摸索到了一个梦中人，一个用梦与现实对抗的梦中之人。我突然明白了，他笔下的所有风景都是不现实的，都只是他想象出来的风景，是他主观臆造的风景，是他故意剔除杂质打造出来的完美。

是不是因为与丑相伴，所以他对美才格外地迷恋呢？是不是因为外部世界太不完美，所以他才刻意地制造完美呢？是不是因为无法应对现实，所以他才习惯了超现实地表达美呢？我不知道，但透过那些不真实的表达，我清晰地感受到了他心中那真实的不安。也许，在现实世界中，他始终也没能为自己的心灵找到一个安放的去处，结果只能是长时间地在不真实的风景中游弋吧。

我们的心灵都曾遭受过绑架，都曾作为献祭在圣坛上供奉过，所以无论为文或作画，我们都不自觉地留下了捆绑的痕迹。至今，我们也不知道怎样才能彻底消除那些捆绑的痕迹；至今，我们也不知道怎样才能从祭坛上把自己完整地取回来；至今，我们也不知道该把自己的心灵安放到何处。

记得在他走后不久，我这个无梦之人突然做了一个梦。

梦里我正与大家围坐在一起说话，他突然出现在门口。他的样子很年轻，面容清瘦，身材颀长，穿一身藏青色的中山装，全然不是生前的模样了。但我心里知道，这个人就是他。我不由有些奇怪，他怎么会来呢？他不是已经走了吗？随即我立刻反应过来，原来他没有走！原来他又回来了！我高兴得一下子站了起来。见身边的人全无反应，我才明白在座的人里只有我能看见他。

　　我看见他微笑着向我走了过来，不说话，就那么一直文雅地微笑着，全没了从前的生猛和莽撞。走到近前，他停下看着我，我也看着他。他的脸很平滑，上面没有一颗麻子。他的目光也很柔和，带着兄长般的宽厚。他把一直握着的左手伸到我面前，慢慢地张开……我看到在他的掌心里蹲着一只石刻的兔子。

　　那一刻，我恍惚记起似乎跟他要过兔子，抑或是他曾答应过给我兔子，反正我们之间肯定有这么一回事儿。把兔子捧在手中的那一刻，我的心像化了一样，蔓延开一种暖暖的、软软的甜蜜。

　　再抬头时，他已经转身走了。

　　他走向门口，走出大门，走到了外面的雪地上。

　　外面的雪好厚，厚厚的积雪静静地卧在河边，河水就停止了流动。连河水也不忍惊扰那些白色的生命，我想，它们是太敏感，太逞强，太容易受到伤害了，所以它们的生命才格外的美丽而短暂。忽然，我依稀觉出这情景我曾经见过，这感受我也曾经有过……

　　我认出来了，那是他的《冬梦》！

　　我看着他走进了自己的风景，走进了他的《冬梦》……

（选自《作家》2009 年第 4 期）

母 亲

冯兴振

18 年前梦魇般的那天，我们手忙脚乱地把不省人事的母亲送到医院里，我跪求医生，您一定要想办法把我的母亲救活了，她可是受了大半辈子苦的人啊!死神最终还是无情地夺走了母亲的生命。犹如晴天霹雳，我真不敢相信只有 66 岁，身体还很结实的母亲会这样猝不及防地走了，没有给我们留下一句话，甚而是一个眼神。当我意识到以后再也见不到母亲，再也听不到她老人家那亲切的声音时，一种巨大的悲痛淹没了我，仿佛天塌了下来。之后的很长时间里，我都无法控制自己的感情，丧母之痛让我悲恸不已。

母亲的早逝是我心灵深处永远难以愈合的伤口。母亲大半生在辛苦操劳的贫困岁月里度过，在生活刚刚好转的时候，她却突然地离去。子欲养而亲不在，这份痛，只有在无人知晓的暗夜里含泪咀嚼。男儿有泪不轻弹，也许在这个世界上，惟有母亲能让我这样一次又一次流下滚烫的泪水。

我的母亲是中国农村最平凡的一个母亲，像普天下背负着贫困的母亲一样，她勤俭朴实，吃苦耐劳，有一颗博大无私金子般善良的心。母亲嫁到微山湖畔的小村，养育了我们兄弟姐妹四人，我在家中排行最小，父亲长期患胃病，无法干重体力活，六口之家的生活重担，都压在了母亲的肩头。

母亲中等身材，身板结实，做事风风火火，说话嗓门很大。母亲性格要强，地里家里全靠她一个人撑着。在挣工分的年代，她一个人抵得上两个人；土地承包后，家里十亩责任田，春种秋收，全凭她一个人扛在肩上。母亲总没有闲着的时候，即使夜深人静时，我从梦中醒来，也常常看到母亲在如豆的煤油灯下，为我们纺线缝衣。在我的记忆里，没有母亲静止的画面，留下的始终是她风风火火忙忙碌碌的身影，在灶台边，在院子里，在田地里，在村路上，母亲手提肩扛，脚踏泥泞；风霜雨雪，披星戴月，母亲佝偻着腰身，吃力地劳作，这些画面像刀子一样深深地刻在我的心中。

我忘不了微山湖对贫困人家的施舍，更忘不了母亲在微山湖里为一家人的生计付出的辛劳。冬天，微山湖边大部分芦苇已经收割，还有一些零星的芦苇在结了冰碴的水里横七竖八地躺着，大家望而却步，都知道那冰冷刺骨的湖水不是好进去的，更有深处暗藏危险。为了一家人的生活，母亲顾不了这许多。她手拿镰刀，趟着齐腰深的湖水，忍着刺骨的寒冷把一棵棵芦苇收割起来，扎成捆，拖到岸上。她的腿脚不知被苇茬子扎破多少次，她的手脸不知被冰碴和苇篾子划破多少回。母亲把芦苇挑到集市上去卖，给全家人换回油盐，给我们几个积攒学费，添些衣物。母亲那双原本柔软的手布满老茧，变得粗糙而僵硬，裂开着一道道带血痕的口子，让人不忍多看一眼。

我小的时候，几乎没有穿过新衣服。我穿的衣服，都是大哥和大姐二姐穿小了的，母亲改一改，再穿到我身上。记得有一年清明节，班里同学大都换上新衣服去烈士陵园扫墓，我却还是穿着那件旧棉袄。相形之下，不免心中黯然。回家后我告诉母亲同学们都换了新衣服时，母亲答应也给我买件新衣服。

家中里里外外没有什么东西能变成我的新衣服，母亲只能到十多里外的湖里去捡割苇棵子，三月的天乍暖还寒，母亲趟着冰凉的湖水，细心地割着每棵细瘦的苇子。她把儿子的新衣服都寄托在了芦苇上，她忘记了寒冷，忘记了饥饿。一连几天，母亲早出晚归，从湖里背回一捆捆湿漉漉的苇子。顾不得歇口气，母亲把苇子一棵棵剥去皮，再用碾子轧成苇篾子，母亲有一双勤劳而灵巧的手，很快，那些苇篾子在她灵巧的双手中变成了两张漂亮的苇席。苇席编好后，是父亲背到集市上去卖的，当母亲把苇席放到父亲的背上，她仿佛看到了儿子的新衣服。我也巴望着父亲从集市上早早归来，给我买回来新衣服。那时正在割资本主义尾巴，谁料父亲把席子刚背到集市上，还没有来得及卖出去就被人没收了。父亲回到家大病一场。母亲什么也没有说，她抚摸着我的头对我说，孩子，娘一定会给你买件新衣服的。

我天天等、天天盼着那件新衣服，直到知了叫的时候，才又有了希望。母亲找来两根细竹竿，用绳子绑在一起，五更天，大家还睡得正香时，母亲就起了床，她一手拿着长长的竹竿，一手提着个篮子，围着村子里大树小树转了一圈又一圈。在朦胧的天色里，母亲打着哈欠，仰着脸，用力睁大眼睛，仔细搜寻着每一个树干和每一条树枝，看上边是否有知了蜕下的皮。她的脖子累酸了，她的眼睛累疼了，她全然不顾。一只知了爬到一棵高树的枝头上蜕下了皮，母亲用长竿子却怎么也够不到，踮起脚还差一点点，母亲不愿放弃一个知了皮，那是她为儿子买新衣服的寄托。母亲从远处找来一块砖头垫在脚下，踮起脚尖，挥动竹竿，突然，身体失去了重心，向着路边沟里重重地摔下去……好大一会儿，母亲没能站起来，连惊带疼，额头上布满了汗珠……

不久，母亲积攒了大半袋子知了皮，她拿到收购点卖了钱，给我扯了件的确良上衣。当母亲把新衣服给我穿在身上的时候，她摸摸领口，拉拉衣袖，前端详，后打量，别提多开心了。我高兴地蹦了两个高，看到我满意的样子，母亲欣慰地笑了。而我此时看到，母亲身上穿的衣服，却还是补丁摞着补丁……

母亲没有文化，她留在我身上的，却都是做人的道理。从小，母亲教育我最多的一句话就是：做个对社会有用的人！

因为生活困难，哥哥姐姐都早早辍了学。为了让我能成为一个对社会有用的人，尽管家里很苦很难，母亲还是想尽办法让我完成学业。因为没文化，母亲无法为我辅导功课，却很喜欢看我做功课，放学回到家里，我趴在桌上做作业，母亲常常会放下手里的活，坐在旁边看一会。看一会，好像就心满意足了，再干起活来，就像是轻松了很多。我知道，我的身上寄托了母亲全部的希望。

1979年，我在乡中学读初三，家离学校有十里路，母亲去学校看我，都是步行。有一次，刚放学，母亲正好赶到学校里来了，见到我，急急忙忙地从布兜里掏出几个包子，是母亲亲手蒸的荠菜包子，竟然还冒着热气。我那时穿着薄棉袄还有些冷，母亲的额头上却沁满了汗珠子。我咀嚼着母亲赶着十里路送来的热乎乎的包子，那是我吃过的最好的人间美味。从家到学校的十里路，母亲就这样走了不知多少遍。有时候，仅仅因为做了一个感觉不祥的梦，母亲也要跑到学校里来看我一眼，见我平安无事才放心。可怜天下父母心！母亲，永远在为我们牵肠挂肚。

我那时十四岁，早已懂得了生活的艰辛、母亲的不易，我惟有以更加刻苦的学习，才能不负母亲的期望。初中毕业后，我以优异的成绩考上了徐州农校，一方面是为了早些减轻母亲的负担，另一方面，就当时来说，农村的孩子能考上中专转户口吃国家计划已经是光宗耀祖的事情了。仿佛是一缕春风，贫寒门第，走出一个吃公家粮的人，全村人都为我高兴，最高兴的是母亲。接到录取通知书的那一天，我和父亲正在湖里割草，在家做饭的母亲丢下烧火棍，拿着通知书就往湖里跑，她要早一点告诉大家我考上了中专的好消息。母亲边跑边喊，她的声音很响亮，好像要让全世界的人都知道她的儿子可以吃商品粮了，还能做大学问，为庄稼人造福。

那些天，母亲的心情格外的好，里里外外高兴地忙碌着，为我去上学做准备，她把家里仅有的钱拿出来，给我添置日用品，搪瓷脸盆、饭碗、牙缸、毛巾、香皂、牙膏，一应俱全。进校的头一天傍晚，母亲悄悄地背起父亲逮鱼的两只旧竹嘟笼，跑到十多里外的湖叉边，把鱼嘟笼安放到浅水里，然后用泥巴压住，再用草棵盖起来。第二天五更，母亲摸着黑又跑到湖里去收获她下的竹嘟笼，母亲回家后把竹嘟笼里的鱼虾倒出来，竟然逮了满满一碗活蹦乱跳的小鱼小虾。配点青菜，熬了一锅鱼汤，算给儿子送行。鱼汤真鲜啊，我一连喝了三大碗。抬起头来，正见母亲慈祥地望着我，我的心中突然一阵发烫……

吃过饭，母亲说什么也要送我到车站，她背着行李，提着网兜，里面还有两个窝窝头。一路上，母亲有说不完的话，送我一程又一程，直到我上了汽车，母亲还不愿离去。汽车开动了，我从车窗里探出身子向母亲招手，在母亲转身的瞬间，我蓦然发现母亲不再挺拔的腰身和一缕飘动的白发，泪水禁不住夺眶而出。

在我童年的记忆里，吃饱穿暖是大多数乡亲们生存的第一大问题，尤其是对我们这样一个人口不算少的家庭来说。父亲的病无疑使我们的生活面临更大的困境，虽然不是吃了上顿没下顿，也只能算得上是勉强填饱肚子，家里偶尔有一点可口的、稀罕的东西，母亲总是留给父亲和我们吃，自己从来不尝一口。每次吃饭的时候，母亲总是让我们先吃，她总是说她还不饿。那时候，年少单纯的我们甚至没有想到去思考一下母亲的话是真是假，现在想来，不知道有几顿饭母亲是曾经吃饱了的?那时候湖边和村外的河汊里都有鲜活的鱼虾，我和小伙伴们经常会逮到一些，兴致勃勃地拿回家里，让母亲炖汤。当时鱼汤的鲜美好像胜过现在的百倍千倍，可是，母亲总是说你们快吃吧，我闻不得鱼虾的腥气。多少年后，我才明白，那是一种美丽的谎言，也是普天下母亲都曾经撒过的谎。

就是一粒糖母亲也是舍不得尝一尝，有一次，亲戚带给我几块糖，为了让我能够多高兴几天，母亲隔几天才会拿出一块给我吃。最后的一块糖因为放得时间太长，粘得都揭不开糖纸了。几块糖，母亲揣在心口，始终没有舍得尝一口，最后那一块糖，我硬是把它放到母亲嘴边，让母亲吃。母亲尝了一下又放到我嘴里，开心地只笑着说真甜。糖是甜的，可是母亲说什么也不舍得吃!儿子吃了，就甜在母亲的心里。人世间，承担最多艰辛的是母亲，忍受最多苦难的是母亲，咽下最多泪水的是母亲，付出永不求回报的是母亲，一心装着儿女从来不想自己的是母亲!母亲啊，到底要多宽广的大海才能比得上您的胸怀?到底要多辽阔的天空才能比得上您的心穹!母亲啊，我如牛负重的母亲，我质朴无华的娘亲!

母亲心地善良，最看不得别人受苦，经常周济比我们更困难的人家。虽然我们家也很艰难，但只要邻里乡亲们有难处，母亲总要尽自己最大努力去相帮，哪怕是送上一元两元钱，拿去几个鸡蛋，或者是做什么活时搭上一把手，甚至是陪着遇到伤心事的婶子大娘们落一回泪。村里谁家闹了纠纷，母亲有她独特的调解方式，对着双方一通吼喊，动之以情，晓之以理，直到双方怨气消除。母亲没有文化，也讲不出深刻的大道理，却始终坚信，善良是做人最基本的品质，善心一定会得到回报；感恩是做人应该常有的思想，感恩能让人看到人世间的美好。善的教育，感恩的思想，是母亲植于我心灵深处的一棵小树，它自然而然地随着岁月生长。无论是做人还是为官，我都把"善"摆在首位，做人，德才兼备是善，诚实守信是善，虚怀若谷是善，不懈不怠是善；为官，廉洁自律是善，公道正派是善，造福一方是善，一心为民是善。日行一善，我就会看到母亲欣慰的笑脸，18年来我日夜思念的笑脸！

谁言寸草心，报得三春晖。多少年来，母亲善良朴实的愿望一直在激励着我、鞭策着我，让我在求学的道路上不曾止步，让我在回报家乡和人民的道路上不敢懈怠。工作再忙，我也要挤时间学习，深夜，伏案读书或记下一些心得体会的时候，常常恍惚觉得又如儿时，我趴在桌子上写作业，而母亲正坐在我身边，慈爱地看着我。我一直牢记着母亲的教诲，多年来，我一直没有间断过学习和对知识的追求。现在，我已成长为一名人民的公仆，我感谢党把我培养成一个国家干部，感谢母亲对我身体力行的教诲。多年来，无论在什么地方，无论在哪个岗位上工作，我都尽力设身处地为老百姓着想，把老百姓的衣食冷暖放在心坎上，我总是愿意到最朴实的老百姓中间去，和他们面对面，心连心，了解他们的愿望和需求。到县里工作以后，从县委分管农业农村工作到县政府主要负责人，我始终把以民为本作为一切工作的出发点，把改善民生作为各项工作的重中之重，政府再难也不让困难百姓作难，勒紧裤带过日子，也要把新增财力尽可能多地用到老百姓身上，用在提高困难群众生活水平上。而我所以能这样做，是因为我的心中有我的母亲，有千千万万和我母亲一样的父老乡亲，是因为我感觉到母亲一直在注视着我。我始终告诫自己不能失却平民本色，要站在老百姓的立场上看问题，想事情，做决策。当我把救助物资送到贫困群众手中的时候，当我在风雪边疆认养孤儿的时候，当我给敬老院的老人送上新衣的时候，当我看到面临失学的孩子因政府的资助而重新有了求学机会的时候，当我给全县高考的孩子们发放生活补助费的时候，我看到了母亲赞许的微笑。当我走进田野，老百姓把新鲜蔬果送到我手里的时候，当我和老百姓手拉手说家常的时候，当有父老评说我肯为老百姓办实事的时候，我看到了母亲赞许的微笑。我深深地知道，养育我的不只是我的母亲，更是这方热土，是所有勤劳的父老乡亲，普天下善良无私的父亲母亲，我要尽我的最大努力让他们吃得饱饭，穿得暖衣，再也不要像我和我的母亲一样，因为一块糖而留下永远辛酸的回忆。这也是我对母亲惟一的回报，我相信，我所做的这一切，会让母亲在九泉之下放心、安心！

我不知道无常的人生为什么要早早地夺走我的母亲。母亲永远告别了我们，告别了她心念相牵的儿女！我竟然没有来得及和她说上最后一句话！当我们都已经能够自食其力的时候，当我们能够献上自己的一份孝心的时候，她却突然地走了！她把人生的苦难品尝了一遍，几乎没有来得及品尝生活的甘甜，就匆匆地走了。她好像就是要用这种方式来告诉这个世界，一个母亲来到这个世上一遭，纯粹就是为了奉献的，她对儿女、对世界没有任何要求，不需要任何回报！

愿您在九泉之下，含笑安息，母亲！

(选自《文汇报》2007 年 7 月 11 日)

敬告作者

　　我社一贯注意保护作者的合法权益。选编本书时曾委托选编者尽量同作者联系版权事宜，并得到了作者的大力支持。但仍有极少数作者因地址不详等原因而未能及时取得联系，在此谨表歉意。同时敬请相关作者和著作权人见到该书后，尽快与我们联系，我们将寄赠样书，并按国家规定标准支付稿酬。

地　　址：北京市朝阳区北苑路 180 号加利大厦 5 号楼 105–106
　　　　　（邮编：100101）
电　　话：010–64966714